MERETE JUNKER

Ein Hauch von Mord

Ein Fall für Mette Minde

Merete Junker

Ein Hauch von Mord

Ein Fall für Mette Minde

Roman

Ins Deutsche übertragen von
Hanne Hammer

LYX
EGMONT

Die Originalausgabe erschien 2008
unter dem Titel *Jenta med ballongen*
bei Gyldendal Norsk Forlag AS, Norwegen.

Deutschsprachige Erstausgabe November 2013 bei LYX
verlegt durch EGMONT Verlagsgesellschaften mbH,
Gertrudenstraße 30–36, 50667 Köln

This translation has been published with the financial support of NORLA.

1. Auflage
Redaktion: Robin Gates
Satz: KCS GmbH, Buchholz/Hamburg
Printed in Germany (670421)
ISBN 978-3-8025-9274-4

www.egmont-lyx.de

Viel wird uns begegnen, und viel werden wir meistern,
morgen ist unser bester Tag.
Erik Bye

Freitag, 7. Oktober

Mette Minde streckt sich und küsst ihren Mann auf den Hals, direkt unterhalb des Ohrs. Peder Haugerud beugt sich zu ihr hinunter und umarmt sie, bevor er das Zimmer verlässt. Es ist ein ganz gewöhnlicher Nachmittag.

Fido zieht an der Leine.

»Nein, Fido«, sagt sie. »So nicht. Jetzt gehst du schön neben Mama her.« Sie drückt den Arretierknopf der Automatikleine.

Das weiße Wollknäuel bleibt stehen, dreht den Kopf zu ihr herum und sieht sie fragend an.

»So ist es brav, dummer Junge. Du hast vier Beine, Mama hat aber nur zwei, weißt du.«

Der Nachmittag ist schon weit vorangeschritten, es ist fast Abend. Frid Erica Bengtsen hat wie üblich von ihrem Haus in Mellombrottet aus den Nybergveg eingeschlagen, den Klyveveg gekreuzt und ist auf dem Bürgersteig den Hang Richtung Prix Supermarkt hochgelaufen.

An der Kreuzung Kongerødveg hat sie am Fußgängerüberweg gewartet, bevor sie sich auf die sichere Seite mit den Gärten, den Hecken und dem Wald von Nybergåsen hinüberbegeben hat, die seit dem Bau der riesigen Villen von den Leuten weiter unten im Tal auch gerne als Millionärshügel bezeichnet wird. Die andere Seite des Klyvevegs ist von der Hangspitze bis hinunter zum Kongerødveg dicht mit Wohnblocks und Reihenhäusern gesäumt.

Der Gehweg liegt verschlafen vor ihnen. Ein Stück weiter vorn geht ein Mädchen. Es hat einen Ranzen auf dem Rücken und eine Schnur in der Hand, an deren Ende ein roter Luftballon schwebt. Das Mädchen bleibt dicht neben einer niedrigen Thujenhecke stehen, schiebt die Büsche zur Seite und späht in den Garten, was nicht besonders höflich ist.

Frid Erica Bengtsen ist fast auf der Höhe des Mädchens, als Fido am Straßenrand plötzlich im Kreis herumzulaufen beginnt.

Der Ranzen des Mädchens ist rosa und rund um das Schloss mit Stickern beklebt. Es trägt einen hellen Kapuzenpullover über einem burgunderfarbenen Rock. Seine weiße Strumpfhose hat am Knie ein großes Loch. Die Füße stecken in grauen Turnschuhen.

Das Mädchen dreht sich um, wobei sich ihre Blicke begegnen. Die Kinderaugen wirken leer. Als sie Fido sieht, huscht ein kleines Lächeln über ihr Gesicht. Dann wendet sie sich abrupt ab und läuft in Richtung Wald, den Ballon an der Schnur hinter sich herziehend.

Ein Kindergeburtstag, denkt Frid. Du warst auf einem Geburtstag, aber wer hat dir diese Kleider herausgesucht? Und deine Augen, was ist mit deinen Augen?

Fido krümmt sich, sodass sein Rücken einen Bogen macht.

»Guter Junge«, lobt sie und fängt die Würste in einer Plastiktüte auf, die sie sorgfältig verknotet und in die Tasche ihrer Windjacke steckt. Ihre Finger fahren flüchtig über den Reflexstreifen.

Weiter vorne tanzt der rote Luftballon zwischen den Bäumen, und sie spürt Ärger in sich aufsteigen. Wer lässt ein kleines Mädchen alleine durch den Wald nach Hause gehen? Warum holt es an diesem Oktobernachmittag niemand ab und bringt es im warmen Auto sicher nach Hause? Und die Augen, was war das mit ihren Augen?

Frid Erica geht jetzt schneller. Läuft fast den Weg zwischen den Bäumen entlang, auf dem das Mädchen mit dem Ballon verschwunden ist. Sie ist etwas zu schwer, weshalb sie schlecht Luft bekommt und langsamer wird. Fido ist um einen dünnen Birkenstamm herumgelaufen, sodass sich die Leine um den Stamm gewickelt hat. Während Frid Erica sie abwickelt, kommt sie wieder zu Atem. Sie kürzt die Leine und stapft vorsichtig abwärts. Der Weg führt steil zum Waldteich, dem Kverndamm, hinunter, und hier muss sie besonders vorsichtig sein.

Der Waldboden ist mit Laub bedeckt. Der Wind hat in den letzten Tagen viele Blätter von den Bäumen gerissen. Er hat gewütet wie Kinderfinger, die einer wehrlosen Fliege die Flügel ausrupfen, doch noch hängt das Laub so dicht an den Bäumen, dass man nicht hindurchsehen kann. Die Dämmerung liegt wie ein hellgrauer Chiffonschal zwischen den Stämmen, aber zumindest sieht sie, wohin sie die Füße setzen muss. Der Pfad unten ist breit und gut instand, sie kennt ihn fast ebenso genau wie die berühmte eigene Westentasche. Er gabelt sich in drei Richtungen. Ein Weg führt direkt zum Teich hinunter, ein anderer nach Westen zum Ånnerødveg und zum Rugtvedtgård. Der dritte folgt ostwärts dem Kverndamm und endet im Anders Baars veg. Sie bleibt kurz stehen und schaut sich um, kann aber nirgendwo einen roten Luftballon entdecken.

»Brav, Fido«, lobt sie laut den Hund. Vor allem, damit das Mädchen sie hört und sich sicher fühlt. Wo sie wohl sein mag? Sie muss schnell gelaufen sein, überlegt Frid Erica Bengtsen.

Der Wald ist nicht groß. Auf ihrer gewöhnlichen Runde

dauert es nicht länger als zehn Minuten, ihn zu durchqueren.

Hin und wieder, wenn es schon dunkel ist, bevor sie mit dem Hund hinauskommt, nimmt sie den beleuchteten Weg an den Häusern entlang. Im Sommer geht sie an den Wochenenden nie abends durch den Wald. Häufig versammeln sich dort Jugendbanden, die trinken und randalieren. Des Öfteren musste schon die Polizei gerufen werden, um für Ordnung zu sorgen.

Und einmal, vor vielen Jahren, ist ein fünfzehnjähriges Mädchen im Wald vergewaltigt worden. Der Täter wurde nie gefasst. Viele Eltern aus der Gegend warnen ihre Kinder davor, abends in den Wald zu gehen. Doch sie hat Fido, und obwohl er klein ist, gibt er ihr Sicherheit und Schutz. Auch kleine Hunde haben eine abschreckende Wirkung, denn kleine Hunde können ebenfalls beißen und kläffen.

Schon oft ist ihr der Gedanke gekommen, dass der Wald eigentlich der sicherste Ort ist, wenn man Angst vor Menschen hat. Vielleicht nicht gerade dieser kleine Wald, aber die großen Wälder, in denen wilde Tiere leben. Kein Gewalttäter geht tief in den Wald, um ein Opfer zu finden. Wald und Gebirge sind die sichersten Orte. Hat man etwa schon einmal von einer Vergewaltigung im Gebirge gehört? Von Vandalismus in einer unbewohnten Berghütte hoch oben in Hardangervidda? Von Unfällen ja, aber nicht von Gewalttaten. Gewalttäter halten sich in den Städten auf. Frid Erica Bengtsen ist mit ihrer Beweisführung zufrieden.

Der Kverndamm liegt nun zu ihrer Rechten, und kurz darauf sieht sie die Lichtung. Eine große, freie Fläche, auf der Bänke stehen. Sie hält kurz inne und atmet tief die vom Boden aufsteigende, alles durchdringende Feuchtigkeit ein.

Dann lässt sie Fido die Richtung bestimmen. Er zieht sie zum Weiher. Feuchtes Laub schwimmt auf der Oberfläche. Auf der anderen Seite des Teichs, wo der Hang an manchen Stellen bis ins Wasser abfällt, sieht sie eine große Birke, deren Äste mehrere Meter über den See ragen. Sie wundert sich, dass ihr die Birke nicht schon früher einmal aufgefallen ist. Richtig aufgefallen. Ist es nicht seltsam, dass man jahrelang täglich die gleiche Runde gehen kann und dass einem doch immer wieder neue Kleinigkeiten auffallen? Abgesehen von ihren eigenen Geräuschen ist kein anderer Laut zu hören. Sie dreht um und zieht Fido mit sich zurück auf die Lichtung.

In ungefähr einer Viertelstunde wird sie wieder zu Hause sein. Sie wird sich eine Tasse Tee machen, die Tagesrevue sehen und eine Einkaufsliste für morgen schreiben. Dann wird sie das Buch über Ingebjørg Olavsdatter fertig lesen. Sie hat sich alle Bücher der Serie von Evelyn geliehen, einer Freundin, die sie aus dem Diätclub Sylfiden kennt. Alle Bücher, die bisher erschienen sind. Es kommen ja immer noch weitere heraus. Sie wird das zu Ende lesen, das sie im Moment gerade in Arbeit hat. Band Nummer zwölf. Im Bett, vielleicht. Es ist so gemütlich, im Bett zu lesen. Ihr Schlafzimmer ist groß und hell. Das Fenster hat eine Sicherheitsverriegelung, sodass sie es kippen kann, ohne Angst haben zu müssen, dass jemand einsteigt, während sie schläft.

Der Hund ist hinter ihr stehen geblieben. Er hebt das Bein und pinkelt an einen schlanken Kiefernstamm. Sie ist unaufmerksam, in ihre eigenen Gedanken versunken und daher ein wenig vom Weg abgekommen. Sie dreht sich zu dem Hund um, sieht die Wurzel nicht, stürzt und schlägt mit dem Knie gegen einen Stein, der aus dem Waldboden ragt.

In verdrehter Stellung bleibt sie auf dem Boden liegen und

schnappt nach Luft. Der Schmerz fährt durch ihren Körper, und sie fühlt die Übelkeit wie eine Schlange vom Magen in den Hals aufsteigen. Sie weiß nicht, wie lange sie so daliegt, bevor sie es schafft, sich aufzurichten. Es ist zwar noch nicht richtig finster, aber doch schon viel dunkler als noch vor wenigen Minuten.

Sie steckt die Hand in die Tasche ihrer Windjacke, um das Mobiltelefon herauszuholen. Falsche Tasche. Der Hundekotbeutel ist bei dem Sturz aufgegangen, und ihre Finger kommen mit dem Inhalt in Berührung. Sie zieht die Hand zurück und reibt die Finger hektisch an Laub und Tannennadeln trocken. Tränen treten ihr in die Augen.

Schließlich hat sie das Mobiltelefon in der Hand und wählt den Notruf. Was bleibt ihr anderes übrig? Die Stimme der Dame, die ihren Anruf entgegennimmt, klingt freundlich und vertrauenerweckend. Sie lässt sich ihre Personalien und eine genaue Beschreibung ihres Standorts geben.

»In zehn Minuten«, sagt sie. »In zehn bis fünfzehn Minuten ist der Rettungswagen bei Ihnen.«

»Aber ich habe einen Hund bei mir, einen kleinen Hund. Jemand muss sich um meinen Hund kümmern«, ruft sie ins Telefon.

»Fido, jemand muss auf Fido aufpassen!«

Sie hört selbst, wie hysterisch sie klingt, und versucht, sich zusammenzureißen. Die Dame vom Notruf tröstet und beruhigt sie. Alles wird sich finden. Sie kommen sofort. Sie wissen, wo sie ist. Dann legt sie auf.

Fido winselt und leckt ihr das Gesicht. Sie dreht vorsichtig den Kopf zur Seite und sieht den Luftballon. Er bewegt sich etwas weiter vorn auf der Lichtung neben einem dicken Tannenstamm hinter einem Gebüsch hin und her.

»Hilfe!«, ruft sie, doch der rote Ballon kommt nicht näher. Langsam sinkt er auf den Waldboden hinunter, als wollte er sich schlafen legen.

Irgendwo hinter ihrem Kopf knackt ein Zweig. Sind die Sanitäter schon da? Oder ein Jogger?

»Hilfe«, schluchzt sie.

Peder Haugerud denkt sich nichts Besonderes bei dem Einsatz. Joachim Andersen auch nicht. Es passiert nicht so viel hier draußen in der Provinz. Was nicht heißt, dass sie in den zwei Jahren, die sie jetzt zusammen im Rettungswagen fahren, nicht auch ein paar schwere Unfälle mitbekommen hätten. Unfälle, bei denen die Verunglückten aus den Wracks herausgeschnitten werden mussten, Körperteile abgetrennt worden waren, Knochenröhren aus dem Fleisch herausstachen. Oder schlimmer noch: blutige Wunden, in denen bereits die Maden herumkrabbelten.

Letzteres gehörte zu den Dingen, die Joachim Andersen offensichtlich am meisten verblüfft hatten. Unglaublich, wie schnell die kleinen, weißen Maden von einer im Freien liegenden Leiche Besitz ergriffen. Es war eine Frage von Stunden, nicht von Tagen. Peder Haugerud erinnert sich, wie Joachim Andersen sich übergeben hat, als sie einen Bauern abholen sollten, der mit dem Traktor umgekippt war und in der prallen Sonne lag, während die Fliegen über seinem blutigen Gesicht schwärmten.

Später, wenn alles vorbei ist, wenn der Ort des Geschehens aufgeräumt wurde und alle Aufgaben erledigt sind, kommen die Psychologen. Anfangs hat es Joachim widerstrebt, immer wieder über das Erlebte zu sprechen. Er war es nicht gewohnt, so viel zu reden und seine Gefühle in Worte zu fassen.

Offen zuzugeben, wie ängstlich und hilflos er sich fühlte. Das hatte er Peder in einem vertraulichen Moment erzählt.

Später kam dann das Weinen. Nicht zurückhaltend und leise, mit warmen Tränen, die aus den Augenwinkeln über die Wangen strömen. Nein, Joachim hatte in krampfartigen Stößen geweint. Unverstellt, heftig und völlig unkontrolliert. Sein Körper bebte, und die gutturalen Laute drängten sich an den Kontrollposten vorbei wie Demonstranten, die die Verteidigungsanlagen einreißen und auf einen offenen Platz stürmen, auf dem sie laut Meinung der Machthaber nichts zu suchen haben.

»Mit unserer Arbeit haben wir wirklich das große Los gezogen«, hat Peder Haugerud mehr als einmal zu Joachim Andersen gesagt. »Wir bekommen in einem Jahr mehr Grund zum Kotzen als normale Menschen in ihrem ganzen Leben.«

»Normale Menschen, du sagst es. Wir Sanis sind eben keine normalen Menschen«, hat Joachim erwidert.

»Hier müssen wir rechts.«

Sie haben schweigend nebeneinandergesessen, seit sie vor ein paar Minuten im Krankenhaus losgefahren sind. Eine Frau Mitte vierzig ist bei einem Spaziergang im Wald gestürzt.

Jeder sollte ein Mobiltelefon haben, denkt Peder.

»Was machen wir mit dem Hund?«, fragt Joachim.

»Die Zentrale hat bestimmt die Polizei angerufen, und sie selbst hat hoffentlich ihren Angehörigen Bescheid gegeben, dass die sich um den Hund kümmern«, antwortet Haugerud.

»Jepp.«

Der Anders Baars veg endet sozusagen im Garten eines Einfamilienhauses, das an das Naturschutzgebiet grenzt. Weiter vorne verläuft der Weg, der zu der Lichtung am Kverndamm führt. Im Westen zeichnet sich der Wald wie ein schwarzer, gezackter Zaun vor dem Himmel ab. Viele Wege führen zu der Lichtung, doch dieser ist der kürzeste, und hier kommen sie auch mit dem Rettungswagen am weitesten.

Es wird langsam dunkel. Peder Haugerud öffnet die hintere Tür und holt die Trage heraus.

Sie sind in der ersten Oktoberhälfte. Die Jungen hatten heute den letzten Schultag vor den Herbstferien. Es ist Freitag. Er hat heute Abend eine Extraschicht übernommen, doch morgen fährt er mit ihnen in die Hütte in Kragerø. Nur sie drei. Mette muss arbeiten. Er und die Jungen wollen fischen und Holz hacken. Er hofft, dass das Wetter mitspielt. Der September war trocken und schön, mit kühlen, klaren Morgen, warmen Tagen und dunklen Abenden. Er sieht Mettes Ringelblumen vor sich, die gelb und orange blühen und auf denen morgens, wenn die Jungen etwas zu spät aus der Tür stürmen, um in normalem Tempo in die Schule zu kommen, kleine Tautropfen glitzern.

»Wir brauchen die Leuchten«, sagt Joachim Andersen und knufft ihn in die Seite.

Kurz darauf sind sie auf dem Weg zu der Lichtung, die Trage zwischen sich. Die Lichter ihrer Kopflampen tanzen lustig über die Grashalme, die bald vom Winter lebendig eingefroren und in ein weißes Leichenhemd gepackt werden.

Frau Madsen hat auf dem Sofa gelegen und ein Nickerchen gehalten. Das macht sie jeden Nachmittag. Nach Bernhards Tod vor neun Jahren und vier Tagen hat sie damit angefangen. Sie richtet sich leicht verwirrt auf und stellt fest, dass es dunkel im Zimmer ist. Nicht ganz dunkel übrigens. Es wird nie ganz dunkel. Das Licht der hellen Lampen auf dem Parkplatz draußen vor dem Wohnblock dringt durch Küchen- und Schlafzimmerfenster, die nach Osten hin liegen. Ins Wohnzimmer fällt das Licht vom Nachbarblock und von den Außenbeleuchtungen auf den Balkonen. Hier wird es nie ganz dunkel.

Oder doch, an ein Mal, als es ganz dunkel war, kann sie sich erinnern. Das ist lange her. Die Jungen waren noch klein. Es war Herbst, und es hatte geregnet und war windig. Ein schrecklicher Herbststurm, fast wie in Finnmark. Sie wäre so gerne hinausgegangen, dem Wetter entgegengelaufen, um den Regen wie Nadeln auf der Haut zu spüren und die Arme auszubreiten in dem Versuch, zu fliegen. Damals war sie noch jung genug, um sich so etwas Verrücktes zu wünschen. Aber dann ist sie doch nicht hinausgegangen. Der Strom ist ausgefallen. Es war plötzlich stockdunkel.

Bernhard und sie sind in der Wohnung umhergeirrt, ineinander gelaufen, haben gelacht, einander an den Händen gehalten und sich an den Wänden entlang zur Küche getastet. Die Kerzen aus der dritten Schublade von oben geholt. Die Streichhölzer aus dem Korb im Küchenregal. Ganz oben, außer Reichweite für die Jungen. Die schliefen schon in ihren Betten im Kinderzimmer, ohne etwas von der völligen Finsternis mitzubekommen. Bernhard und sie haben die Kerzen nicht angezündet. Sie haben sich weiter in die Küche vorgetastet, aber sie haben nicht mehr gelacht.

Das Morgenlicht war lange vor dem Strom zurückgekommen. Dünn und grau hatte es sich über das Bündel Kleider gestohlen, das auf dem blauen Linoleum lag, und weiter über einen umgestürzten Schemel mit Stahlrohrbeinen und einem roten Kunstledersitz.

Frau Madsen legt den Kopf zurück auf das Sofakissen. Nur noch ein wenig. Dem Traum nachhängen. Sich zurückerinnern. Nicht schlafen, nur ausruhen, noch ein wenig.

Peder Haugerud läuft hinten. Joachim Andersen geht vorn und gibt die Richtung an. Langsam und beruhigend rufen sie, »Hallo, hallo, wir kommen!«, während sie mit der Trage dem Weg folgen. Die Lichtung liegt vor ihnen. Jetzt dürften es nur noch ein paar Meter sein, bis sie bei der Frau sind, doch niemand antwortet auf ihre Rufe. Kein Hund bellt begeistert. Bis auf ihre eigenen Geräusche ist kein Laut zu hören.

Natürlich sieht Andersen sie zuerst. Er bleibt stehen. Auch Haugerud bleibt stehen. Sie stellen die Trage auf dem Weg ab und starren beide die Frau an.

»Verdammt!«, Joachim Andersen flüstert fast. »Oh verdammt!«

Haugerud löst die Lampe vom Kopfriemen und tritt einen Schritt näher. Er leuchtet auf die Frau hinunter, die regungslos mit zur Seite gestreckten Armen auf dem Rücken liegt.

Ihr Gesicht ist blau angelaufen. Die Augen blicken starr ins Leere. Um den Hals schneidet eine blaue Hundeleine in die Haut ein. Sie ist zu einer strammen Schlinge zusammengezogen. Die Frau hält noch immer mit einer Hand den Griff der Automatikleine fest, während das andere Ende schlaff neben ihrem Hals liegt. Ohne den Hund. Wie ist das möglich?

Peder Haugerud verständigt über sein Diensttelefon die Polizei.

Frau Madsen steht auf Nylonstrümpfen auf dem blauen Linoleumboden und starrt aus dem Fenster. Sie hat kein Licht gemacht. Was waren wir glücklich, denkt sie. Immer öfter kreisen ihre Gedanken um die Vergangenheit. Nicht um die Zukunft.

Das Wichtigste ist gewesen. Das Lustigste ist gewesen. Das weiß sie, doch Frau Madsen ist von Natur aus optimistisch. Das Leben kann noch viel Gutes für sie bereithalten. Enkelkinder, eine Reise mit Hurtigruten, ein Wiedersehen mit den Torfbeermooren zu Hause. Der Herbst ist die schönste Jahreszeit. Sie schaltet das Licht nicht an. Sie hat zu lange geschlafen, und das ärgert sie ein wenig. Jetzt ist die Nacht so lang.

Der Parkplatz ist in das weiße Licht der Lampen getaucht. Es ist schön hier oben. Man hat die beste Aussicht und die schönsten Wandergebiete, die man sich denken kann. Nie ist es ihnen in den Sinn gekommen hier wegzuziehen, ihr und Bernhard. Auch nicht, als es ihnen finanziell besser ging. Die Wohnhäuser sind in den Sechzigern erbaut worden, als die Industrie Arbeitskräfte brauchte. Und die Leute sind aus allen Teilen des Landes gekommen, massenweise, um Arbeit zu finden. Viele aus ihrem eigenen Landesteil. So viele, dass man den Stadtteil hier oben irgendwann Karasjok und Kautokeino genannt hat. Eigentlich war das nicht lustig. Zumindest nicht für die Kinder, doch sie wurden nie gemobbt. Nicht soweit Bernhard und sie das mitbekommen haben jedenfalls. Sie ließen sich wohl nicht mobben. Das muss es gewesen sein. Nicht alle lassen sich mobben.

Sie will sich umdrehen und die Deckenlampe einschalten, als sie das Mädchen unten auf dem Parkplatz sieht. Frau Madsen bleibt stehen und beobachtet die kleine Charlotte Iselin Omland aus der Etage über ihr, die mit dem Ranzen auf dem Rücken und einem Teddy im Arm über den Parkplatz hastet. Ein bisschen spät, um aus der Schule zu kommen, denkt

Frau Madsen. Aber sie wird wohl bei einer Freundin oder so gewesen sein. Charlotte Iselin. Was die Leute ihren Kindern heutzutage für Namen geben. Vornehm soll es klingen. Ihre Jungen heißen Tom und Gjøran. Schlicht und einfach.

Frau Madsen schaltet die Deckenlampe in der Küche und die Lampen im Wohnzimmer an. Dann stellt sie den Fernseher an, in dem der steif und stramm dastehende Meteorologe verkündet, dass es morgen bedeckt, aber immer noch mild sein wird. Sie holt die Fernsehkanne und gießt sich eine Tasse extra starken Kaffee ein. Ein paar Stücke Zucker, und das Leben ist schön. Mit dem Nachtschlaf sieht es ohnehin schlecht aus. Sie ärgert sich noch immer ein wenig, dass sie die Tagesrevue verpasst hat. Die TV2-Nachrichten sind nicht das Gleiche, und außerdem kommt zur selben Zeit die Talkshow mit Fredrik Skavlan auf NRK.

Das Absperrband der Polizei leuchtet rot-weiß-blau unter den kräftigen Lampen. Die Ermittler haben den Tatort eingenommen. Sie erinnern an Insekten, die um einen dampfenden Pferdeapfel schwärmen. Die weiß gekleideten Körper bewegen sich im Stehen und in der Hocke hin und her. Sie halten kleine Tüten in den Händen und füllen sie mit möglichen Beweisstücken, die sie mit Pinzetten vom Boden aufheben.

Andersen und Haugerud haben die Anweisung erhalten zu warten. Joachim sitzt mit dem Rücken gegen eine kräftige Kiefer gelehnt. Peder lehnt stehend am selben Stamm. Keiner von ihnen sagt etwas. Die Szene, die sich ihnen bietet, erinnert an einen Film. An den Freitagskrimi auf NRK, denkt Peder und sieht auf die Uhr. Irgendwann muss er Mette anrufen.

Der Fotograf macht Fotos von der toten Frau. Jedes Mal, wenn der Apparat einen neuen Moment einfängt und auf dem USB-Stick festhält, schießt der Blitz einen weißen Strahl ab. Die Reste eines roten Luftballons, der kraftlos und schlapp auf der Brust der Toten liegt, werden in mehreren Versionen aus unterschiedlichen Winkeln verewigt. Anschließend wird auch er mit einer Pinzette in einer Plastiktüte gesichert.

Wer wirft einen Ballon auf einen Menschen, den er umgebracht hat? Aber vielleicht hatte die Frau den Ballon ja bei sich? Vielleicht ist er geplatzt, als sie gefallen ist? Peder kommt das wenig wahrscheinlich vor. Der Ballon ist kaputt. Das kleine Endstück oder die Öffnung, durch die man die Luft hineinbläst, fehlt. Vielleicht ist das ein Zeichen oder eine Nachricht oder eine Warnung des Täters? Es muss etwas zu bedeuten haben. Bestimmt legt kein normaler Täter so offensichtliche Spuren aus.

Luftballons, philosophiert Peder weiter. Bei Ballons denkt man an Feiern, an Kindergeburtstage oder Jubiläen. Im amerikanischen Wahlkampf gibt es immer viele Ballons. Tausende von Luftballons, die man in den Himmel aufsteigen lässt, während Republikaner oder Demokraten – abhängig von der Farbe der Ballons – hingerissen jubeln.

Einer der weiß Gekleideten beugt sich über die tote Frau und untersucht die Taschen ihrer Jacke. Er zieht ein Mobiltelefon heraus.

»Ein Nokia, ganz sicher«, sagt Joachim so leise, dass nur Peder es hören kann.

»Ja, ein älteres Modell«, flüstert Peder zurück.

Sie amüsieren sich oft mit dem Menschenkenntnis-Spiel. Was für ein Mobiltelefon ihre »Kunden« haben, ist eine immer wiederkehrende Frage bei diesem Ratespiel.

Der Ermittler erkundet gerade den Inhalt der zweiten Anoraktasche. Er zuckt zusammen und flucht laut, als er eine kleine, schwarze, platt gedrückte Plastiktüte herauszieht.

»Verdammt, da quillt ja die Scheiße raus.«

Joachim Andersen kann sich nicht länger beherrschen. Er fischt eine Packung Prince Light aus der Brusttasche seiner Uniform. Er zögert kurz, bevor er die Zigarette anzündet. Ein Polizist in Zivil nähert sich ihnen. Peder erkennt ihn aus den Zeitungen. Andersen steht auf und bleibt mit der Zigarette zwischen Zeigefinger und Mittelfinger stehen.

»Sie dürfen hier nicht rauchen! Tut mir leid, aber wir wollen schließlich nicht, dass der ganze verdammte Wald in Flammen aufgeht, nicht? Morgan Vollan, Hauptkommissar, ich leite die Ermittlung. Sie waren die Ersten hier draußen, und ich muss Ihnen ein paar Fragen stellen.«

»Okay, schießen Sie los«, sagt Andersen und steckt die Zigarette zurück in die Packung.

Eine Polizistin in Uniform, die ihnen nicht vorgestellt wird und sich selbst auch nicht vorstellt, schreibt im Licht einer Kopflampe mit, während Vollan die Fragen stellt.

»Wie lautete der genaue Bescheid, den Sie von der Notrufzentrale bekommen haben, bevor Sie ausgerückt sind?«

»Wir haben den Bescheid erhalten, dass eine Frau mit einem kleinen Hund angerufen und erzählt hat, sie sei am östlichen Teil des Kverndamms gefallen und habe sich verletzt. Genauer gesagt auf dem Weg, der direkt zu der Lichtung führt. Man hat uns gesagt, dass wir bis zum Ende des Anders Baars vegs fahren und von dort aus zu Fuß weitergehen sollen. Sie würde direkt auf der Lichtung liegen.«

Haugerud führt das Wort, während Andersen zustimmend nickt.

»Und wie spät war es, als der Bescheid eingegangen ist?«

»Ich bin mir sicher, dass wir um 18:49 Uhr ins Auto gestiegen sind. Zahlen vergesse ich nur selten, aber die Notrufzentrale hat die Anrufe auf Band, sodass Sie diese Information bestimmt …«

»Das weiß ich, danke!« Vollan runzelt die Stirn. »Ich frage, weil ich es von Ihnen wissen möchte, okay? Wann also waren Sie am Parkplatz?«

»Um 19:02 Uhr. Wir sind ohne Sirene, aber mit Blaulicht gefahren, kaum schneller als erlaubt. Es war kaum Verkehr.«

»Dann haben Sie ein paar Minuten gebraucht, um die Trage klarzumachen und hierherzukommen, nehme ich an?«

Peder Haugerud zieht sein Diensttelefon heraus und überprüft die hinausgegangenen Anrufe.

»Wir haben um 19:06 Uhr Alarm geschlagen«, sagt er ruhig und sieht Vollan in die Augen. Er ist einen Kopf größer als der Polizist, was ihm eine Art Befriedigung verschafft. In der Regel ist er nicht so kindisch, doch in diesem Moment fühlt es sich gut an.

»Okay. Können Sie beschreiben, wie der Tatort auf Sie gewirkt hat, als sie eingetroffen sind? Geräusche, Gerüche, Bewegungen, etwas, das Ihnen besonders aufgefallen ist?«

Peder und Joachim wechseln einen Blick. Dann schütteln sie beide den Kopf.

»Nein. Sie lag genauso da, wie Sie sie gefunden haben. Uns ist natürlich der Ballon aufgefallen, und wir haben darauf geachtet, ihn nicht anzufassen, wegen der Fingerabdrücke und so«, sagt Andersen.

»Gut! Das haben Sie völlig richtig gemacht«, sagt Vollan enthusiastisch, als wolle er ein paar Jungen loben, die endlich einmal das einzig Richtige getan haben. »Aber einen Hund haben Sie nicht gesehen?«

»Nein, wir haben weder einen Hund gesehen noch einen gehört«, sagt Haugerud. »Der Mörder muss ihn freigelassen oder mitgenommen haben.«

»Das gehört zu den Dingen, die wir herausfinden müssen«, sagt Vollan ruhig.

Haugerud setzt noch einmal an, »Aber etwas anderes, sie ist noch nicht lange tot, nicht länger als …«

»Wir sollten es dem Arzt und der Obduktion überlassen, den Todeszeitpunkt festzustellen, denke ich«, unterbricht ihn Vollan.

»Aber wir wissen jedenfalls, dass sie um zehn vor sieben noch lebte, denn da hat sie angerufen und den Unfall gemeldet«, wirft Andersen ein, sichtlich verärgert, dass Vollan Peder über den Mund gefahren ist.

Vollan lächelt. »Ja, wissen wir das? Das tun wir überhaupt nicht! Das muss die Ermittlung ergeben«, sagt Vollan.

Er lächelt schief und fährt mit leiser Stimme und jedes Wort betonend fort: »Theoretisch betrachtet kann der Täter sie umgebracht und anschließend bei der Notrufzentrale angerufen haben. Sie kann bereits mehrere Stunden tot sein! Und vielleicht hatte sie gar keinen Hund bei sich. Vielleicht gehört die Hundeleine um ihrem Hals dem Mörder.«

Die unbekannte Polizistin hat aufgehört, sich Notizen zu machen. Sie pufft Vollan zaghaft in die Seite. Mit einem verärgerten Gesichtsausdruck dreht er sich um.

»Ja?«

»Ja, sicher«, sagt Andersen. »Deshalb läuft sie auch mit einer Tüte voll Hundescheiße in der Tasche herum! Weil sie keinen Hund hat.«

Ein Lächeln huscht über das Gesicht der Polizistin.

»Sie müssen beide noch aufs Präsidium kommen und Ihre Aussage machen, wenn Sie für heute Abend fertig sind. Aber Sie bringen die Leiche erst ins Krankenhaus, wenn *wir* fertig sind. Klar?«

Morgan Vollan wartet die Antwort nicht ab. Er wendet ihnen den Rücken zu, dicht gefolgt von seiner unbekannten Assistentin.

Peder Haugerud lächelt breit.

»Gut«, flüstert er.

Peder fällt auf, dass Joachim Andersen zittert, was bestimmt nicht an der Abendluft liegt. Er hat gegen die Macht opponiert, einem Kollegen beigestanden, gesagt, was er meint, und das fühlt sich bestimmt unfassbar gut an. Und er hat eine so unbändige Lust auf eine Zigarette, aber es gibt Grenzen, was die Opposition angeht. Peder kann in seinem Kollegen lesen wie in einem offenen Buch.

Plötzlich laufen einige der Ermittler zusammen. Ein Mobiltelefon klingelt. Das Telefon der Toten. Das bereits in der Plastiktüte steckt. Niemand geht dran, und nach einer Weile verstummt es.

Sie sehen weiter den Ermittlern zu. Außerhalb des Absperrbands knacken Zweige, und ein Blitz kündet davon, dass die Presse Wind von der Leiche bekommen hat. Das war nicht anders zu erwarten.

»Presseleute erinnern mich immer irgendwie an Maden«, sagt Joachim. »Die NRK-Leute natürlich ausgenommen«, fügt er hinzu.

Bestimmt ist bereits die ganze Meute angerückt. Telemarksavisa und Varden und vielleicht auch Dagbladet und VG, aber der NRK wohl nicht. Vielleicht sehen sie morgen ihr

Bild in der Zeitung. Vielleicht steht auch der Täter irgendwo da draußen in der Dunkelheit und beobachtet alles?

Peder kommt zu dem Schluss, dass dem bestimmt nicht so ist. Das wäre zu riskant. Mörder sind schließlich keine Pyromanen. Während ein Pyromane bleibt und sich an seinem Vergehen weidet, sucht ein Mörder so schnell wie möglich das Weite.

Das kräftige Gebell eines in der Nähe kläffenden Hundes lässt alle sich aufrichten. Steif blicken sie in die Richtung, aus der das Bellen kommt. Ein großer, von zwei Polizisten geführter Schäferhund schiebt die Schnauze unter das Absperrband.

»Polizeihund macht Jagd auf verschwundenen Hund«, flüstert Joachim.

»Warum bist du kein Journalist geworden?«, antwortet Peder.

Es ist fast Mitternacht, als Peder Haugerud in das weiße Haus am Ende der Sackgasse zurückkommt. Ein leichter Geruch nach Schuhen schlägt ihm im Windfang entgegen. Jungen. Noch vor wenigen Jahren hat er sich ihre kleinen Zehen an die Nase gedrückt und den Duft von Kindercreme eingeatmet, während sie vor Freude gekreischt haben. Jetzt bleibt er lieber auf Abstand, wenn sie sich die Schuhe von den Füßen kicken.

Mette hat eine Platte mit den Resten der Freitagspizza auf die Anrichte gestellt. Er isst zwei Stück und legt den Rest in den Kühlschrank. Als er wenig später die Tür zum Schlafzimmer öffnet, spürt er den kalten Zug vom Fenster her. Er kriecht in das eiskalte Bett.

»Hey, alles gut gelaufen?«

»Bist du wach?«

»Das hörst du doch, Dummkopf! Ist alles gut gelaufen heute Abend?«

»Nein, eigentlich nicht. Wir haben am Kverndamm eine tote Frau gefunden, und ich friere an den Beinen.«

»Komm rüber«, sagt sie. »Und erzähl!«

Er kriecht in ihr warmes Bett und berichtet.

Sie liegt in seinem Arm und hört zu. Es klingt, als würde er aus einem Manuskript vorlesen. Als wäre er ein Schauspieler im Radio. Sie kann ihn einfach nicht unterbrechen und Fragen stellen. Es ist das gleiche Gefühl wie damals, als sie noch klein war und am Samstag den Kinderfunk gehört hat oder später, als sie älter wurde, das Radiotheater, dessen spannende Geschichten, die Woche für Woche in Fortsetzung kamen, sie ganz in ihren Bann zogen.

Er weiß, dass er der Schweigepflicht unterliegt. Sie weiß, dass er der Schweigepflicht unterliegt. Trotzdem erzählt er ihr alles. Fast alles. Immer. Sie lässt ihn ganz zu Ende erzählen, bevor sie etwas sagt.

»Wer war sie?«

»Das weiß ich nicht. Wir haben zwar den Namen bekommen, aber ich hab ihn vergessen, und er spielt auch keine Rolle. Sie ist tot.«

Schließlich schläft Peder ein.

Er träumt, dass er draußen ist und eine Schotterstraße entlanggeht. Am Straßenrand wachsen Disteln und Brennnesseln. Schmetterlinge saugen Nektar aus den lilafarbenen Blüten der Disteln. Er kommt an einem gelben Haus vorbei. Im Haus hört er ein Kind weinen. Er bleibt stehen. Ein Mann mit einer Mülltüte in der Hand kommt aus dem Haus heraus. Er kommt auf Peder zu.

»Du hast einen Säugling in deinem Haus«, sagt Peder. »Darf ich ihn segnen?«

»Nein«, sagt der Mann.

»Aber ich muss das Kind segnen«, beharrt Peder. »Es ist wichtig.«

»Nein«, sagt der Mann wieder.

Er wirft die Tüte auf den Boden, dreht sich um und geht zurück ins Haus.

Peder bleibt stehen und wartet. Das Weinen im Haus hat aufgehört.

Dann hört er drinnen jemanden rufen. Der Mann kommt wieder heraus. Er schreit und ballt die Fäuste.

»Du hast mein Kind umgebracht!«, schreit er. »Du hast mein Kind umgebracht, ich leg dich um, leg dich um, leg dich um, um, um!«

Peder wacht mit dem lähmenden Gefühl der Angst auf. Die Decke ist auf den Boden gerutscht. Ihm ist kalt. Immer öfter plagen ihn jetzt Albträume. Vielleicht liegt es daran, dass die Wartezeit bald vorbei ist. Was kommt danach? Als er wieder einschläft, hat er sich in Embryostellung zusammengerollt.

Samstag, 8. Oktober

Ihr Gesicht erinnert an ein großes, frischgebackenes süßes Brötchen. Goldbraun und fein, obwohl die Sonne, die blass und halbherzig am Herbsthimmel steht und nur durch ein kleines Loch in der Wolkendecke guckt, die Fähigkeit, überhaupt etwas zu bräunen, verloren hat. Selbst sie ist nach diesem Sommer müde und erschöpft. Wie ihre Mutter, die sich oben in der Wohnung unter der Decke zusammengerollt hat. Sie steht nicht am Fenster und winkt ihr nach. Charlotte Iselin oder Lotte, wie sie sich nennt, braucht sich nicht umzudrehen, um das zu wissen. Ihre Augen wandern von Fenster zu Fenster, und da ist bestenfalls Frau Madsen. Lotte sieht den dünnen Arm, der ihr zuwinkt, und sie winkt zurück.

Die Rosinenaugen glänzen, und das Brötchen bekommt Grübchen. In den Ohren hat sie Himbeerbonbons und unter dem weißen Pullover schlägt ein warmes Waffelherz. Nein, eine ganze Waffel. Großmutter! Lotte lächelt mit ihren großen zweiten Zähnen. Jetzt wird sie eine ganze Woche lang froh sein. So einfach ist das und so schwierig. Wie ein Lichtschalter. Einschalten, ausschalten.

Der Großvater hat den Schlüssel ins Zündschloss gesteckt und dreht ihn nach rechts. Das Auto fährt mit einem leisen Brummen an.

»Schnall dich an, alles klar zum Take-off«, sagt er mit seiner Pilotenstimme. Die Großmutter lacht. Lotte lächelt. Sie sitzt hinten in dem brandneuen Volvo. Wie eine Prinzessin, mit ihrem Lieblingshund auf dem Schoß. Wenn sie sie so sehen könnten. Nur einen flüchtigen Blick auf dieses zufriedene Gefühl von Luxus werfen könnten, das wie eine Ader voll Karamellsoße durch sie fließt.

Das Auto gleitet fast lautlos vom Parkplatz. Sie dreht sich nicht um, sitzt still und würdevoll da, die Finger in dem dicken Hundefell vergraben.

Der Nagellack auf den kleinen Prinzessinnennägeln blättert langsam ab. Sie studiert ihre Hände. Hält sie auf dem Rücksitz des Autos vor sich hin. Steckt den Daumen zwischen die großen Kaninchenzähne und fängt an zu nagen. Das macht sie eine Weile. Beißen und nagen, als wären ihre Finger saftige Mohrrüben. Dann hört sie die Stimme des Großvaters und begegnet im Spiegel seinen Augen.

»Du sollst doch nicht an den Nägeln kauen, Lotte!«

Sie schlägt die Augen nieder und versteckt die Hände unter dem Hund, der auf ihrem Schoß eingeschlafen ist. Die Großmutter dreht sich um und lächelt.

»Prinzessinnen kauen nicht an den Nägeln, weißt du«, sagt sie.

Nein, aber ich bin ja auch keine Prinzessin, denkt Lotte. Keine richtige. Ich bin elf Jahre alt, habe Kaninchenzähne und bin arm. Bettelarm, um genau zu sein. Ein armes Kind, das nicht einmal ordentliche Geschenke mitbringt. Das eigentlich gar nicht das Recht hat, auf einen Geburtstag zu kommen. Sie dreht den Kopf ein wenig weiter zum Seitenfenster hin, damit der Großvater sie nicht im Spiegel sehen kann. So bleibt sie eine Weile sitzen und schaut hinaus. Dann schließt sie die Augen und erlebt noch einmal die Geburtstagsfeier bei Emilie gestern.

Sie ist auf der Toilette gewesen und war auf dem Weg zurück an den Tisch, als sie aus der Küche ärgerliche Stimmen gehört hat. Schnell und ohne zu wissen warum, hat sie sich in der Halle, wie sie sie nennen, hinter den Mänteln versteckt. Die Halle. Bei allen anderen heißt das Diele, aber bei Emilie sagen sie Halle. Sie hat sich hinter einem langen, schwarzen Herrenmantel an die Wand gedrückt. Durch eine Spalte zwischen dem Mantel und einem grünen Damenwollmantel hat sie mitbekommen, wie Emilie und ihre Mutter sich heftig stritten.

»Ich wollte nicht, dass sie kommt. Sie macht alles kaputt. Ich habe es doch gesagt!«

Emilie hat mit dem Fuß auf den gefliesten Boden gestampft, dass es in den Ohren gehallt hat. Die Mutter hat nach Emilies Oberarm gegriffen und ihn fest gedrückt.

»Da gibt es nichts zu diskutieren, und du nimmst dich jetzt zusammen!«

Die Mutter hat sich Mühe gegeben zu flüstern, aber sie war so wütend, dass Lotte sie in ihrem Versteck hinter den Mänteln verstehen konnte. Emilie hat sich aus ihrem Griff losgerissen und mit dem anderen Fuß auf den Boden gestampft.

»Das ist so ungerecht!«

»Noch ein Wort von dir …«

Die Stimme der Mutter war plötzlich ganz ruhig und normal.

»Noch ein Wort, und ich gehe ins Wohnzimmer und singe laut das Geburtstagslied, ganz laut«, hat sie gesagt. »Alle Mädchen aus der Klasse heißt alle Mädchen aus der Klasse, vergiss das nicht, Emilie, niemals.«

Die Drohung zu singen hat eine seltsame Wirkung auf das schlecht gelaunte Mädchen gehabt. Es hat sich auf dem Absatz umgedreht, ist an der Mutter vorbeigestapft und zu seinen Gästen verschwunden.

Die Frau in dem engen, schwarzen Kleid hat in der Küche weiter die Torte verziert. Emilies Mutter ist Opernsängerin. Ein gefährlicher Beruf. Man stelle sich einmal vor, sie wäre bei der Feuerwehr. Noch ein Wort von dir, und ich gehe ins Wohnzimmer und fackele das Haus ab. Oder Maurer? Noch ein Wort von dir, und ich mauere dich in den Kamin ein. Lotte wäre für Letzteres. Die Vorstellung einer in den Kamin eingemauerten Emilie erheitert sie und vertreibt die Traurigkeit.

Aber Flammen sind auch nicht zu verachten. Sie stellt sich Emilies lange, dunkle Haare vor, die lichterloh brennen. Die Feuerzungen, die über den flachen, braunen Bauch an ihrem Körper hinaufzüngeln, die kleinen Brüste auffressen, die trotz allem Brüste sind. Zumindest das Versprechen, dass da etwas kommt. Nicht alle in der Klasse haben bereits dieses Versprechen erhalten. Und das neue Jeanshemd aus Italien. Verbrannt. Und die langen Beine und die neuen Schuhe. Asche. Nur noch Asche.

Vorsichtig hat sie sich wieder hinter den Mänteln hervorgeschlichen, das große Wohnzimmer durchquert, und ist von der anderen Seite aus ins Esszimmer gekommen. Dort ist sie auf ihren Platz ganz unten am Tisch geschlüpft. So weit von Emilie weg wie möglich, die natürlich ganz oben am Tisch gethront hat, mit voller Aussicht auf ihren Fanclub.

Ihr gegenüber hat Stine gesessen, mit den roten Haaren, den Sommersprossen und der Brille. »Unser kleiner Nerd«, wie Emilie sie nennt. Nicht ohne Sympathie. Sie tätschelt Stine immer den Kopf. Dann sieht sie auf ihre Finger hinunter. Vielleicht um zu sehen, ob etwas Intelligenz daran kleben geblieben ist. Stine hat Lotte angelächelt und mit dem Strohhalm geschlürft. Lotte hat zurückgelächelt.

Der Volvo biegt auf die E18 ab und beschleunigt Richtung Süden. Die Erkennungsmelodie der Tagesnachrichten strömt durch die Lautsprecher und erfüllt das Coupé.

»Hier sind die Nachrichten von NRK, es ist zehn Uhr.«

Die letzte Meldung der dreiminütigen Nachrichtensendung lässt alle im Auto die Ohren spitzen.

»Eine vierundvierzig Jahre alte Frau wurde gestern Abend ermordet in einem Waldstück bei Skien gefunden. Noch hat die Polizei keinen Hinweis auf den Täter. NRK Nachrichten, Tone Ringholm Fjæra.«

Dann dringt eine neue Erkennungsmelodie, die Ähnlichkeit mit einer geschmetterten Fanfare hat, durch das Coupé.

»Hier sind die Lokalnachrichten von NRK Telemark.«

Der Kombi ist fertig beladen. Sie alle haben länger geschlafen als geplant. Selbst die Jungen, die sonst nur selten zur Kenntnis nehmen, wenn Wochenende ist, haben das Kinderprogramm im Fernsehen verschlafen.

Der Himmel ist noch ebenso grau wie am Vortag, doch der Meteorologe hat für die nächste Woche besseres Wetter vorhergesagt. Mette bekommt eine Umarmung und einen Kuss von Eirik und Trym, bevor sie auf den Rücksitz klettern und sich anschnallen.

»Und denkt daran, dass die Klippen glatt sind«, sagt Mette. »Seid vorsichtig, wenn ihr am Wasser seid, und vergesst nicht, immer eine Rettungsweste anzuziehen. Geht bloß nicht ohne Weste auf die Brücke!«

»Du Glucke, wir werden das prima hinbekommen«, sagt Peder.

Das Auto verschwindet durch das Tor die Sackgasse hinunter. Sie winkt ihnen nach, bis es nicht mehr zu sehen ist.

Die Morgenzeitungen liegen noch auf dem Küchentisch. TA und Varden haben den Mord auf der Titelseite, mit körnigen Bildern vom Tatort und einem kurzen Interview mit Hauptkommissars Morgan Vollan von der Polizeiwache Grenland, der die Ermittlungen leitet. Er erwähnt weder den Hund noch den Luftballon. Dafür bittet er alle, die sich am gestrigen Abend im Bereich Klyve, Nybergåsen und Kverndamm aufgehalten haben, Kontakt zur Polizei aufzunehmen.

Der NRK hat auch nicht mehr. Der Name der Frau ist offenbar noch nicht freigegeben. In den Zehn-Uhr-Nachrichten wird von ihr noch immer als von einer vierundvierzig Jahre alten Frau gesprochen.

Mette sieht die Frau und den Tatort vor sich, wie Peder es heute Nacht beschrieben hat. Sie hat mit offenen Augen auf dem Rücken gelegen und mit leerem Blick hoch ins Nichts gestarrt. Die Hundeleine, eine blaue Automatikleine, hatte sich in ihren Hals eingegraben, und auf ihrer Brust hatte ein roter Luftballon gelegen. An der Automatikleine war kein Hund, obwohl sie der Frau in der Notrufzentrale gesagt hatte, dass sie einen Hund bei sich habe. In ihrer Jackentasche steckte eine Tüte mit Hundekacke. Die Tüte war aufgeplatzt.

Früher oder später wird die Polizei eine Pressekonferenz einberufen, und da will ich hin, denkt Mette. Sie räumt die Frühstückssachen weg und stellt alles in die Spülmaschine. Die Pläne bezüglich Putzen und Stadtbummel sind vergessen. Sie streift sich ihre braune Lederjacke über und greift nach den Autoschlüsseln. Der Golf ist alt, aber gut in Schuss.

Er hat ihrer Mutter gehört und stand fast vier Jahre abgemeldet in der Garage, bevor sie sich dazu entschlossen hat, ihn in Besitz zu nehmen. Während das Haus auf Moldhaugen an Fremde vermietet war, hat das Auto sicher in der Garage gestanden und auf sie gewartet.

Sie fährt über die Porsgrunnbrücke, biegt nach links in die Storgate ab und schlängelt sich zusammen mit vielen anderen Autofahrern, die ihre Wochenendeinkäufe machen wollen, durch das Zentrum von Porsgrunn. Die Storgate ist eine Einbahnstraße, und auf beiden Gehsteigen wimmelt es von Menschen mit und ohne Regenschirme. Auf dem Platz vor dem Rathaus ist diesen Samstag Bauernmarkt, und der Verkehr kommt mehrere Minuten ganz zum Erliegen. Kleine Stände mit Gemüse, selbst gebackenem Brot, Honig, Katenwurst und lokalen Käsesorten bieten den herbeiströmenden Kunden ihre Waren an.

Leute mit Kinderwagen und Fahrrädern kreuzen die Straße, ohne sich von den Autos stören zu lassen. Sie hätte den Weg unten herum um das Einkaufscenter Down Town nehmen sollen, um den Stau zu umgehen. Die Scheibenwischer laufen auf der untersten Stufe, damit ihr der Nieselregen nicht die Sicht nimmt.

Unten am Markt fließt der Porsgrunnselv entlang – oder der Skienselv, wie es in der Karte heißt. Auf der anderen Seite des Flusses, der Westseite, liegt Moldhaugen, wo Mette Minde mit Mann und Kindern wohnt. Vom Rathaus in Porsgrunn zum Rathaus in Skien sind es nur zehn Kilometer. Viele sind der Meinung, dass man die Gemeinden zu einer großen Gemeinde zusammenlegen und diese Grenland nennen sollte. Doch der Widerstand gegen solche Pläne ist ebenso groß.

Der Patriotismus in beiden Städten ist nicht zu unterschätzen. Die Leute streiten noch immer darüber, ob der Fluss nun Skienselv oder Porsgrunnselv heißt.

Sie wird aus ihren Gedanken gerissen, als ihr an der Honigbude ein leicht zu erkennender Rücken auffällt. Der Mann dreht sich um und kommt mit einer Plastiktüte in der Hand auf ihr Auto zugehinkt. Sie kann die Augen nicht mehr zum Rathaus abwenden. Ihre Blicke treffen sich kurz. Er runzelt die Brauen und nickt, bevor er sich zum Buchladen umdreht und die Storgate hinunterhumpelt.

Tomas Evensen. Er ist also wieder auf den Beinen. Und womöglich auch bald wieder in der Redaktion. Es war so angenehm, als er krankgeschrieben war. Sie hatte seine Existenz fast vergessen. Ende August hatte er einen Motorradunfall, bei dem er übel, aber nicht lebensgefährlich verletzt wurde. Sie dürfte die Einzige in der Redaktion sein, die ihm keinen Krankenbesuch abgestattet hat. Es wäre ihr nicht im Traum eingefallen, ihm das geringste Mitgefühl entgegenzubringen.

Sie und Tomas Evensen haben sich vom ersten Tag an bekriegt. Er mag sie nicht, dessen ist sie sich sicher. Und sie mag ihn nicht. Sie streiten sich um alle Beiträge, um die es zu streiten lohnt. Bevor sie im Regionalbüro angefangen hat, war er der große Nachrichtenstar. Er hat konkurrenzlos über alle wichtigen und interessanten Themen berichtet. Dann kam sie und forderte ihren rechtmäßigen Anteil am Kuchen. Sie will verdammt noch mal nicht nur Unterhaltungsstoff machen.

Während der Mango-Oil-Affäre im Frühjahr sind sie mehrmals aneinandergeraten. Tomas Evensen war der Meinung, dass das seine Story sei. Er hat versucht, sie an der Berichterstattung zu hindern, obwohl der erste Beitrag dazu eindeutig von ihr kam. Schließlich musste die Chefredakteurin eingreifen und ihnen beiden eine Strafpredigt halten.

Tomas Evensen ist ein Drecksack.

Die Schlange setzt sich wieder in Bewegung, und sie überquert die Osebrücke ohne weitere Behinderungen. Selbst die Ampel beim Toyotahändler Funnemark ist grün. Sie passiert den Kreisverkehr am Hovengacenter. Der kleine Golf arbeitet sich durch ein dicht besiedeltes Wohngebiet den Hügel zum NRK-Haus in Borgeåsen hinauf.

Hoch über Porsgrunn, umringt von hohen, die Aussicht erfolgreich versperrenden Kiefern, liegt eine der drei großen Rundfunk- und Fernsehanstalten des Verwaltungsbezirks. Von hier aus werden mehrmals täglich Radio- und Fernsehsendungen mit Nachrichten und Unterhaltung für die Einwohner von Telemark, Vestfold und Buskerud ausgestrahlt, an Werktagen, wohlgemerkt. Hier werden auch Beiträge für Tagesrevue, Tagesnachrichten, Norwegen auf einen Blick und Norwegen heute gemacht.

An einem gewöhnlichen Arbeitstag brummt es hier vor Leben. Jetzt liegen die Redaktionsräume verlassen da und dösen vor sich hin. Als sie das erste Mal hier war, überraschte es sie, einen Nachrichtensender mitten im finstersten Wald vorzufinden.

Jensemann hat Dienst. Sie hört die Finger auf seiner Tastatur, lange bevor sie seinen zerzausten Schopf im Redaktionsraum sieht. Obwohl zerzaust es nicht ganz trifft. Er würde wohl eher von einer Designerfrisur sprechen.

»Hey, Mette, schön dich zu sehen!«

»Hey, es tut sich so einiges, wie ich höre?«

»Das kannst du laut sagen. Ich füttere die Tagesnachrichten

gerade mit Meldungen. Die Chefin kommt gleich rein. Die Tagesrevue will möglicherweise einen Kurzbeitrag, und die Tagesnachrichten wollen etwas über die Pressekonferenz.«

»Ist für Verstärkung gesorgt?«

»Ja, Line berichtet für die Tagesrevue. Ich muss dann wohl die Pressekonferenz übernehmen.«

Jensemann ist ein großartiger Morgenmoderator. Er ist lustig, volksnah und ein Ass, was die Technik angeht. Mette ist jedes Mal hin und weg, wenn er die Morgensendung macht, aber ein ausgesprochener Nachrichtenjournalist ist er nicht. Wenn es um politische Themen geht, tut er sich schwer. Nach dem Gymnasium hat er ein Jahr die Medienhochschule Gimlekollen in Kristiansand besucht, anschließend ein Jahr beim Lokalradio gearbeitet, und jetzt ist er seit fast zwei Jahren hier als Springer.

»Ich kann die Pressekonferenz für dich übernehmen, wenn du willst.«

»Ernsthaft?«

»Ernsthaft! Wo und wann?«

»Im Präsidium um zwei.«

Er reicht ihr ein Fax und sieht sie erwartungsvoll an, während sie liest.

»Okay.«

»Okay, cool. Danke, sag Bescheid, wenn ich dir einen Gefallen tun kann.«

»Du tust mir jeden Tag einen Gefallen, Jensemann. Einfach, indem du da bist.«

»Willst du mich verarschen?«

»Wie kommst du denn da drauf?«

Er lacht und zwirbelt eine seiner kunstvoll gegelten Locken, sodass sie wie ein Horn vom Kopf absteht. Auch Mette lacht, bevor sie zum Pausenraum geht, um sich im Automaten eine Cola light zu ziehen.

Die Chefin kommt ihr auf dem Gang entgegen. Die Chefredakteurin, das Raubein, die Gewitterwolke, Lady Madonna, Cruella de Vil oder im schlimmsten Fall die Vestländerin Rita Rieber. Man könnte sich sicher noch ein paar schlimmere Namen ausdenken, doch das wäre dann zu platt.

Sie ist größer als die meisten Frauen, hat längere Beine und einen weitaus niedrigeren Body-Mass-Index. Wenn sie geht, setzt sie ein Bein direkt vor das andere, als liefe sie noch immer auf dem Catwalk, und es stimmt, sie hat eine Vergangenheit als Model. In Paris, darunter geht es bei ihr nun einmal nicht.

Sie hat das dickste und längste rote Haar, das man je gesehen hat, und die grünsten Augen mit der dicksten Schicht Mascara, mit der sich jemand zur Arbeit traut. Niemand trägt mehr Armbänder als sie. Rita Riebers Anblick verschlägt den meisten den Atem. Sie sagt, dass sie auf die fünfzig zugeht, doch das nimmt ihr keiner ab, und der Personalchef hat Schweigepflicht.

Jetzt kommt sie in engen Jeans, die sie in ein Paar braune Cowboystiefel gesteckt hat, den Gang entlang. Ein breiter Gürtel mit einer glitzernden Schnalle ruht auf den schmalen Hüften, während der lange, braune Mantel und das Haar wie zwei Segel hinter ihr herflattern.

Die Venus von NRK bleibt stehen und spielt mit einem ihrer Zöpfe.

»Hey, Mette! Schön, dass du hier bist. Kannst du arbeiten?«

»Ich übernehme die Pressekonferenz fürs Radio, wenn das okay ist?«

»Ob das okay ist? Das ist super. Wir sind ziemlich unterbesetzt in den Herbstferien. Manchmal habe ich den Eindruck, dass alle, die hier arbeiten, kleine Kinder haben. Aber ich darf mich nicht beklagen, ihr habt wirklich eine Verschnaufpause verdient, nach der ganzen Arbeit mit der Union-Geschichte.«

Was sie sagt, stimmt. Die Redaktion hat wirklich kopfgestanden, seit im Sommer bekannt wurde, dass Norske Skog die Papierfabrik dichtmachen wollte. Außerdem waren Parlamentswahlen, sodass die meisten von ihnen jetzt reichlich Überstunden abzufeiern haben.

Es ist gleich zwölf, und Jensemann verschwindet im Studio, um das Bulletin einzulesen. Rita Rieber und Mette Minde bleiben stehen und beobachten ihn durch die Glaswand. Der Mord am Kverndamm hat, wie gesagt, oberste Priorität. Zusätzlich zu der Meldung selbst hat er noch ein kurzes, auf Band aufgezeichnetes Interview mit Hauptkommissar Morgan Vollan, der nicht wirklich etwas preisgibt. In der Abmoderation informiert Jensemann darüber, dass die Polizei für vierzehn Uhr eine Pressekonferenz anberaumt hat.

»Gute Arrrbeit!«, sagt die Chefredakteurin, als er aus dem Studio kommt.

In ihrem Bergener Dialekt klingt das Lob besonders gut.

Line kommt den Flur entlang. Line ist Videojournalistin und erinnert an einen drahtigen Hund. An einen englischen Setter, um genau zu sein. Sie ist klein und dünn, doch sie hüllt sich ständig in viel zu große, flauschige Sachen. Heute trägt sie einen locker sitzenden, hellen Islandpullover mit braunen Punkten, eine weite Hose und an den Füßen die Ugg-Boots vom Vorjahr. Die Hinterkappen sind leicht nach innen gebogen. Sie sind diesen Herbst bestimmt nicht mehr angesagt. Jetzt sind Cowboyboots in. Rita und Jensemann haben das schon lange begriffen, Line aber nicht.

Und Mette auch nicht, aber sie hat zumindest vor, sich ein Paar zu kaufen. Keine spitzen wie die von Rita, sondern welche mit runden Kappen. Im Moment trägt sie rote Converse zu lila Wollsocken. Manchmal der Freak, manchmal romantisch verspielt, zweiunddreißig Jahre und immer noch unsicher, wer sie eigentlich ist oder wer sie gerne wäre.

»Redaktionsbesprechung«, ruft Rieber, und alle nehmen um den runden Besprechungstisch Platz.

Rita setzt sich, breitet eine Zeitung vor sich auf dem Tisch aus, zieht den Stuhl etwas vor und legt die langen Beine mit den Cowboystiefeln auf die Zeitung. Dann lehnt sie sich im Stuhl zurück und sieht ganz wie ein echter Cowboy aus.

»Was haben wir, und was machen wir daraus? Im letzten Mordfall hatten wir eine verschwundene Leiche und einen Verdächtigen. Jetzt haben wir eine identifizierte Leiche und keinen Verdächtigen. Ja, sicher, der Name des Opfers ist noch nicht freigegeben, aber ich rechne damit, dass das auf der Pressekonferenz passieren wird.«

»Was meint ihr, ob sie bekannt ist? Eine Berühmtheit?« Jensemann lehnt sich energiegeladen über den Tisch.

»Willst du uns verarschen?« Lady Madonna versteht es zu schockieren. »Eine weibliche Berühmtheit von vierundvierzig? Reiß dich zusammen, Jensemann. Bestimmt ist sie eine ganz gewöhnliche Frau, und der Täter gehört zur Familie, ist ein verschmähter Ehemann oder einfach nur ein armes Schwein, was wir auch nicht ausschließen können.«

Mette bekommt keine Gelegenheit, den Ballon, den verschwundenen Hund und dass die Frau erdrosselt wurde, zur Sprache zu bringen. Das hätte sie jetzt eigentlich tun können. Aber es hätte auch nichts an der Schlussfolgerung der Chefredakteurin geändert. Der Mörder kann ein Familienmitglied, ein verschmähter Liebhaber oder ein Gewaltverbrecher sein. Das kommt auf das Motiv an. Die Statistik zeigt, dass die meisten Morde von Menschen begangen werden, die dem Opfer nahestehen, und die meisten Vergewaltigungen von Bekannten. Nur einer von zwanzig Mördern ist eine Frau. Das geht auch aus der Statistik hervor.

Dann steht er plötzlich in der Tür. Tomas Evensen. Er hebt fotogen den Arm, als wollte er die Beifallsstürme dämpfen.

»I'm back, folks«, sagt er auf seine unglaublich alberne Art.

Rita und Jensemann stehen jubelnd auf. Jensemann haut ihm auf die Schulter, während Rita ihn umarmt.

»Willkommen zurück, alter Adler«, sagt Jensemann.

Mette windet sich innerlich vor Widerwillen. Line bleibt sitzen.

»Du bist also wieder gesund?« Rita Rieber klingt froh und überrascht.

»Ich bin ab Montag nicht mehr krankgeschrieben, aber wenn du für den Mordfall sofort jemanden brauchst, mache ich das liebend gern«, sagt Tomas.

Mette steht auf und verschränkt die Arme vor der Brust.

»Nein, das ist nicht nötig, Tomas«, sagt sie schnell. »Ich berichte über die Pressekonferenz fürs Radio und Line fürs Fernsehen, das ist bereits geregelt. Aber es ist super, dass du wieder okay bist«, fügt sie mit falschem Enthusiasmus hinzu. Zusätzlich erlaubt sie sich noch ein breites Lächeln.

»Aber ich habe ziemlich gute Kontakte zur Kripo«, sagt Tomas. »Durchaus möglich, dass ich über sie mehr erfahren kann.«

Ein kurzes, unangenehmes Schweigen entsteht, bevor Rita eingreift.

»Du kommst mit mir und wirfst einen Blick auf die Dienstpläne«, sagt sie. »Wir machen alles wie geplant, und am Montag sehen wir weiter.«

Die beiden verschwinden in Ritas Büro und schließen die Glastür hinter sich. Mette und Line sehen sich an. Beide verdrehen die Augen. Mette beobachtet Tomas durch die Glastür, der es sich auf Ritas Besucherstuhl bequem gemacht hat. Er hat kurz geschnittenes, braunes Haar und einen gepflegten Bart. Die Motorradjacke hängt über seiner Schulter, obwohl das Motorrad einen Totalschaden hatte. Er trägt sogar wieder seine Bikerstiefel, als wäre er nie durch die Gegend gehumpelt. Was für ein Macho, denkt sie und geht zu ihrem Postfach. Hin und wieder kommt immer noch Briefpost. Und Tomas Evensen ist und bleibt ein Drecksack. Warum hat es ihm bei seinem Sturz nicht den Schädel zertrümmert?

»Oma, wieso ist die Straße eigentlich weiß?«

»Das weißt du doch, Lotte, oder nicht? Weil sie aus Kies von dem alten Steinbruch ist. Den nennt man auch Quarz. Ist der nicht schön?«

»Ja. Sehr schön.«

Lotte hebt ein paar kleine Steine auf und steckt sie in die Jackentasche. Burre wuselt um ihre Füße und schnuppert an Gras und Himbeersträuchern am Straßenrand. Sie nimmt ihn hoch und bohrt die Nase in sein Fell. Der Hund verharrt kurz auf ihrem Arm, bevor er versucht, sich freizustrampeln.

»Lass ihn wieder runter, Lotte. Ein bisschen Bewegung tut ihm ganz gut.«

Sie biegen von der Straße ab und folgen einem Pfad, der sich in den Wald hineinwindet. Überall auf dem Boden liegen Eicheln. Sie sehen wie kleine Gesichter mit Mützen auf den Köpfen aus.

»Oma, guck mal!« Lotte hält zwei Eicheln hoch und lächelt breit, sodass man ihre großen Zähne sehen kann.

»Ja, die sind schön, aber essen solltest du die nicht. Sie sind schrecklich bitter«, sagt die Großmutter. »Guck lieber, ob du ein paar Pilze findest, du hast doch so gute Augen.«

Der Pilzkorb hängt am Arm der Großmutter. Und die Brille sitzt auf ihrer Nase. Es hat noch keinen Frost gegeben, sodass die Chancen gut stehen, Pilze zu finden. Pfifferlinge, vielleicht auch Trompetenpfifferlinge, Täublinge und Stachelpilze. Der Boden ist feucht, und das ist ein gutes Zeichen, obwohl es heißt, dass es dieses Jahr nur wenig Pilze gibt. Die Wolken hängen grau und schwer am Himmel.

»Oma, Burre hat einen Pilz gefunden!«

»Sieh mal an.« Die Großmutter beugt sich hinunter und pflückt einen großen Pilz mit einem gelben Kopf. »Das ist ein gelber Täubling. Wir müssen sehen, ob man den essen kann.«

Sie bricht ein Stückchen ab und schiebt es sich zwischen die Zähne. Dann kaut sie und schmeckt.

»Der ist richtig klasse, aber denk daran, Lotte, dass du Pilze, die du im Wald findest, nie probieren darfst. Es gibt hier Pilze, die sind so giftig, dass du daran sterben kannst, oder deine Nieren oder Leber können für immer Schaden nehmen. Verstanden? Probier nie die Pilze, die du findest.«

»Und warum kannst du das?«

»Weil ich die Pilze kenne«, sagt die Großmutter. »Die Giftigsten sind der weiße Fliegenpilz und der spitzgebuckelte Raukopf. Ich zeige sie dir, wenn wir welche sehen. Die dürfen wir nicht einmal anfassen.«

Heute denkt Lotte nicht an den Stimmungsschalter. Der Schalter ist auf fröhlich eingerastet. Die Großmutter passt auf sie auf. Die Großmutter weiß so viele merkwürdige Dinge.

Der Briefumschlag ist weiß und anonym. Ihr Name steht in dicken Buchstaben darauf. Auf der Rückseite ist kein Absender angegeben. Sie reißt den Umschlag auf und zieht einen gewöhnlichen, mit der Maschine geschriebenen DIN-A4-Bogen heraus. Sie liest ihn zweimal und macht sich auf einem Block Notizen. Dann runzelt sie die Stirn, bleibt sitzen und starrt aus dem Fenster. Ein Eichhörnchen läuft blitzschnell den Stamm einer hohen Kiefer hinauf.

Der Umschlag enthält einen Hinweis von einem anonymen Absender. Sie weiß nicht so recht, was sie davon halten soll. In der Redaktion gehen nicht oft Tipps ein. Die Zeitungen bekommen bestimmt einige. Die bezahlen auch gut, doch dieser Informant scheint nicht an Geld interessiert zu sein. Aber warum wendet er sich mit seiner Information nicht einfach an die SFT, die staatliche Behörde für Klima- und Umweltschutz? Die haben ein eigenes Telefon für derartige Tipps, bei dem man anonym bleiben kann. Warum kommt er zu ihr, wenn er wirklich will, dass der Sache nachgegangen wird? Und was kann sie überhaupt anderes tun, als sich an die SFT zu wenden? Sie liest den Brief ein drittes Mal:

Liebe Mette Minde,
im Industriegebiet Rødmyr in Skien liegt die Südnorwegische Auto und Altmetall AG, *auch unter dem gebräuchlicheren Namen Rødmyr Schrott bekannt. Ich weiß, dass besagte Firma Betrug im großen Stil begeht. Wir sprechen hier von einem Millionenbetrug, dem Einhalt geboten werden muss. Die Firmeninhaber dürfen sich nicht auf diese Weise bereichern. Gehen Sie der Sache nach.*

Ich wende mich an Sie, weil ich Ihre Berichterstattung über Mango Oil im Radio verfolgt habe. Das war wirklich

gute Arbeit, und ich hoffe, Sie werden sich auch dieser Sache annehmen. Wenn Sie diesen Brief ernst nehmen, gehen Ihnen weitere Hinweise zu!
Gruß, der Löwe

Die Unterschrift »der Löwe« legt nahe, dass der Tipp von einem Mann kommt, oder wäre der Brief sonst nicht vermutlich mit »die Löwin« unterschrieben? Vielleicht auch nicht. Löwe kann sich auch auf das Sternzeichen beziehen. Davon einmal abgesehen, ist offensichtlich, dass der Betreffende schlecht unterrichtet ist. Nicht sie hat Mango Oil auffliegen lassen. Das hat die SFT getan. Zwar auf einen anonymen Hinweis hin, doch die Behörde war lange schon an der Sache dran, bevor Anzeige erstattet wurde. Jetzt hat das Dezernat für Wirtschaftsdelikte die Ermittlungen aufgenommen, und die Sache kommt irgendwann im Herbst vor Gericht. Sie muss an der Geschichte dranbleiben, um Tomas eine Kopflänge voraus zu sein, die Mango Oil-Affäre gehört ihr. Doch was soll sie mit diesem konkreten Hinweis anfangen? Wenn sie der SFT einen Tipp gibt und sich herausstellt, dass an diesen Behauptungen etwas dran ist, wird sie während der Ermittlungen eine Sonderposition haben und am besten informiert sein, wenn die Bombe hochgeht.

Mette Minde lächelt vor sich hin und dreht sich zu ihrem PC um. Sie loggt sich in die Brønnøysund-Datenbank ein, um sich über die *Südnorwegische Auto und Altmetall AG* schlauzumachen.

Aus dem Augenwinkel heraus registriert sie, dass Tomas aus Ritas Büro kommt, doch sie arbeitet weiter, ohne den Blick vom Bildschirm zu heben. Sie wünscht sich nichts sehnlicher, als dass er die Redaktion wieder verlässt, aber das tut er nicht. Er setzt sich an einen PC weiter hinten im Raum, und schon bald hört sie seine Finger über die Tastatur tanzen.

Es ist ziemlich spannend, Datenbanken zu durchsuchen. Für Journalisten sind Datenbanken und Archive aller Art ein nützliches Arbeitswerkzeug. Die Quellen liegen offen vor einem, und man kann eine Menge erfahren, ohne sich einen einzigen Meter vom Bildschirm entfernen zu müssen.

Das Problem ist nur, dass man selten die Zeit hat, sie zu durchforsten. Oft weiß man auch erst einmal nicht, wonach man suchen soll. Informationen zu sammeln und zusammenzusetzen ist eine zeitintensive Arbeit.

Recherchearbeit hat im hektischen Alltag nicht unbedingt die oberste Priorität. Die wenigsten Redaktionen haben Ressourcen dafür, obwohl sich die meisten Redakteure mehr Recherche wünschen. Mehr exklusive, selbst produzierte Beiträge. Recherche ist mit Prestige verbunden, davon zeugt auch der berühmte Journalistenpreis, der von der Stiftung für kritischen und investigativen Journalismus, SKUP, verliehen wird.

Eine Stunde später hat sie sich einen ziemlich guten Überblick über den Stand der Dinge verschafft. Sie hat sich einige Notizen gemacht, die für sie von Interesse sein könnten, und ihr Block ist voller Pfeile, Namen und Zahlen. Um Hege Marie Toft von der SFT anzurufen, muss sie bis Montag warten. Sie will auch Rita noch nichts sagen, bevor sie nicht mit Toft gesprochen hat. Das könnte eine Story werden.

Line kommt in die Redaktion und ruft, dass es Zeit ist, zu fahren. Ihr schmaler Körper ist gebückt unter der Last der Kamera in ihrer Hand und des Stativs, das über ihrer Schulter hängt. Mette loggt sich aus, steckt den Block mit den Notizen in ihren Lederrucksack, greift nach dem Aufnahmegerät und läuft hinter Line her. Beim Hinausgehen sieht sie kurz zu Tomas hinüber. Glücklicherweise starrt er auf seinen Bildschirm.

»Er hasst Journalisten«, flüstert Line und schielt zu Morgan Vollan hin, der oben auf dem Podium steht.

Mette und Line sitzen nebeneinander auf Holzstühlen und warten darauf, dass die Pressekonferenz beginnt. Einige Kollegen der anderen Medien sind auch bereits da. Stuhlbeine scharren, und der Raum summt vor Stimmen. Hey, hallo und danke für letztens und guter Artikel auf Seite drei, da hast du wirklich einen Treffer gelandet.

»Was hat er gegen Journalisten?«, flüstert Mette zurück. Sie ist Morgan Vollan noch nie begegnet.

»Er findet, dass wir alle wie eine Horde Hafenarbeiter aussehen, die am Kai aufgekreuzt sind, um sich ihren Tagelohn zu verdienen.«

»Ernsthaft?«

»Ernsthaft. Einmal hat er einen Typen von PD zur Sau gemacht, der in Shorts zu einer Pressekonferenz gekommen ist«, flüstert Line.

Mette sieht zu Vollan hin, der seine Unterlagen sortiert. Er ist in Uniform. Dann lässt sie den Blick über die anwesenden Presseleute wandern. Sie sind nicht gerade in Anzug und Krawatte erschienen. Ihre Augen bleiben an einem schwergewichtigen Typen mit halb langen Haaren hängen, der zurückgelehnt mit gespreizten Beinen dasitzt. Über dem T-Shirt trägt er ein Jackett. Ja, ja. Sie und Line sind schließlich auch nicht in Tweedkostüm und Pumps erschienen. Sie wippen mit den übereinandergeschlagenen Beinen. Die eine mit roten Converse, die andere mit Uggs vom Vorjahr.

»Weißt du, was er allen Ernstes gebracht hat?«, fährt Line fort.

»Nein?«

»Er hat gesagt, dass er nicht begreift, dass es schwieriger sein soll, einen Studienplatz für Journalistik als für Medizin zu bekommen. Er weigert sich einfach anzuerkennen, dass wir gar nicht so dumm sein können, wenn dem so ist«, sagt Line mit unterdrücktem Lachen.

Mette lächelt, und im selben Moment begegnet sie Morgan Vollans Blick. Er lächelt nicht, und sie fragt sich, ob er Lines Worte gehört hat. Sie stupst die Kollegin vorsichtig an, damit sie leiser spricht.

Dann haben alle ihre Plätze eingenommen. Bis auf sie und Line alles Männer. Wohl kaum, weil in den meisten Redaktionen die Journalisten und Fotografen in der Mehrzahl sind, sondern eher, weil es typisch Mann ist, spannende Fälle wie diesen an sich zu reißen. Telemarksavisa, Varden, VG und Dagbladet und nicht zuletzt PD sind vertreten. Das Porsgrunns Dagblad deckt eigentlich die Gemeinden Porsgrunn und Bamble ab, doch da der Kverndamm genau zwischen Skien und Porsgrunn liegt, scheinen sie den Fall für ihre Leser als interessant genug einzustufen. Die Gemeindegrenze verläuft im Anders Baars veg.

»Ich darf Sie zu dieser Pressekonferenz willkommen heißen. Der Anlass ist, wie Sie wissen, der Mord am Kverndamm gestern Abend. Mein Name ist Morgan Vollan, Hauptkommissar und Leiter der Ermittlungen. Neben mir sitzen Maiken Kvam und Axel Lindgren«, sagt er und deutet mit ausgestrecktem Arm nach rechts und nach links.

»Wir werden den Fall kurz umreißen. Anschließend können Sie Ihre Fragen stellen. Danach haben die Vertreter von

Radio und Fernsehen Gelegenheit zu Interviews«, sagt er und nickt in Richtung Line, die ihre Kamera auf dem Schoß hat. »Die Zeitungsjournalisten können bei dieser Gelegenheit ebenfalls Antworten auf ihre Fragen bekommen. Wir haben nicht alle Zeit der Welt«, fährt er fort und räuspert sich, um die Stimme zu klären.

»Ich möchte übrigens die Fotografen bitten, hier drinnen keine Aufnahmen zu machen. Ich bin mir sicher, dass Sie genügend Bilder von diesem Raum haben. Das Fotografieren wirkt äußerst irritierend. Wir räumen Ihnen nach der Pressekonferenz draußen einige Minuten für Fotos ein. Ist das in Ordnung?«

Es wird still im Raum. Als Vollan fortfährt, sind seine Augen auf die Unterlagen gerichtet.

»Gestern Abend um 19:06 Uhr wurde eine vierundvierzigjährige Frau erwürgt am Kverndamm gefunden. Sie wurde von Sanitätern des Krankenhauses Telemark entdeckt. Die Frau hatte selbst in der Notrufzentrale angerufen und mitgeteilt, dass sie gefallen war und sich verletzt hatte. Der Rettungswagen ist auf ihren Anruf hin ausgerückt. Als die Sanitäter eintrafen, war die Frau bereits tot. Mit einer Leine erwürgt. Die Frau war mit einem kleinen Hund auf einem Spaziergang. Das wurde von den Nachbarn bestätigt, die sie gegen 18:15 Uhr von zu Hause aufbrechen sehen haben. Der Hund wurde bisher nicht gefunden. Die Nachbarn wurden befragt. Die Polizei bittet um Mithilfe bei der Suche nach dem Hund. Darüber hinaus suchen wir nach Zeugen, die in der Zeit zwischen 18:00 Uhr und 19:30 Uhr in dem Gebiet um Klyve, Nybergåsen, den Wald um den Kverndamm und den Anders Baars veg unterwegs waren. Am Tatort konnten Spuren sichergestellt werden.«

Morgan Vollan macht eine Pause und hebt den Blick.

»Da alle Angehörigen inzwischen verständigt sind, kann die Identität der Toten bekannt gegeben werden. Ihr Name ist Frid Erica Bengtsen. Sie hat ihren Wohnsitz in der Gemeinde Skien.«

Mette Minde lässt den Block in ihren Schoß fallen. Frid Erica Bengtsen ist die Schwester von Inger Susanne, mit der sie sechs Jahre in eine Klasse gegangen ist. Das heißt, sie *war* die Schwester von Inger Susanne. Und damit nicht genug: Frid Erica Bengtsen ist einer der Namen, die sie sich bei der Durchsicht des Eigentümerverzeichnisses vor einer Stunde notiert hat. Das Herz schlägt ihr bis zum Hals.

Die Ermittlerin Maiken Kvam hat sich erhoben. Sie drückt auf einen Knopf an der Wand. Eine Leinwand gleitet hinunter. Maiken Kvam dimmt das Licht und drückt eine Taste auf dem PC vor ihr. Der Projektor oben unter der Decke projiziert ein Bild auf die Leinwand. Man sieht einen kleinen Hund mit lockigem, weißem Fell. Die kleine, hellrote Zunge hängt weit aus der dunklen Schnauze. Der Kopf ist leicht zur Seite geneigt, die Augen sind braun und blicken routiniert in die Kamera. An seinem Halsband ist eine rot-grüne Schleife befestigt.

»Das ist der vermisste Hund«, sagt sie. »Ein drei Jahre alter Rüde der Rasse Bichon Frisé. Er hört auf den Namen Fido. Wir reden hier über einen prämierten Rassehund, der die meisten Preise gewonnen hat, die es in diesem Land zu gewinnen gibt, Schweden inbegriffen. Die Polizei hat, wie gesagt, großes Interesse daran, den Hund zu finden. Das Bild wird per E-Mail an alle Redaktionen gehen, die Interesse bekunden. Ich lege eine Liste aus«, sagt sie und zeigt auf einen Bogen neben dem Laptop.

»Jetzt haben Sie Gelegenheit, Fragen zu stellen«, sagt Morgan Vollan.

»Der Hund muss doch ziemlich wertvoll sein. Glauben Sie, dass jemand die Frau umgebracht hat, um an den Hund zu kommen? Er ist immerhin verschwunden, nicht?« Die Frage kommt von Ketchupfleck.

»Dazu haben wir keine Meinung, aber es ist natürlich eine Möglichkeit. Eine von vielen Möglichkeiten«, antwortet Morgan Vollan.

»Was für Spuren wurden am Tatort gefunden?« Ein junger Journalist von Varden erdreistet sich zu dieser dummen Frage.

»Dazu kann ich natürlich nichts sagen!«

»Wurde bereits jemand vernommen?« Der Journalist der Zeitung Telemarksavisa ist einer von Mettes Kommilitonen von der Hochschule für Journalistik.

»Wir haben mehrere Personen vernommen, von denen jedoch niemand unter Verdacht steht«, sagt Vollan.

»Gibt es Tatzeugen?« Auch diese Frage kommt von dem TA-Journalisten.

»Wir haben keine Zeugen, die in direkter Verbindung zum Tatort stehen, aber wir haben mit Personen gesprochen, die sich in dessen Nähe aufgehalten haben«, antwortet Vollan. »Und wir sind, wie gesagt, interessiert, mit weiteren in Kontakt zu kommen.«

»Sie haben gesagt, dass die Frau mit einer Leine erwürgt wurde. Von was für einer Leine sprechen wir?« Der Mann ist jung und arbeitet freiberuflich für die Zeitung Verdens Gang.

»Das kann ich nicht weiter kommentieren.«

Der Freiberufler fährt fort: »Sie haben außerdem gesagt,

dass der Hund verschwunden ist. Ist die Hundeleine auch verschwunden?«

»Kein Kommentar.«

»Ist es möglich, dass die Frau mit der Hundeleine erwürgt wurde?«

»Ich bitte um Verständnis, dass ich die Frage zum derzeitigen Zeitpunkt der Ermittlungen nicht beantworten kann«, sagt Vollan.

»Da Sie nach dem Hund und nicht auch nach der Leine suchen, liegt die Schlussfolgerung nahe, dass der Hund keine Leine hatte«, sagt der Freiberufler, »aber sie hat den wertvollen Hund ja wohl kaum frei herumlaufen lassen?«

Vollan seufzt tief, und der Ermittler links neben ihm, Axel Lindgren, kommt ihm zu Hilfe: »Es ist nun einmal so, dass besagter Hund eine Unzahl von Leinen zum Gebrauch bei unterschiedlichen Gelegenheiten hat. Keiner der Zeugen konnte jedoch die Leine beschreiben, an die der Hund gestern angeleint war. Deshalb können wir auch keine Beschreibung der Leine herausgeben. Es ist einfach nicht möglich.«

»Das heißt also, dass Hund und Leine gestohlen wurden«, stellt der Freiberufler fest und macht sich eine Notiz auf seinem Block.

»Außerdem darf ich die Presse an die ethischen Normen und Regeln erinnern«, sagt Lindgren.

Ein paar Journalisten wechseln Blicke und ziehen vielsagend die Augenbrauen hoch.

»Wenn keine weiteren Fragen mehr kommen, beenden wir hiermit die Pressekonferenz. Die Vertreter von Radio und Fernsehen haben jetzt Gelegenheit für ihre Interviews. Anschließend können dann die Fotografen ihre Bilder draußen machen, sollte der Wunsch bestehen.«

Mette und Line beschließen, den Zeitungsfotografen den Vortritt zu lassen. Es ist immer ruhiger, wenn die Horde zurück in die Redaktionen verschwunden ist. Keiner protestiert.

Kurz darauf haben sie ihre Bilder von Hauptkommissar Morgan Vollan, und Mette Minde hat Vollan für sich. Die Augen unter den buschigen Brauen blicken klar und streng. Alte Männer bekommen doch überall Haare, aber vermutlich ist er noch nicht so alt? Irgendwo in den Fünfzigern. Er hat die Hände auf dem Rücken und wippt leicht vor und zurück, als könnte er nicht ruhig stehen. Das ist also der Mann, den sowohl Line als auch Peder als Rüpel beschrieben haben. Auf Mette wirkt er ausgeglichen und relativ höflich, aber ein besonders fröhlicher Zeitgenosse scheint er nicht zu sein.

Sie stellt ihm ihre Fragen. Wer, was, wo, wie, warum und wann. Er antwortet kurz und knapp, ohne wirklich viel preiszugeben. Mette Minde holt Luft und lügt ihn mit fester Stimme an: »Ich war gestern Abend bei den Absperrbändern. Mir ist nicht entgangen, dass etwas Rotes auf dem Körper der Toten lag. Können Sie mir sagen, um was es sich dabei gehandelt hat?«

Morgan Vollans Augen werden schmal. Ebenso wie seine Lippen.

»Nein, das kann ich nicht. Ich äußere mich nicht zu den Funden am Tatort«, sagt er übertrieben deutlich. »Und ich glaube, dass Sie jetzt haben, was Sie brauchen«, fährt er fort und dreht sich demonstrativ zu Line um, die sich einige Meter entfernt aufgebaut hat.

Während Line noch mit ihrer Kamera beschäftigt ist, ruft Mette bei den Tagesnachrichten an und gibt die letzten Informationen durch. Der Chef vom Dienst braucht merkwürdigerweise nicht direkt etwas für die Fünfzehn-Uhr-Nachrichten. Bei Bauarbeiten in Oslo hat es einen schweren Unfall gegeben, und das ist natürlich wichtiger als ein kleiner Mord an einer Frau mittleren Alters in der Provinz.

NRK Telemark hat heute keine Sendezeit mehr. Die Hörer müssen mit den neuesten Meldungen aus ihrer Region bis zum Montag warten. Sie füttert die Tagesnachrichten mit dem, was sie brauchen, während Line ihren Stoff an die Tagesrevue schickt. NRK Østafjells strahlt am Wochenende ebenfalls keine Fernsehsendungen aus.

Die kleine Line müht sich mit der großen Kamera über ihrer Schulter ab. Sie stellt auf scharf, kontrolliert den Ton und macht ihr Interview. Später muss sie alles selber bearbeiten.

Der Beruf des Videojournalisten beinhaltet, dass man allein für den Job verantwortlich ist, den noch vor wenigen Jahren ein Journalist, ein Fotograf, ein Tontechniker und ein Redakteur gemacht haben. Wenn man Übung hat, braucht man eine Stunde, um eine Minute Fernsehen zu redigieren. Line hat nicht so viel Übung. Sie berichtet erst seit einigen Monaten für Radio und Fernsehen. Rationalisierung und Steigerung der Effektivität nennt sich das. Anders gesagt: Stress.

Sie fahren zusammen in dem weißen NRK-Auto zurück in die Redaktion. Das Autoradio steht auf P1.

»Hier sind die Tagesnachrichten von NRK, es ist fünfzehn Uhr. Gestern Abend wurde die vierundvierzigjährige Frid Erica Bengtsen tot am Kverndamm in Skien gefunden. Hauptkommissar Morgan Vollan von der Polizeiwache in Grenland teilt NRK Telemark mit, dass die Frau mit einer Leine erdrosselt wurde. In Verbindung mit dem Mord sucht die Polizei nach einem kleinen Hund der Rasse Bichon Frisé, mit dem die Frau auf einem Spaziergang war. Der Hund wurde mehrmals zum Champion gekürt, und die Polizei schließt nicht aus, dass der Mord mit dem Verschwinden des Hundes in Verbindung stehen könnte.«

Sie drosseln die Lautstärke. Line sitzt am Steuer. Sie dreht sich zu Mette um.

»Was hältst du davon, dass Tomas wieder da ist?«

»Schön für ihn«, antwortet Mette.

Line lacht.

»Da sind wir uns einig. Tomas hat ziemlich sauer reagiert, als ich auf das TV-Seminar geschickt worden bin und nicht er. Der Typ hat mich fast einen Monat nicht gegrüßt. Wenn du mich fragst, ist er irgendwie nicht ganz richtig im Kopf.«

»Stimmt. Mir ist aufgefallen, dass du auch deine Schwierigkeiten mit ihm hast. Aber er ist ein hervorragender Journalist, leider.«

Sie lachen beide.

Dann wandern Mettes Gedanken zu Frid Erica Bengtsen. Sie schließt die Augen und lässt die Bilder aus der Kindheit wie einen Film hinter ihren Lidern vorbeiziehen. Das ist alles so lange her. Frid Erica Bengtsen. Sie haben sie nur Frid genannt. Mette wusste nicht, dass Frid eigentlich Frid Erica hieß. Vielleicht hat sie deshalb nicht reagiert, als sie den Namen in der Internet-Datenbank gesehen hat. Aber das muss sie sein. Das muss die Schwester von Inger Susanne sein. Das Alter stimmt. Der Ort stimmt. Der Kverndamm. Mette schaudert. Blutegel mit kleinen, glitschigen Mäulern, die sich an der Haut festsaugen.

Es brennt kein Licht, und die Redaktionsräume sind leer, als Mette und Line zurückkommen. Die Kollegen sind ins Wochenende gegangen. Das werden sie und Line auch bald tun, aber zuerst müssen sie die Beiträge sendefertig machen.

Lines Stoff kommt heute Abend in der Tagesrevue. Mette macht einen Kurzbeitrag für die Tagesnachrichten und bringt die Internetseiten auf den neuesten Stand.

Sobald sie damit fertig ist, zieht sie sich eine Cola light aus dem Automaten und holt ihre Notizen zur *Südnorwegischen Auto und Altmetall AG* heraus. Die Firma beschäftigt sich mit der Sanierung von Autowracks. Vor ihrem inneren Auge sieht sie ein ziemlich klares Bild von Rødmyr Schrott. Ein großes, umzäuntes Gebiet mit alten Autowracks, nicht weit entfernt vom Gefängnis.

Der derzeitige Geschäftsführer ist Tore Antonsen. Ihm gehören sechzig Prozent der Firma. Die restlichen vierzig Prozent gehören einem Jonas Forsthammer, der als Vorstandsvorsitzender aufgeführt ist. Tore Antonsen ist an keinen weiteren Firmen beteiligt. Ganz anders Jonas Forsthammer. Er ist der alleinige Inhaber der Firma Autolux AG, die teure Gebrauchtwagen aus Deutschland und Italien importiert, und Vorstandsvorsitzender der Autoexport AG, die Gebrauchtwagen exportiert und von der ihm siebzig Prozent der Anteile gehören. Einem Mann namens Rashidi Aswany gehören zehn Prozent und Frid Erica Bengtsen die restlichen zwanzig.

»Schönes Wochenende, Mette, ich bin weg!«, ruft Line aus dem Foyer.

»Schönes Wochenende, Line. Bis Montag.«

»Ich habe überall das Licht ausgemacht, du musst nur noch die Alarmanlage einschalten.«

»Mach ich. Ich gehe auch gleich.«

Die Eingangstür knallt zu. Dann ist sie allein.

Auf der Homepage der SFT hat sie gelesen, dass bei Schrotthändlern, die Autowracks sanieren, Sondermüll wie Benzin und Diesel anfällt, Altöl, Kühlflüssigkeit, Blei und Kadmium enthaltende Autobatterien sowie eine Reihe quecksilberhaltiger Komponenten. Wenn es in irgendeiner Weise zutrifft, dass diese Umweltgifte nicht ordnungsgemäß, sondern direkt in die Natur entsorgt werden, dann ist das ein Problem. Plötzlich hört sie ein Klicken, als würde irgendwo eine Tür geschlossen. Mette richtet sich auf und lauscht, doch es bleibt still. Sie vertieft sich wieder in ihren Stoff, studiert die Bilanzen des Sanierungsunternehmens. Die Firma hat über mehrere Jahre Verluste gemacht, bevor sie aus den roten Zahlen war und erst vor zwei Jahren, genauer gesagt im letzten Jahr, einen kleinen Gewinn erwirtschaften konnte. Den Steuerbescheiden zufolge verdient Tore Antonsen relativ wenig. Sein Einkommen liegt unter zweihunderttausend Kronen, während Jonas Forsthammer mit einem Gehalt von über einer Million Kronen und einem Vermögen von gut sieben Millionen Kronen aufgeführt wird.

Es ist bald 17:00 Uhr. Der Nebel vor den Fenstern ist dünn und durchsichtig. Das Eichhörnchen flitzt den Stamm hinunter. Mette stellt das Radio lauter, um die Nachrichten mitzubekommen, während sie ihre Sachen zusammenpackt. Ihre Meldung kommt an vorletzter Stelle, gefolgt von einem Kurzinterview mit Morgan Vollan.

Sie löscht das Licht in den Redaktionsräumen und geht die Treppe in den Keller hinunter zu den Toiletten. Während sie sich die Hände wäscht, studiert sie ihr Gesicht im Spiegel. Vielleicht ist es wirklich Zeit für eine Veränderung.

Als sie die Treppe wieder hinaufsteigt, kommt ihr plötzlich Tomas Evensen entgegen. Sie bleibt abrupt stehen und hat das Gefühl, dass ein Stromschlag durch ihren Körper jagt. Auch Tomas bleibt vier Stufen über ihr stehen und sieht sie an, ohne etwas zu sagen. Es ist ausreichend Platz, um aneinander vorbeizugehen. Die Treppe ist breit, doch Mette fühlt sich unbehaglich. Sie greift nach dem Geländer und steigt zwei Stufen hinauf. Tomas macht einen Schritt zur Mitte der Treppe hin. Jetzt ist nicht mehr viel Platz.

»Die Streber arbeiten«, sagt er mit seiner schleimigen, etwas langsamen Stimme.

»Ich bin auf dem Weg nach Hause«, erwidert sie. »Ich habe nicht gewusst, dass du noch hier bist.«

»Ich plane eine Radiodokumentation über die Mango Oil-Affäre. Ich habe mit Rita darüber gesprochen. Und mit P2. Sie sind sehr interessiert. Und ich berichte natürlich über die Gerichtsverhandlung.«

»Ach, ja? Das sei dir vergönnt. Ich bin mit anderem beschäftigt. Mit eigenen Themen«, sagt sie betont unbeschwert.

»Schön für dich! Aber solltest du nicht eigentlich zu Hause bei deinen Kindern sein?«

Tomas Evensen kommt noch einen Schritt die Treppe herunter. Jetzt ist er ihr so nahe, dass sie seine Lederjacke riechen kann. Doch sein Gesicht kann sie nur sehen, wenn sie den Kopf in den Nacken legt, und das zu tun, liegt ihr fern. Energisch greift sie nach dem Geländer und geht mit zwei schwungvollen Schritten an ihm vorbei. Sie dreht den Kopf und blickt auf Tomas Evensen hinab.

»Peder und die Zwillinge sind in den Ferien, da arbeite ich, solange ich will«, sagt sie schnippisch und bereut es sofort.

»Ach, ja? Dann genieß mal deine Ferien vom Hausfrauendasein. Allein zu Hause in den Herbstferien, ich nehme mal an, das ist so was wie Luxus.«

»Kümmere du dich doch um deine eigenen Kinder!«, ruft sie von oben die Treppe hinunter.

»Ich habe keine Kinder, um die ich mich kümmern muss.

Ich bin frei wie ein Vogel, ich habe mich getrennt, verstehst du!«

Hinter sich hört sie einen Schrei, der zwischen den Kellerwänden widerhallt und in ihrem Herzen ein Echo wie die Trommeln am 17. Mai erzeugt. Mette Minde läuft zur Ausgangstür.

Du lieber Himmel, der Mann ist ja komplett verrückt.

Sie hat nichts vor, nichts muss erledigt oder getan werden. Es ist Samstagnachmittag, und es wird erst in anderthalb Stunden dunkel. Mette fährt über die Porsgrunnsbrücke, vorbei an der Abfahrt nach Moldhaugen, wo sie wohnt, und weiter zur Fernverkehrsstraße nach Skien. Am Kreisel beim GS-Center biegt sie links Richtung Klyve ab. Sie fährt an den Häuserblocks oben auf dem Hügel vorbei, beschleunigt, sobald sie aus dem bebauten Gebiet heraus ist, und biegt kurz darauf ins Industriegebiet Rødmyr ab. Das Gefängnis liegt rechter Hand, sie biegt nach links ab. Langsam schleicht ihr Golf an der *Südnorwegischen Auto und Altmetall AG* vorbei.

Der Zaun ist bestimmt drei Meter hoch, mit Stacheldraht obenauf. Ein Stück weiter hinten auf dem Gelände erkennt sie einen Betonbau. Überall liegen ausgeschlachtete Autowracks, hochgestapelt, ohne Lampen, Reifen und all das, was ein Auto zu einem Fahrzeug macht. Im Grunde genommen faszinierend. Daraus ließe sich eine Radiodokumentation machen. An einem gewöhnlichen Werktag dürfte da drinnen eine fantastische Klangvielfalt herrschen. Sie versucht, sich das Geräusch vorzustellen, wenn ein ausgeschlachteter Volvo-Kombi zu einem Stück Blech platt gewalzt wird. Allein der Gedanke, mit Tönen zu spielen. Mit der Eigenart des Mediums Radio zu experimentieren. Laute zu produzieren, die in den Köpfen der Hörer Bilder erzeugen. Doch wo soll sie die Zeit dafür hernehmen?

Es ist offensichtlich, dass Tomas Evensen grünes Licht bekommen hat. Bestimmt hat er sich bei Rita eingeschleimt, ihr Honig ums Maul geschmiert, der Idiot. Sie begreift nicht, dass Rita ihm auf den Leim geht. Wie kann sie Tomas Evensen mögen? Sogar Jensemann. Alter Adler, geht's noch. Woher hat er das?

Sie parkt den Golf auf einem leeren Parkplatz vor einer Firma ein Stück weiter den Weg hinunter. Die Nordic Walking-Stöcke liegen auf dem Rücksitz. Eigentlich ist sie nicht in der Stimmung zu walken. Ihr Körper fühlt sich an wie ein riesiger gordischer Knoten, doch sie greift trotzdem nach den Stöcken. Sie geben ihr ein Alibi, eine Berechtigung, hier draußen auf der verlassenen Straße zu sein, als würde sie einen Hund auslüften oder so. Niemand unterstellt einer Frau mit Walkingstöcken eine andere Absicht als die, sich fit zu halten.

Sie zieht die Stöcke fast hinter sich her, als sie die Straße entlanggeht. Solange kein Auto kommt, muss sie auch nicht so tun als ob. Langsam geht sie an den geschlossenen Toren vorbei und weiter am Zaun entlang. Als sie dessen Ende erreicht, biegt sie ins Gebüsch ab und folgt der Längsseite des Grundstücks. Das taunasse Gras hat ihre Stoffschuhe nach wenigen Metern durchnässt, aber das kümmert sie nicht. Hohe Tannen und kleinere Birken und Kiefern bilden eine schützende Wand um diesen Friedhof.

Den Autofriedhof. Sie lässt das Wort auf der Zunge zergehen. Auto-fried-hof.

Nur die Vorderseite ist vom Weg aus einzusehen. Hier sieht einen keiner. Sie denkt, dass der Zaun möglicherweise elektrisch ist, und streckt probeweise einen Finger aus. Nichts passiert. Frid fällt ihr kurz wieder ein, doch sie verwirft den Gedanken. Frid ist tot. Es ist gefühlte hundert Jahre her, dass sie Frid gekannt hat. Eigentlich hat sie sie gar nicht gekannt.

Das Gelände fällt zum Ende des Grundstücks hin leicht ab, sodass sie einen Teil des Betonbaus unten sehen kann. Es beginnt langsam zu dämmern. Durch den dünnen Nebel, der an verwässerte Magermilch erinnert, ist es dunkler als sonst um diese Zeit. Die großartige Aussicht nach Osten, die man gewöhnlich von hier oben aus hat, ist verschwunden. In dem Gebäude unten brennt hinter einem der Fenster Licht. Ein Auto, das alles andere als schrottreif aussieht, parkt vor einer grün gestrichenen Tür.

Und da sieht sie es. Ein paar Meter weiter vorn ist der Zaun nach oben gebogen, sodass ein Loch zwischen Boden und Zaun entstanden ist. Groß genug, dass eine kleine Person hindurchkriechen kann. Bestimmt haben ein paar Jungs die Öffnung gemacht. Ein Autofriedhof muss für Jungs spannend sein. Spannend und gefährlich.

Sie wirft die Stöcke weg, legt sich auf den Bauch und schiebt sich unter dem Zaun hindurch. Au! Es ziept, als sie sich an dem Drahtgeflecht eine Haarsträhne ausreißt. Verdammt! Sie hängt mit dem Hinterteil fest und hört einen unangenehmen Ratsch, als ihre Hosentasche aufreißt. Sie schiebt sich ganz durch und steht auf. Langsam bewegt sie sich zwischen den Wrackstapeln auf den Betonbau zu. Sie peilt die Querwand des Gebäudes an, die ohne Fenster ist.

Überall auf dem Autofriedhof liegen lose Teile herum. Die Autowracks sind in die Höhe gestapelt, doch der Boden ist mit losen Türen, Auspuffen, Spiegeln und anderem Schrott übersät. Ein paar große Container, randvoll mit Metallabfall, stehen auf der Rückseite des Betonbaus. Mehrere kleinere Container mit Schlössern stehen davor. Hier bewahren sie bestimmt ihren Sondermüll auf.

Vorsichtig bewegt Mette sich dicht an der Hauswand entlang. Sie lauscht. Alles ist still. Das Auto, das vor der Tür parkt, ist ein grüner Jeep. Er sieht ziemlich neu aus. Auf Hochglanz poliert, aber mit Schmutzspritzern an den Seiten. Gebückt läuft sie zu der Reihe kleinerer Container hinüber. Sie kauert sich zusammen, muss jedoch einsehen, dass sie nicht groß genug ist, um in das Fenster gucken zu können. Gegenüber dem Fenster entdeckt sie in einiger Entfernung einen geeigneten Wrackstapel. Als sie den Stapel erreicht hat, hört sie ein lautes Knirschen und das schwache Brummen eines Automotors. Sie klettert schnell auf einen weißen, all seiner Würde beraubten Ford und von da aus auf irgendein grünes Auto. Sie ist keine Expertin in Sachen Automarken. Sie kriecht in das grüne Auto, was nicht sonderlich schwer ist, da es keine Türen hat. Über ihr, auf dem Dach des grünen Autos, liegt irgendetwas Kleines, Rotes. Sie schickt ein stilles Gebet zum Himmel, dass die Wracks ordentlich gestapelt sind und nicht ins Rutschen kommen. Von hier aus hat sie perfekte Sicht in einen großen Raum. Ein Büro mit einem vollen Schreibtisch, einer Kaffeemaschine, einem eingeschalteten PC. Der Bildschirmschoner tanzt psychedelisch vor sich hin. Der Raum ist leer. Dann hört sie wieder ein Knirschen, und ihr wird klar, dass sich das Tor zur Straße geöffnet und wieder geschlossen hat. Das Geräusch eines Automotors ist jetzt ganz klar auszumachen. Wenige Sekunden später hält ein silbergrauer Wagen mit Allradantrieb hinter dem Jeep. Mette versucht, sich auf dem Rücksitz so klein wie möglich zu machen. Falls der Mann, der da unten aus dem Auto springt, einen Blick zu dem Schrotthügel hin wirft, kann er ihr direkt in die Augen sehen. Aber das tut er nicht.

Er trägt Jagdkleidung. Eine militärgrüne Hose und eine ebensolche Jacke. Auf dem Kopf hat er eine rote Kappe mit Ohrenklappen. Sein Gesicht liegt im Schatten der Kappe. In der Hand hält er ein Gewehr. Er schlägt die Autotür zu und verschwindet in dem Gebäude. Einige Minuten vergehen. Sie versucht, sich auf den Rücksitz zu legen, um nicht so leicht sichtbar zu sein, falls jemand herauskommt. Aber sie möchte auch durch das Fenster schauen können.

Was er wohl jagt? Vögel, Raubtiere? Die Elchjagd hat in der letzten Woche im September begonnen und findet noch statt.

In den ersten Tagen der Elchjagd ist die halbe Mannschaft von NRK Telemark, das heißt der männliche Teil, draußen in der Wildnis, und sie machen fast reines Mädchenradio. Fast. Jensemann geht nicht auf die Jagd.

Der Jäger betritt das Büro, dicht gefolgt von einem Mann in Jeans. Der Jäger legt das Gewehr auf den Schreibtisch. Der Jeansmann geht zur Kaffeemaschine. Er füllt zwei weiße Becher mit Kaffee. Einen reicht er dem Jäger. Sie setzen sich an den Tisch. Der Jeanstyp greift nach dem Gewehr, dreht und wendet es. Dann kippt er die Läufe herunter und untersucht die Patronen, bevor er das Gewehr wieder zusammenklappt. Der Jäger steht auf und geht zum Fenster. Mette hält den Atem an. Der Jeanstyp macht eine ausladende Armbewegung und steht auf. Der Jäger wendet sich vom Fenster ab. Mette atmet aus.

Im selben Moment ist von irgendwo weiter oben auf dem Grundstück ein Krachen von Metall auf Metall zu hören. Mette dreht den Kopf und sieht, dass einer der Schrotthügel sich bewegt. Ein riesiger, rostiger Gegenstand stürzt langsam von oben herunter, kippt um und knallt auf den Boden.

Die grüne Tür im Gebäude geht auf, und der Jeanstyp kommt mit dem Gewehr in der Hand heraus, gefolgt von dem Jäger. Sie bleiben stehen und schauen sich um, als wollten sie Witterung aufnehmen. Mette kauert sich zusammen, sodass sie nichts mehr sieht. Sie merkt, dass auch ihr Stapel ins Rutschen gerät. Sie klammert sich an den Sitz, während ihr das Herz vor Schreck bis in den Hals schlägt. Doch nichts passiert. Der Schrottberg hält.

»Hier rüber! Verdammt!«

»Jetzt beruhig dich erst mal, Tore, du bist ja ganz außer dir!«

»Ich hab von dem Scheiß hier die Schnauze voll!«

Ein Gewehrschuss zerreißt die Luft. Die Kugel trifft auf Metall. Peng! Es klingt wie in einem Western.

»Hör auf, verdammt! Hast du denn ganz den Verstand verloren, Mann?«

Mette späht vorsichtig durch die Öffnung, wo früher einmal die Autotür war. Der Jäger reißt dem Jeansmann das Gewehr aus der Hand.

»Du musst den Scheiß besser stapeln, verdammt. Das ist ja lebensgefährlich«, sagt der Jäger.

»Das sind die Gören! Die schneiden ein Loch in den Zaun und schleichen sich rein. Stehlen wie die Teufel. Irgendwann setze ich den Zaun unter Strom.«

»Jetzt beruhig dich doch, Tore.«

»Du hast gut reden, Jonas. Ich bin derjenige, der sich mit dem Mist hier rumschlagen muss.«

Die Männer bleiben kurz stehen. Die Dämmerung legt sich langsam über den Autofriedhof. Mette kann ihre Gesichter nicht deutlich sehen. Die Männer drehen sich um und gehen zurück ins Gebäude. Mette hat das Gefühl, genug gesehen zu haben. Oder eigentlich nichts. Sie will gerade aus dem Wrack kriechen, als die Tür erneut aufgeht. Bewegungslos verharrt sie zwischen dem grünen und dem weißen Wrack, starr vor Schreck. Eine Autotür knallt, und das Brummen des Motors ist wie Balsam in ihren Ohren. Sie gleitet von dem Schrottstapel herunter und schleicht sich zu der Reihe kleinerer Container. Verdammt! Die Tür geht noch einmal auf, und der Jeanstyp kommt mit einer eingeschalteten Taschenlampe und einer Drahtrolle heraus, die nach Stahldraht aussieht. Nein! Wenn er das Loch im Zaun flickt! Wie soll sie dann hier herauskommen?

Tore und Jonas. Tore Antonsen und Jonas Forsthammer. Und jetzt? Was hatte sie gehofft hier zu finden? Finstere Gestalten, die an einem frühen Samstagabend Umweltgifte ins Abwasser leiten? Du bist naiv, Mette Minde, sagt sie sich. Bald bist du eingeschlossen und musst die Nacht, wenn nicht sogar den Rest des Wochenendes, hier bei den Autowracks verbringen. Sie sieht das Licht von Tore Antonsens Taschenlampe oben am Zaun entlangtanzen. Sie kann unmöglich vor ihm bei dem Loch sein, und was ist mit ihren Stöcken? Wenn er die findet!

Es gibt nur eine Möglichkeit hier herauszukommen. Das Tor. Sie läuft die Schotterstraße entlang, die zum Tor führt. Es ist mindestens drei Meter hoch und oben mit Stacheldraht versehen. Sie hat nicht die geringste Chance. Sie rüttelt an dem Tor, doch es bleibt verschlossen. Wahrscheinlich hat es ein elektrisches Schloss, das mit einer Fernbedienung gesteuert wird. Und die Fernbedienung liegt natürlich in Antonsens Auto! Sie läuft zurück. Oben zwischen den Autowracks sieht sie den Lichtkegel abwärts tanzen. Nein! Sie öffnet die Tür zum Fahrersitz, und die Innenbeleuchtung geht automatisch an. Nein! Oder ja, sie braucht Licht. In dem Auto herrscht das reinste Chaos. Unterlagen, leere Colaflaschen, Schokoladenpapier, eine Kappe und ein Paar Gummistiefel in buntem Durcheinander. Ihre Augen suchen den Innenraum ab, während ihr das Herz bis zum Hals schlägt. Vorsichtig klopft sie die Sitze ab, wobei sich die Sachen noch mehr verteilen. Eine Fernbedienung ist nirgends zu sehen. Sie zieht sich aus dem Innenraum zurück, richtet sich auf und starrt den Hang hinauf. Das Licht der Taschenlampe kommt schnell näher. Sie steckt den Kopf erneut hinein, und dort, befestigt an dem Sonnenschutz über dem Fahrersitz, erblickt sie das kleine, schwarze Ding, das sie davor retten kann, ein Wochenende eingeschlossen auf dem Schrottplatz zu verbringen. Leise schließt sie die Autotür und läuft. Sie hört, wie Antonsen ihr wütend etwas hinterherbrüllt. Also hat er sie entdeckt. Er hat das Licht der Innenbeleuchtung gesehen. Er ist hinter ihr her. Sie läuft, während sie gleichzeitig die Fernbedienung drückt. Vor ihr öffnet sich das Tor mit einem Knirschen. Sie quetscht sich durch den schmalen Spalt, noch bevor es richtig auf ist. Dann dreht sie sich um und betätigt noch einmal die Fernbedienung. Knirschend gleitet das Tor zurück ins Schloss. Sie läuft Richtung Gefängnis, ohne sich umzusehen, stürzt in den Wald, läuft noch ein Stück, lässt sich auf den Boden fallen, lehnt den Rücken gegen einen Baumstamm. Sobald sie wieder zu Atem gekommen ist, macht sie sich auf den Weg zum Zaun. Wie dicht war er ihr auf den Fersen? Dicht genug, um sie richtig gesehen zu haben? Das bezweifelt sie. Er war ein gutes Stück hinter ihr. Sie läuft am Zaun entlang, zurück zu dem Loch, durch das sie gekrochen ist. Die Stöcke liegen noch da, wo sie sie hingeworfen hat. Sie fährt mit den Fingern am Draht entlang. Der Zaun ist wieder heruntergebogen und mit Stahldraht verstärkt. Noch immer dringt Licht aus dem Gebäude dort unten. Jetzt ist Antonsen eingeschlossen, aber er hat bestimmt einen herkömmlichen Schlüssel. Wenn nicht, muss er den Jäger anrufen.

Laut lachend schlägt sie mit den Händen aufs Steuer, als sie am Gefängnis vorbeifährt. Dann schaltet sie den CD-Player an, den einzigen Luxus, den das Auto zu bieten hat. »Absolut durchgeknallt« mit den DumDumBoys auf voller Lautstärke. Sie singt mit. *Stress, Stress, Stress, nichts als Stress, Montag das ganze Jahr, nichts gibt's zu lachen, doch ich kann es nicht lassen … absolut durchgeknallt, absolut durchgeknallt, absolut durchgeknallt.* Montag wird sie einen Termin mit Hege Marie Toft von der SFT machen. Und irgendwann wird sie auf den Speicher hochgehen und nach dem Mitgliedsausweis des Blekkulf-Clubs, des Umweltvereins für Kinder, suchen. *Ich hab die Schnauze voll, von Rushhour-Verkehr und sauren Beifahrern mit leerem Blick, oh ja, wir alle leben unter der Knute …* Jetzt dürfte sie dem Löwen wohl bewiesen haben, dass sie seinen Tipp ernst nimmt. Schade nur, dass er sie nicht sehen kann. Dass sie ihm nicht zeigen kann, wie ernst sie ihn nimmt.

Ihr Haus, das fast ganz am Ende der Sackgasse steht, macht den Eindruck, als wollte es sich unter der Wolkendecke verstecken. Bei Nachbar Christensen brennt im gesamten Erdgeschoss Licht. Sie stellt das Auto in die Garage und schließt die Haustür auf, dann schaltet sie das Licht in Diele, Küche und Wohnzimmer ein. Ihr fällt ein, dass sie vergessen hat einzukaufen, aber sie wird schon nicht verhungern. Im Kühlschrank liegen noch zwei Pizzastücke von gestern, die kann sie in der Mikrowelle aufwärmen.

Sie hat sich lange darauf gefreut, eine Woche allein zu Hause zu sein, doch was ihr vor Kurzem noch wie der reinste Luxus vorkam, fühlt sich jetzt nur einsam an. Es ist Samstagabend, und sie sitzt hier mutterseelenallein mit zwei trockenen Pizzastücken. Sie überlegt, ob sie Peder anrufen soll, beschließt aber zu warten, bis die Jungen im Bett sind, was bei den beiden Wildfängen bestimmt noch ein paar Stunden dauern wird.

Vielleicht sollte sie zur Tankstelle fahren und sich etwas Schokolade kaufen? Nein, allein der Gedanke, die Füße in die kalten Schuhe zu stecken und in den Nebel hinauszumüssen, lässt sie die Idee sofort wieder verwerfen. Stattdessen legt sie die neueste CD von Midnight Choir auf und geht nach oben, um zu duschen.

Als sie wieder ins Wohnzimmer hinunterkommt, hat sie sich eine weiche Baumwollhose und einen großen Kapuzenpulli angezogen. An den Füßen trägt sie Wollsocken. Sie macht den Kamin an, schaltet den Fernseher ein und zappt durch die Kanäle. Ihre feuchten Haare locken sich beim Trocknen immer mehr und werden um einige Zentimeter kürzer.

Im Fernsehen kommt nichts Interessantes. Sie setzt sich an den PC und durchforstet die Internetzeitungen. Alle schreiben über den Mord am Kverndamm, aber niemand hat mehr als sie. VG spekuliert, ob Frid Erica Bengtsen mit der Leine ihres eigenen Hundes erwürgt wurde, und geht so weit zu behaupten, dass der Hund gekidnappt wurde.

Mette ruft das Internet-Telefonbuch auf und sucht nach der Nummer von Inger Susanne in Bergen. Sie schreibt sich beide Nummern auf, bleibt eine Weile sitzen und schaut aus dem Fenster, durch das bis auf die Konturen des Birnbaums im Schein der Straßenlaterne eigentlich nichts zu sehen ist.

Ist es in Ordnung, jemanden anzurufen, dessen Schwester vor weniger als vierundzwanzig Stunden ermordet wurde?

Sie hat so gut wie niemand angerufen, als ihre Eltern bei einem Autounglück umgekommen sind. Das ist jetzt fast sechs Jahre her. Es war an einem Freitag. Peder und sie wohnten damals noch in Oslo. Es schellte spät abends an der Tür ihrer Wohnung in Majorstua. Es war fast Mitternacht. Sie gab gerade einem der Zwillinge die Brust. Peder fütterte den anderen mit der Flasche. Sie erinnert sich nicht mehr, wer an diesem Abend die Brust bekam und wer die Flasche. Danach bekam keiner mehr die Brust. Als die Schritte des Pfarrers irgendwann in der Nacht auf der Treppe verklungen waren, kam keine Milch mehr. Kein einziger Tropfen.

Die Eltern waren auf Lanzarote gewesen. Auf der Rückreise waren sie auf dem Weg nach Oslo-Torp in Kristiansand-Kjevik zwischengelandet. Ihre Mutter hatte sie von Kristiansand aus angerufen. Sie hatte froh geklungen, erzählt, dass sie auf dem Weg nach Lanzarote über Kragerø geflogen waren. Sie hatte Jomfruland aus der Luft gesehen.

Das war das Letzte, was sie von ihrer Mutter gehört hatte. Sie hatte sich nach der Landung in Oslo-Torp nicht mehr gemeldet. Sie hatten sich wohl gleich ins Auto gesetzt, um schnell nach Hause zu kommen. Vom Flughafen in Sandefjord bis zu ihrer Wohnung in Porsgrunn fährt man fünfzig Minuten. Fünfzig kleine Minuten, aber sie kamen nie zu Hause an. Irgendwo auf der E18 zwischen Larvik und Porsgrunn ist es dann passiert.

Wer kümmert sich jetzt um Inger Susanne? Auf dem Block vor ihr stehen sechzehn Zahlen. Sie kann sich entscheiden, acht davon zu wählen. Und sehen, was passiert. Festnetz oder Mobil?

Sie wird aus ihren Grübeleien gerissen, als ihr Festnetztelefon klingelt.

Inger Susanne Bengtsen saß von der ersten bis zur siebten Klasse auf der Schulbank hinter ihr. Immer auf der Bank hinter ihr. Als sie in der siebten waren, zogen Inger Susanne und ihre Familie von Moldhaugen nach Mellombrottet in Klyve um, doch sie blieben Freundinnen. Sie waren jetzt zwar keine Nachbarn mehr, aber die Entfernung war nicht unüberwindbar. Als sie allerdings auf die Realschule wechselten, ist irgendetwas passiert. Die Gemeindegrenze trennte sie, doch das war nicht der wirkliche Grund. Mette kann nicht den Finger darauflegen, was es war. Sie weiß nur, dass sie aufhörten sich zu treffen. Endgültig. Inger Susanne machte weiter mit Reiten und Leichtathletik. Mette kam in die Clique mit den coolsten Jungs und begann heimlich hinter der Schwimmhalle zu rauchen.

Die Realschulzeit erscheint ihr rückblickend als eine ewig andauernde Zeit der Heimlichkeiten. Heimliche Partys und heimliche Übernachtungen bei heimlichen Freundinnen und heimlichen Freunden. Eigentlich ein Wunder, dass nichts passiert ist. Manchmal, wenn sie junge Mütter sieht, die rauchend einen Kinderwagen vor sich herschieben, denkt sie, dass das gut sie hätte sein können.

Aber dann ist sie mit Asgeir zusammengekommen. Er trug eine Brille mit dicken Gläsern und las das Kommunistische Manifest. Jedenfalls schleppte er es mit sich herum.

Asgeir spielte klassische Gitarre und hatte eine Eins in Mathe. Als sie sich auf dem Gymnasium in Skien endlich die rotblauen Abiturientenmützen aufsetzen konnten, hatte er sie auf eine Drei gebracht. Die schlechteste Note in ihrem Zeugnis. Ihre Eltern hatten diesen Jungen geliebt. Er spielte mit ihrem Vater Schach und lobte den Apfelkuchen ihrer Mutter in den höchsten Tönen. Dann machte er seinen Zivildienst, und sie ging nach England, um Sprachen zu studieren. Als sie zurückkam, war er mit einer rothaarigen Vorschullehrerin zusammen, die drei Jahre älter war als er und eine runde Brille trug.

Damals hatte sie sich entschlossen, auf die Polizeihochschule zu gehen, doch zuerst hatte sie das Grundstudium an der Sporthochschule absolvieren wollen. Gedacht, getan. Was für ein Chaos. Was für Seltsamkeiten und Sinnlosigkeiten, auf die sie ihr Leben verschwendet hat. Hin und wieder fragt sie sich heute noch, was sie einmal werden soll, wenn sie groß ist. Das letzte Mal hat sie im Herbst einen Stapel Broschüren von der Business School mit nach Hause geschleppt, »Makler werden in einem Jahr«.

Aber wie ist es Inger Susanne ergangen? Sie waren nicht auf demselben Gymnasium. Inger Susanne war in Brekkeby, dem altsprachlichen Gymnasium von Skien, und hat auch nicht zur gleichen Zeit wie Mette Abitur gemacht. Aus irgendeinem Grund war sie später dran. Vielleicht krankheitsbedingt, möglicherweise hat sie auch ein Jahr freigemacht. Später hat Inger Susanne in Bergen Volkswirtschaft studiert und ist danach in der Stadt wohnen geblieben. Das ist zumindest das, was Mette gehört hat.

Es schellt an der Tür.

Sie sieht das Schild eines Taxis die Sackgasse hinunter verschwinden.

Inger Susanne ist größer, als sie sie in Erinnerung hat. Sie muss als Erwachsene noch einige Zentimeter gewachsen sein. Und sie trägt eine Brille. Eine wuchtige, rechteckige Brille. Eine Designerbrille. Sie sieht irgendwie intellektuell aus. Von Kopf bis Fuß in Schwarz gekleidet. Das Haar ist dunkel. Braun. Kurz und leicht zerzaust. Das Gesicht blass, was wahrscheinlich nicht so verwunderlich ist. Wer wäre nach den vergangenen vierundzwanzig Stunden nicht blass?

Mettes erste Eingebung ist, sie zu umarmen, doch irgendetwas an der steifen Gestalt da draußen vor der Haustür hält sie zurück. Etwas Fragiles und Verletzliches geht von ihr aus, das ihr das Gefühl gibt, dass Inger Susanne zerbricht, wenn sie sie nur anfasst.

Statt auf sie zuzutreten und Inger Susanne zu umarmen, macht sie einen Schritt zurück in die Diele und streckt der Kindheitsfreundin die Hand hin. Erst jetzt bemerkt sie die Blumen. Inger Susanne reicht ihr den in Folie verpackten Strauß.

»Tut mir leid, die sind von der Tankstelle, aber das waren die Einzigen, die ich bekommen konnte.«

»Um Gottes willen. Du musst dir doch nicht den Kopf über Blumen zerbrechen, Inger Susanne!«

Mette ist ein wenig verlegen. Was soll das? Nicht ihr geht es schlecht. Inger Susanne hat jemanden verloren.

»Ich bin einfach so dankbar, dass ich kommen kann«, sagt Inger Susanne. »Ich bin stundenlang durch die Stadt gelaufen. Du bist mir als Erste eingefallen, als mir klar wurde, dass ich jemanden anrufen muss. Ich wusste ja, dass du hierher zurück gezogen bist. Frid hat dich im Radio gehört, weißt du.«

Mette fühlt sich furchtbar. Warum hat sie Inger Susanne nicht angerufen?

Sie holt einen Bügel für den Ledermantel. Er fühlt sich weich an und macht einen teuren Eindruck. Dann kümmert sie sich um eine Vase für die Blumen und stellt sie auf den Wohnzimmertisch.

Inger Susanne hat zum Glück keinen Hunger, nimmt aber gerne ein Glas Wein.

Jetzt sitzen sie einander gegenüber und drehen beide ihr Glas in den Händen. Es macht nicht den Eindruck, als wäre die Zeit stehen geblieben. Es ist anders als mit der Klassenkameradin, die man zehn Jahre nicht gesehen hat und mit der man trotzdem an dem Punkt weitermachen kann, an dem man einmal aufgehört hat. So ist es nicht. Die Frau, die ihr im Sessel gegenübersitzt, ist eine Fremde.

»Willst du darüber reden?« Mettes Stimme ist leise und mitfühlend, als wäre sie ein Pfarrer oder so etwas. Jemand, der von den Behörden dafür bezahlt wird, sich um trauernde Menschen zu kümmern. Inger Susanne nickt und nippt an ihrem Wein.

»Ich war seit Dienstag auf einem Seminar in Oslo. Als es Freitag zu Ende war, habe ich mir überlegt, nicht gleich zurück nach Bergen zu fahren, sondern heim nach Skien und Frid mit einem Besuch zu überraschen. Ich habe den Regionalzug und dann ein Taxi zu Frid genommen. Aber sie war nicht da. Ich habe angenommen, dass sie nur kurz mit Fido draußen ist, und den Koffer auf die Terrasse gestellt. Dann bin ich durch die Straßen gelaufen, um sie zu suchen. Ich hätte ins Haus gehen können, ich habe ja einen Schlüssel, aber dazu hatte ich keine Lust. Ich wollte sie doch überraschen. An der Tür schellen und ihr überraschtes Gesicht sehen. Deshalb habe ich auch den Koffer auf der Terrasse deponiert. Damit sie ihn nicht sieht, wenn sie nach Hause kommt.«

»Aber sie ist nicht nach Hause gekommen?«

Inger Susanne unterdrückt ein Schluchzen und nimmt ihre Brille ab. Das Weinglas ist leer. Mette schenkt ihr nach.

»Nein. Sie ist nicht nach Hause gekommen. Schließlich wurde es dunkel, also ich bin doch ins Haus gegangen. Dann habe ich sie auf dem Mobiltelefon angerufen, aber sie ist nicht drangegangen. Schließlich ist die Polizei gekommen und hat mir alles erzählt. Ich musste mitgehen und sie identifizieren!«

Mette setzt sich auf die Sessellehne und umarmt ihre alte Freundin. Es fühlt sich jetzt natürlicher an. Der Wein hat ihre Schultern gelockert. Die von Inger Susanne beben beim Weinen, und Mette konzentriert sich einzig und allein darauf, sie festzuhalten. Nach einer Weile beruhigt sie sich und wischt sich mit dem Ärmel ihres Pullovers über die nassen Wangen.

»Die Polizei hat mich alles Mögliche gefragt. Sie waren mehrere Stunden da und haben gefragt und gefragt. Irgendwann hatte ich den Eindruck, sie würden mich verdächtigen. Würden glauben, dass ich sie umgebracht habe, aber das habe ich nicht!«

»Sie machen nur ihre Arbeit«, sagt Mette. »So ist das nun mal, wenn jemand umgebracht wurde.«

»Wolltest du nicht zur Polizei gehen?« Inger Susanne richtet sich auf und sieht Mette mit rot unterlaufenen Augen an.

»Ja, aber daraus ist nichts geworden. Ich habe im dritten Jahr auf der Polizeihochschule aufgehört. Die Zwillinge sind gekommen, weißt du. Und dann sind meine Eltern gestorben«, sagt sie.

»Ja, daran erinnere ich mich. Ich war so feige. Ich hätte dich anrufen sollen. Frid hat gesagt, dass ich anrufen soll, doch ich habe mich nicht getraut. Wir waren auf der Beerdigung, aber ich glaube, du hast uns nicht gesehen«, sagt Inger Susanne.

»Ich habe wohl niemanden auf dieser Beerdigung gesehen«, antwortet Mette.

Plötzlich ist da etwas Verbindendes. Die grenzenlose Leere, die damit einhergeht, plötzlich die Älteste zu sein. Von einer Sekunde auf die andere haben sich die Rahmenbedingungen geändert. Das Dach über dir ist verschwunden, und du musst ein neues bauen. Du weißt nicht so recht, wie man das macht. Du hast immer behütet unter dem Dach gelebt, das die Ältesten für dich errichtet haben. Jetzt bist du an der Reihe, und du stehst leicht ratlos mit Hammer und Säge vor einem riesigen Bretterhaufen und unzähligen Nägeln, die krumm werden, sobald du versuchst, sie ins Holz zu schlagen.

»Frid war fast wie eine Ersatzmutter für mich. Du weißt ja, dass Mama fünfundvierzig war und Papa über fünfzig, als ich geboren wurde, und dass Frid zwölf Jahre älter ist als ich. Fast dreizehn. Ich war nicht geplant, ein Nachzügler, der viel zu spät gekommen ist«, sagt Inger Susanne schniefend und leicht entschuldigend.

Mette sieht Inger Susannes Eltern aus der Zeit, als sie im Blindvei in Moldhaugen gewohnt haben, vor sich. Der Vater war groß und dünn, hatte tiefe Stirnfalten und große Ohren. Die Mutter hatte immer weite, geblümte Kittelschürzen an, die ihr bis über die Knie reichten. Selbst mitten im Sommer trug sie dicke, braune Strümpfe. Alles war so altmodisch bei Inger Susanne zu Hause, bis auf Frid.

Frid hatte einen Kassettenrekorder, Schminksachen, eine Lockenschere und einen Freund mit einem Motorrad. Frid hatte Dauerwelle, lange, rosa lackierte Nägel, eine weiße Spitzenbluse mit Rüschen am Hals und ging auf die Handelsschule. Bevor sie übers Meer verschwunden ist, so war es doch? Sie gingen noch in die Vorschule, als Frid plötzlich fort war. Da war es nicht mehr so lustig, zu Inger Susanne hinüberzulaufen. Später ist die Familie dann nach Mellombrottet gezogen, in das ebenerdige Haus, das den in die Jahre gekommenen Eltern das Leben erleichtern sollte. Mette und Inger Susanne haben sich aus den Augen verloren. Bis jetzt.

»Was hat Frid eigentlich gemacht, nachdem sie von zu Hause fortgezogen war?«

»Sie ist ins Ausland gegangen. Aber sie war nicht lange fort. In dem Sommer, bevor ich auf dem Gymnasium angefangen habe, ist sie wieder nach Hause gekommen. Da waren unsere Eltern schon so gebrechlich, dass wir für sie sorgen mussten, nicht umgekehrt. Mama hatte einen Gehirnschlag und saß im Rollstuhl. Papa kam kurz darauf ins Pflegeheim, weil wir das allein nicht mehr geschafft haben. Er hatte Parkinson, eine furchtbare Krankheit«, sagt sie. »Ich konnte ein paar Jahre nicht aufs Gymnasium gehen, weil zu Hause das reinste Chaos herrschte.«

Irgendwo in der Magenregion spürt Mette ein Unbehagen. Das hat sie nicht gewusst.

Inger Susanne spielt an ihrem Weinglas herum. Mette betrachtet ihre dünnen, weißen Finger. Wer würde Frid umbringen? Die nette, lustige, kluge Frid.

»Kann ich draußen auf der Terrasse eine Zigarette rauchen?« Inger Susanne ist aufgestanden und sucht in ihrer Handtasche nach den Zigaretten.

Der Nebel hat sich gelichtet. Der Himmel über ihnen ist voller weißer Wolken, die das Licht der Stadt reflektieren. Ganz dunkel wird es nicht. Inger Susanne bläst den Rauch in den Himmel, und der Geruch von etwas Altem, Verbotenem breitet sich zwischen ihnen aus.

»Die Polizei hat bei Frid zu Hause eine ganze Menge Geld gefunden«, sagt sie.

»Ja?«

»Sie haben nicht gesagt wie viel, aber ich glaube, dass es sehr viel gewesen sein muss. Sie haben mich gefragt, woher das Geld sein kann, aber ich weiß es nicht.«

»Was hat sie beruflich gemacht?«, fragt Mette, ohne die Nachforschungen zu erwähnen, die sie selbst angestellt hat.

»Sie war Sekretärin und Miteigentümerin einer Firma, die Autos ins Ausland exportiert. Eine alteingesessene Firma, die mehrmals den Besitzer gewechselt hat, aber Frid hat die ganze Zeit dort gearbeitet. Grenland Autoexport. Sie liegt im Industriegebiet oben in Rødmyr«, sagt sie und drückt die Zigarette in einem Blumentopf aus. »Sie exportieren Autos nach Afrika.«

»Nach Afrika? Lohnt sich das denn, so teuer wie die Autos hier in Norwegen sind?«

Inger Susanne zuckt mit den Schultern. Sie gehen wieder hinein und schließen die Terrassentür.

»Ich soll am Montag gegen drei ihre Sachen abholen. Kannst du mich vielleicht begleiten?«

»Natürlich. Das mache ich gern. Soll ich dich zu Hause abholen?«

»Nein, ich komme zu dir. Um zehn vor drei. Da ist noch etwas, das mir Sorgen bereitet …«

»Ja?«

Inger Susanne hält Mette das leere Weinglas hin, die es erneut füllt, bevor sie sich selbst nachschenkt. Die Flasche ist fast leer, und sie fragt sich, ob sie eine neue aufmachen oder eine Kanne Kaffee aufsetzen und Likör servieren soll.

»Was macht dir Sorgen, Inger Susanne?«

»Als ich gestern draußen auf der Terrasse gesessen und auf Frid gewartet habe, ist jemand mehrmals an ihrem Haus vorbeigeradelt. Ich weiß nicht, ob es ein Mann oder eine Frau war. Ich denke, dass es ein Mann gewesen sein könnte, aber es war ein Damenfahrrad, schwarz mit einem geflochtenen Drahtkorb vorne. Er hatte einen Anorak mit einer Kapuze an, sodass man von dem Gesicht absolut nichts sehen konnte, vor allem in der Dämmerung nicht, aber er muss gewusst haben, dass ich auf der Terrasse saß, das war irgendwie offensichtlich. Einmal hat er sogar angehalten und zu mir herübergeschaut. Dann ist das Polizeiauto gekommen, und er ist verschwunden. Doch als er noch da war, habe ich ein eisiges Entsetzen gespürt. Wie wenn man nach einem Albtraum aufwacht, verstehst du, was ich meine?«

»Hast du das der Polizei erzählt?«

»Nein. Ich hatte es wieder vergessen. Da war so viel anderes. Frid ist ermordet worden, und Fido ist verschwunden«, schluchzt sie und vergräbt das Gesicht in den Händen.

Dann müssen sie wieder hinaus auf die Terrasse.

»Obwohl ich doch eigentlich aufgehört habe«, piepst Inger Susanne, während sie versucht, ein Streichholz anzuzünden. Das erste zerbricht, das zweite geht aus. Sind Feuerzeuge in Norwegen eigentlich verboten, fragt sich Mette und nimmt ihr die Schachtel ab. Sie streicht mit einem Streichholz über die Reibfläche und zündet die Zigarette an.

»Ich muss immer wieder an Fido denken. Sie standen sich so nahe, die beiden. Sie hat nichts ohne Fido gemacht. Sie hat ihn mit zur Arbeit genommen und in den Club und überallhin, wo sie sonst noch war. Nur nicht mit in die Ferien. Da hat Kenneth, der Züchter, sich um Fido gekümmert.«

»In den Club?«

»Ja, erinnerst du dich an Evelyn Sørensen? Die Tochter von Sørensens von dem alten Genossenschaftsladen, in dem jetzt ein Prix Supermarkt ist? Sie haben zusammen einen Diätclub gegründet. Sie stehen seit Jahren in Kontakt und halten einmal im Monat ein Treffen ab, obwohl ich den Eindruck habe, dass sie sich dauernd sehen. Wenigstens einige von ihnen.«

»Frid ist in einem Diätclub? Das bekomme ich jetzt nicht ganz zusammen«, sagt Mette.

Inger Susanne lächelt, das erste Mal. Die glänzenden Augen funkeln. Sie greift mit beiden Händen nach der Kaffeetasse und trinkt.

»Ich nehme mal an, dass du Frid lange nicht gesehen hast. Ich denke, sie hat Mamas Gene geerbt. Erinnerst du dich an Mama?«

Mette erinnert sich an die patente Frau Bengtsen in der Kittelschürze. Sie nickt und trinkt einen Schluck von dem Mandellikör. Amaretto. Das hört sich wie ein Musikstück an und schmeckt eigentlich auch so. Wie streichende Violinen, auf der Zungenspitze und in der Kehle. Und später im Kopf. Und schließlich im ganzen Körper, doch da ist die Flasche gewöhnlich auch leer. Heute Abend wird sie nicht leer. Sie sind wieder draußen auf der Terrasse. Beide haben eine Decke um die Schultern. Mette hat Inger Susanne um eine Zigarette gebeten. Der Rauch der beiden Zigaretten verbindet sich, als er zu der weiß gestrichenen Decke aufsteigt.

»Was glaubst du, ist mit Fido passiert?

»Ich weiß es nicht, aber der Mörder muss ihn wohl mitgenommen haben. Sie hätte Fido nie ohne Leine laufen lassen.«

»Kann es jemand aus dem Hundemilieu sein, der es auf Fido abgesehen hat?«

»Ich weiß es nicht. Es hört sich nicht sehr wahrscheinlich

an. Frid war nicht sonderlich an Ausstellungen und so etwas interessiert. Darum hat sich Kenneth Mosbakk gekümmert, der Züchter, von dem sie Fido auch gekauft hat. Aber er hat natürlich ein paar Preise gewonnen, und ich glaube schon, dass Frid ein bisschen stolz darauf war. Ich befürchte, dass der Mörder auch Fido getötet und irgendwo vergraben hat, damit er keinen Ärger macht, bei ihr stehen bleibt und kläfft und Aufmerksamkeit auf sich lenkt. Du weißt schon … und dann denke ich, dass es vielleicht trotz allem für Fido das Beste ist tot zu sein, jetzt, wo Frid nicht mehr da ist. Es ist schließlich nicht so leicht für einen Hund zu verstehen, dass es Frauchen nicht mehr gibt, nicht?«

Sie fängt erneut an zu weinen. Sie drücken die Zigaretten im Blumentopf aus und gehen hinein ins Licht und in die Wärme. Schwarze Bäche rinnen wie Lava über die brennenden Wangen. Mette kommt mit der Küchenrolle. Inger Susanne schluchzt.

»Vielleicht wäre es das Beste, wenn ich auch tot wäre. Jetzt habe ich niemanden mehr. Niemanden auf der ganzen Welt. Keinen Mann und keine Kinder. Wir waren zwei alte Jungfern, Frid und ich. Zwei, die niemand wollte!«

Die Stimme von Inger Susanne bricht und hört sich dünn und kindlich an.

»Du kannst dich wohl kaum als alte Jungfer bezeichnen, Inger Susanne.«

»Schon möglich, aber ich habe sechs fruchtbare Jahre auf einen Idioten verschwendet, der sich nicht entscheiden konnte«, faucht sie. Ihre Hände öffnen und schließen sich, als wolle sie alles Verschlossene an seinem Platz halten. Dann legt sie die Hände um das Gesicht und streicht es glatt. Atmet mit offenem Mund und seufzt.

Sie sind zum letzten Mal draußen auf der Terrasse. Mette schlägt die angebotene Zigarette aus.

Es ist spät geworden, aber Inger Susanne will nicht über Nacht bleiben. Sie will gehen. Sie hat keine Angst vor der Dunkelheit, selbst jetzt nicht, wo ein Mörder draußen herumläuft.

Sonntag, 9. Oktober

Der Sonntag ist weiß und unschuldig. Weiß wie Großmutters Tüllgardinen oder die Kniestrümpfe am 17. Mai. Der Sonntag ist auf die gleiche Weise weiß, wie der Dienstag gelb ist und der Donnerstag burgunderrot wie Rotwein.

Mette Minde walkt schwungvoll die Sackgasse hinunter und versucht, die perfekte Länge für die Stöcke zu finden. Der Himmel ist klar und blau, und die Sonne lässt das Herbstlaub erglühen. Die Blätter an den Obstbäumen in den alten Gärten sind immer noch grün und saftig, während die der Birken glitzern wie Käpt'n Säbelzahns Goldmünzen.

Die Luft ist frisch, aber nicht sonderlich kalt. Merkwürdig, wie milde dieser Herbst ist. Man spricht von einer durch den Menschen verursachten globalen Erwärmung. Auf anderen Kontinenten hat man die Wut der Natur und ihre Rache in Form gewaltiger Orkane zu spüren bekommen, die Bäume und Häuser mitgerissen und ganze Städte in Schwimmbecken verwandelt haben.

Hier oben im kalten Norden sind die Menschen dankbar für jeden weiteren warmen Tag, doch selbst hier finden sich Beispiele für den Unmut der Natur. Im Frühsommer trugen drei der Pappeln in der alten Pappelhecke keine Blätter mehr. Laut Auskunft des Gärtners im Gartencenter waren die Bäume aufgrund des milden Winters abgestorben. Die Wurzeln verfaulen, hatte er ihr erklärt. Sie können auch gleich die ganze Hecke abholzen und eine neue pflanzen. Eine, die besser für das neue Klima geeignet ist. Pappeln und Berberitzenbüsche gehören zu den Arten, die nicht mehr so gut gedeihen. Das ist schade, aber nicht zu ändern.

Also wurde die Pappelhecke abgeholzt, und die Wurzeln wurden ausgegraben. Die Bepflanzung um den Garten in der Sackgasse gleicht jetzt der so vieler anderer Bepflanzungen in der Nachbarschaft. Eine Thujenhölle, hatte ihr Nachbar Christensen verächtlich geschnaubt, als er und Peder im Schweiße ihres Angesichts die immergrünen Büsche gepflanzt hatten, die mit der Zeit über fünf Meter hoch werden können. Eine dichte, grüne Wand, die vor den Blicken der Umwelt schützt, aber auch die Aussicht nimmt.

Nachbar Christensen ist über siebzig Jahre alt und betreibt auf seinem zwei Hektar großen Grundstück ökologischen Gartenbau. Im Sommerhalbjahr arbeitet er von Sonnenaufgang bis Sonnenuntergang draußen. Sein Gesicht ist braun und runzlig wie die Rinde eines Nadelbaums.

Er behauptet steif und fest, dass die Spanische Wegschnecke oder Mörderschnecke, wie sie auch genannt wird, ursprünglich mit einer Thuja ins Land gekommen ist. Die Spanische Wegschnecke, die hier eigentlich nichts verloren hat, gedeiht gut und vermehrt sich aufgrund der milden Winter in Rekordzeit. Die Schnecken fressen alles, was grün ist. Auch einander.

Christensen geht jeden Abend in seinem Garten auf die Jagd. Er sammelt die braunen Schnecken in einem Eimer. Wenn der Eimer voll ist, schüttet er Salz darüber. Nach einer Stunde hat sich der Inhalt in ein Massengrab verwandelt.

Mettes Beine bewegen sich, ohne dass sie sich darauf konzentrieren muss. Sie hat ihren Rhythmus gefunden. Das Geräusch der Stöcke auf dem Asphalt erinnert an ein Metronom. Präzise und gleichmäßig. Klick, klack, klick, klack, klick, klack.

Sie ist seit fünfzehn Minuten unterwegs, und ihr Körper fühlt sich warm und weich an. Sie hat sich für die lange Runde über Ånnerød entschieden, doch ihr Ziel ist der Kverndamm, der ein Stück weiter vor ihr liegt.

Der Ånnerødveg geht in den Klyveveg über. Zur Linken sieht sie den Rugtvedtgård oben auf der Anhöhe thronen. Dahinter liegt die Sprungschanze. Zur Rechten schlängelt sich ein schmaler Pfad zwischen meterhohen Himbeersträuchern hindurch. Sie folgt dem Pfad bis zum Wald und weiter zum Kverndamm. Offensichtlich sind noch andere mit demselben Ziel unterwegs. Auf dem kurzen Stück bis zum Absperrband der Polizei begegnen ihr nicht weniger als vierzehn Personen. Kinder und Erwachsene. Alle sind neugierig und schockiert über das Verbrechen am Kverndamm.

Ein scheinbar ruhiger Weiher mit einem üppigen biologischen Leben, das sich dem offenbart, der sich die Zeit nimmt, genauer hinzusehen. Sie weiß das, weil sie als Kind selbst am Klyvebach entlang zum Kverndamm gewandert ist, wie alle Schulkinder auf beiden Seiten der Gemeindegrenze, um Wissen über die Mannigfaltigkeit der Natur zu sammeln. Sie hat sogar schon im Kverndamm gebadet und sich anschließend die Blutegel vom Körper gepflückt. Wenn die Leute wüssten, was sich unter der Oberfläche des scheinbar unschuldigen Weihers verbirgt. Sie schaudert.

Der Kverndamm dient der Gemeinde Porsgrunn seit dem achtzehnten Jahrhundert als Wasserspeicher. Hier wurde Eis produziert. Eis, das gehauen und in einer Holzrinne hinunter zum Porsgrunnselv geschickt wurde, um anschließend in die große Welt verschifft zu werden. Irgendwann einmal gab es sogar eine Mühle am östlichen Ende des Weihers. Eine Mühle, die der Müller selbst angesteckt und abgefackelt hat.

Viel ist nicht zu sehen. Über dem Tatort ist ein Zelt errichtet worden. Mette biegt von dem breiten Weg ab, klettert einen steilen Hang hinauf und kommt in das Wohngebiet Nybergåsen. Von hier oben hat sie eine fantastische Aussicht auf das Zentrum von Porsgrunn und weiter nach Osten, hoch bis zur Borgestad Kirche und noch darüber hinaus. Der Turm von Vealøs thront ganz oben auf dem letzten der blau schimmernden Bergrücken, weit ab von jeglicher Zivilisation. Jedes Weihnachten wird er mit Lichtern geschmückt und strahlt wie ein magischer Weihnachtsbaum in der Dunkelheit, wenn alle anderen Konturen verwischt sind.

Das Wohngebiet, in dem sie jetzt ist, muss irgendwann in den Achtzigerjahren entstanden sein. In den Gärten stehen zurückgezogen vom Weg rechteckige Häuser mit Fachwerk, Walm- und Satteldächern wie zufällig nebeneinander. Viele von ihnen haben einen Sockel aus Mauerwerk oder Ziegelstein. Niedrige Holzzäune und die eine oder andere gut geschnittene Linden- oder Mispelhecke markieren die Grenze zwischen privat und öffentlich. Sie ist schon einmal hier gewesen.

Vor einem der Gärten parkt ein Streifenwagen. Die Torpfosten der Einfahrt sind aus Naturstein, und auf jedem Pfosten thront auf einer Schieferplatte eine schmiedeeiserne Lampe, an der rote Luftballons festgebunden sind. Die Ballons bewegen sich in der fast unmerklichen Brise leicht hin und her.

Sie wird langsamer. Hier wohnt die Opernsängerin Christina Angell. Sie hat sie vor einigen Wochen zu ihrem Auftritt in der Mailänder Oper interviewt.

Mette Minde sieht nach Borgeåsen hinüber. Sie beschleunigt ihren Schritt und läuft nach Moldhaugen hinunter. In der Diele lässt sie die Stöcke fallen, greift sich den Autoschlüssel von der Kommode und parkt weniger als sieben Minuten später vor dem NRK-Haus in Borgeåsen.

Sie hat Glück. Jensemann antwortet durch die Gegensprechanlage und lässt sie herein, ihren eigenen Schlüssel hat sie vergessen. Sein Dienst fängt eigentlich erst in einigen Stunden an, doch er ist jung und ehrgeizig. Die Jungen und Ehrgeizigen arbeiten immer. Manchmal hat sie den Eindruck, dass er in der Redaktion übernachtet.

»Ich muss ein Interview auf eine CD brennen«, sagt sie.

»*No problem*. Soll ich dir helfen?«

»Gern.«

Sie überlegt, diesen Züchter anzurufen, während sie darauf wartet, dass Jensemann den Beitrag findet und auf CD brennt. Sie recherchiert die Telefonnummer im Netz. Wie sie sieht, hat er sogar eine eigene Homepage. Sie ruft die Seite »Kenneths Bichon Frisés« auf. Mette weiß nicht genau, was sie erwartet hat, aber das jedenfalls nicht. Die Homepage zeigt einen großen, draufgängerisch wirkenden Mann mit tätowierten Oberarmen, der rittlings auf einer Harley-Davidson sitzt. Die Lederweste spannt über der nackten, behaarten Brust, und auf seinem Unterarm liegt wie ein faules Äffchen, das sich auf einem Ast ausruht, ein schneeweißes Knäuel von einem Hund.

Sie wählt die Mobiltelefonnummer und kommt sofort durch.

»*Good morning*, NRK. Womit kann ich dienen? Habe ich etwas gewonnen?«

»Eh … nein. Nicht, dass ich wüsste.«

»Schade. Ich habe schon fünf NRK-Becher bei eurem Quiz gewonnen und träume von meinem sechsten. Sie sprechen mit dem klügsten Kopf Telemarks.«

Ein heftiges Husten folgt, und Mette hält das Mobiltelefon ein Stück vom Ohr weg. Sie starrt das Bild auf dem Bildschirm an und stellt sich vor, wie Tausende von Bazillen aus diesem Mund kommen und sich in Schnäuzer und Bart, den langen Haaren und dem weißen Hundefell festsetzen. Bis das ganze Motorrad voller Schleim und Rotz ist. Sie rümpft die Nase.

Natürlich hat er die Nummer von NRK gespeichert, sodass er nur eine Taste drücken muss, wenn er die Antwort auf das Morgenrätsel weiß. Für manche Hörer scheint es ein Sport zu sein, so viele Prämienbecher zu sammeln wie möglich. Nur dem Typen auf dem Bild hätte sie solche Neigungen nicht zugetraut.

»Morgenprobleme«, stöhnt er nach einer kleinen Ewigkeit. »Es ist gestern verdammt spät geworden. Um was geht es eigentlich? Wenn ich raten soll und zwei und zwei zusammenzähle, wohl um Frids kleinen Fido. Verdammt blöde Sache. Verdammt blöd. Teufel auch. Sie sind die vierte oder fünfte Journalistin, die anruft. Habe ich recht oder irre ich mich?«

»Sie haben recht. Mein Name ist Mette Minde und …«

»Das hätte ich Ihnen auch sagen können, gute Frau. Verdammt schöne Stimme. Ich kenne Sie aus den Nachrichten. Bei einer Stimme irre ich mich nie.«

»Also, ich bin eine Freundin von Inger Susanne, Frids Schwester. Sie macht sich große Sorgen um Fido«, sagt Mette und kommt sich plötzlich wie eine nette, alte Kindergartentante vor. Sie kann förmlich sehen, wie sich der Biker vor unterdrücktem Lachen schüttelt. »Sehr große Sorgen.«

Am anderen Ende ist es still.

»Hallo, sind Sie noch da, Kenneth?«

Er lacht nicht. Die Stimmung des Mannes scheint in weniger als fünf Sekunden von manisch in depressiv umzuschlagen. Vielleicht wirken die Medikamente nicht mehr. Sie hört einen langen Seufzer, bevor er antwortet.

»Ich bin noch da. Und ich mache mir auch große Sorgen. Sie hätte Fido nie ohne Leine laufen lassen. Ich hab immer wieder darüber nachgedacht. Der, der Frid umgebracht hat, muss auch Fido umgebracht und entsorgt oder vergraben haben. Solche Gedanken kommen mir in meinen düstersten Stunden. Wenn er es auf Frid abgesehen hatte.«

»Aber der Mörder kann doch Fido gestohlen haben? Er war schließlich sehr wertvoll?«

»Wenn Sie dabei an Ausstellungen denken oder an den Stammbaum, ergibt das keinen Sinn. Ein Hund ohne Papiere ist zu nichts zu gebrauchen. Außerdem ist die Züchterszene hier im Norden so durchsichtig, dass das relativ schnell auffliegen würde.«

»Sie wurde mit der Hundeleine erwürgt«, sagt Mette.

»Verdammt! Das ist brutal. Aber das öffnet natürlich Tür und Tor für eine barbarische Theorie.«

»Ja?«

»Es gibt Milieus, die gewöhnliche Hunde als Sparringpartner für ihre Kampfhunde missbrauchen«, sagt Kenneth.

»Was heißt das?«

»Ich habe hier noch nichts davon gehört, doch in Oslo gibt es kriminelle Szenen, in denen Kampfhundrassen wie Pitbull und Amstaff gehalten werden. Die sind zwar verboten, aber es finden sich Kreuzungen, und davon einmal abgesehen, kann jeder Hund zum Kampfhund abgerichtet werden. Dazu lassen diese Typen ganz gewöhnliche Familienhunde, die sie vor einem Geschäft oder so geklaut haben, auf ihre Köter los. Sie können sich bestimmt vorstellen, dass so ein Kampf ziemlich ungleich ist.«

Mette starrt auf das weiße Bündel, das sorglos auf Kenneths Arm ruht. Die braunen Augen sind vertrauensvoll auf den Fotografen gerichtet. Plötzlich sieht sie den kleinen Hund auf einer Lichtung im Wald vor sich. Eine klapperdürre Gestalt in engen Jeans und einer gestohlenen Lederjacke macht ihn von der Leine los. Die Haare des Knochengerüsts sind fettig, und die Bartstoppeln sehen in dem bleichen Gesicht wie Schmutzflecken aus. Der Hund dreht sich fragend zu dem reglosen Menschengesicht um. Er ist klein und ängstlich und weit fort von zu Hause. Der klapperdürre Mensch entfernt sich. Der weiße Hund folgt ihm unsicher. Das Klappergestell dreht sich um und schreit: Platz!

Ein Stückchen weiter sieht sie eine Gruppe von zehn, zwölf Männern, die ähnlich aussehen wie das Knochengerüst. Einer von ihnen hält ein braunes Muskelpaket von mindestens vierzig Kilo an der Leine. Seine Nägel haben schwarze Ränder. Sie sieht es, als er den Köter von der Leine lässt.

»Glauben Sie an die Theorie?«, fragt sie.

»Ich weiß es nicht«, sagt er. »Nein, eher nicht.«

»Wie gut haben Sie Frid eigentlich gekannt?«

»Ziemlich gut. Wir hatten vor ein paar Jahren ein Verhältnis, aber es hat nicht funktioniert. Danach waren wir nur noch Freunde. Ich habe ziemlich oft auf Fido aufgepasst, wenn sie unten war.«

»Unten?«

»Ja, im Süden, in Ägypten, um genau zu sein. In Sharm el Sheik. Sie ist zweimal im Jahr dort gewesen. Mindestens. Ich glaube, sie hatte da was am Laufen.«

»Was am Laufen?«

»Ja, einen Loverboy oder so. Und ihre Firma hat ja auch Autos da runter verkauft. Für irgendwelche Wüstensafaris, glaube ich. Aber ich muss jetzt Schluss machen. Ich werde abgeholt, und da hupt jemand wie verrückt.«

Mette ist tief in Gedanken versunken, als Jensemann mit der CD hereinkommt. Es kann durchaus sein, dass sie sich irgendwann ausführlicher mit diesem Kenneth unterhalten muss.

Dann sitzt sie wieder im NRK-Auto und fährt den Hügel hinunter. Mehrere Spaziergänger kommen ihr entgegen. Sie drehen sich nach dem Auto um. Das blaue NRK-Logo hat eine merkwürdige Wirkung auf die Leute. Sie hat nie aufgehört, sich darüber zu wundern, was für ein Ansehen der NRK noch immer hat.

Der Streifenwagen ist fort, die Luftballons sind noch da. Sie hat das Auto geparkt und nähert sich dem Tor, als ein schnittiges BMW-Cabrio die Einfahrt herunterkommt. Auf dem Fahrersitz sitzt ein Mann mit silbernem Haar und einem braunen, schmalen Gesicht. Der Silberfuchs, denkt sie unvermittelt. Er erinnert an einen Silberfuchs und an etwas, das ihr nicht einfällt. Auf dem Beifahrersitz sieht sie flüchtig einen kleinen Menschen, bevor das Auto auf die Straße einbiegt und beschleunigt. Das Haus ist weiß, rechteckig und hat zwei Etagen. Die glasierten Dachziegel glänzen wie blank geputzte Lackschuhe beim Tanzschulball.

Eine dreistufige Schiefertreppe führt zur Haustür hoch. Zwei riesige Töpfe mit in Form geschnittenen Nadelbäumen markieren die äußeren Kanten der Treppe. Die Doppeltür hat ein Fenster und ist in hellem Grau gestrichen.

Das große Garagentor ist geschlossen, und Mette befürchtet kurz, dass die Sängerin nicht zu Hause ist, als sie plötzlich in der Tür steht.

Sie blickt leicht verwirrt, bevor sich ihr Gesicht zu einem Lächeln verzieht.

»Mette Minde, vom NRK. Ich habe Ihnen eine Kopie des Interviews versprochen, erinnern Sie sich?«

Mette setzt sicherheitshalber den Fuß auf die erste Stufe.

Christina Angell gehört glücklicherweise zu den höflichen Menschen, die eine gute Erziehung genossen haben. Sie tritt einen Schritt zurück und öffnet ihr die Tür.

»Ach ja, wie nett, kommen Sie doch herein. Ich bin auf dem Sprung, ich muss nach Italien, deshalb sieht es auch etwas chaotisch aus.«

Sie zeigt auf einen großen Koffer, der auf dem gefliesten Boden der Diele steht.

»Ich muss gleich los, Sie haben Glück, dass Sie mich noch zu Hause antreffen.«

»Ich hatte schon gedacht, dass hier etwas gefeiert wird, wegen der Luftballons da draußen«, sagt Mette.

»Nein, nein, wir *hatten* eine Feier, am Freitag. Emilies Geburtstag. Die Polizei ist auch schon hier gewesen – wegen der Ballons. Das ist absolut unglaublich. Kommen Sie doch herein«, sagt Christina Angell und geht ihr in eine geräumige Küche voraus.

»Nein, machen Sie sich nicht die Mühe, die Schuhe auszuziehen. Draußen ist ja gutes Wetter, und außerdem kommt morgen unsere Putzfrau, was auch dringend nötig ist. Die Kinder krümeln alles voll. Haben Sie Kinder?«

»Ja, zwei Jungs, Zwillinge, im Alter von sechs Jahren«, antwortet Mette.

»Was? Zwillinge!« Sie guckt ganz entsetzt. Schon möglich, dass der Gedanke an zwei Emilies ein bisschen viel für sie ist, doch dann bricht sich das Lächeln wieder Bahn.

»Oh, das ist bestimmt wunderbar!«

Man kann Christina Angell nicht anders als schön bezeichnen. Obwohl sie sich den vierzig nähert, ist ihre Haut immer noch glatt. Sie hat feine Gesichtszüge, und die großen, braunen Augen sehen lebenserfahren und freundlich aus. Ihr weiter Mund entblößt beim Lächeln ebenmäßige, weiße Zähne. Sie hat sie mit Sicherheit bleichen lassen, aber so ist das heute nun einmal. Mehrere Nachrichtensprecher im Fernsehen bedienen sich der Hilfe ihres Zahnarztes, um zumindest optisch Gesundheit, Stärke und Jugendlichkeit auszustrahlen. Dann ist es wohl klar, dass eine Sängerin, die auf der Bühne der Mailänder Scala steht, weiße Zähne haben muss.

»Die Polizei ist auf der Jagd nach Luftballons?« Mette bemüht sich, zum Grund ihres Besuchs zurückzukommen.

»Ja, es kommt einem fast ein wenig unwirklich vor, aber sie glauben, dass der Ballon, den man bei der toten Frau am Kverndamm gefunden hat, von hier sein könnte. Sie wollen der Sache nachgehen, haben sie gesagt. Es fragt sich nur, ob der Ballon vor oder nach dem Tod der Frau dorthin gekommen ist. Ich weiß nicht, aber ich finde das schon irgendwie unangenehm. Erinnern Sie mich doch bitte daran, dass ich die Ballons abschneide, ich kann sie doch jetzt nicht da hängen lassen.«

»Ist die Polizei von Haus zu Haus gegangen und hat nach Ballons gefragt?« Mette bemüht sich, ungläubig zu klingen.

»Nein, nein. Einem Polizisten, der weiter die Straße hinunter in einer Souterrainwohnung wohnt, sind unsere Ballons aufgefallen, als er heute früh nach Hause gekommen ist. Lindgren heißt er.«

Sie bietet Mette einen Platz am Küchentisch an. Er besteht aus einer großen Buchenplatte, die in einen Stahlrahmen versenkt ist. Die Tischbeine sind ebenfalls aus Stahl.

»Sehen Sie.« Sie schiebt einen DIN-A4-Bogen mit Namen und Adressen zu Mette hin. Es ist eine Klassenliste.

»Sie fragen sich, ob eins der Mädchen am Kverndamm entlang nach Hause gegangen sein kann, aber das kann ich mir nicht vorstellen. Alle Mädchen aus der Klasse waren zu dem Geburtstag eingeladen, und fast alle haben hier übernachtet. Sie haben nach dem Geburtstag, oder als Teil des Geburtstags, eine Pyjamaparty veranstaltet«, sagt sie.

Mette studiert die Namensliste. Zwei Namen sind durchgestrichen. Charlotte Iselin Omland und Benedikte Reinertsen. Sie merkt sich die Adressen.

»Was ist mit den beiden?«, fragt Mette und zeigt auf die Namen.

»Nun ja«, sagt Christina und fährt sich mit der Hand durch das dunkle Haar.

»Die beiden haben nicht hier übernachtet. Benedikte ist lange, bevor die Feier zu Ende war, gegangen, weil die Familie verreisen wollte, und Charlotte Iselin ist allein nach Hause gegangen, aber ich weiß nicht mehr genau, wie spät es da war. Wie dem auch sei, sie wohnt in einem der Wohnblöcke auf der anderen Seite des Klyvevegs. Es wäre ein sinnloser Umweg für sie, am Kverndamm vorbeizugehen, deshalb nehme ich an, dass der Ballon, den man gefunden hat, nicht von hier ist. Rote Luftballons sind immerhin nicht so ungewöhnlich, auch wenn diese ein wenig speziell sind. Ich habe sie in Kopenhagen gekauft. Jeder Gast hat einen Luftballon bekommen.«

»Haben denn die Mädchen, die hier übernachtet haben,

keinen Spaziergang gemacht? Sie wohnen ja recht nahe am Kverndamm.«

Christina Angell sieht einen Moment nachdenklich aus. Dann lässt sie sich schwer auf einen der Küchenstühle fallen.

»Nein, sowie Charlotte Iselin fort war, sind sie ins Bad gelaufen und haben ihre Pyjamas angezogen. Aber wenn ich jetzt darüber nachdenke, bin ich mir fast sicher, dass Charlotte Iselin ihren Ballon mitgenommen hat. Mir tut das Mädchen so leid, wissen Sie. Immer hacken sie auf ihr herum. Ja, Emilie auch, und mir gefällt das gar nicht. Warum können nicht alle Freundinnen sein? Mädchen sind manchmal gnadenlos. Richtig grausam. Ich sehe es zwar, aber ich kann nichts tun.«

»Warum hat Charlotte Iselin nicht hier übernachtet?«, fragt Mette.

»Ich weiß es nicht«, sagt Christina Angell und sieht auf die Tischplatte.

Sie seufzt, steht auf und zieht eine der Küchenschubladen auf. Sie greift nach einer Tüte und holt einen Ballon heraus.

»Sehen Sie diese kleinen, orangen Punkte? Wenn man den Ballon aufbläst, verschwinden sie, und die rote Farbe verändert sich. In ein warmes Rot, sehen Sie? Und sie sind widerstandsfähiger als andere Ballons, sie platzen nicht so leicht. Mein Gott, wie die Zeit verfliegt.«

Christina Angell sieht auf die Uhr und macht eine ausladende Armbewegung.

»Ich muss mich beeilen, ich werde in weniger als einer halben Stunde abgeholt.«

»Was machen Sie mit der Namensliste?«

»Der Polizist wollte noch mal vorbeikommen, wenn nicht, werfe ich sie ihm in den Briefkasten.«

Sie verabschieden sich draußen an der Tür. Christina Angell schneidet die fünf Ballons ab, die an den Lampen befestigt sind.

»Einer fehlt«, sagt sie. »Ich bin mir sicher, dass ich sechs Ballons aufgehängt habe, und das sind nur fünf. Merkwürdig. Vielleicht hat der Polizist einen mitgenommen? Aber ich habe ihm doch einen ganz neuen gegeben. Vielleicht ist das der Ballon, der am Kverndamm gefunden wurde?«

Mette ist erst ein paar Meter gefahren, als ihr einfällt, dass sie vergessen hat, Christina Angell die CD zu geben. Sie wird langsamer und guckt, wo sie wenden kann. In dem Moment fällt ihr ein silbergraues Auto auf, das auf der gegenüberliegenden Straßenseite parkt. Die Person auf dem Fahrersitz ist hinter einer Zeitung versteckt. Hier kann sie nirgendwo wenden. Sie kann anhalten und zurücksetzen, entscheidet sich jedoch dagegen. Die Opernsängerin hat keine Zeit, und sie kann die CD des Scheins halber auch mit der Post schicken.

Kurz darauf hält sie am Straßenrand und ruft Peder auf dem Mobiltelefon an. Er meldet sich nach dem vierten Klingeln. Als sie das Gespräch vier Minuten später beenden, bleibt sie, den Zeigefinger in die Halsgrube gepresst, sitzen. Sie spürt ihren rasenden Puls. Bei dem Ballon auf der Brust der Toten handelte es sich nicht um einen gewöhnlichen roten Ballon, hat er gesagt. Er war mehr orange wie die Netzbojen, an denen die Muringleinen befestigt werden. Sie schließt die Augen und denkt nach. War Frid Erica Bengtsens Mörder auf dem Kindergeburtstag? Oder ist er vorbeigekommen und hat einen der Ballons von den Torpfosten mitgenommen?

Dann schießt ihr ein neuer Gedanke durch den Kopf. Der

Mann im Auto. Sein Profil. Sie hat ihn schon einmal gesehen, und das vor noch nicht so langer Zeit, oder? Sie setzt in eine Einfahrt zurück, wendet und fährt noch einmal zu Christina Angell. Sie parkt, wo vor Kurzem das silberfarbene Auto gehalten hat, greift nach der CD und geht zum Briefkasten.

Christina Angell und Jonas Forsthammer steht auf dem weißen Briefkastenschild. Sie lässt die CD in den leeren Briefkasten fallen.

»Es gibt Neuigkeiten im Kverndamm-Mord«, sagt Jensemann, als sie in die Redaktion kommt. Sein Haar sieht noch wilder aus als sonst. Seine Finger tanzen über die Tastatur.

»VG Net schreibt, dass eine der heißesten Spuren ein Luftballon ist, der bei der Leiche gefunden wurde. Ein roter Ballon.

Die Polizei ermittelt jetzt, wo im Umfeld des Tatorts Kindergeburtstage oder andere Festlichkeiten stattgefunden haben. Ich schreibe eine aktuelle Meldung für die Tagesnachrichten. Die haben übrigens selbst ein paar Nachforschungen angestellt.«

»Typisch«, meint Mette. »Jedes Mal, wenn etwas Wichtiges passiert, mischen sie sich ein. Bevor wir uns versehen, haben sie die gesamte Berichterstattung an sich gerissen. Dann rücken die Superjournalisten aus Oslo an und okkupieren uns. Verdammt!«

Es ist erst zwei Jahre her, dass sie selbst in der Nachrichtenredaktion in Oslo gearbeitet hat, doch dort liegt ihre Loyalität nicht mehr. Jetzt heißt es wir gegen die. Die Peripherie gegen das Zentrum. Die Kleinen gegen die Großen. Aber das Porsgrunn-Lied hat sie noch nicht auf ihren PC heruntergeladen. Irgendwo gibt es eine Grenze.

»Hast du bei der Polizei angerufen, ob das mit dem Ballon stimmt?«

»Ja, aber die wollen das nicht kommentieren. Da bekommt keiner den Mund auf. Ich zitiere VG Net, das ist doch in Ordnung, oder? Die Telefonzentrale im Polizeipräsidium sagt, dass sie im Lauf des Nachmittags eine Pressekonferenz einberufen werden und dass wir uns solange in Geduld üben müssen. Angeblich erfährt vorher niemand was, aber VG hat doch ganz eindeutig was erfahren.«

»VG muss die Info nicht von der Polizei haben. Die bezahlen ziemlich gut für Tipps, wie du weißt.«

Sie muss an das Auto denken, das vor dem Haus von Christina Angell geparkt hat. Kann sich hinter der Zeitung ein Reporter von VG versteckt haben? Es ist zu ärgerlich. Sie kann nichts von dem zitieren, was Christina Angell ihr erzählt hat. Schließlich hat sie sie nicht interviewt. Sie hat sich unter ganz anderen Voraussetzungen mit ihr unterhalten als denen, die jetzt relevant wären. Plötzlich fühlt sie sich mutlos. Was mache ich hier eigentlich? Meine eigene private Ermittlung? Wozu soll das gut sein? Ich habe verdammt noch mal einen Job zu machen – als Journalistin.

»Zitier VG, ob die Polizei das nun bestätigt oder nicht. Du machst das ganz richtig, Jensemann.«

Dann ändert sie ihre Meinung.

»Nein, zitier VG nicht«, sagt sie. »Schreib Folgendes: Ein roter Luftballon, der bei der toten Frau am Kverndamm in Skien gefunden wurde, gehört zu den wichtigsten Spuren der Polizei. NRK Telemark verfügt über Informationen, die darauf hindeuten, dass die Polizei dahin gehend ermittelt, ob der gefundene Ballon aus einem Haus in Nybergåsen stammt, in dem am Freitagnachmittag ein Fest stattgefunden hat.«

Jensemann schreibt, während Mette diktiert. Dann liest er ihr die Meldung laut vor, und sie lächelt zufrieden.

»Kannst du das belegen?« Er klingt etwas unsicher.

Sie nickt.

»Soll ich die Pressekonferenz übernehmen? Ich habe ohnehin morgen früh Dienst und brauche etwas für meine Sendung.«

Sie einigen sich, dass Jensemann sie anruft, sobald er den Termin für die Pressekonferenz hat. Mette nimmt das Aufnahmegerät mit, setzt sich in den Dienstwagen und fährt nach Hause.

Frau Madsen hat ihre nylonbestrumpften Füße in ein Paar Pantoffeln gesteckt. Sie trippelt über den Küchenboden und setzt sich an den Tisch am Fenster. Wenn er an beiden Seiten ausgezogen war, hatten sie alle vier Platz daran. Jetzt muss sie ihn nur noch selten ausziehen.

Unten auf dem Parkplatz steht ein ziviles Polizeiauto. Sie können sie nicht täuschen. Sie hat viele Streifenwagen und Polizisten hier oben in den Blöcken von Klyve gesehen. Einige in Uniform, andere in Zivil. Sie hätten auch gleich in Uniform kommen können. Und das an einem Sonntag. Frau Madsen seufzt. Vielleicht hat es etwas mit dem Mord am Kverndamm zu tun.

Sie bleibt sitzen und schaut aus dem Fenster, bis sie wieder aus dem Haus kommen. Eine Frau und ein Mann. Dass Frauen auch zur Polizei gehen können! So etwas gab es früher nicht. Aber bei ihr haben sie nicht geschellt. Das haben sie nicht. Und was hätte sie auch beizutragen? Nichts. Absolut nichts. Bis auf die kleine Charlotte Iselin, die eine Etage über ihr wohnt und die am Freitagabend nach Hause gekommen ist, während auf NRK der Wetterbericht lief, hat sie nichts gesehen. Und die hätte um diese Zeit längst im Schlafanzug sein sollen, denkt Frau Madsen, die alleine an ihrem Küchentisch sitzt. Ihre Kinder waren immer um sieben im Bett. Kinder brauchen ihren Schlaf. Von Zuwendung gar nicht zu reden.

Es ist so langweilig zu warten, aber sie ist groß genug, um alleine in der Hütte zu bleiben, und Burre fährt nicht gerne Boot. Sie spielt ein Computerspiel auf Großvaters Computer. Die Geräusche des Spiels bringen etwas Leben in die Hütte. Das Radio hat sie ausgeschaltet. Großmutter und Großvater haben immer laut das Radio laufen, und in den Nachrichten reden sie die ganze Zeit über den Mord am Kverndamm. Jetzt haben sie einen Ballon gefunden. Die Polizei sucht nach der Person, die den Ballon am Tatort zurückgelassen hat. Und nach dem verschwundenen weißen Hund.

Lotte tut wieder der Bauch weh. Sie traut sich nicht, etwas zu sagen, denn dann fragen sie sie nur, ob sie auf der Toilette war, und über so etwas mag sie nicht mit ihnen reden.

Es liegt nicht an dem Klo. Hier in der Hütte haben sie ein schönes Klo, mit weißen Fliesen, blauen Wänden und Fußbodenheizung. Es hat sogar ein Fenster. Wenn sie aus dem Fenster guckt, kann sie hinter den Bäumen das Wasser sehen. Jetzt ist das Wasser besser zu sehen als im Sommer, weil die Bäume schon viele Blätter verloren haben.

Burre kratzt an der Tür, er will raus. Lotte stellt das Spiel auf Pause. Dann holt sie ihre Jacke und ihre Turnschuhe aus der Diele, leint Burre an und geht hinaus. Sie kann die Tür nicht abschließen, wie sie das zu Hause tut, aber das ist hier nicht so schlimm. Hier gibt es keine Diebe. Hier ist fast niemand.

Sie geht auf die weiße Straße hinaus. Es ist keine richtige Straße. Keine Straße, auf der viele Autos fahren. Nur die Leute, die zu ihren Hütten wollen, kommen hier entlang.

Die Sonne scheint und lässt die weißen Steine glitzern. Sie hebt während des Gehens ein paar besonders schöne Exemplare auf. Zu Hause hat sie ein ganzes Einmachglas voller Steine. Sie hat sie gesammelt, als sie noch klein war. Jetzt macht sie das eigentlich nicht mehr, aber sie kann es nicht lassen, die schönsten aufzuheben.

Burre wieselt um sie herum. Sie bleibt stehen und krault ihn leicht hinter dem Ohr, wie er das mag. Er ist so weich. Nachts schläft er in ihrem Bett, das hat Großmutter erlaubt. Hier bestimmt Großmutter. Sie hält Hunde nicht für Bakterienträger.

Lotte geht bis zum Tennisplatz. Dann dreht sie um und stapft den gleichen Weg wieder zurück. Die Hütten stehen nur bis zum Tennisplatz, und sie geht nicht so gerne da spazieren, wo keine Hütten sind. Sie soll nicht alleine in den Wald gehen, und da, wo Hütten sind, ist kein richtiger Wald. Wo keine Hütten sind, ist Wald.

Vor der roten Hütte steht ein Auto. Dort wohnt ein Junge, der genauso alt ist wie sie. Sie hat ihn gestern draußen gesehen. Als sie noch kleiner waren, haben sie zusammen gespielt, doch das tun sie nicht mehr. Sie spielt nicht mehr mit Jungen. Am zwölften Dezember wird sie zwölf. Am 12.12.12, das ist irgendwie lustig, aber Brüste hat sie noch immer nicht.

Sie sieht jemanden auf dem Weg oben, der zum Wasser hinunterführt. Burre entdeckt ihn zuerst. Er zieht an der Leine, und Lotte muss dagegenhalten. Es ist eine Dame. Sie trägt eine Sonnenbrille und hat eine Kappe auf dem Kopf. Die Dame kommt näher. Burre beginnt zu bellen. Er springt vor, bleibt stehen und zerrt an der Leine. Das Halsband liegt eng um seinen Hals.

»Nein, Burre«, sagt Lotte und zieht ihn zu sich. Sie beugt sich hinunter und nimmt ihn auf den Arm, drückt ihn fest an sich. Das lockige, schwarze Fell kitzelt sie am Kinn.

Die Pressekonferenz dauert nicht lange. Morgan Vollan informiert kurz über die Ballonspur. Erzählt, dass ein roter Ballon bei der Leiche gefunden wurde und dass die Polizei nicht ausschließt, dass eine Verbindung zwischen dem Ballon und dem Täter beziehungsweise den Tätern bestehen könnte.

Er bittet die Presse weiterzugeben, dass die Polizei an Hinweisen aus der Bevölkerung interessiert ist. Alle verfügbaren Kräfte sind auf den Mordfall angesetzt, doch man befindet sich noch in einer frühen Phase der Ermittlungen, und mit einem unmittelbaren Durchbruch ist nicht zu rechnen.

Als Hauptkommissar Morgan Vollan kurz darauf Mette Minde unter vier Augen erwischt, kommt er direkt zur Sache: »Es ist uns zu Ohren gekommen, dass Sie heute früh bei Christina Angell waren und sie nach einem roten Ballon gefragt haben, stimmt das?«

Mette ist bis zu einem gewissen Grad vorbereitet. Sie sieht ihm direkt in die Augen. Sie sind grün und von für einen Mann relativ langen, dichten Wimpern umrahmt und blicken ebenso streng wie gestern.

»Ja, es stimmt, dass ich heute Vormittag bei Christina Angell war, allerdings nicht, um sie nach irgendeinem Ballon zu fragen. Ich habe ihr eine CD von einem Interview gebracht, das ich mit ihr gemacht habe.«

»Aber Sie haben sich sehr für die Ballons interessiert?«

»Christina Angell hat von den Ballons zu reden begonnen, und ich habe mir natürlich angehört, was sie zu sagen hatte. Sie machte einen etwas nervösen Eindruck und brauchte anscheinend jemanden zum Reden«, sagt Mette. »Der Polizist, der sich mit ihr hätte unterhalten sollen, ist ja einfach wieder gegangen«, fügt sie noch hinzu.

»Ja, das mag stimmen. Und dann hat Christina Angell Ihnen erzählt, dass sie ihm die Klassenliste in den Briefkasten werfen wollte, ja?«

»Ja, das hat sie, wieso?«

»Ich frage Sie direkt, haben *Sie* die Liste an sich genommen?«

Mette spürt, wie ihr am ganzen Körper heiß wird. Ein Draht aus Wut und schlechtem Gewissen windet sich durch ihre Eingeweide. Wie in ihrer Kindheit, wenn man sie für etwas beschuldigt hat, das sie nicht getan hatte, aber gut hätte getan haben können.

»Nein! Das habe ich nicht!«

Er sieht sie forschend an.

»Ich glaube Ihnen«, sagt er. »Aber haben Sie eine Idee, wer sie aus dem Briefkasten genommen haben könnte? Frau Angell sagt, dass sie kurz nach Ihnen aufgebrochen ist und ihm die Liste mit ein paar Kommentaren in den Briefkasten geworfen hat. Wir haben zwar die Informationen, die wir brauchen, per Telefon bekommen, aber es ist alles andere als gut, dass die Liste fort ist.«

Mette erzählt ihm von dem Auto, das am Straßenrand geparkt hat, als sie gefahren ist, und von der Person, die versteckt hinter einer Zeitung auf dem Fahrersitz gesessen hat.

»Mann oder Frau?«

»Keine Ahnung, unmöglich zu sagen.«

»Das klingt ja fast wie aus einem Krimi, was Sie da erzählen. Erinnern Sie sich, was für ein Auto das war?«

»Ich bin kein Autoexperte, aber es war ziemlich groß. Und silbergrau. Da bin ich mir ganz sicher«, antwortet Mette.

»Okay, geben Sie mir sofort Bescheid, wenn Ihnen noch etwas einfällt«, sagt Vollan und reicht ihr seine Visitenkarte.

»Da ist noch etwas«, sagt Mette schnell. »Ist es nicht merkwürdig, wie oft der Name Jonas Forsthammer in diesem Fall auftaucht?«

»Das mag schon sein, aber wenn Sie es wagen, konkrete Namen in Ihrer Berichterstattung zu bringen, versichere ich Ihnen, dass ich nicht sehr kooperativ sein werde«, sagt Vollan. »Die Dinge sind nicht immer so, wie sie scheinen. Ich rate Ihnen entschieden davon ab, sich über das Weitergeben von Polizeiinformationen an die Öffentlichkeit hinaus in den Fall einzumischen.«

Mette verspürt Lust, laut und ausgiebig zu lachen, aber sie begnügt sich damit, Vollan freundlich anzulächeln.

»Verstanden«, sagt sie.

»Papa, weißt du, warum bei mir keine Fische anbeißen?«

Erik hat die Unterlippe vorgeschoben. Das Boot liegt direkt vor der Hütte in der Skotbucht, wo die Fische gewöhnlich gut beißen, doch bis jetzt haben sie nur einen kleinen Seelachs gefangen, und der hat bei Trym angebissen.

»Nein, sag du es mir. Vielleicht sind die Fische heute nicht so hungrig? Sollen wir in die Stadt fahren und uns ein Eis kaufen?«

»Jaaa«, kommt es von den Sechsjährigen im Chor.

Der Sechzehner liegt glatt auf dem spiegelblanken Wasser auf. Zu ihrer Linken haben sie die Skarschären, und zu ihrer

Rechten liegt Valberg. Kurz darauf passieren sie die Einfahrt zum Kilen, dem kleinen Fjord, an dem das Kragerø Krankenhaus liegt.

Nur wenige Boote sind am Anleger des Bærøyfjords vertäut. Die Hüttensaison ist für die meisten vorbei. Auch in der Marina auf Øya ist reichlich Platz. Im Sommer gibt es immer eine Schlange, und die Boote müssen warten, bis sie an der Reihe sind.

Peder füllt Benzin nach, kauft die Sonntagszeitungen und drei Eis. Einmal Erdbeer und zweimal Schokolade.

»Sollen wir zum Korssund hochfahren und sehen, ob die Fische dort besser beißen?«

»Jaaa!«

Das Boot tuckert auf den Bærøyfjord hinaus. Bald sind sie auf Höhe der alten Ferienunterkünfte des Aker-Clubs. Das Grundstück wurde vor einigen Jahren an einen privaten Besitzer verkauft. Die Hütten, die früher einmal klein und einfach waren, sind von außen kräftig aufgemotzt worden und von innen vermutlich auch.

Zu ihrer Rechten können sie jetzt Skåtøy sehen, lang gestreckt und schön im herbstlichen Kleid. Die meisten Anlegestellen liegen leer und verlassen da. Die Boote sind an Land gebracht worden und die Gartenmöbel im Bootshaus gestapelt oder irgendwo hinter der Hütte unter einer Plane versteckt.

Der Korssund erstreckt sich wie ein dünner Darm zwischen Sauøya und Skåtøy. Wenn die Fische im Korssund nicht anbeißen, dann beißen sie nirgendwo an, pflegt sein Vater zu sagen. Vater ist ein fleißiger Angler. Als sie noch Kinder waren, hat er Peder und seine Brüder oft spät am Abend oder früh am Morgen mit hinausgenommen. Und sie haben immer etwas gefangen, doch für das Ausnehmen der Fische war

Mutter zuständig. Mutter hält nichts davon, zu viel Fisch zu fangen.

Würde man Peder fragen, woran er sich aus der Kindheit am besten erinnert, würde er antworten: ans Angeln. Und zwar mit einer Schnur, nicht mit einer Stange. Ein bisschen angelt sein Vater noch immer, und die Mutter säubert wie früher den Fang.

Erik fängt auf Anhieb einen Seelachs. Kurz darauf einen zweiten und dann noch einen dritten. Trym wird sauer und will die Haken tauschen, aber da beißt einer bei ihm an. Wieder ein Seelachs. Peder bricht auch ihm das Genick. Hart und brutal steckt er dem Fisch den Daumen ins Maul und dreht ihm den Kopf ab. Ein wenig Blut tropft auf den Boden. Jetzt ist es Peders Aufgabe, sie auszunehmen. Das wäre nicht anders, wenn Mette da wäre. Sie hat in ihrem ganzen Leben noch keinem Fisch den Bauch aufgeschlitzt, ein oder zwei Sprotten ausgenommen.

Ein gelber, offener Vierzehner kommt langsam auf sie zugeglitten. Eine Frau um die fünfzig steuert den Außenbordmotor. Vor ihr steht ein großer Plastikeimer. Sie winkt und lächelt. Dann zieht sie einen riesigen Dorsch aus dem Eimer.

»Draußen vor Jomfruland!«, ruft sie, um den Krach des Außenbordmotors zu übertönen.

Die Leute grüßen einander auf dem Sund, wenn die Touristensaison vorbei ist. Die Frau steuert aus dem Korssund heraus und biegt nach rechts, nach Muffetangen auf Bærøy ab.

Lotte hat Burre heruntergelassen. Die Frau mit der Mütze auf dem Kopf steht breitbeinig, die Hände in die Hüften gestemmt vor ihr. Lotte kann ihren Atem hören. Ein Mann steht hinter ihr. Auch er trägt eine Mütze.

»Hallo«, sagt die Frau. »Wir suchen nach einem Mädchen, das Charlotte Iselin Omland heißt. Weißt du, wo wir sie finden?«

»Das bin ich«, antwortet Lotte, bückt sich und nimmt Burre wieder auf den Arm. Sie bohrt das Gesicht in sein Fell. Alles wird schwarz und weich um sie, alle Geräusche verstummen. Die Zeit bleibt stehen. Sie versinkt immer tiefer im Nichts.

»Hallo, kleines Fräulein. Wir sind völlig harmlos. Du brauchst keine Angst zu haben, weißt du.«

Die junge Polizistin hat die Arme um Lotte und Burre gelegt. Sie spürt die Schwere des Kinderkörpers, der sich gegen ihren lehnt, während sie dem Mädchen mit der Hand über den schmalen Rücken streicht.

Lotte sieht, wie das Licht zurückkommt. Der Himmel ist weiß und blau, die Bäume haben gelbe und braune Blätter. Die Straße ist aus weißem Quarz.

»Hallo, die Polizei ist dein Freund und Helfer. Wir verhaften nicht andauernd Leute und stecken sie ins Gefängnis«, sagt der Polizist in dem Versuch, lustig zu sein. Er lächelt sie mit weißen Zähnen und braunen Augen an, zieht seine Mütze vom Kopf und fährt sich durchs Haar.

»Sieh mal«, sagt er und stemmt sich mit beiden Händen auf der Erde ab. Dann streckt er die Beine in die Luft und läuft auf den Händen. Schlüssel und Kleingeld, ein Mobiltelefon und ein Feuerzeug fallen aus seinen Taschen auf die weiße Straße.

Die Polizistin lacht so, dass sie sich den Bauch halten muss. Lotte muss lächeln, und Burre bellt entzückt und will hinunter.

»Einen schönen Hund hast du da«, sagt die Polizistin. »Wie heißt er denn?«

»Burre«, antwortet Lotte. Langsam kommt Ordnung in ihre Gedanken: planen, planen, denken, klug sein. Planen, planen, denken, klug sein. Planen, planen, denken, klug sein. Dreimal. Das muss reichen.

»Ich passe für eine Freundin auf ihn auf, die in den Herbstferien im Süden ist.«

»Wie schön. Was ist das eigentlich für eine Rasse?«

»Er ist ein Mischling aus Pudel und irgendwas anderem«, sagt Lotte. »Meine Freundin wollte, dass er Burre heißt, weil meine Großeltern einen Hund hatten, der Burre hieß und der gestorben ist. Ich habe ihr so viel von Burre erzählt, dass sie ihren Hund genauso genannt hat.«

»Ja, so ist das mit Tiernamen, die einem gefallen«, sagt der Polizist, der jetzt wieder mit beiden Füßen auf der Erde steht.

»Als ich noch klein oder eigentlich bis ich etwas älter als du war, hatten wir eine Hündin, die Torja hieß. Sie war süß und lieb und die lustigste Boxerhündin der Welt. Wenn ich einmal einen Hund bekomme, muss das ein Boxer sein und eine Hündin, und sie muss Torja heißen. Aber erst brauche ich noch eine Frau und ein paar Kinder und ein Haus und ein Auto …«

»… und ein Leben«, unterbricht ihn die Polizistin und knufft ihn in die Seite, dass er fast das Gleichgewicht verliert.

Lotte muss ein bisschen lachen, doch dann steckt sie den Daumen zwischen ihre großen Kaninchenzähne und nagt daran. Ihr Bauch kneift.

»Okay, du kleine Hundesitterin, wir haben ganz vergessen, uns vorzustellen«, sagt der Polizist. »Ich heiße Axel, weil mein Vater Schwede ist. Und das verrückte Huhn da heißt Maiken, weil ihre Mutter Schwedin ist. Aber wir sind keine Geschwister«, albert er. »Jetzt suchen wir deine Großeltern, und dann werden wir dir ein paar Fragen zu Emilie Forsthammers Geburtstag am Freitag stellen. Deshalb sind wir nämlich hier, verstehst du. Wir wollen dir nur ein paar ganz einfache Fragen stellen. Das ist weder gefährlich noch schwierig.«

»Aber Großmutter und Großvater sind zum Einkaufen in der Stadt«, sagt Lotte.

Die Polizisten sehen sich an.

»Bist du ganz allein hier?«, fragt Maiken.

»Nein, ich habe doch Burre, und er fährt nicht gerne Boot.«

»Dann warten wir, bis sie zurückkommen«, erwidert Axel.

»Und du zeigst uns den Weg«, fügt er hinzu, macht galant eine ausladende Handbewegung und beugt sich so weit vor, dass sein Körper einen rechten Winkel bildet.

Das kleine Gefolge setzt sich in Bewegung. Vorneweg Burre, dann Lotte, dann Maiken und Axel.

Zu ihrer Rechten liegt ein Blockhaus mit Gras auf dem Dach. Oder eigentlich sind es zwei Blockhäuser, die durch einen neueren Mittelteil mit großen durchgehenden Glasflächen verbunden sind. Zur Linken steht oben auf einem Hügel ein großes, weiß glänzendes Holzhaus mit schwarzen, glasierten Ziegeln.

»Was für Kontraste«, meint Axel, und Maiken nickt und verdreht die Augen.

Lotte bleibt vor einer Hütte mit einer grün gebeizten Holzvertäfelung stehen. Sie öffnet eine Pforte in einem hohen Bretterzaun, der zwischen der Hütte und einem kleinen Anbau verläuft. Hinter der Pforte erstreckt sich ein idyllischer Garten mit einem gepflegten, noch immer grünen Rasen, glatt gescheuerten Felskuppen, die darauf schließen lassen, dass das Meer irgendwann einmal bis hier herauf kam, und großen Blumenbeeten, in denen orangerote Rosen mit Ringelblumen um Aufmerksamkeit buhlen. Eine Holztreppe führt zu einer überdachten Veranda, auf der eine Gartenbank mit weichen Kissen, ein großer Tisch und zwei Sessel einladend vor sich hin dösen.

»Spätsommer«, sagt Maiken zu Axel. »Spätsommer, nicht Herbst. Spätsommer ist ein schönes Wort.«

»Möchten Sie etwas trinken?«, fragt Lotte altklug.

Die Großmutter fragt das immer. Ob die Leute etwas trinken möchten. Kaffee oder so. Lotte kann keinen Kaffee kochen, aber sie haben Limonade. Solo light. Weil die Großmutter immer auf Diät ist. Zuerst isst sie massenhaft Waffeln, und dann muss sie Diät halten. Sie kneift sich in den Schenkel und in den Bauch, dann stöhnt sie und sagt, dass sie Diät halten muss.

»Wir haben Limonade«, sagt Lotte.

»Ja, danke, das wäre super«, antwortet Axel. Maiken nickt und lächelt sie an.

Maiken und Axel setzen sich. Er auf die Gartenbank, sie in einen der Korbstühle. Sie sitzen einander gegenüber.

Lotte und Burre gehen durch die unverschlossene Terrassentür ins Haus. Lotte lässt die Tür halb offen und kann ihre Stimmen hören. Sie kann sie auch sehen, wie sie da draußen sitzen. Ihr tut der Bauch weh.

»So würde ich gerne wohnen«, sagt Axel. »In einem Haus mit Garten und mit einem Hund.«

»Zuerst musst du eine Frau finden.« Maiken lächelt ihn an und wirft das blonde Haar zurück.

Lotte klirrt mit den Gläsern, damit sie nicht glauben, dass sie lauscht.

»Willst *du* mich heiraten?«

Sie sehen aus wie ein Paar, wie sie da draußen sitzen. Das ist ein bisschen unangenehm.

Lotte würde am liebsten durch die Haustür verschwinden und abhauen, aber sie weiß, dass das nicht geht. Sie spürt ihr Herz klopfen. Sie sind wie ein Paar in einem Film, wenn es peinlich wird zuzusehen, während man gleichzeitig hinsehen muss.

Sie macht sich an den Gläsern zu schaffen. Putzt sie mit dem Glashandtuch ab. Es dürfen keine Abdrücke darauf sein. Sie müssen ganz sauber sein. Sie will schließlich nicht als Schmutzfink dastehen. Nicht jetzt.

Lotte macht ein wenig Extrakrach, schiebt die Terrassentür ganz auf und kommt mit dem Tablett heraus. Auf dem Tablett stehen drei Gläser und eine Flasche Solo.

Maiken steht auf und hilft ihr. »Was bist du für ein tüchtiges Mädchen«, sagt sie und lächelt sie an.

»Dauert es noch lange, bis deine Großeltern zurückkommen?«, fragt Axel.

»Das weiß ich nicht. Sie wollten nur einkaufen. Zeitungen und so.«

»Vielleicht sollten wir einfach schon mal ein bisschen anfangen«, meint Axel und zieht einen Notizblock aus der Tasche seiner Jacke, die er neben sich auf die Bank geworfen hat. Er macht eine kleine Pause und schaut Lotte forschend an. Sie hat sich in den Korbstuhl neben Maiken gesetzt.

»Charlotte Iselin, du warst am Freitag auf dem Geburtstag von Emilie aus deiner Klasse?«

»Ja.«

»Wann bist du nach Hause gegangen, wie spät war es da, erinnerst du dich?«

»Ich bin gegangen, als Schluss war, und der Geburtstag hat bis sechs gedauert oder bis kurz nach sechs.«

»Bist du direkt nach Hause gegangen oder warst du erst noch woanders?«

»Ich bin direkt nach Hause gegangen.«

»Ist dir auf dem Weg jemand begegnet?«

»Nein, ich weiß nicht.«

»Hast du eine Frau mit einem weißen Hund gesehen?«

Lotte windet sich auf ihrem Stuhl. Sie kneift die Augen zu, als würde sie nachdenken. Dann öffnet sie ein Auge und steckt den Daumen zwischen die Zähne und nagt daran.

»Ich habe eine dicke Frau mit einem weißen Hund gesehen«, sagt sie langsam.

Axel richtet sich auf und rutscht mit den Pobacken ganz nach vorn auf der Bank. Er lehnt sich über den Tisch und trinkt einen großen Schluck Limonade.

»Wo hast du die Frau mit dem Hund gesehen?«

»Auf dem Gehweg.«

»Bist du vor oder hinter ihr gegangen?«

»Ein Stück vor ihr und ein Stück hinter ihr. Der Hund musste pinkeln.«

»Hast du sie die ganze Zeit gesehen?«

»Nein. Irgendwann ist sie wieder verschwunden, glaube ich. Vielleicht ist sie in den Wald gegangen. Viele Leute gehen in den Wald.«

»Bist *du* an dem Abend in den Wald gegangen?«, fragt Maiken, die still da gesessen und Charlotte Iselin beobachtet hat.

»Nein, ich darf nicht allein in den Wald gehen. Und ich musste ja auch direkt nach Hause«, fügt sie hinzu und sieht ihren Daumen an, den die Zähne endlich freigegeben haben.

»Was hast du gemacht, als du nach Hause gekommen bist?«, fragt Maiken.

»Das weiß ich nicht mehr. Nichts, glaube ich.«

»Und was hat deine Mama gesagt, als du nach Hause gekommen bist?«

Lotte sieht Maiken lange an, bevor sie antwortet. Ihre Stimme ist mürrisch und abweisend.

»Nichts! Mama hatte Migräne, und da sagt sie nichts!«

Axel räuspert sich. Er will zurück zu dem Gehweg.

»Charlotte Iselin, als du …«

»Ich heiße nicht Charlotte Iselin! Ich heiße Lotte! Lotte, einfach nur Lotte!«

Sie hat die Beine auf den Korbstuhl hochgezogen und fühlt sich wie ein Vogeljunges im Nest. Ein Kuckucksjunges. Das sagt Mama manchmal, wenn sie sehr böse ist, dass sie ein Kuckucksjunges ist.

Maiken nimmt Lottes Hand. Die, die nicht Burres Leine festhält. Sie klemmt sie zwischen ihre Hände.

Axel sieht die beiden an. Er räuspert sich und trinkt noch einen Schluck von der Limonade. Das Glas ist bald leer.

»Lotte«, sagt er streng zu sich selbst und haut sich auf die Hand. »Ab jetzt nenne ich dich nur noch Lotte. Das verspreche ich.«

Lotte lächelt vorsichtig und schlägt die Augen nieder. Sie hebt Burre auf ihren Schoß und versteckt die Finger in seinem weichen Fell.

»Ihr habt Luftballons auf dem Geburtstag von Emilie bekommen«, sagt Axel. »Hast du deinen Ballon mit nach Hause genommen?«

»Nein«, antwortet Lotte. Sie kaut wieder an ihrem Daumen. »Er ist verschwunden.«

»Verschwunden?«

»Ja, er ist weggeflogen. Mir ist die Schnur aus der Hand gerutscht.«

Axel beugt sich noch weiter über den Tisch.

»Wo hast du den Ballon verloren, Lotte, erinnerst du dich daran? Das ist sehr wichtig.«

Lotte denkt nach, dass der Korbstuhl knarrt. Dann sagt sie leise: »Das war auf dem Gehweg. Direkt am Wald. Er ist hoch über die Bäume geflogen.«

»Hast du versucht, ihn wiederzubekommen?«, fragt Maiken. »Bist du deinem Ballon in den Wald nachgelaufen?«

»Nein, äh, das war doch nur ein blöder Ballon«, sagt Lotte. »Eigentlich sind wir auch zu groß für Luftballons. Ich bin nach Hause gegangen. Ich habe mir nichts aus dem Ballon gemacht.«

Lotte vergräbt beim Sprechen das Gesicht in Burres Fell. Der Hund versucht, sich freizuwinden.

»Okay, Lotte. Das hast du sehr gut gemacht. Du hast uns sehr geholfen«, sagt Axel.

Sie stehen auf und gehen. Axel streckt sich, holt das Mobiltelefon heraus und sagt, dass er Morgan Vollan anrufen will.

Kleine Kessel haben auch Ohren, sagt Großmutter immer, wenn sie und Großvater über Dinge reden müssen, die sie nicht hören soll. Jetzt sind Lottes Ohren ganz groß. Sie blinzelt, um sich zu konzentrieren.

Axel gibt das wieder, was er für die wahrscheinlichste Erklärung hält, warum der Ballon da gelandet ist, wo sie ihn gefunden haben. Die Ballonspur dürfte sich damit erledigt haben. Was allerdings nichts an der Tatsache ändert, dass die Frau ermordet wurde. Jetzt müssen sie unabhängig von dem Ballon weiter nach dem Mörder zu suchen.

Lotte versucht, zu verstehen, was die Worte bedeuten. Was sie mit ihr zu tun haben.

Axel bleibt stehen und sieht Burre an, während er in das Mobiltelefon hört. Lotte gefällt es nicht, dass er Burre immerzu ansieht.

Burre schnüffelt an ihren Beinen. Er hat schwarzes, lockiges Fell mit ein paar weißen Flecken. Vor allem unter dem Bauch, im Gesicht und an der Schwanzspitze.

Lotte und Maiken warten an der Pforte, während Axel telefoniert.

»Du, Lotte? Fragst du dich eigentlich, warum wir uns so für die Frau und deinen Ballon interessieren?«

»Nein, das frage ich mich nicht.«

»Auch nicht ein ganz kleines bisschen?«

»Nein, daran will ich nicht denken. Es kam in den Nachrichten. Im Radio.«

»Sollen wir warten, bis deine Großeltern zurückkommen?«

»Nein«, sagt Lotte schnell. »Ich muss noch mit Burre spazieren gehen.«

»Du, Lotte?«, meint Maiken. »Deine Mama hat nichts davon gesagt, dass du auf einen Hund aufpasst.«

»Nein, sie weiß es auch nicht«, sagt Lotte und blickt auf ihre Turnschuhe hinunter. »Stine ist direkt, bevor wir loswollten, mit ihm gekommen. Mama mag keine Hunde. Sie hat Angst vor Bakterien und so, aber Großmutter findet Hunde in Ordnung. Großmutter hat keine Angst vor Bakterien. Sie hat nur Angst vorm Fliegen«, sagt sie und sieht Maiken mit ihren blauen Kinderaugen an.

Axel fragt sich, ob Lotte mit ihnen die weiße Straße zu der kommunalen Anlegestelle hinuntergehen wird, die sie gekommen sind, aber sie will in die andere Richtung, sagt sie.

Und Maiken fragt sich, ob sie nicht doch besser warten sollten, bis die Großeltern zurückkommen, aber sie haben keine Zeit, sagt Axel. Die Pflicht ruft. Morgan Vollan hat sie zurückbeordert.

Maiken und Axel gehen in das Hüttengebiet hinein. Lotte geht in die entgegengesetzte Richtung, aus dem Hüttengebiet hinaus. Sie dreht sich um und schaut ihnen nach. Sie sehen nicht wie Polizisten aus. Sie sehen aus wie Jugendliche. Jugendliche, die Fangen spielen. Dann dreht sie sich schnell um und beginnt zu laufen.

Die weiße Straße hört bei dem Bauernhof auf. Lotte biegt nach rechts auf einen abschüssigen Weg ab, in den der Regen tiefe Rillen gegraben hat. Sie kommt an einer Hütte mit blauweiß karierten Gardinen vorbei. Die Gardinen sind vorgezogen, was bedeutet, dass niemand zu Hause ist. Etwas weiter vorn sieht sie einen Apfelbaum und einen Außenhahn, aus dem es tropft. Die rosa Hütte, in der im Sommer der böse Mann wohnt, liegt jetzt direkt vor ihr. Einmal ist sie zusammen mit der Großmutter daran vorbeigegangen, da ist der Mann richtig wütend geworden und hat gesagt, dass das ein Privatweg sei. Sie schleicht sich an der Hütte vorbei. Die Gardinen sind vorgezogen. Burre hebt das Bein an der Hüttenecke, und Lotte lächelt zufrieden. Das hat der böse Mann verdient.

Weiter unten liegt der Fjord mit der schwimmenden Anlegebrücke. Auch in der gelben Hütte und der kleinen Backsteinhütte mit den dreieckigen Fenstern ist niemand. Sie geht zum Anleger hinunter. Als sie mit der Großmutter hier entlanggegangen und der böse Mann gekommen ist, war die Anlegebrücke voller Kinder, die im Fjord gebadet haben.

Jetzt dümpelt der Anleger verlassen vor sich hin. Lotte setzt sich an den Rand und lässt die Beine ins Wasser baumeln. Burre kratzt mit der Pfote an ein paar toten Krebsen. Die eingetrockneten Schalentiere zerfallen, und die Beine lösen sich vom Körper. Die Polizei hat die Ballonspur aufgegeben, denkt sie. Ist das nun gut oder schlecht?

Sie hält sich an der Badebrücke fest und beugt sich vor. Unten im Wasser schwimmen kleine Fische und durchsichtige Krabben. Was soll sie tun, wenn die Herbstferien vorbei sind? Was soll sie überhaupt tun? Abhauen vielleicht, aber wohin?

»Nein, Burre, du sollst die Krebse nicht fressen«, sagt Lotte und zieht an der Leine. An der alten Leine von Burre. Wie klug von ihr, dass sie die aufgehoben hat. Großmutter hat nichts dazu gesagt. Sie hat sie nicht wiedererkannt. Und sie selbst hat auch nichts gesagt. Da ist so viel, das nicht gesagt wird. So viel, über das nicht gesprochen wird.

Ein gelbes Boot kommt in die Bucht hinein. Lotte spürt, wie die Angst sich im Körper ausbreitet. Wenn das der böse Mann ist. Es wird ihm nicht gefallen, dass sie auf seinem Anleger sitzt. Sie will gerade weglaufen, als sie sieht, dass eine Frau in dem Boot sitzt. Lotte steht auf. Die Frau steuert auf die spitze Hütte unten am Wasser zu. Sie legt an einem schiefen Anleger an, der direkt vom Rasen ins Wasser führt, springt an Land und winkt Lotte zu. Eine gestreifte Katze schleicht an der Hüttenwand entlang. Die Frau hebt einen Eimer aus dem Boot.

»Fisch«, ruft sie. »Ein riesiger Dorsch, draußen vor Jomfruland.«

Lotte winkt zaghaft zurück und läuft hoch zu der Hütte des bösen Mannes. Auch Frauen können gefährlich sein. Man denke nur an die Frau, die ermordet wurde. Im Wald. Auch Frauen können gefährlich sein. Lotte läuft. Burre läuft.

Auf dem Kies vor der Hütte steht kein schwarzer Volvo.

Ein Glas fehlt. Ihr Glas. Auf dem Terrassentisch stehen zwei Gläser und eine Limonadenflasche. Lotte spürt ihr Herz rasen. Es muss jemand hier gewesen sein, während sie fort war. Sie schleicht sich hinein, doch im Haus ist niemand.

Sie spült die Gläser und räumt die halb volle Flasche in den Kühlschrank, trocknet die Gläser ab und stellt sie an ihren Platz im Schrank. Dann legt sie sich auf das Sofa im Wohnzimmer. Burre rollt sich hinter ihren Kniekehlen zusammen. Der arme Burre.

Sie schläft mit dem Daumen im Mund ein. Alle Spuren der Gäste hat sie beseitigt. Niemand wird etwas bemerken.

Mette Minde drückt auf die Klingel in der vierten Etage. *Sigrid und Charlotte Iselin Omland* steht auf dem ovalen Türschild aus Porzellan. In einer feinen, kursiven Schrift. Eine Blumenranke in Blau und Gold umrandet die Buchstaben. Sie hört es in der Wohnung läuten. Nach einigen Sekunden geht die Tür weit auf.

Die Frau, die ihr öffnet, trägt eine schneeweiße Schürze über einer schwarzen Hose und einem schwarzen T-Shirt. Ihr Haar ist auch schwarz und zu einem Pferdeschwanz zusammengebunden. Die Hände stecken in gelben Haushaltshandschuhen. Eine senkrechte Falte hat sich wie ein Briefschlitz zwischen den grünen Augen gebildet, die die Fremde wild anstarren, während der ganze Körper mit Luftholen beschäftigt ist.

Mette zeigt ihr mit der rechten Hand ihren Presseausweis und will sich gerade vorstellen, als ihr Gegenüber einen

Schwall Luft und eine Tirade von Worten ausstößt: »Schon wieder die Polizei! Jetzt muss aber langsam mal Schluss damit sein, dass Sie mich belästigen. Ich ertrage das nicht mehr, hören Sie, ich habe alles gesagt, was ich zu sagen habe. Was wollen Sie noch? Ich habe nichts mehr zu sagen. Ich ertrage das nicht, verstehen Sie?«

Unten knallt eine Tür. Das Geräusch von Schritten, die die Treppe hinaufkommen, lässt die Frau ihre Strategie ändern.

»Kommen Sie herein! Kommen Sie herein, habe ich gesagt. Stehen Sie nicht da herum und machen mich zum Gespött des ganzen Blocks. Was sollen denn die Leute denken, wenn die Polizei zu allen möglichen Zeiten hier aufkreuzt?«

Die Frau ist zur Seite getreten. Mette macht zwei Schritte in die Diele. Sie will sich umdrehen und die Tür hinter sich schließen, doch die Frau, bei der es sich nur um Sigrid Omland handeln kann, kommt ihr zuvor.

»Stopp, fassen Sie nichts an!«

Sie stößt Mette mit einem gummierten Zeigefinger an. Dann schließt sie die Tür selbst.

»Dauernd muss ich hinter Ihnen sauber machen. Warum können Sie mich nicht in Ruhe lassen? Heute Morgen waren schon zwei Polizisten hier, und kurz darauf kam wieder jemand und jetzt Sie. Ich bin noch nicht einmal damit fertig, hinter dem Letzten sauber zu machen, und ich habe alles, was es zu sagen gibt, bereits zweimal erzählt. Charlotte Iselin ist um 18:30 Uhr nach Hause gekommen. Der Geburtstag ging bis 18:00 Uhr. Sie ist um 18:30 Uhr nach Hause gekommen – vielleicht auch ein bisschen früher. Sie ist nicht durch den Wald am Kverndamm gegangen. Sie darf nicht zum Kverndamm gehen. Wie oft muss ich das noch sagen? Und einen Hund haben wir auch nicht gesehen. Es hat auch niemand in der Familie einen Hund. Wir mögen keine Hunde. Sie sind dreckig und voller Bakterien.«

Die Frau lehnt sich gegen die Wand und ringt nach Luft.

Gleich hyperventilierst du, denkt Mette.

»Sigrid, sehen Sie mich an«, sagt sie ruhig. »Ich bin so rein wie ein Engel. Ich trage keine Bakterien mit mir herum.« Mette stellt sich mit leicht gegrätschten Beinen und ausgebreiteten Armen vor sie hin, wie man es bei der Sicherheitskontrolle mit dem Metalldetektor macht.

»Ich bin sauber. Frei von Bakterien. Überzeugen Sie sich selbst. Atmen Sie in den Bauch, Sigrid. Ruhig. Atmen Sie ein und spüren Sie, wie der Bauch groß wird wie ein Ballon, und atmen Sie ruhig wieder aus. Richtig aus – ruhig. Gutes Mädchen.«

Sigrid starrt Mette an. Sieht in ihre blauen Augen. Studiert die helle Haut, die frei von Pickeln und Unreinheiten und ungeschminkt ist. Das blonde Haar lockt sich engelhaft um ihr Gesicht. Es ist bis zur Kopfhaut hin hell.

»Sie *sind* ein Engel«, sagt Sigrid.

»Nein, ich bin kein Engel, aber ich bin hier, um Ihnen zu helfen«, sagt Mette. »Jetzt sehen wir, wo wir uns hinsetzen und miteinander reden können. Ich werde Sie nicht quälen, und Sie brauchen anschließend auch nicht sauber zu machen.« Sigrid Omland streckt sich, dreht sich um und führt Mette in ein helles Wohnzimmer. An den weißen Wänden hängen farbenfrohe Bilder in schwarzen Rahmen. Auf dem hellen Parkett liegen weder Teppiche noch Läufer. Ein roter Dreisitzer und ein einfacher Sessel aus schwarzem Leder sind die einzigen Möbel in dem Zimmer. Auf dem niedrigen Tisch liegt ein gehäkelter, weißer Läufer, und auf dem Läufer steht eine rote Begonie in einem Messingübertopf. Das ist alles.

»Sie können sich dort hinsetzen«, sagt Sigrid und zeigt auf den Ledersessel. Sie selbst setzt sich auf das Sofa, greift nach einem der beiden Sofakissen und legt es sich wie einen Schild in den Schoß, als müsste sie sich vor dem Engel schützen.

»Als Sie geklingelt haben, habe ich gedacht, dass Sie vielleicht vom Jugendamt sind. Bevor Sie mir den Ausweis gezeigt haben, meine ich.«

Mette verspürt eine leichte Unruhe. Möglicherweise schlittere ich gerade in etwas hinein, aus dem ich auf ehrliche Weise nicht mehr herauskomme, denkt sie.

»Sigrid, ich bin weder von der Polizei noch vom Jugendamt. Ich arbeite für den NRK und möchte Sie bitten, meine Fragen, so gut es Ihnen möglich ist, zu beantworten. Ich bitte Sie um Hilfe, und indem Sie mir helfen, helfen Sie möglicherweise auch sich selbst. Ich glaube, dass Sie jemanden zum Reden brauchen. Habe ich recht?«

Sigrid starrt auf den Mund des Engels.

»Was wollen Sie eigentlich wissen?«

Mette zögert. Um ihre Unsicherheit zu verbergen, schließt sie die Augen und hebt das Gesicht zur Decke, als würde sie Rat bei einer höheren Macht suchen.

»Erzählen Sie mir, wie es Ihnen geht«, sagt Mette.

Sigrid blickt auf ihre Hände hinunter und sieht, dass sie noch immer in Haushaltshandschuhen stecken. Sie schneidet eine Grimasse. Zieht sich einen Handschuh mit Daumen und Zeigefinger aus und lässt ihn zu Boden fallen. Dann entledigt sie sich des zweiten auf die gleiche Weise. Ihre Hände sind feucht und rot. Sie bleibt sitzen und wedelt mit den Händen herum. Vielleicht, um sie an der Luft zu trocknen. Sie sehen schlimm aus.

»Wie es mir geht«, wiederholt sie. »Es geht mir schlecht. Ich leide unter Zwangshandlungen und periodischen Depressionen, und ich habe Migräne. Wie Sie wahrscheinlich bereits erraten haben, putze ich viel. Ich habe eine riesige Angst vor Bakterien und Viren.«

»Sie sind in Behandlung?«

»Ja, sicher. Ich gehe im Krankenhaus zu einem Psychiater. Ein furchtbarer Mensch, er begreift überhaupt nichts. Er macht mir dauernd irgendwelche dummen Vorschläge für Übungen, die ich machen soll. Ich mache mit, um wieder da rauszukommen, ich muss nun einmal zu ihm gehen. Das ist mit dem Jugendamt so ausgemacht.«

»Und Medikamente, bekommen Sie Medikamente gegen Ihre Beschwerden?«

»Ja, sicher. Ich bekomme Tabletten gegen die Depressionen und Tabletten gegen die Migräne, aber ich habe nicht immer das Geld, sie zu kaufen.«

Sie hat aufgehört, mit den Händen herumzuwedeln, und greift stattdessen nach dem Kissen, das sie sich vor den Bauch presst.

»Was passiert, wenn Sie Migräne bekommen, Sigrid?«

»Dann liege ich ganz still in meinem Zimmer. Die Gardinen sind so dicht, dass kein Licht hereindringt. Ich habe einen Eimer, in den ich mich übergeben kann, und einen Eimer zum Pinkeln. Beide haben einen Deckel, damit Geruch und Bakterien nicht entweichen. Und dann habe ich immer mehrere Flaschen Wasser neben dem Bett stehen. Wasser ist immer da. Man muss die Migränemedikamente sofort nehmen, wenn sich ein Anfall ankündigt. Sonst ist die Migräne da, bevor man sich versieht.«

»Wie lange dauern die Anfälle?«

»Das ist unterschiedlich. Bestenfalls einen Tag, manchmal auch zwei oder drei.«

»Und dann liegen Sie die ganze Zeit in Ihrem Zimmer, ohne etwas zu essen?«

»Ja.«

»Wann hatten Sie zuletzt einen Anfall?«

»Am Freitag. Sonntagmorgen bin ich dann aus dem Bett aufgestanden. Im Radio lief *Die Welt der Natur*. Das ist eine der besten Sendungen überhaupt. Besser als das *Freiluftmagazin* am Samstag, da geht es meistens um Männerthemen. Um Jagd und Angeln und so was. Ich höre gern Sendungen über Tiere, aber ich kann sie nicht um mich haben. Und ich finde es furchtbar, wenn man sie tötet. Ich sehe mir auch oft *Animal Planet* im Fernsehen an und natürlich *Draußen in der Natur*.«

Sie zeigt auf etwas hinter Mette, und Mette dreht sich um. Erst jetzt fällt ihr der Fernseher auf. Er ist eingeschaltet, allerdings ohne Ton.

»Sie haben Charlotte Iselin also nicht gesehen, als sie am Freitag aus der Schule nach Hause gekommen ist?«

»Nein, aber ich hatte ihr das Geburtstagsgeld auf die Kommode in der Diele gelegt. Und eine Karte, die ich selbst gemalt habe. Ich male nämlich. Wenn ich nicht krank bin«, sagt sie und zeigt auf die Wände. »Die Sommer verbringen wir immer auf Bærøy, in der Hütte meiner Eltern. Da sind sie auch jetzt. In den Herbstferien. Im Sommer geht alles sehr viel besser. Im Herbst werde ich meistens wieder krank. Immer im Herbst.«

»Und wo auf Bærøy haben Sie die Hütte?«

»Mitten auf der Insel. Wir nehmen die Fähre nach Kragerø und fahren auf der weißen Straße bei Grønnerød und an den alten Aker Ferienunterkünften vorbei. Die sind inzwischen von Privatleuten übernommen und aufwendig ausgebaut worden. Dann geht's am Tennisplatz vorbei, und da liegt dann auch schon die Hütte. Meine Eltern haben sie vor über zehn Jahren gekauft, als sie noch ganz neu war. Seit Charlotte Iselin ein Baby war, fahren wir jeden Sommer hin. Sie werden es nicht glauben, aber der Liegeplatz liegt in einem künstlichen Kanal, wo alle Boote vor Wind und Wetter geschützt sind. Grønnerød hat den Kanal angelegt. Früher hatte er Kühe, aber jetzt nicht mehr.«

Sigrids Stimme klingt jetzt unbekümmerter. Sie beugt sich leicht über den Tisch, in ihre Augen ist etwas Leben gekommen.

»Heißen Ihre Eltern auch Omland?«

»Natürlich. Kjell und Solveig Omland. Ich war schließlich nie verheiratet! Und wissen Sie, warum ich meine Tochter Charlotte Iselin genannt habe?«

»Nein.«

»Weil ich wollte, dass sie einen schönen Namen bekommt. Einen Prinzessinnennamen. Sigrid ist kein schöner Name. Sigrid hört sich altmodisch und deutsch an. Silje wäre in Ordnung gewesen, aber nicht Sigrid. Und wissen Sie was, meine Eltern nennen sie Lotte, das gefällt mir gar nicht. Sie machen ihren Namen kaputt, genau wie meinen. Ich hätte auch einen Prinzessinnennamen haben sollen. Dann wäre alles sehr viel leichter gewesen.«

»Ich finde, Sigrid ist ein schöner Name.«

Sigrid lächelt. Sie wiegt ihren Oberkörper vorsichtig vor und zurück. Hält das Kissen noch immer fest vor den Bauch gedrückt.

»Was für ein Auto fahren Ihre Eltern?«

Sigrid sieht sie fragend an. Dann lacht sie, und das Lachen hört sich ganz normal an. Als würde ihr eine Freundin gegenübersitzen und lachen.

»Was Sie für Fragen stellen. Die Polizei hat mich nichts davon gefragt. Sie fahren einen silbergrauen Opel Kombi. Ich fahre nicht gerne Auto. Es riecht so seltsam im Auto, und ich muss immer vorne sitzen, damit mir nicht übel wird, das war schon so, als ich noch klein war.«

»Haben Sie mit Ihren Eltern gesprochen, als sie hier waren, um Charlotte Iselin abzuholen, Sigrid?«

»Nein, ich hatte doch Migräne.«

»Dann wissen Sie auch nicht genau, ob Charlotte Iselin um 18:30 Uhr nach Hause gekommen ist?«

»Nein. Aber ich kann doch etwas gehört haben. Nicht?«

Sie sieht etwas hilflos aus, wie sie den Kopf zu dem Kissen hinbeugt. Ein Streifen helleren, nachgewachsenen Haars zieht sich wie ein offener Reißverschluss durch die dunklen Haare. Mette hat plötzlich eine Idee.

»Sigrid, wollen wir vielleicht Ihre Eltern anrufen und fragen, wie es Charlotte Iselin geht?«

»Nein, das wollen wir nicht! Wir haben kein Festnetztelefon. Und die Karte in meinem Mobiltelefon ist leer.«

»Aber wir können doch von meinem aus anrufen«, sagt Mette und zieht ihr Mobiltelefon aus der Tasche.

»Nein, nein, nein! Telefone können voller Bakterien sein. Selbst wenn Sie keine an sich haben«, fügt sie versöhnlicher hinzu. Dann springt sie vom Sofa auf und wirft das Kissen zur Seite.

»Nein, ich zeige Ihnen jetzt meine Putzsachen«, sagt sie.

Sigrid geht vor ihr her und öffnet die Tür zum Bad. Es ist klein, aber vermutlich klinisch sauber. Eine Dusche, eine

Toilette mit weißem Sitz und Deckel, ein Waschbecken, das in eine Kommode eingelassen ist, und in der Ecke ein kleiner Hochschrank. Mette bleibt in der Tür stehen, ohne etwas anzufassen, während Sigrid die Tür des Hochschranks öffnet.

»Sehen Sie«, lächelt sie.

Der Schrank zeigt eine beachtliche Sammlung an Seifen, Putzlappen und Eimern. Mehrere Kartons mit Putzhandschuhen sind in einem der Fächer gestapelt. Jif, Salmiak, Klorin, Ajax, Domestos, Schmierseife mit und ohne Fichtennadelgeruch, Feinwaschmittel. Diverse Packungen Feinwaschmittel. Zwei Fensterwischer und ein Putzleder.

»Ich nehme nur Einwegputzlappen«, sagt sie. »Wenn die Leute wüssten, wie viele Tausend Bakterien sich in einem Putzlumpen ansammeln können. Gebrauchte Putzlappen kommen sofort hier herein«, fügt sie hinzu und tritt mit einer theatralischen Bewegung auf den Hebel eines kleinen Abfalleimers, der zwischen Toilette und Dusche steht. Der Eimer ist leer.

»Und hier ist Charlotte Iselins Fach«, erklärt sie.

»Sie hat ihre eigenen Putzsachen?«

»Ja, sie putzt jeden Nachmittag ihr Zimmer. Ich gehe dort nicht mehr hinein. Wir haben uns deswegen so gestritten, und wenn wir uns streiten, bekomme ich Migräne. Sie will nicht, dass ich bei ihr sauber mache, dann muss sie es eben selber tun.«

»Jeden Tag?«

»Ja, natürlich, jeden Tag! Ich putze den Rest der Wohnung. Zweimal täglich. Das erste Mal um sechs Uhr morgens. Und dann noch mal um fünf Uhr nachmittags.«

Mette bleibt mit schlaff herunterhängenden Armen stehen.

»Sagen Sie, Sigrid, umarmen Sie Ihre Tochter eigentlich manchmal?«

»Umarmen? Nein. Ich umarme niemanden.«

»Aber Sie müssen doch irgendwann einmal jemanden umarmt haben. Sie haben schließlich Charlotte Iselin bekommen.«

Sigrid lächelt und schüttelt den Kopf.

»Ich habe sie nicht geboren. Das verstehen Sie bestimmt. Sie ist eine Prinzessin, und Prinzessinnen kommen einfach.«

Sigrid bleibt kopfschüttelnd stehen. Dann gibt sie Mette zu verstehen, dass die Vorführung vorbei ist, und streckt die Arme aus, um einen größeren Abstand zwischen sich und dem fremden Engel zu schaffen. Mette weicht zurück.

»Aber eins kann ich Ihnen sagen, und das macht mich sehr froh. Charlotte Iselin hat im Bad gründlich sauber gemacht, bevor sie gefahren ist.«

»Ach, und woher wissen Sie das?«

»Das ist doch leicht festzustellen«, sagt Sigrid lächelnd, aber dann wird sie wieder ernst. »Es ist nicht so leicht mit einem Mädchen in ihrem Alter. Sie ist so schrecklich unordentlich, legt Dinge an Stellen, an denen sie absolut nichts zu suchen haben, sodass ich meine eigenen Sachen nicht mehr finde. Das ist sehr ärgerlich, das sage ich Ihnen. Sie hat zum Beispiel meine Tönung verkramt, ich kann sie nirgends finden, obwohl ich weiß, dass ich eine neue gekauft habe.«

»Ihre Tönung?«

»Ja, ich muss mir alle vier Wochen die Haare tönen, und jetzt ist es wieder so weit.«

»Sagen Sie, Sigrid, haben Sie etwas zu essen im Haus?«

Sigrids Gesicht verfinstert sich.

»Wir werden nichts essen!«

»Nein, so war das nicht gemeint. Ich frage mich nur, ob Sie überhaupt etwas essen?«

»Ach so. Ja, sicher. Zu essen habe ich genug.«

»Und Geld für die Migränemedizin?«

Mette holt ihre Brieftasche heraus, die sie wie ein Mann in der Hintertasche ihrer Jeans stecken hat.

»Ja, sicher. Es war ein Umschlag mit Geld im Briefkasten. Meine Eltern lassen immer Geld da. Ich habe es natürlich gewaschen. Und gebügelt. Jetzt ist es wie neu. Aber ich sehe schon, Sie sind ein richtiger Engel«, lächelt sie. »Es war schön, mit Ihnen zu reden, doch jetzt müssen Sie gehen, sonst bringen Sie meinen Tagesplan ganz durcheinander. Heute hat sich schon alles verschoben, wissen Sie.«

»Ihnen ist klar, dass Sie krank sind, Sigrid?«

»Ja. Ich weiß, dass ich krank bin. Das habe ich doch gesagt. Aber ich glaube, die Polizei weiß das nicht«, sagt sie und lächelt noch breiter.

Ihre Zähne sind verfärbt. Nicht stark, aber sichtbar. Sie raucht garantiert nicht, und Menschen, die unter Migräne leiden, vertragen gewöhnlich auch keinen Rotwein. Aber vielleicht gleicht sie das ja mit Kaffee aus? Oder sie hat einfach eine Höllenangst vor Zahnärzten?

Sobald sie im Auto sitzt, holt sie ihren Block heraus und macht sich aus der Erinnerung Notizen. Es ist wichtig, alles sofort aufzuschreiben. Dann ruft sie die Auskunft an. Eine Mobilnetznummer von einer Solveig Omland aus Skien ist nicht registriert, doch bei Kjell hat sie Glück. Sie wählt die Nummer. »Die gewählte Rufnummer ist zurzeit nicht zu erreichen. Bitte versuchen Sie es zu einem späteren Zeitpunkt noch einmal.«

Sie bleibt etwas ratlos sitzen und starrt zu den Fenstern des Blocks hinüber. In der Etage, in der Sigrid wohnt, bewegt sich nichts, doch eine Etage tiefer sieht sie einen grauen Schopf.

Sie startet den Motor und fährt los.

Das Haus, in dem Benedikte Reinertsen wohnt, liegt dunkel und verlassen da. Lediglich zwei Außenlampen werfen ein schwaches Licht auf einen kleinen Teil des Eingangsbereichs. Die Fenster sind schwarz und erinnern an Salamander, die an der Hauswand kleben. Sie scheinen wirklich in die Herbstferien gefahren zu sein. Ins Gebirge oder vielleicht in den Süden. Und sie sollte eigentlich zu Hause sein. Frisch geduscht und satt auf dem Sofa sitzen und sich die TV2-Nachrichten ansehen. Stattdessen hockt sie in ihrem Auto und starrt auf ein leeres Haus, als wäre sie ein Einbrecher.

Der Motor läuft im Leerlauf. Das macht bestimmt einen verdächtigen Eindruck. Falls sich einer der Nachbarn vom Fernseher losreißt und einen Blick in die Dunkelheit wirft, riskiert sie, Morgan Vollan im Nacken zu haben.

Im selben Moment sieht sie einen Mann mit einer Tüte in der Hand aus dem Nachbarhaus kommen. Sie stellt den Motor aus, steigt aus und geht auf den Mann zu, der auf dem Weg zu einem schwarzen Mülleimer am Zaun ist.

»Hallo, ich wollte für Reinertsens etwas abgeben, aber sie scheinen nicht zu Hause zu sein.«

Der Mann bleibt stehen und mustert sie ein paar Sekunden, bevor er ihr antwortet, sichtlich beruhigt durch ihr ungefährliches Aussehen.

»Nein, sie sind am Freitag gegen sechs weggefahren und kommen auch vor nächstem Sonntag nicht zurück«, sagt der Mann und lässt die Tüte in den dunklen Eimer fallen. »Aber wenn Sie etwas für sie haben, kann ich das gern annehmen«, meint er.

»Nein, danke, sie müssen das persönlich quittieren«, lügt sie.

Benedikte Reinertsen ist wohl kaum durch den Wald am Kverndamm gegangen, aber sie wollte einfach sicher sein.

Mette setzt sich wieder ins Auto und fährt zu der Tankstelle am Kreisel. Sie hat schließlich nichts zu essen im Haus.

Wie bescheuert ist das eigentlich alles auf einer Skala von eins bis zehn?

Sie bleibt unten im Arbeitszimmer sitzen und arbeitet bis fast halb zwölf an einer Mind Map. Keine sonderlich gute Idee, da sie morgen früh aufstehen muss, aber sie kann es nicht lassen. Die Spannung sitzt wie ein Dorn in ihrem Körper. Schließlich ist es die Schwester von Inger Susanne, die ermordet wurde, und das nicht weit von hier. Und um ehrlich zu sein, hat sie selbst schon recht viele Informationen zusammengetragen, die für den Fall wichtig sein könnten.

Sie hat vier DIN-A4-Bögen zusammengeklebt, über die Bögen eine Zeitachse gezeichnet und an der Achse entlang die Ereignisse eingetragen, zu denen ihr konkrete Informationen vorliegen. Die Achse lässt allerdings auch viele Fragen offen.

Zunächst einmal ist sie ganz sicher, dass der Luftballon, der bei der Leiche gefunden wurde, von dem Geburtstag bei Angell und Forsthammer stammt. Sowohl Peders Beschreibung als auch die von Frau Angell sprechen eindeutig dafür.

Es ist dagegen unklar, wie der Ballon dort hingekommen ist. Angell ist überzeugt, dass Charlotte Iselin ihren Ballon mitgenommen hat. Sie ist auch die Einzige, die alleine nach

Hause gegangen ist und in der Nähe des Kverndamms war. Selbst wenn sie nicht durch den Wald gegangen ist, muss sie den Weg genommen haben, der ein Stück parallel zum Wald verläuft. Bis morgen früh wird die Polizei das bestimmt auch herausgefunden haben, denkt Mette und notiert sich nachzufragen, wenn sie morgen mit der Polizei spricht. Sie darf auch nicht vergessen, sich nach dem Hund zu erkundigen. Sie müssen den Hund doch inzwischen gefunden haben, es sei denn, er wurde gestohlen. Hunde verschwinden nicht einfach in einem so dicht besiedelten Gebiet.

Dass ein Ballon vor dem Haus von Christina Angell fehlte, scheint ebenfalls sicher zu sein. Wer kann ihn mitgenommen haben? Im Prinzip jeder. Kinder, ein zufälliger Passant oder der Mörder? Und was ist mit dem Auto, das vor dem Haus geparkt hat? Ein Zufall? Sie trägt die Informationen bezüglich des Autos auf der Zeitachse ein.

Was am wichtigsten ist: Wer hat Frid Erica Bengtsen den Tod gewünscht? Und warum hat der Mörder ihren Hund mitgenommen? Denn der Mörder muss ihn doch mitgenommen haben? Und was ist mit Inger Susanne, warum ist sie an dem fraglichen Abend durch die Straßen gelaufen und hat nach ihrer Schwester gesucht? Ist das nicht seltsam, oder auch nur ein dummer Zufall? Zur falschen Zeit am falschen Ort, sozusagen. Wie lange wird es dauern, bis die Polizei sie zu einer eingehenden Vernehmung einbestellt? Armes Mädchen, denkt Mette. Ich sollte sie anrufen und hören, wie es ihr geht.

Mehr als merkwürdig ist auch die Tatsache, dass Jonas Forsthammer allgegenwärtig zu sein scheint. Ihm und Frid gehören Anteile an der Firma, in der Frid Sekretärin und er Vorstandsvorsitzender ist. Ihm gehört das Haus, aus dem höchstwahrscheinlich der Ballon stammt, und er ist Miteigentümer der *Auto und Altmetall AG*, die in einem anonymen Brief krimineller Machenschaften beschuldigt wird. Und warum hat Christina Angell nicht erzählt, dass sie Frid gekannt hat? Sie muss doch gewusst haben, dass die Frau, die am Kverndamm ermordet aufgefunden wurde, mit ihrem Mann zusammengearbeitet hat? Warum hat sie das mit keinem Wort erwähnt? Warum hat sie nur von den Kindern und dem Ballon gesprochen? Und wenn die Polizei jemanden verdächtigt, dann doch bestimmt Jonas Forsthammer. Das ist doch klar.

Sie muss an ihren Besuch bei Sigrid Omland denken, und ihre Gedanken beginnen um Charlotte Iselin zu kreisen. Sie fühlt sich irgendwie mutlos. Sie hat einen Einblick in eine Welt bekommen, von deren Existenz sie zwar weiß, mit der sie bisher jedoch nie in Berührung gekommen ist. Zumindest ist das Jugendamt eingeschaltet, das hat Sigrid jedenfalls gesagt. Und die Großeltern scheinen in Ordnung zu sein. Sie haben das Mädchen mit in die Ferien genommen. Aber Christina Angell hat erzählt, dass die anderen Mädchen sie mobben.

Mette beschließt, Charlotte Iselin auf Bærøy zu besuchen. Sigrid konnte schließlich nicht genau sagen, wann das Mädchen an dem Abend nach Hause gekommen ist. Wie dem auch sei, schaden kann es bestimmt nicht. Vielleicht hat sie etwas Wichtiges gesehen. Die Polizei wird das bestimmt auch herausfinden, aber trotzdem. Sie kann den Besuch ja auf die eine oder andere Weise tarnen und sich zum Beispiel als Journalistin ausgeben, die eine Reportage über Kinder in den Herbstferien macht. Sie weiß, was für ein Auto die Großeltern fahren, einen silbergrauen Opel Kombi, sodass es nicht schwierig sein dürfte, die Hütte zu finden. Und morgen im Lauf des Tages wird sie Hege Marie Toft von der SFT anrufen. Jetzt, nachdem Tomas Evensen die Mango Oil-Affäre an sich gerissen hat, braucht sie eine gute Story, an der sie arbeiten kann. An dem Mordfall wird sie sich auch festbeißen, mit Raubtierzähnen.

Manchmal denkt sie, dass die knapp drei Jahre auf der Polizeihochschule doch keine so ganz verlorene Zeit waren.

Montag, 10. Oktober

Mette Minde liebt die Morgenschichten, obwohl die ersten Minuten im Wachzustand die reinste Tortur sind. Sie denkt, dass es vielleicht mit dem Eisbaden vergleichbar ist. Wenn man sich erst daran gewöhnt hat, ist es okay. Nicht, dass sie Eisbaden jemals ausprobiert hätte, aber trotzdem. Der Wecker klingelt um 04:00 Uhr. Kurz vor 05:00 Uhr sitzt sie in der Redaktion am Computer.

Sämtliche Zeitungen haben den Mord auf der Titelseite. Sie überfliegt alle, schreibt ein paar neue Meldungen und macht ein paar Anrufe, um diese zu bestätigen. Der diensthabende Polizist erzählt ihr, dass es in dem Mordfall nichts Neues gibt.

Die Morgenmoderatoren, Jensemann und ein Trond Hageseter, kommen gleichzeitig in die Redaktion gepoltert. Sie wechseln ein paar Worte und holen sich ihren Kaffee. Anschließend arbeiten sie alle drei konzentriert bis zum Sendungsbeginn um 06:03 Uhr. Die Stunde zwischen fünf und sechs ist hektisch. Trond und Jensemann diskutieren über mögliche Telefoninterviews für den Unterhaltungsteil der Sendung, die bis 9:00 Uhr geht und nur von Tagesnachrichten, Sport und Morgenandacht unterbrochen wird.

Mette bereitet einen Ausschnitt des Interviews mit Morgan Vollan vor, den sie im Bulletin bringen will. Sie druckt den Wetterbericht des Meteorologischen Instituts aus, bearbeitet ihn und legt ihn ganz unten in den Stapel mit Meldungen.

Um 06:00 Uhr geht sie ins Studio. Jensemann und Trond sind bereits da. Sie betätigen die Regler und kontrollieren, ob alles funktioniert, wie es soll. Mette stellt sich an ihren Platz am Mischpult, und Trond überprüft ihr Mikrofon. Eins, zwei, drei, eins zwei, drei. Die Tagesnachrichten beenden ihr Bulletin, die Sendung von NRK Telemark beginnt.

Sie liest die Meldungen mit klarer, fester Stimme. Der Beitrag mit Morgan Vollan wird so, wie sie sich das vorgestellt hat. Sie bittet erneut um Hinweise aus der Bevölkerung. Der Beitrag dauert vierunddreißig Sekunden. Sie schließt mit den Wettermeldungen. Nach einer sieben Sekunden langen Anmoderation hallt die Stimme von Erik Bye durch den Äther, und für die Einwohner von Telemark beginnt der Tag mit seinem populären Morgensong.

Jensemann und Trond plaudern sich durch die nächste Stunde, während Mette die Nachrichten um 07:03 Uhr vorbereitet. Der Chef vom Dienst, Anders Kvisle, kommt kurz vor sechs. Er diskutiert mit Mette den Nachrichtenspiegel, bevor er eine Liste mit Themen erstellt, an denen die Redaktion den Tag über vorrangig arbeiten soll.

Mette hat einen längeren Beitrag zu der Pressekonferenz gestern überarbeitet und noch ein paar weitere Beiträge, die die Abendschicht vorbereitet hat. Am Vormittag will sie noch einmal Morgan Vollan interviewen. Das muss per Telefon geschehen. Am besten vor den Zehn-Uhr-Nachrichten. Sie schiebt den Lautstärkeregler höher. »It's Raining Men« von The Weather Girls schallt durch die Redaktion. Der Chef vom Dienst schüttelt den Kopf, erhebt aber keinen Protest. Die Stimmung steigt. Als sie um 07:03 Uhr ins Studio geht, ist sie voller Energie.

Rita Rieber trifft um Viertel vor acht ein, und in der nächsten Viertelstunde füllt sich die Redaktion mit den Tagesreportern.

Als Mette aus dem Studio kommt, hört sie Kvisles Stimme durch die Redaktion hallen, während er gleichzeitig mit einer Kuhglocke läutet: »Redaktionsbesprechung!«

Dann sind alle um den runden Besprechungstisch versammelt. Rita Rieber, Anders Kvisle und Monica Rui, die Chefin vom Dienst beim Fernsehen sowie die Tagesreporter. Tomas Evensen glänzt durch Abwesenheit. Nichts könnte Mette mehr freuen. Kvisle geht die Liste mit den aktuellen Themen durch, und Monica Rui berichtet, woran das Fernsehen heute arbeiten wird. Der Mord beschäftigt beide Redaktionen. Mette erhält den Auftrag, hinsichtlich der Ermittlungen engen Kontakt mit der Kriminalredaktion zu halten. Die Tagesnachrichten wollen gegebenenfalls unterrichtet werden. Line wird von ihrem Chef für ihre Fernsehberichterstattung am Wochenende gelobt. Die Tagesrevue hat an beiden Tagen einen Beitrag gebracht.

Mette bleibt sitzen und sieht Anders Kvisle an. Er ist endlich zum Chef vom Dienst ernannt worden und entwickelt sich prächtig in seiner neuen Rolle. Kvisle arbeitet schon seit Ewigkeiten hier, heißt es. Die Gerüchte wollen wissen, dass er ein echter Querkopf ist, der sich pausenlos mit der Chefetage angelegt hat. Einer, der sich allen Veränderungen widersetzt und Verbündete sucht. Einer, der im Haus Freunde und Feinde hat. Sie kennt ihn als Kollegen, der alles und alle kritisiert. Ein richtiger alter Miesepeter, der sich schon vor langer Zeit einen anderen Aufgabenbereich hätte suchen sollen, aber nie den Mut gehabt hat, in die Welt hinauszuziehen und zu sehen, ob es da draußen nicht etwas Besseres für ihn geben könnte. Über die Jahre hat er einen Kollegen nach dem anderen in andere, lukrativere Jobs als Informationschef bei den Privaten oder den Öffentlichen abwandern sehen. Oder in profiliertere Jobs in Marienlyst. Aber Kvisle ist geblieben.

Er hat deutlich zu verstehen gegeben, dass er vom Schichtdienst genug hat, genug von der Rumrennerei, genug davon, sich an neue Technik gewöhnen zu müssen. Sein Kopf ist nicht dafür gemacht, mit Technik und Interviewpartnern gleichzeitig umzugehen. Kvisle ist jemand, der sich in die Zeit zurückwünscht, als die Techniker noch die Sendungen machten und die Beiträge abnahmen. Als Journalisten noch Journalisten waren.

Jetzt sitzt er endlich auf dem Stuhl des Chefs vom Dienst. Und da sitzt er gut. In der Chefetage ist man sehr zufrieden mit dieser Beförderung, denn jetzt hält Kvisle den Mund. Seine Freunde haben einen treuen Leitwolf verloren, und die Konfrontationen haben fast ganz aufgehört.

Als Chef vom Dienst ist er in Ordnung. Er steckt zwar nicht voller brillanter Ideen und ungewöhnlicher Sichtweisen, aber das macht nichts. Es gibt genug Leute im Haus, die Input liefern. Kvisle akzeptiert das meiste. Es färbt schließlich auch auf ihn ab, wenn die Beiträge gut sind.

Die Morgenbesprechungen leitet er übrigens ganz gut. Das muss man ihm lassen.

Kurz vor halb zehn bekommt Mette endlich den Leiter der Ermittlungen, Morgan Vollan, ans Telefon. Er hört sich müde an, und sie empfindet fast so etwas wie Mitleid mit dem Mann. Er hat bestimmt nicht viel Schlaf bekommen.

Sie informiert ihn darüber, dass sie das Gespräch aufnimmt und einen Teil für das Bulletin um 10:03 Uhr redigieren wird, während eine längere Version in der Vormittagssendung um 11:00 Uhr kommt.

Nein, die Polizei hat keinen Verdächtigen. Sie ermitteln in verschiedene Richtungen und haben eine Reihe von Hinweisen erhalten, was den Luftballon angeht. Man hat ein paar Vernehmungen in Verbindung mit dem Fund desselben durchgeführt, und langsam zeichnet sich ein klares Bild ab, was passiert sein *könnte*. Mehr will er nicht sagen.

Der weiße Hund ist und bleibt verschwunden, was die Theorie untermauert, dass Frid Erica Bengtsens Mörder ihn mitgenommen hat. Liefe der Hund frei herum, wäre er irgendwann aufgetaucht. Tot oder lebendig. Die Polizei ist noch immer an Hinweisen zu einem weißen Hund der Rasse Bichon Frisé interessiert.

Eine neue Pressekonferenz ist vorerst nicht geplant. Sie brauchen Ruhe zum Arbeiten. Man wird die Medien unterrichten, sobald sich neue Entwicklungen in dem Fall abzeichnen.

Mette wählt die Nummer der SFT und bittet darum, mit Hege Marie Toft verbunden zu werden. Im gleichen Moment sieht sie Tomas Evensen in die Redaktion kommen. Hinkend nähert er sich ihrem Tisch. Die Dame in der Telefonzentrale informiert sie darüber, dass Toft heute zu einer Besprechung in Oslo ist und dass sie sie bitten wird, Mette morgen zurückzurufen. Mette bedankt sich und legt auf. Dann dreht sie dem Redaktionsraum den Rücken zu, wählt ihre eigene Nummer und führt ein langes, fiktives Gespräch, während sie sich auf ihrem Block Notizen macht. Nach einer Weile registriert sie, wie Tomas Evensen die Redaktion wieder verlässt. Mette legt auf und geht ins Foyer, um in ihr Postfach zu schauen. Keine neuen Mitteilungen des Löwen, was im Grunde genommen auch nicht zu erwarten war. Sie hat ihm nicht gezeigt, dass sie seinen Tipp ernst nimmt.

Mettes Schicht ist um halb eins zu Ende. Das ist das Gute an den Frühschichten. Man hat massenhaft Zeit, bis die Dämmerung wie ein Dieb herangeschlichen kommt und den gewöhnlichen Büromenschen das Licht stiehlt. Im Winterhalbjahr ist es der reinste Luxus, gratis Tageslicht tanken zu können.

Ihre Pläne für den Rest des Tages stehen.

Zuerst wird sie dem Kverndamm einen Besuch abstatten. Von da aus will sie an Frid Ericas Haus vorbeigehen und Inger Susanne besuchen, der es bestimmt schrecklich geht. Sie hat sie heute mehrmals auf dem Mobiltelefon angerufen, aber jedes Mal nur die Mailbox erreicht. Armes Mädchen. Am Nachmittag will sie nach Kragerø fahren, ein Taxiboot nach Bærøy hinübernehmen und versuchen, Charlotte Iselin aufzuspüren. Sie wird ihre Ausrüstung mitnehmen, falls sie den Besuch tarnen muss. Das Taxiboot kostet bestimmt ein paar Hundert Kronen, aber das ist es ihr wert.

Um Zeit zu sparen, parkt sie vor Prix. Sie holt ihre Stöcke aus dem Auto und schreitet kräftig aus. Jetzt sieht sie wie ein echter Walker aus.

Zwei Jungen auf Mountainbikes schlängeln sich durch das Netz aus Wurzeln, das den Weg überzieht. Sie biegen nach rechts hoch zum Rugtvedt-Hof ab.

Dann liegt der Ort vor ihr, an dem Frid Erica Bengtsen vor drei Tagen ermordet wurde. Das Zelt ist verschwunden. Die Absperrungen auch. Etwas abseits des Wegs türmt sich ein Berg von Blumen neben einem dicken Kiefernstamm. Sträuße aus roten und weißen Rosen und hellrosa Lilien. Frische Blumen, die nicht in das fahle Braun aus verwelktem Laub, Tannennadeln, Tannenzapfen und alten, trockenen Zweigen passen. Zwei verrußte Grablichter, die schon lange ausgebrannt sind, zeugen davon, dass viele den Weg zu dem Ort gefunden haben, an dem Frid Erica Bengtsen ihrem Mörder begegnet ist.

Mette schaudert. Sie bleibt stehen und nimmt das ungewöhnliche Bild in sich auf. Mitten in dem Blumenmeer sitzt Winnie Puuh, ein kleiner, gelber Teddy, mit einer Karte um den Hals. Sie bückt sich und liest: *Liebe Frid, beste aller Nachbarinnen, wir werden dich ewig vermissen. Derjenige, der das getan hat, verdient es, in der Hölle zu schmoren! Grüße von Kristine und Taran.* Der Text ist mit Herzen aus roter Tinte eingerahmt.

Mette spürt plötzlich einen Kloß im Hals. Wie nach einem Film mit einem wirklich traurigen Ende. Sie blinzelt und schluckt. Erst jetzt wird ihr klar, wie furchtbar das ist. Frid Bengtsen ist tot. Ermordet. Sie war eine Frau, die viele vermissen werden. Die viele gemocht haben. Sie hatte ein Leben. Da sind Menschen, denen sie fehlen wird. Sie ist nicht einfach ein Fall – ein Fall für die Nachrichten –, sondern ein Mensch. Sie wollte einen Spaziergang mit ihrem Hund machen, und dann ist sie nicht mehr nach Hause gekommen, weil jemand sie umgebracht hat. So einfach ist das. Erdrosselt mit einer Leine. Kristine und Taran waren mit Winnie Puuh hier.

Mette atmet tief in den Bauch hinein. Sie will um alles in der Welt jetzt nicht weinen. Außerdem sieht sie Leute vom Anders Baars veg aus auf sie zukommen.

Sie richtet sich auf, greift nach den Stöcken und geht ihnen entgegen. Es ist ein Paar mittleren Alters. Ein Mann und eine Frau. Die Frau hat einen Strauß gelber Rosen in der Hand. Eine Karte hängt an den Blumen. Sie nicken ihr kurz zu, als sie aneinander vorbeigehen. Hier muss Peder am Freitag entlanggegangen sein, denkt sie.

Das alte Haus aus den Sechzigerjahren liegt verschlafen

unten in Mellombrottet. Auf der Straße wimmelt es von Kleinkindern auf Fahrrädern. Ein Himmel-und-Hölle-Spiel ist mit roter Kreide auf den Asphalt gezeichnet. Sie geht weiter den Hügel hinunter. Die Straße biegt scharf nach links ab. Sie erkennt das Haus der Familie Bengtsen sofort, obwohl es inzwischen eine andere Farbe hat. Früher war es braun, jetzt ist es hellgrau.

Sie bleibt vor dem Haus stehen. Ein Absperrband ist über Kreuz zwischen den Torpfosten gespannt, das Tor verschlossen. Ein Schild mit der Aufschrift *Zugang verboten, Polizei* hängt daran. Auch die Haustür ist mit einem Absperrband versehen.

Natürlich, das hätte sie sich doch denken können. Selbstverständlich wird die Polizei die Antwort auf die Frage, warum Frid sterben musste, auch in ihren persönlichen Sachen suchen. Ihr Leben durchleuchten. Warum hat Inger Susanne nichts davon gesagt, und wo wohnt sie jetzt? Sie holt das Mobiltelefon heraus und wählt zum neunten Mal an diesem Tag Inger Susannes Nummer. Wieder erreicht sie niemanden.

Mette geht zurück zu ihrem Auto. Sie denkt an Sigrid und das traurige Leben, das sie zwischen ihren Putzsachen führt. Und an Charlotte Iselin, wer immer sie ist. Doch das wird sie bald herausfinden.

Als sie zum Supermarkt zurückläuft, fängt es zu regnen an, und bevor sie an ihrem Auto ist, tropft es von ihrer Nasenspitze. Sie muss erst nach Hause fahren und sich umziehen.

»Jemand ist in Ihrem Haus!«

Nachbar Christensen taucht direkt hinter ihr auf. Mette fährt erschrocken zusammen. Sie wirbelt herum und blickt in seine weit aufgerissenen Augen.

»Da ist jemand drin. Wirklich!«

Als sie noch klein war, haben die Kinder aus der Straße in Christensens Garten Äpfel geklaut. Er hatte so wahnsinnig leckere Äpfel. Der Mann ist furchtbar wütend geworden. Wenn er gekonnt hätte, hätte er sie alle mit Freuden in eine Tonne gesteckt und Salz über sie gestreut. Dessen ist sie sich sicher.

»Ich habe jemand in Ihren Garten gehen sehen und kurz darauf jemanden in der Küche. Ich konnte ihn durch das Fenster sehen.«

Mette knallt die Autotür zu und wirft einen prüfenden Blick zu dem Haus hin, das noch genauso aussieht, wie sie es heute früh verlassen hat.

»Soll ich mit hineingehen?«, fragt Christensen.

Mette fragt sich, wer da wen beschützen soll, falls es drinnen zu einem Handgemenge kommt, sagt aber sofort ja.

Sie schleichen den Kiesweg hoch. Mette holt die Schlüssel aus der Jackentasche und schließt die Haustür auf. Sie bleibt in der Diele stehen und lauscht, Christensen ist dicht hinter ihr. Aus der Küche hören sie Geräusche. Stimmen, und dann Musik.

»Das Radio«, flüstert sie.

»Lassen Sie das an, wenn Sie aus dem Haus gehen?«

»Nein.«

Die Küche ist leer. Das Radio steht auf der Küchenanrichte und gibt hirnrissige Schreie von irgendeinem aktuellen Popstar von sich. Christensen tippt sie an der Schulter und zeigt auf die Couchgarnitur im Wohnzimmer. Auf dem Sofatisch steht eine halb volle Flasche Pepsi Max. Und auf dem Sofa liegt, den Rücken ihnen zugewandt, eine schwarz gekleidete Gestalt. Leise Schnarchlaute wie von einer schnurrenden, satten und müden Katze bahnen sich den Weg in Mettes Ohren. Christensen scheint nichts zu hören, bis auf die Musik aus der Küche.

»Was machen wir jetzt? Sollen wir die Polizei rufen?«, Christensen sieht Mette fragend an.

Sie schleicht sich zum Sofa und blickt kurz auf Inger Susannes Profil. Der Mund steht halb offen und ein dünner Speichelstreifen ist auf das hellrote Kissen unter ihrem Kopf gelaufen.

Mette schleicht sich wieder zu Christensen und führt ihn leise zurück in die Diele. Sie schließt die Wohnzimmertür hinter sich.

»Das ist Inger Susanne«, sagt sie leise. »Eine Kindheitsfreundin von mir. Sie ist die Schwester der Frau, die am Freitag am Kverndamm ermordet wurde.«

Christensen sperrt die Augen auf und sieht sie mit offenem Mund an.

»Ach, die arme Frau. Aber wie ist sie hereingekommen? Sie lassen doch nicht etwa die Tür auf, wenn Sie alleine sind?«

»Es ist schon möglich, dass die Terrassentür nicht abgeschlossen war. Das kommt vor«, sagt Mette.

»Sie dürfen die Türen nie unversperrt lassen. Wann kommt Peder zurück? Ich habe ihn und die Jungen am Samstag wegfahren sehen.«

»Sie kommen am Sonntag zurück«, sagt Mette schnell. »Und Herr Christensen, ich weiß es wirklich zu schätzen, dass Sie alles im Auge behalten. Danke, dass Sie mit reingekommen sind, um zu sehen, ob alles in Ordnung ist. Aber jetzt sollte ich mich besser um Inger Susanne kümmern.«

Da gibt Christensen ihr Recht. Etwas mühsam geht er die Treppe hinunter und hinüber zu seinem Haus.

Mette lässt sich auf den Stuhl fallen, auf dem Inger Susanne vor anderthalb Tagen gesessen hat. Ihre nassen Sachen hängen zusammen mit ihren durchweichten Converse zum Trocknen im Badezimmer. Sie hat sich einen großen, gestreiften Bademantel angezogen, der nach Peder riecht.

Das Blöde an den Frühschichten ist, dass man oft so müde ist, dass man mitten am Tag wie ein Stein schläft. So gesehen, ist das Tageslicht weg, bevor man auch nur das Geringste davon gehabt hat. Und irgendwie fühlt man sich betrogen. Wie wenn man teuer für etwas bezahlt hat, das den Erwartungen dann doch nicht entspricht.

Sie greift nach der senfgelben Decke und deckt sich damit zu, rollt sich in dem Lehnstuhl zusammen und schläft ein.

»Mmm, schmeckt das köstlich.«

Lotte hat ein großes Stück von dem Brot mit den gebratenen Pilzen abgebissen. Sie kaut mit halb geschlossenen Augen und genießt den Geschmack, der ihren Mund, die Nase, den Bauch und alles ausfüllt. Gebratene Pilze sind das Beste, das sie kennt. Großmutter lächelt.

Und gesund sind sie auch noch, von der Butter einmal abgesehen. Aber Pilze kann man einfach nicht ohne reichlich Butter braten. Das weiß jeder. Großmutter schlägt sich auf die Schenkel.

Sie haben einen ganzen Korb Pilze gesammelt. Anschließend haben sie sie fast eine ganze Stunde lang geputzt. Sie hatten zwei Bratpannen voll. Zuerst müssen die Pilze in einer trockenen Pfanne angebraten werden, bis sie alle Feuchtigkeit abgegeben haben. Es zischt und brodelt in der Pfanne, bevor das Pilzwasser verdampft und die Pfanne wieder trocken ist.

Jetzt sieht man, dass das, was einmal eine Pfanne voll Pilze war, nur noch eine halb volle Pfanne ist. Man ist ein wenig enttäuscht und denkt, dass es wohl nicht für alle reichen wird. Aber sie sind ja nur zu dritt, und Großvater mag nicht so gerne Pilze. Er isst nur eine Scheibe. Vor allem um Großmutter eine Freude zu machen, glaubt Lotte.

Wenn die Pilze auf die Hälfte geschrumpft sind, kommt die Butter hinzu. Ein gutes Stück, wie Großmutter sagt. Und Salz und Pfeffer. Und dann werden die Pilze goldbraun und lecker. Und gut. Lotte liebt Pilze. Und Großmutter hat gesagt, dass sie jeden Tag Pilze sammeln können.

Das Mobiltelefon klingelt. Großvater geht ran, dann reicht er es an Großmutter weiter. Er steht auf und geht ins Wohnzimmer. Lotte bleibt am Tisch sitzen und kaut. Großmutter rückt ihren Stuhl etwas vom Tisch ab und schlägt die Beine übereinander.

»Hallo, nein, wir sind in der Hütte«, sagt sie ins Telefon.

»Nein, ich kann morgen nicht kommen, ich sitze gerade hier und tue mich an gebratenen Pilzen gütlich«, lacht sie.

Ihr Gesicht wird ernst.

»Ja, das ist furchtbar. Ich kann es kaum fassen.«

»Nein, es bringt nichts zu spekulieren.«

»Ja, natürlich bin ich dabei. Sag einfach, wie viel auf jeden entfällt.«

»Nein, das kann dauern. Sie wird wohl obduziert werden und ja, ich weiß es nicht, aber es wird bestimmt in der Zeitung stehen.«

Burre kommt schwanzwedelnd in die Küche. Er hat geschlafen, doch jetzt, da die Menschen ihre Mahlzeit beendet haben, scheint er zu meinen, dass es für ihn auch etwas gibt. Er stupst Lotte am Bein an.

»Nein, du magst keine Pilze, Burre, das weißt du doch«, sagt Lotte. Burre bellt ein paar Mal kräftig.

»Nein, das ist ein Hund, auf den mein Enkelkind Lotte für eine Freundin aufpasst, die in den Herbstferien ist«, sagt Großmutter.

»Ja, ein lebhafter, kleiner Kerl. Er ist wirklich niedlich.«

»Nein, wir werden wohl bis Sonntag bleiben, es sei denn, das Wetter wird ganz furchtbar.«

»Okay, dann machen wir das so.«

Lotte schickt mit unter dem Tisch gefalteten Händen ein Stoßgebet gen Himmel. *Lieber Gott, lass das Wetter schön bleiben. Die ganze Zeit.*

»Wer war das?«, fragt sie, als Großmutter auf den roten Knopf gedrückt hat.

»Ach, nur eine von meinen Diätfreundinnen«, antwortet sie und klopft sich noch einmal auf die Schenkel.

Beide werden von dem stürmischen Läuten der Türklingel unsanft geweckt. Sie sehen sich verwirrt an und brauchen ein oder zwei Sekunden, um sich zu orientieren. Inger Susanne hievt sich in eine sitzende Stellung hoch. Sie hat vom Schlafen Abdrücke auf der Wange, und das kurze Haar liegt seltsam schief am Kopf an. Als würde sie das kennen, fährt sie sich mit den Fingern durch die Haare. Anschließend streicht sie sie mit den Handflächen glatt.

Es klingelt laut und insistierend. Mette wirft die Decke zur Seite und läuft mit nackten Füßen zur Haustür. Sie zieht die Wohnzimmertür hinter sich zu.

In der Diele spürt sie Sand und kleine Steinchen unter den Füßen. Ein bisschen Staubsaugen könnte nicht schaden. Sie atmet einmal tief durch und öffnet.

Hauptkommissar Morgan Vollan stellt sich vor. Als wäre das nötig. Eine Polizistin in Uniform reicht ihr die Hand. Maiken Kvam. Mette erkennt sie von der Pressekonferenz wieder. Ob sie hereinkommen dürfen? Ja, natürlich.

Die Thujenhecke ist nicht so hoch, dass sie nicht immer noch zu Christensen hinübersehen kann. Er steht in seinem Garten unter einem der Apfelbäume, einen Korb im Arm. In ihrer Einfahrt parkt hinter ihrem Golf der Streifenwagen.

Im Windfang ist kein Platz für drei Personen. Mette fühlt sich ertappt. Im Bademantel, am helllichten Tag.

Sie fährt sich mit einer schnellen Bewegung durch die Locken und geht ihnen in die Küche voraus. Vollan und Kvam folgen ihr, ohne sich die Schuhe auszuziehen. Mette geht direkt zum Radio und schaltet es aus. Die Stimme von Kari Sørbø wird mitten im Satz abgeschnitten. Dann muss es also nach drei sein.

Sie setzt sich auf einen der Küchenstühle, die um den Kieferntisch stehen. Vor allem um in ihrem wenig bekleideten Zustand einer näheren Musterung zu entgehen. Sicherheitshalber zieht sie den Bademantel enger zusammen und knotet den Gürtel fester. Lächelnd nimmt Maiken Kvam ebenfalls Platz.

»Sie hatten Frühschicht«, stellt Kvam fest. »Tut uns leid, wenn wir Sie wecken. Solche Schichten sind anstrengend. Man kommt irgendwie aus dem Rhythmus.«

Mette lächelt sie dankbar an und reibt sich den getrockneten Schlaf aus den Augenwinkeln.

Morgan Vollan ragt wie ein Mast vor ihr auf, den Arm auf die Küchenanrichte gestützt.

»Sie haben im Lauf des Tages mehrmals eine Person mit

Namen Inger Susanne Bengtsen angerufen. Haben Sie sie erreicht?«

Mette fragt sich einen Moment, woher sie das wissen. Überwachen sie die Telefone? Dürfen sie das?

»Auf dem Mobiltelefon?«, fragt sie.

»Ja, auf dem Mobiltelefon«, antwortet Vollan.

»Nein. Sie geht nicht ran«, sagt Mette.

»Darf ich fragen, was Sie von Inger Susanne Bengtsen wollen? Ich denke, die Medien sollten äußerst vorsichtig sein, die Angehörigen von Mordopfern zu kontaktieren. Hin und wieder habe ich den Eindruck, dass das Verhalten der Journalisten von einem absoluten Mangel an Respekt und Einfühlungsvermögen, ja nicht zuletzt an Empathie zeugt.«

Mette spürt, wie sie wütend wird. Verdammter Wichtigtuer. Sie kann unmöglich sitzen bleiben, einen Meter unter diesem selbstgefälligen Typen. Sie steht mit einer solchen Vehemenz auf, dass der Stuhl lautstark nach hinten kracht. Sie stemmt die Arme in die Hüften und sieht Vollan aus schmalen Augen an.

»Nun ist es so«, sagt sie leicht triumphierend, »dass Inger Susanne eine Kindheitsfreundin ist. Sie hat am Samstag selbst Kontakt zu mir aufgenommen. Ich wäre die Erste, die zugeben müsste, dass es an *mir* gewesen wäre, *sie* anzurufen. Wenn ich das nicht getan habe, liegt das daran, dass ich, wie die meisten anderen, zu feige war. Und wenn ich sie heute mehrmals angerufen habe, dann deshalb, um zu hören, wie es ihr geht. Das hat nichts mit einem Mangel an Empathie zu tun.«

Maiken Kvam sieht die Furie in dem Herrenbademantel mit offener Bewunderung an. Im Raum hängt ein schwacher Geruch nach Mann, der nicht von Morgan Vollan kommt. Maiken Kvam lächelt verhalten.

Vollan scheint leicht aus der Fassung gebracht. Er zieht seinen Arm zu sich und verschränkt beide Arme auf dem Rücken. Dann wippt er auf den Füßen vor und zurück, während er sie ansieht.

»Entschuldigung. Da habe ich mich geirrt. Es tut mir wirklich leid.«

»Und noch etwas«, sagt Mette, die erstmals Oberwasser hat. »Wenn Sie wissen, dass ich Inger Susanne angerufen habe, dann heißt das doch, dass Sie ihr Telefon abhören oder *meins*, und dazu haben Sie absolut kein Recht. Dafür hätte ich gerne eine gute Erklärung.«

Maiken Kvam lächelt nicht mehr. Sie und Vollan sehen sich an. Er setzt sich seufzend auf den Stuhl neben Kvam und legt die Hände auf den Tisch.

»Was ich Ihnen jetzt sage, sage ich Ihnen als Privatperson, als Freundin von Inger Susanne. Nicht als Journalistin. Oder als Radioreporterin«, sagt er.

In Vollans Ohren klingt das Wort Radioreporter bestimmt besser als Journalist.

»Haben Sie mich verstanden? Die Informationen, die ich Ihnen gebe, können Sie nicht beruflich verwerten.«

Mette nickt und wartet gespannt, was jetzt kommt.

»Inger Susannes Mobiltelefon wurde zwischen Nybergåsen und dem Kverndamm gefunden, knapp hundert Meter von der Stelle entfernt, an der ihre Schwester ermordet wurde. Zwei Jungen haben es am frühen Samstagmorgen gefunden. Nach dem Mord sind keine ausgehenden Gespräche mehr registriert. Ihnen ist bestimmt klar, was das heißt«, sagt er und schweigt, damit die Botschaft sich setzen kann.

»Das Telefon wurde heute Vormittag auf der Polizeiwache abgegeben, nachdem eine der Mütter wiederholt Klingeltöne aus dem Zimmer ihres Sohns gehört hatte. Als ihr klar wurde, woher der Sohn das Mobiltelefon hatte, hat sie, absolut vorbildlich, Kontakt zu uns aufgenommen. Und hier sind wir.«

Alle drei sitzen schweigend um den Tisch.

»Sie sind übrigens die Einzige, die Inger Susanne angerufen hat, nachdem ihre Schwester ermordet wurde«, sagt Maiken Kvam leise. Vielleicht um dem Vorwurf der mangelnden Empathie ganz den Boden zu entziehen. Morgan Vollan sieht seine Kollegin pikiert an.

»Heißt das, dass Sie Inger Susanne verdächtigen, Frid umgebracht zu haben?«

»Was meinen Sie selbst denn, wonach es aussieht?«, sagt Vollan. »Sie braucht auf jeden Fall eine gute Erklärung, wie das Handy nach Nybergåsen gekommen ist.«

Mette stützt den Kopf in die Hände. Die Ellenbogen ruhen auf dem Kieferntisch. Sie reibt sich die Schläfen. Die Gedanken spielen rasend schnell Pingpong auf einer viel zu kleinen Platte. Alle Bälle verschwinden über den Rand und rollen weg.

»Ich bin mir sicher, dass sie dafür eine gute Erklärung hat«, sagt sie. »Sie hat doch draußen nach Frid gesucht, als sie sie am Freitag nicht zu Hause angetroffen hat.«

»Ja, das weiß ich«, sagt Vollan, »aber sie hat mit keinem Wort erwähnt, dass sie in der Nähe des Kverndamms war.«

Mette merkt ein unangenehmes Zweifeln. Was weiß sie eigentlich über Inger Susanne? Nicht sonderlich viel. Sie tut ihr leid. Das tut sie. Sie hat ein schlechtes Gewissen, weil sie sie in der Jugend im Stich gelassen hat. Sie hat sich nicht mehr mit ihr getroffen, weil sie nichts mehr mit ihr anfangen konnte. So war das. Sie sind sich entwachsen. Sie hatten sich nichts mehr zu sagen, und für Mette war sie keine Freundin mehr.

Inger Susanne ist ihr gleichgültig geworden. So war das. Sie kann es ruhig zugeben. Und jetzt sitzt sie hier und versucht, etwas zu vertuschen, weil sie sich deswegen schlecht fühlt.

Vollan erhebt sich. Kvam steht ebenfalls auf. Mette bleibt sitzen.

»Ich erwarte, dass Sie mich unverzüglich benachrichtigen, sobald Sie sie erreichen oder falls sie Kontakt zu Ihnen aufnimmt, ist das klar?«

Mette steht auf. Sie versucht, einen der Pingpongbälle zu fassen zu bekommen. Den richtigen.

Vollan sieht an ihrem Bademantel hinunter. Er reicht ihr bis zu den Waden. Sie folgt seinem Blick und stellt fest, dass ihre Haut noch immer eine schöne Farbe hat, aber sie hat sich nicht mehr die Mühe gemacht, die Beine zu rasieren.

Er schaut ihr ins Gesicht. Sie sieht ihn trotzig an.

»Sie ist hier«, sagt Mette.

»Wie bitte?«

»Sie ist hier. Im Wohnzimmer«, sagt sie und zeigt in die entsprechende Richtung.

Im Nu ist der große Mann aus der Küche. Mette sieht Maiken an und schließt die Augen. Das war doch richtig, oder? Sie hat Inger Susanne nicht verraten? Die Polizei wird herausfinden, dass Inger Susanne nichts mit dem Mord zu tun hat. Inger Susanne versteckt sich nicht vor der Polizei. Es dürfte doch in ihrem eigenen Interesse sein, Klarheit in dieses Missverständnis zu bringen.

Mit ihren Beinen ist alles in Ordnung und mit ihren Augen auch. Natürlich braucht sie eine Lesebrille, alles andere wäre auch eine Sensation. Sie hat die siebzig weit überschritten. Aber ihr Gehör ist nicht mehr das, was es einmal war.

Es fällt ihr nicht leicht, das zuzugeben. Es ist schon ein bisschen beschämend. Wie gestern Abend, als Gjøran da war. Sie hat die Tagesrevue geguckt, und da hat er sie gebeten, den Ton etwas leiser zu stellen. Er hat übrigens nicht gebeten, er hat geschrien. Oh, war das peinlich.

Abgesehen davon hatten sie es richtig gemütlich, sie und Gjøran. Sie hatte eine Platte mit süßen Fladen auf den Tisch gestellt und dazu haben sie Kaffee getrunken. Kaffee mit Würfelzucker. Er kommt nicht so oft vorbei, der Gjøran. Er hat so viel zu tun, auf der Arbeit und mit dem Fußball und allem. Er arbeitet bei Hydro oder Yara, wie es jetzt heißt, wie sein Vater. Alles verändert sich. Nicht einmal Hydro ist mehr Hydro. Und außerdem ist er Fußballtrainer und spielt nebenher noch in der Betriebsmannschaft. Ein guter Junge, das ist er. Was heißt hier Junge? Er ist über vierzig. Er sollte sich eine Frau suchen, bevor es zu spät ist. Aber wo soll er die Zeit dazu hernehmen?

Wie gesagt, ihren Beinen fehlt es an nichts. Sie hat weiße Turnschuhe an, eine blaue Terylenehose und den alten, roten Anorak mit der Wolfsfellkapuze. Es fällt ihr nicht mehr so leicht, den Anorak über den Kopf zu ziehen. Gar nicht davon zu reden, ihn wieder auszuziehen. Sie muss sich bis zu zehn Minuten damit abmühen und ist nass geschwitzt, bevor sie aus dem widerspenstigen Kleidungsstück heraus ist. Aber anziehen muss sie es, und ausziehen auch wieder. Frau Madsen ist niemand, der so leicht aufgibt.

Den Anorak hat sie seit bald vierzig Jahren. Sie hat ihn zu Weihnachten von Bernhard bekommen. Von Bernhard und den Jungen. Zu der Zeit haben sie ihr immer gemeinsam etwas geschenkt. Geld hatten sie nicht viel, dafür war die Freude, wenn man etwas bekam, umso größer.

Es ist seltsam, denkt Frau Madsen, als sie den Hügel hinunterwandert. Geld und Freude scheinen im proportional umgekehrten Verhältnis zueinander zu stehen. Wenig Geld, große Freude. Viel Geld, kleine Freude. Jedenfalls sieht sie das so. Und sie ist schon eine ganze Weile auf der Welt, sie muss es also wissen. Nun ja, sie will nicht behaupten, dass sie sich das mit dem umgekehrt Proportionalen selbst ausgedacht hat. Aber sie stimmt der Theorie zu hundert Prozent zu.

Es ärgert sie, dass sie sich nicht mehr genau an das Jahr erinnert, in dem sie den Anorak bekommen hat. Aber sie hat ihn auf jeden Fall oft getragen. Da soll niemand etwas anderes behaupten.

Die vielen Wanderungen, die sie gemacht haben, als die Jungen noch klein waren. Wenn sie jetzt daran denkt, kommt es ihr vor, als wären sie dauernd unterwegs gewesen. Preiselbeerwanderungen, Blaubeerwanderungen, Himbeerwanderungen, Skiwanderungen, Pilzwanderungen, Bergwanderungen, Zeltwanderungen, Abendwanderungen, Sonntagswanderungen und hin und wieder Angelwanderungen.

Jetzt ist sie auf einer Waldwanderung. Zum Kverndamm. Sie kann es ruhig zugeben. Sie ist neugierig, wie alle anderen auch. Einige aus ihrem Block waren bereits da, um sich die Stelle anzusehen, an der die Frau ermordet wurde. Sie haben von dem Blumenmeer und den vielen bekannten Persönlichkeiten erzählt, denen sie dort begegnet sind. Sie müssen da einmal hingehen, Frau Madsen, Sie sind doch noch so rüstig. Ja, sicher, sie hat darüber nachgedacht.

Direkt vor Prix biegt sie vom Klyveveg ab, folgt dem Weg, der hinter den Villen des Millionärshügels entlang in den Wald hineinführt, hinunter zum Kverndamm. Am Morgen hat es ein paar Regenwolken gegeben, aber jetzt sieht der

Himmel ganz gut aus. Nicht dass die Sonne scheinen würde, doch die Wolkendecke ist dünn.

Sie begegnet niemandem, und als sie plötzlich vor dem Blumenmeer steht, ist sie total überwältigt. Sie greift sich ans Herz, wie sie das immer tut, wenn sie gerührt ist. Obwohl mit ihrem Herzen alles in Ordnung ist. Bernhard hatte ein krankes Herz. Leider.

Sie bückt sich und liest die Karten, die an den Sträußen befestigt sind. Es fällt ihr nicht mehr leicht, so lange gebückt zu stehen, doch im Moment geht es ganz gut. Sie ist völlig gefesselt. Als sie den Zettel liest, der an Winnie Puuh hängt, treten ihr die Tränen in die Augen. Früher einmal kannte sie mehrere Winnie-Puuh-Geschichten fast auswendig. Sie weiß, dass im Hundertmorgenwald alle nett zueinander sind und dass dieser Wald hier so klein ist, dass er in gewisser Weise auch ein Hundertmorgenwald ist, nur dass hier nicht alle nett zueinander sind. Hier wird gemordet.

Frau Madsen registriert einen dunklen Schatten hinter sich, als sie das denkt. Sie hat keinen Laut gehört und zuckt erschrocken zusammen. Sie sieht etwas Langes, Schwarzes, als wäre ihr der Teufel persönlich erschienen. Sie will sich aufrichten, schafft es aber nicht. Sie will ihre Angst herausschreien, bekommt jedoch nur ein Piepsen zustande. Wie eine Maus, die sehr große Angst hat.

Das Auto mit Kvam und Vollan setzt rückwärts aus der Einfahrt und verschwindet die Straße hinunter. Mit wenigen Sätzen ist sie im oberen Stockwerk und zieht sich etwas an. Fünf Minuten später sitzt sie selber im Auto und ist auf dem Weg nach Rødmyr, dem Industriegebiet im Südwesten von Skien, wo die Autoexport AG ihren Sitz hat.

Sie haben alle Räume durchsucht. Vom Speicher bis zum Keller. Nur ein kleiner, nasser Fleck auf dem Sofakissen zeugt noch davon, dass Inger Susanne wirklich auf dem Sofa gelegen und geschlafen hat. Dann ist sie einfach verschwunden. Abgehauen, bevor Vollan und Kvam mit ihr reden konnten. Was denkt sie sich eigentlich dabei? Warum tut sie das?

Irgendetwas ist merkwürdig an Inger Susanne. Sie kommt ihr so steif und fremd vor. Was hat sie empfunden, als ihre Kindheitsfreundin am Samstagabend plötzlich in der Tür stand? Eine gewisse Kälte? Hat nicht ihr Gefühl, einen steifen, gefrorenen Eiszapfen vor sich zu haben, sie einen Schritt zurückweichen lassen, statt Inger Susanne in die Arme zu nehmen? Als hätte sie eine Gefahr gewittert? Nein, jetzt hör aber auf, Mette, sagt sie sich streng. Das wird jetzt zu blöd. Doch der Gedanke lässt sie nicht los. Irgendetwas ist seltsam an Inger Susanne. Und Vollan scheint fest entschlossen, sie sobald als möglich zu finden.

Der Golf kriecht langsam den Hügel hinauf, an der Müllhalde und dem Gefängnis von Skien vorbei, in dem einige von Norwegens berühmtesten Mördern einsitzen, einschließlich der berühmtesten Mörderin. Täter, von denen mindestens die Hälfte der Norweger die Namen kennt. Sie war selbst schon einmal in seinen Mauern, um eine Reportage zu machen, doch von den Berühmtheiten hat sie niemanden gesehen. Auch nicht den Kindermörder. Sie hat vergessen, wie er heißt. Vielleicht hat sie es verdrängt, aber einer der beiden, die die kleinen Mädchen umgebracht haben, sitzt hinter den dicken, grauen Mauern, die sie in diesem Moment vor sich sieht.

Sie muss Inger Susanne finden. Mette hatte ihr versprochen, sie zur Autoexport AG zu begleiten, und sie will ihr Versprechen unbedingt halten. Es ist bereits nach vier, bald halb fünf. Vielleicht haben sie schon geschlossen. Nein. Der kleine Parkplatz vor dem niedrigen Gebäude steht voller Autos. Sie blickt sich leicht ratlos um und beschließt, den Golf auf dem Parkplatz des Nachbargebäudes zu parken. Er ist groß und fast leer. Sie knallt die Tür zu und läuft an den hohen Tannen entlang, die die Grundstücke voneinander trennen.

Frau Madsen starrt die Frau in dem schwarzen Mantel an. Sie drückt Winnie Puuh fest an sich, will schreien, doch es kommt kein Laut über ihre Lippen.

Die Frau beugt sich zu ihr hinunter, umfasst mit festem Griff ihren Oberkörper und hilft ihr auf, hält sie fest, bis sie das Gleichgewicht wiedergewonnen hat. Die unwirkliche Angst lockert ihren Griff.

»Habe ich Sie erschreckt, meine Liebe?«

»Ja«, piepst Frau Madsen.

»Sie haben nichts zu befürchten. Es tut mir wirklich leid. Ich wollte Sie nicht erschrecken.«

»Nein. Ich höre nur nicht so gut«, sagt Frau Madsen.

Es ist das erste Mal, dass sie die schwierigen Worte einem anderen Menschen gegenüber ausspricht, und das hier draußen im Wald, zu einer Wildfremden. Ich höre nicht so gut. Das ist meine Schwäche, mein Geheimnis, das ich preisgebe, nur Ihnen gegenüber.

Die Frau klopft ein paar Kiefernnadeln ab, die sich an ihrer Terylenehose verfangen haben.

»Dann ist alles wieder in Ordnung, ja?«

»Ja, sicher, alles ist in Ordnung. Vielen Dank. Ich heiße übrigens Margit Madsen«, sagt sie und streckt ihr ihre kalte, kleine Hand hin.

Die Frau im Mantel zögert einen Augenblick. Dann ergreift sie die kalte Hand und drückt sie fest, aber nicht zu fest. Auch ihre Hand ist kalt.

»Inger Susanne Bengtsen. Das war meine Schwester, die am Freitag hier ermordet wurde«, sagt sie leise, aber laut genug, dass Frau Madsen jedes Wort versteht.

Bevor sie aus dem Hundertmorgenwald heraus sind, haben sie sich etwas über sich erzählt. Frau Madsen spürt die nordnorwegische Gastfreundschaft wie eine dicke, zähe Sehne zwischen Herz und Bauch. Eine Sehne, die so stark ist, dass selbst die vielen Jahre, die sie unter den Südländern verbracht hat, es nicht geschafft haben, sie zu zerstören.

Und heute Abend kommt Gjøran, um den Wasserhahn im Badezimmer zu reparieren, der nicht aufhören will zu tropfen. Das muss man sich einmal vorstellen, ganz allein auf der Welt, in tiefster Trauer, und da bieten sie ihr ein unpersönliches Hotelzimmer an.

Das niedrige Gebäude hat eine Doppeltür zum Parkplatz hin. Ihr fällt ein großer, grün glänzender BMW auf, der in der Nähe des Eingangs steht, und sie hält kurz inne, bevor sie an einer der Türen zieht und in eine Art Rezeption kommt. Kein Mensch ist zu sehen. Hinter der Empfangstheke befindet sich ein Arbeitsplatz mit einem Schreibtisch und zwei großen Computern. Ein blauer Bürostuhl mit einer hohen Rückenlehne und zwei Armstützen steht einsam und verlassen da. Dort hätte Frid sitzen sollen. Da hat sie Freitag zum letzten Mal gesessen, und dort wird sie nie mehr sitzen.

Mettes Blick wandert zu einem Pinboard an der Wand. Mehrere Fotografien sind mit Heftzwecken an der Korktafel befestigt. Sie sieht sich die Bilder an. Eine runde Ausgabe einer erwachsenen Frid zwischen Jonas Forsthammer und Christina Angell, Tore Antonsen von der Autoverschrottung im dunklen Anzug und zwei Damen, die Mette nicht kennt. Das Bild kann bei einem Auftritt von Christina Angell gemacht worden sein. Sie hat jedenfalls einen großen Blumenstrauß in der Hand. Das heißt, dass Christina Angell Frid gekannt hat. Ein anderes Bild zeigt Fido. Ein drittes Frid in der Wüste mit einer Pyramide im Hintergrund.

Von irgendwo hinter der gelben Wand weiter hinten im Foyer sind durch eine offene Tür Stimmen zu hören. Sie geht ihnen nach und kommt auf ein Zwischengeschoss. Darunter, eine Etage tiefer, liegt eine Art Werkstatthalle. Ein silberfarbener Wagen mit Allradantrieb ist über einer Schmiergrube aufgebockt. Durch die großen, nach Osten gehenden Fenster sieht sie auf einen eingezäunten Platz, auf dem mehrere Autos stehen. Bestimmt die Wagen, die sie exportieren, denkt sie. Bei allen scheint es sich um mehr oder weniger die gleiche Marke zu handeln, wie bei dem Wagen auf der Hebebühne, der gerade überholt oder repariert wird. Der Zaun ist gut und gern zwei Meter hoch und hat oben Stacheldraht.

Sie sieht niemanden dort unten, und sie hört nichts. Die Stimmen von eben sind verstummt. Vielleicht steht jemand unter ihr, unter dem Zwischengeschoss, das wie ein langer, schmaler Balkon um die Werkstatthalle läuft. Eine Wendeltreppe führt in die Halle hinunter. Sie steht jetzt mitten auf der Treppe und kann sehen, was sich unter der Zwischenetage verbirgt.

Eine Wand voller Fenster. Hinter den Fenstern sieht sie ein Besprechungszimmer oder eher einen Pausenraum mit einem Tisch und Stühlen, einer Sitzbank, einer Mikrowelle, einer Kaffeemaschine und einem Kühlschrank. Um den Tisch sitzen mehrere Männer. Mit erhobenen Armen, als wäre er mitten in einem Vortrag, steht der Silberfuchs da. Sie erkennt ihn aus der Einfahrt der Opernsängerin wieder. Das muss Jonas Forsthammer sein. Ihre Turnschuhe machen auf dem grau gestrichenen Betonboden kein Geräusch. Sie erwischt sich bei dem Wunsch, Stiefel mit Absätzen zu tragen, die laut auf den Beton aufklacken, als sie durch die Glasscheibe seinem Blick begegnet. Resolut schreitet sie die letzten Meter aus und stößt die Tür zu dem Pausenraum auf. Fünf fragende Augenpaare starren sie an.

Sie geht direkt auf Jonas Forsthammer zu und reicht ihm die Hand.

»Mette Minde.«

»Jonas Forsthammer.«

Sein Händedruck ist fest, und er sieht ihr direkt in die Augen. Sein Gesicht ist schmal und überraschend braun, wenn man bedenkt, wie lange die Sonne die Pigmente schon nicht mehr hervorgelockt hat. Doch als Jäger ist er bestimmt viel an der frischen Luft. Am faszinierendsten sind jedoch seine Haare. Halb lang, dick und borstig und von einer seltsam grauweißen Farbe, durchsetzt von dünnen, schwarzen Strähnen. Er trägt einen grauen Anzug, der gut zu den Haaren aussieht, ein weißes Hemd und einen Schlips. Ihr kommt der Gedanke, dass er nicht zu den anderen Männern am Tisch passt. Noch bevor er sich von seiner Überraschung erholt hat, macht sie die Runde.

Die Männer erheben sich etwas linkisch. Stuhlbeine scharren über das Linoleum. Einer nach dem anderen reicht ihr die Hand. Sie hat das Kommando übernommen, und alle gehorchen. Terkel Andersen trägt einen roten Overall voller Ölflecken. Er ist klein, jedenfalls kleiner als sie, und jung. Bestimmt kaum über zwanzig. Sein Gesicht ist glatt rasiert, mit der Andeutung eines kleinen Barts. Um den Hals hat er ein schwarz-weißes Palästinensertuch, das teilweise in dem Overall verschwindet. Er lächelt sie unsicher an und wird rot. Die Hand, die er ihr reicht, ist schlaff und feucht.

Jens Kløverød trägt ebenfalls einen roten Overall. Er ist größer und dünner und hat ein ernstes Gesicht und klare, blaue Augen unter buschigen Brauen. Er muss um die vierzig sein, schätzt sie. Er will ihr keine Hand geben, zeigt ihr nur die Handflächen, die schwarz und voller Öl sind, und begnügt sich damit, seinen Namen zu nennen.

Tore Antonsen steckt von Kopf bis Fuß in Jeansklamotten. Genau wie am Samstag. Sie erkennt ihn sofort wieder. Er begrüßt sie herzlich, als wären sie alte Bekannte. Seine Hände sind sauber.

»Tore Antonsen, ich arbeite nicht hier«, sagt er. »Mir gehört die *Auto und Altmetall AG* auf der anderen Straßenseite. Nett, Sie kennenzulernen.«

Auch Antonsen muss etwa vierzig sein, vielleicht sogar fünfundvierzig. Dünne, helle Strähnen stehlen sich unter seiner Jeanskappe hervor.

Jetzt bleibt nur noch einer.

Rashidi Aswany stellt sich als Geschäftsführer vor. Er trägt einen braunen Anzug und ein Polohemd. Sein Haar ist schwarz und nach hinten gekämmt, das Gesicht brauner als Forsthammers. Er ist mit Sicherheit kein Norweger, aber sie kann ihn keiner bestimmten ethnischen Gruppe zuordnen.

Sie dreht sich zu Forsthammer um, der die Arme vor der Brust verschränkt hat. Er schaut sie forschend an, bevor er den Mund aufmacht.

»Dürften wir vielleicht erfahren, aus welchem Grund Sie

uns mit Ihrem Besuch beehren? Ich habe Ihren Namen schon einmal gehört, aber ich kann Sie nicht einordnen. Sind Sie von der SFT oder von der Polizei?«

»Wie kommen Sie darauf, dass ich von der SFT sein könnte?«

»Nun ja, wegen dieser Betriebsprüfung«, sagt er. »Ich bin Vorstandsvorsitzender dieses Betriebs und schätze es, über das, was passiert, informiert zu sein.«

Seine Stimme hat einen harten Klang bekommen, und er sieht Aswany, der die Augen niederschlägt, direkt an.

Mette hätte gerne einige Fragen zu der von ihm erwähnten Betriebsprüfung gestellt, aber das ist jetzt nicht der richtige Moment. Sie wittert die Chance auf eine weitere Story, doch dem muss sie später nachgehen.

»Nein, ich bin hier mit Inger Susanne Bengtsen, der Schwester von Frid, verabredet«, sagt sie. »Sie hatte hier einiges zu erledigen und bat mich darum, sie zu begleiten.«

Aswany antwortet ihr. Sein Gesicht ist ernst, und er spricht gut Norwegisch.

»Das ist furchtbar, das mit Frid. Wir haben keine Ahnung, wie es jetzt weitergehen soll«, sagt er und macht eine ausladende Handbewegung.

»Sie war die gute Seele der Firma, wir sind völlig hilflos ohne sie, aber ihre Schwester war schon hier. Heute Vormittag. Es gab noch einige Formalitäten zu erledigen. Die Polizei war auch hier. Und Journalisten waren hier. Das ist alles so kompliziert«, seufzt er. »Frid hat sich immer um alles gekümmert. Ich kenne mich nur mit Autos und Kunden aus.«

Antonsen ist wieder aufgestanden. Die Hände auf die Tischplatte gestützt, beugt er sich vor. Sein Blick ist nicht länger freundlich.

»Jetzt weiß ich es! Sie sind Journalistin. Sie arbeiten beim NRK. Sie wollen hier herumschnüffeln.«

Mette stemmt die Hände in die Hüften und sieht ihn gekränkt an.

»Jetzt hören Sie aber auf. In was sollte ich denn herumschnüffeln? Ich bin eine alte Freundin von Inger Susanne, und sie hat mich um Hilfe gebeten.«

»Aha, und wo ist diese Inger Susanne jetzt? Sie sind allein, soweit ich das sehe.«

Forsthammer mischt sich in das Gespräch ein.

»Es reicht, Tore«, sagt er und fixiert den Jeansmann, der sich wieder zurück auf seinen Stuhl fallen lässt, mit seinen stahlgrauen Augen.

Mette braucht eine Auszeit, auch wenn sie noch so kurz ist. Sie ist unsicher.

»Gibt es hier eine Toilette?«

Forsthammer zieht die Augenbrauen hoch und zeigt in die entsprechende Richtung. Sie geht einen schmalen Gang entlang, findet die Tür, knallt sie hinter sich zu und schließt ab. Aus der Tasche ihrer Windjacke holt sie einen Stift, zieht ein Stück Papierhandtuch aus dem Spender neben dem Waschbecken und notiert sich die Namen der Männer im Besprechungsraum. Es ist wichtig, die Details zu behalten. Dann faltet sie das Papier zusammen und steckt es in die Tasche, zieht ab und geht wieder zurück.

»Kann mir einer von Ihnen sagen, wo Inger Susanne sein könnte? Sie ist nämlich verschwunden«, sagt sie zu den Männern um den Tisch.

Niemand antwortet. Terkel Andersen guckt an ihr vorbei.

Forsthammer räuspert sich und nickt zur Werkstatttür hin. Sie dreht sich um und blickt direkt in Morgan Vollans Gesicht. Sein Blick erinnert sie leicht an den ihres Vaters, wie er sie angesehen hat, als sie ihr funkelnagelneues Fahrrad mit orangefarbener Innenfarbe angemalt hatte. Hinter ihm erkennt sie Maiken Kvam.

Der Vernehmungsraum in der ersten Etage des Polizeipräsidiums sieht anders aus als im Film. Die Wände sind grauweiß, und der Raum hat Fenster, die ein schwaches, kränkelndes Tageslicht hereinlassen. Die kräftigen Leuchtstoffröhren an der Decke lassen die Welt draußen dunkler erscheinen, als sie in Wirklichkeit ist.

Sie sitzen wie an einem Küchentisch. Kvam und Vollan auf der einen Seite. Mette Minde, geboren am 21. Februar 1973, auf der anderen. Zwischen ihnen steht kein Mikrofon. Die Vernehmung soll nicht auf Band aufgenommen werden. Nichts ist wie im Film. Sie ist eine Zeugin in einem Mordfall. Es fühlt sich unwirklich an und sehr ernst. Als seien die Rollen vertauscht. Mette mag nicht diejenige sein, die antworten muss. Sie will die Fragen stellen.

Vielleicht fühlen sich ihre Interviewpartner so. Politiker und andere Personen des öffentlichen Lebens, die Rede und Antwort stehen müssen. Denen kritische Fragen gestellt werden. Die man drankriegen will. Mette merkt, dass ihre Handflächen feucht sind, und wischt sie an den Oberschenkeln trocken. Der Jeansstoff fühlt sich unter ihren Händen grob und angenehm an.

Warum mussten sie sie hierherschleppen? Im Film werden die Leute zur Vernehmung einbestellt, wenn die Ermittler sie einschüchtern wollen.

Sie antwortet auf alles, was sie gefragt wird, so ehrlich wie möglich. Sie hat nichts zu verbergen. Sie hat keinen Grund zu lügen. Alles, was sie sagt, kann möglicherweise Inger Susanne helfen, dessen ist sie sicher. Ihr Nachbar Christensen kann bestätigen, dass sie nicht gewusst hat, dass Inger Susanne auf ihrem Sofa lag und schlief. Sie hat nicht versucht, die Polizei daran zu hindern, Kontakt zu Frid Erica Bengtsens Schwester aufzunehmen. Sie ist zu Autoexport gefahren, weil sie Inger Susanne versprochen hatte, mitzukommen. Sie hat einfach vergessen, es den Ermittlern zu sagen. Sie hat nicht daran gedacht. Es ging alles so schnell.

Aber warum ist Inger Susanne abgehauen? Oder, um es anders auszudrücken, warum ist sie einfach gegangen? Warum war das Wohnzimmer leer, als wäre sie nie da gewesen? Was hat sie am Vormittag alleine bei Autoexport gemacht, obwohl sie verabredet hatten, um drei zusammen dort hinzufahren? Und wo ist sie jetzt? Arme Inger Susanne. Sie tut ihr leid. Sie hat keine Geschwister. Keinen Vater und keine Mutter. Und womöglich auch nicht so viele Freunde. Genau wie sie selbst. Aber Inger Susanne hat nicht einmal einen Mann, und ein Kind hat sie auch nicht. Sie ist ganz allein auf der Welt und bestimmt ängstlich und verwirrt. Vielleicht hatte sie einen Nervenzusammenbruch? Oder ist es wirklich so, wie die Polizei offenbar glaubt, dass sie ihre eigene Schwester umgebracht hat? Die meisten Morde passieren im engsten Umfeld, ruft sie sich in Erinnerung. Aber sie glaubt nicht wirklich an diese Theorie.

Sie bittet sie, ihr ein Taxi zu rufen. Es gibt nur einen Ort auf der ganzen Welt, wo sie in diesem Moment hinfahren kann.

Sie lässt sich in den weichen Ledersitz im Fond des Taxis sinken. Im Auto ist es warm, draußen ist es feuchtkalt, und das Tageslicht zieht sich zum Abend hin langsam zurück. Sie ist hungrig und ihr ist schwindelig, und sie spürt, dass sie zittert.

»Zum NRK-Haus in Borgeåsen«, sagt sie zu dem Fahrer.

Das Auto hat Automatik, und der Fahrer schweigt. Wie angenehm ist das auf einer Skala von eins bis zehn? Zehn! Als würde man im Toten Meer schwimmen.

Das NRK-Haus strahlt alles andere als abendliche Ruhe aus. Die Fernsehleute bereiten ihre Sendungen vor, und die Radiosendung von NRK Østafjells beginnt in diesem Moment. Im Foyer sitzt der Bürgermeister von Porsgrunn. Vermutlich soll er interviewt werden. Sie lächelt ihn matt, aber freundlich an. Er ist nett.

Im Redaktionslokal stößt sie natürlich auf Jensemann. Herrgott noch mal, macht der Typ denn nie frei?

»Ist Rita da?«

»Ja, sicher, Cruella de Vil sitzt an unseren neuen Schichtplänen«, sagt Jensemann.

»Gibt es hier irgendwas zu essen?«

»Hallo? Zu essen? Das ist doch kein Burger-Restaurant. Du bist bei NRK Telemark, junge Dame.«

»Hör auf, Jensemann, ich verhungere«, sagt sie und lässt sich auf den nächsten Bürostuhl fallen.

Er sieht sie ernst an, macht auf dem Absatz kehrt und verschwindet.

Kurz darauf kommt er mit einem Teller mit zwei belegten Broten zurück. Eins mit Krabben und eins mit einer Frikadelle. Er stellt den Teller und eine Flasche Cola light vor sie hin.

»Die Reste von der Chefbesprechung vorhin. Eigentlich sollten sie nach der Sendung versteigert werden, aber ich glaube, du brauchst sie nötiger. Du siehst ein bisschen blass aus, ist irgendwas passiert?«

Sie antwortet nicht, sondern stürzt sich auf das Essen, kaut und schluckt, und langsam wird sie wieder sie selbst.

»Danke, Jensemann.«

»Jetzt habe ich was gut, was?«

»Mehr als das.«

Rita sitzt in ihrem Büro und hat die Tür geschlossen. Durch die Glasscheibe sieht Mette das Gitternetz auf ihrem Bildschirm. Schichtpläne. Reporter und Techniker werden in einem Schema hin und her geschoben. Frühschichten, Abendschichten, Tagesschichten, Wochenendschichten. Eine Art Sudoku.

Sie klopft vorsichtig an die Scheibe. Rita dreht sich um. Sie hat ihre PC-Brille auf der Nase. Sie sieht intelligent aus.

»Rita, ich muss mit dir reden.«

Sie schließt die Tür hinter sich. Zehn Minuten später hat sie ihr alles über die Ereignisse des Tages erzählt. Von Inger Susanne und der Vernehmung im Präsidium.

»Ja, wenn das so ist, musst du dich natürlich ganz aus dem Mordfall heraushalten, das ist völlig klar. Hier geht es um Befangenheit. Und ich betrachte dich als befangen, was diesen Fall angeht, auch wenn ich nicht an deiner Integrität zweifle, Mette. Aber du verstehst, was ich meine, ja?«

»Ich weiß. Ich bin selbst schon zu dieser Schlussfolgerung gekommen, es ist schließlich noch nicht *so* lange her, dass ich die Ethik-Regeln rauf und runter beten musste. Es ist nur so verdammt ärgerlich.«

»Da gebe ich dir recht, aber so ist es nun mal. Ich ziehe dich von der Frühschicht morgen ab. Eigentlich finde ich, dass du dir den Tag freinehmen solltest. Überleg mal, ob du nicht Lust hast, irgendeine Reportage zu machen. Und sieh zu, dass du mal rauskommst und etwas Schönes machst. Um ehrlich zu sein, hast du in der letzten Zeit mehr gearbeitet, als dir gut tut.«

Es klopft an der Glastür, und Tomas Evensen tritt ohne Aufforderung ein. Rita runzelt die Stirn.

»Kannst du nicht warten, Tomas, wir sind beschäftigt«, sagt sie.

»Nein, kann ich nicht«, sagt er mit ungebremstem Enthusiasmus. Wie ein kleiner Junge, der mit dem goldenen Ring zu Mama hereingestürmt kommt, den sie gestern im Garten verloren hat. »Hör zu«, sagt er. »Die Polizei hat Minde in dem Mordfall zur Vernehmung einbestellt, was bedeutet, dass sie befangen ist. Das geht natürlich nicht. Ich kann morgen früh die Morgensendung übernehmen und auch sonst über die Ermittlungen berichten«, sagt er, ohne Mette auch nur einen Blick zuzuwerfen.

»Genau darüber haben wir eben gesprochen«, antwortet Rita. »Es ist nett, dass du in einer schwierigen Situation deine Hilfe anbietest, aber bis auf Weiteres kann die neue Assistentin die Frühschicht übernehmen. Du kannst mit deiner Dokumentation weitermachen. Das wolltest du doch unbedingt.«

Tomas Evensen zieht die Brauen hoch, dreht sich um und hinkt hinaus.

»Feel free«, ruft er über die Schulter.

Rita sieht Mette an und seufzt.

»Jetzt gehst du erst mal nach Hause zu deinem Mann und schläfst dich richtig aus«, sagt sie und klopft Mette auf die Schulter.

»Peder und die Jungen sind in der Hütte«, antwortet Mette leise.

Rita Rieber bleibt sitzen und trommelt mit ihren langen

Fingernägeln auf die Tischplatte. Es hört sich an wie ein Regenguss. Dann hellt sich ihr Gesicht auf.

»Dann begleitest du mich zu Osebro und isst mit mir zu Abend!«

Tomas Evensen muss wirklich gute Kontakte bei der Polizei haben, denkt Mette und nickt Rita geistesabwesend zu.

Peder Haugerud starrt in die Dunkelheit hinaus. Die Jungen schlafen in ihrem Zimmer. Das Leuchtfeuer auf Øya blinkt grün und rot. Sieben Sekunden rot. Eine Sekunde grün. Er zählt. Rot bedeutet Gefahr. Grün bedeutet Sicherheit.

Wieso hat er nur das Grün gesehen? Wie konnte er das rote Gefahrensignal übersehen? Nicht auszudenken, wenn es noch einmal passiert. Kann er jemals wieder richtig glücklich sein? Wie vorher. Natürlich kann er herumalbern und lachen. Lustig sein. Aber darunter, tief in seinem Inneren, liegt die Scham und nagt an ihm wie eine hungrige Ratte. Manchmal tut es schrecklich weh. Vor allem wenn er allein ist. Wenn er Zeit hat, daran zu denken. Es ist so lange her, aber trotzdem fühlt es sich an, als wäre es gestern gewesen.

Sie tragen beide ihre Trauer mit sich herum, er und Mette. Nur dass sie nichts für ihre kann. Will er wirklich zurück oder ist es in Ordnung für ihn, wie es jetzt ist?

Er zapft sich ein Glas Rotwein aus dem Karton auf der Küchenanrichte und nimmt es mit auf die Terrasse. Dort bleibt er unter der Überdachung stehen und lauscht den Wellen, die gegen die glatten Klippen klatschen. Sonst ist nichts zu hören. Es ist kalt, und er friert in dem dünnen Hemd, aber er mag das. Ein wenig äußeres Unbehagen nimmt dem inneren die Kraft.

Das Restaurant Osebro liegt zwischen der Storgate und dem Fluss. Im Sommer kann man draußen in dem großen Garten sitzen, der bis zum Flussufer hinunterreicht. Eine breite Treppe führt zum Haupthaus hinauf, das irgendwann im siebzehnten Jahrhundert erbaut wurde. Das Licht der schmiedeeisernen Lampen lässt das Regenwasser auf den Pflastersteinen wie frisch geputztes Silber glänzen.

Mette denkt, dass der Fluss ins Meer mündet, und am Meer sind Peder und die Zwillinge. Läge ein Schiff an dem Kai im Fluss, könnte es sie bis zu dem Anleger in der Skotbucht bringen. Der Skipper könnte mit eingeschalteten Lichtern durch die Dunkelheit segeln.

Rita zieht die Tür auf und lässt Mette vorgehen. Gläser und Besteck klirren, und der Raum summt von den Stimmen von bestimmt hundert Menschen. Das Restaurant ist fast voll. Noch bevor die Tür mit den viereckigen Glasfenstern sich ganz hinter ihnen geschlossen hat, kommt der Oberkellner über den dunklen Holzboden auf sie zu und verbeugt sich leicht.

»Frau Rieber! Guten Abend. Ich habe gar nicht gewusst, dass Sie eine … Tochter … haben?«

Mette spürt, wie ihr die Hitze in die Wangen steigt. Rita stimmt ein trillerndes Lachen an, das mehrere der in der Nähe sitzenden Gäste die Köpfe zu ihnen hinwenden lässt.

»Ach, Monsen, es gibt so viel, das Sie nicht wissen. Sie heißt, Mette.«

»Das freut mich«, sagt der Mann, der also Monsen heißt, und verbeugt sich noch einmal.

Sie studieren die Speisekarte. Rita kann sie auswendig. Das Herbstmenü hat sich seit vorgestern, als sie das letzte Mal hier war, nicht geändert. Das wird es wohl auch nicht, bis die

Weihnachtsspeisekarte kommt. Rita bestellt einen Meeresfrüchtesalat und eine Flasche Mineralwasser.

Mette hat eigentlich Lust auf ein saftiges Steak, doch die belegten Brote liegen ihr noch im Magen, und sie entscheidet sich für Pasta. Pasta Diavolo und eine Flasche Cola light.

»Nein, ehrlich, Mette, bestell dir doch einen Rotwein, ich fahre dich nach Hause«, sagt Rita.

Mette liebt Rotwein, und das lässt sie sich nicht zweimal sagen. Wenn die Chefin darüber hinaus noch darauf besteht. Pasta und Rotwein. Eine halbe Flasche vom Wein des Hauses.

Die Getränke werden serviert. Mette beugt sich leicht über den Tisch.

»Warum hat es dich nicht gekränkt, dass er mich für deine Tochter gehalten hat?«

Rita zieht lächelnd die schmalen Brauen hoch.

»Wieso sollte ich gekränkt sein, wenn sich mir endlich im reifen Alter die Chance bietet, eine Tochter zu haben, und sei es nur in Monsens Kopf?«

Dann wird ihre Miene ernst. Sie erzählt von ihrer Ehe, die fünfzehn Jahre gedauert, aber keine Früchte getragen hat. Ihr Mann ist vor fünf Jahren an Lymphdrüsenkrebs gestorben. Damals ist sie hierhingezogen. Sie erzählt von der Sehnsucht nach eigenen Kindern und dem dreiundzwanzigjährigen Jungen ihrer Schwester, für den sie so eine Art Ersatzmutter ist. Er studiert Volkswirtschaft an der Handelshochschule in Bergen und ist der bestaussehende Typ westlich des Langfjells.

Obwohl die Geschichte traurig ist, muss Mette lächeln, weil Rita sie so herrlich ironisch erzählt. Ihr Bergenser Dialekt lässt die Geschichte wie eine Moritat klingen.

Das Essen kommt. Der Kellner zieht sich gleich wieder zurück, um andere Bestellungen auszuführen. Es siedet und brodelt von Stimmen und Lachen, riecht nach gebratenem Fleisch, Knoblauch und Chili. Gläser klirren, und irgendwo fällt ein Messer zu Boden.

Monsen streift lautlos um ihren Tisch herum. Sind die Damen mit dem Essen zufrieden? Ja, den Damen schmeckt es ausgezeichnet. Alles ist gut.

Der Rotwein zirkuliert im Blut. Fließt durch alle Körperzellen und gibt ihnen den Bescheid, sich zu entspannen. Die Schultern senken sich, Lachen kullert aus dem Mund, im Bauch kribbelt es, als hätten sie etwas genommen.

Jetzt ist Mette an der Reihe, Bruchstücke ihrer Lebensgeschichte zu servieren. Sie erzählt von ihrer Studienzeit, von allem was sie einmal werden wollte und nicht geworden ist. Sie erzählt von Peder und warum sie hierhergezogen sind. Und wie es so ist hier zu wohnen, in der Provinz.

Rita sieht sie auf eine erwachsene, mütterliche Art an. Dann erzählt sie ihrer jungen Mitarbeiterin, wie sie die Dinge sieht: Mette ist ein tüchtiges Mädchen. Ein kluges Mädchen. Aber es ist nicht gut für sie, so allein zu sein. Anderseits weiß sie, dass es als Erwachsener nicht so einfach ist, an einen neuen Ort zu ziehen. Natürlich gibt es die Kollegen, aber die haben oft ihr eigenes Netzwerk. Mette ist nach Hause zurückgekommen, sicher, aber alle, die damals hier gewohnt haben, sind weggezogen, und die, die in der Heimatstadt geblieben sind, sind nicht die Gleichen, mit denen sie in ihrer Jugend herumgezogen ist.

Sie selbst hat sich anfangs bemühen müssen, Freunde zu finden. Aber jetzt muss sie nicht einen einzigen Abend alleine zu Hause sitzen, wenn sie das nicht will. Rita ist Mitglied in diversen Vereinen und hat das eine oder andere Amt übernommen. So etwas kann man, wenn man sich nur um sich selber kümmern muss. Schwieriger ist es, wenn Mann und Kinder da sind und beide einen Job mit Schichtdienst haben.

Es tut gut, hier mit Rita zu sitzen und ihr zuzuhören. Es ist, als hätte sie eine Mutter, die hilft, Gedanken und Gefühle zu ordnen. In ihrem tiefsten Inneren weiß sie, dass das nicht stimmt. Die wenigsten wollen eine Mutter, die einem beim Ordnen hilft. Das meint man nur, wenn man keine Mutter hat.

»Wir bestellen ein Dessert«, verkündet Rita. »Dieses eine Mal gönnen wir uns ein Dessert. Ich habe noch keine Lust, nach Hause zu fahren.«

Ein Tisch mitten im Lokal ist gerade abgeräumt und für neue Gäste eingedeckt worden.

Sie bestellen beide Moltebeerenparfait. Ihre Gesichter entspannen sich im Schein der Kerzen, die zwischen ihnen auf dem Tisch stehen. Sie haben geredet. Einander Geheimnisse anvertraut. Schwächen gezeigt. Jetzt ruhen sie sich aus. Es fühlt sich gut und auf eine gewisse Weise sicher an.

Ein Luftzug von der Eingangstür her lässt die Kerzen flackern. Wahrscheinlich ist in der Küche ein Fenster auf, denkt Mette und dreht den Kopf Richtung Tür. Morgan Vollan und eine patente Dame in farbenprächtiger Kleidung kommen herein. Ihr schwarzes Haar ist zu einer asymmetrischen Frisur geschnitten, und ein paar große Kreolen baumeln an ihren Ohren.

Mette zuckt zusammen. Wie wenn man vierzehn ist und beinahe auf frischer Tat ertappt worden wäre, als man die Cognacflasche der Eltern mit Wasser auffüllt.

Vollan sieht sie nicht. Der Oberkellner führt das Paar zu dem freien Tisch. Vollan hat eine Hand auf den Rücken der Frau gelegt und schiebt sie leicht vor sich her. Wie einen Einkaufswagen.

Das Dessert schmeckt himmlisch. Ein Kaffee wäre jetzt gut, aber es ist schon spät. Sie wollen schließlich schlafen. Eine weitere Frau taucht an Vollans Tisch auf, und Mette starrt ungehemmt hinüber. Die patente Frau erhebt sich und begrüßt sie herzlich. Die Neuangekommene ist klein, ihr Haar in diversen Rot- und Braunnuancen gefärbt.

Rita folgt ihrem Blick.

»Uno-Frauen«, flüstert sie.

»Uno-Frauen?«

»Ja. Sie kaufen ihre ganzen Kleider bei Uno. Starke Farben. Schichtenlook, sodass man die Konturen des Körpers nicht sieht. Die Kleine ist Keramikerin. Ziemlich bekannt übrigens.«

Mette lächelt. Sie würde am liebsten den Teller ablecken, doch als Tochter der eleganten Rita geht das natürlich nicht. Stattdessen fährt sie wie zufällig mit dem Zeigefinger durch die schmelzenden Reste des Desserts. Dann steckt sie den Finger, ebenfalls wie zufällig, in den Mund.

Das Haus liegt im Dunkeln. Die Außenlampe taucht die Eingangtür in ein sparsames Licht. Auch bei Nachbar Christensen ist alles dunkel und still. Ritas weißer Mercedes verschwindet die Sackgasse hinunter. Ein gelber Post-it-Zettel klebt an der Tür. *Gute Arbeit. Weiter so, der Löwe*, steht in Blockbuchstaben darauf. Mette fröstelt und wirft einen Blick über die Schulter. Woher weiß er, was sie tut?

Sie schließt auf und schaltet das Licht in der Diele ein,

kickt die Adidas-Schuhe von den Füßen, ohne die Schnürsenkel aufzumachen, und denkt wieder, dass sie sich wärmeres Schuhwerk kaufen muss. Am besten ein paar Boots. Ein paar richtig schicke.

Sie macht eine Lampe nach der anderen an, bis das Erdgeschoss wie ein Sankt-Hans-Feuer leuchtet. Sieht nach, ob alle Riegel an den Fenstern ordentlich geschlossen sind. Überprüft die Terrassentür zweimal. Dann geht sie in die erste Etage hoch und wiederholt die Prozedur. Als sie herunterkommt, schaltet sie die meisten der Lampen wieder aus und sieht ein weiteres Mal nach der Haustür. Sie ist und bleibt verschlossen.

Erst als sie im Schlafzimmer steht, merkt sie, dass etwas nicht stimmt. Sie starrt auf das Doppelbett. Kissen- und Deckenbezug sind weiß mit kleinen, blauen Blumen. Das Bett ist gemacht. Die Kissen liegen aufgeschüttelt am Kopfende, die Decken ordentlich gefaltet nebeneinander. Das hellblaue Laken klemmt unter der Matratze fest. Es sieht aus, als hätte ein Zimmermädchen das Bett für die Nacht hergerichtet. So hat sie das Schlafzimmer eindeutig nicht um vier Uhr morgens verlassen.

Ein paar Minuten steht sie ganz still und lauscht mit halb offenem Mund und wachsamen Augen. Nichts ist zu hören. Nichts bewegt sich im Zimmer, aber es war jemand hier. War hier oder ist hier? Sie spürt ihren Herzschlag bis in den Kopf. Sie kratzt sich am Oberschenkel. Fest, damit es wehtut. Sie muss etwas tun. Die Kontrolle zurückgewinnen.

Resolut geht sie zu der Schrankwand. Öffnet eine Tür nach der anderen und sieht gründlich nach, ob sich jemand zwischen den Kleidern verbirgt. Dann legt sie sich auf den Bauch und schaut unter das Bett.

Okay, das muss Inger Susanne gewesen sein, die sich einen Spaß daraus gemacht hat aufzuräumen. Eine andere Erklärung gibt es nicht. Die Polizei wird sich wohl kaum die Mühe gemacht haben. Sie dreht sich um und lässt sich auf die Bettkante fallen. Auch hier stimmt etwas nicht. Sie steht wieder auf und zieht die Bettdecke zur Seite.

Eine Dokumentenmappe aus braunem, glattem Leder. Gut DIN-A4 groß. Sie nimmt sie in die Hand und riecht daran. Der maskuline Duft sticht ihr leicht in die Nase.

Einen Moment fragt sie sich, ob in der Dokumentenmappe eine Bombe ist oder Milzbrandpulver – Anthrax oder wie das Zeug heißt – oder etwas anderes Tödliches. Dann siegt die Neugierde, und sie zieht den schweren Reißverschluss auf und den Inhalt heraus.

Frau Madsen wirft sich in ihrem Bett hin und her. Sie hat wieder einmal zu viel Kaffee getrunken. Dass sie das nicht lernt. Sie weiß es doch mehr als gut. Sie überlegt, ob sie aufstehen und sich eine Weile an den Küchentisch setzen soll, doch sie hat Angst, Inger Susanne zu wecken. Sie haben so einen gemütlichen Abend gehabt. Und jetzt liegt sie im Bett im Kinderzimmer, das muss man sich einmal vorstellen. Kaum zu glauben. Eine junge, nette Frau, hier in ihrer Wohnung.

Das mit Gjøran war ärgerlich. Der Wasserhahn im Bad tropft noch immer. Einer der Jungen aus der Mannschaft, die er trainiert, hat sich am Knie verletzt, und Gjøran musste ihn zum Notarzt bringen. So viel zu diesem Abend. Aber er kommt morgen Nachmittag. Es muss nur eine Dichtung ausgewechselt werden.

Allein der Gedanke, dass Gjøran kommt. Frau Madsen fühlt

sich ein wenig wie eine Fuchsmutter, die mit Beute zurück in den Fuchsbau kommt, wo die Jungen gefräßig auf Futter warten. Sie lächelt in die Dunkelheit, listig wie ein Fuchs.

Mette hat den Inhalt der Mappe auf dem Kieferntisch ausgebreitet. Die Kaffeemaschine krächzt und hustet auf der Küchenanrichte. Wie sie gesehen hat, handelt es sich bei den drei Büchern, auf denen *Protokoll* steht, um Tagebücher. Ein rotes, ein grünes und ein schwarzes. In dem kleinen Schreibfeld auf der Vorderseite eines jeden Buchs stehen diverse Jahreszahlen in schwarzer Tusche. Das erste Buch beginnt 2001, und das letzte hört an dem Tag auf, an dem Frid Erica Bengtsen ermordet wurde. Mette hat kurz hineingesehen.

Für Mette, steht auf dem gelben Umschlag, der zusammen mit den Tagebüchern in der Dokumentenmappe steckte. Sie hat sich gewappnet. Der Versuchung widerstanden, den Umschlag sofort aufzureißen und zu lesen.

Sie füllt einen großen Becher mit Kaffee. Dann ist sie bereit.

Liebe Mette,
ich bitte dich inständig, diese Tagebücher zu lesen, bevor du sie bei der Polizei ablieferst. Ich möchte sicher sein, dass jemand Bescheid weiß. Ich habe solche Angst. Ich vertraue der Polizei nicht. Ich habe die Tagebücher selbst nicht gelesen. Das wäre ein Übergriff und der Bruch eines heiligen Versprechens, das ich Frid gegeben habe, die, so lange ich zurückdenken kann, Tagebuch geschrieben hat. Trotzdem habe ich das ungute Gefühl, dass sich der Name ihres Mörders in den Büchern findet, falls sie von jemandem ermordet wurde, den

sie gekannt hat. Ich verlasse mich auf dich, so wie ich mich in der Kindheit immer auf dich verlassen habe.

Es tut mir leid, dass es gekommen ist, wie es gekommen ist. Inger Susanne

Mette fängt mit dem letzten Buch an und liest sich zurück bis 2001. Sie ist Nachrichtenjournalistin. Das Letzte kommt immer zuerst.

Um drei Uhr hat sie sich ein ziemlich klares Bild von Frid Erica Bengtsens Leben in den letzten vier Jahren verschafft, weiß aber noch immer nicht, wer sie umgebracht hat. Sie setzt eine neue Kanne Kaffee auf, geht ins Bad und spritzt sich eiskaltes Wasser ins Gesicht. Sie tupft die Gesichtshaut vorsichtig mit dem Handtuch trocken und cremt sich das Gesicht ein. Dann geht sie zurück in die Küche, um ihre Notizen durchzugehen.

Frids Interessen lassen sich in drei oder vier Hauptgruppen unterteilen:

Erstens Fido: Der Hund ist drei Jahre alt und ein Ersatz für ihren vorigen Hund, der auch Fido geheißen hat. Der alte Fido ist an Krebs gestorben und sieben Jahre alt geworden. In ihrem Tagbuch findet sich ein rührseliger Bericht über die Zeit um seinen Tod. Der neue Fido kommt von demselben Züchter, und heißt eigentlich Fredricio Argoletto von Bergenheim.

Er hat in seinem jungen Leben bereits viele Preise gewonnen, doch es sieht nicht so aus, als hätte sich Frid sonderlich viel daraus gemacht. Der Züchter ist mit ihm zu den Ausstellungen gefahren. Fido ist auch mehrmals Vater geworden, hat sich hier und da gepaart. Die Aufzeichnungen lassen nicht auf Konflikte mit dem Züchter schließen. Wenn in den Tagebüchern von Fido die Rede ist, klingt es eher, als wäre er ein Mensch. *Fido hatte Probleme mit dem Magen. Fido war beim Frisör. Heute hat er Fido die Nägel geschnitten. Habe mit Fido einen langen Spaziergang nach Jarseng gemacht. Es war strahlendes Wetter, und wir haben Proviant mitgenommen. Er ist so schön! Fido hat mich um sieben geweckt*, und so weiter. Oder: *Kenneth war am Wochenende ziemlich erfolgreich mit Fido. Er ist wieder mit einer Schleife nach Hause gekommen. Jetzt haben wir bald keinen Platz mehr für weitere.*

Es ist offensichtlich, dass Frid Erica Bengtsen sehr stolz auf ihren Hund war. Über die Schwester, Inger Susanne, finden sich keine entsprechenden Lobeshymnen. Sie wird hier und da erwähnt, aber nicht mit dem gleichen Enthusiasmus. Vielleicht liegt es daran, dass Inger Susanne erwachsen und kein täglicher Bestandteil ihres Leben mehr ist wie damals, als Frid ihre Ersatzmutter war, wie Inger Susanne sie bezeichnet hat.

Zweitens der Alltag: Ereignisse, die weder wichtig noch bedeutungsvoll sind, werden erwähnt. Dass auf der Arbeit jemand Geburtstag hatte und Kuchen mitgebracht hat oder dass jemand in der Freitagslotterie gewonnen hat.

Oder: *Die Ferien werden mir jetzt guttun. Ich freue mich darauf, mit Fido in die Berge zu fahren. Wir nehmen morgen den Zug. Ustaoset, wir kommen. Inger Susanne kommt mit dem Zug aus Bergen, wir treffen uns in der Mitte. Ich liebe diese Hütte so sehr, und es wird bestimmt richtig schön.*

Mette kann sich erinnern, dass Inger Susanne immer auf einer Hütte Ferien gemacht hat, als sie noch Kinder waren. Soweit sie weiß, gehörte die Hütte einer Tante. Die Tagebuchnotizen lassen den Eindruck entstehen, als wäre es Inger Susannes Hütte, aber es geht nicht klar daraus hervor. Vielleicht ist die Tante ja gestorben, und Inger Susanne hat die Hütte geerbt. Das wäre immerhin eine Möglichkeit. Sie kann sich nicht erinnern, jemals etwas von irgendwelchen Vettern und Cousinen gehört zu haben.

Neujahr 2001 wird eine kleine Romanze erwähnt, doch sie scheint relativ unwichtig und ziemlich kurz gewesen zu sein. In den Tagebüchern steht nichts von einer romantischen Beziehung zu Kenneth Mosbakk, dem Züchter. Und auch nichts von einer Beziehung zu jemandem in Ägypten.

Drittens der Diätclub: Ein wesentlicher Teil von Frid Erica Bengtsens Leben hat sich ums Essen und den Kampf gegen die Pfunde gedreht. Den Diätclub Sylfiden gab es offensichtlich schon lange vor 2001. Die Clubmitglieder werden beim Vornamen genannt, und dieselben Namen tauchen immer wieder auf. Mit mehreren von ihnen ist sie persönlich befreundet. Sie treffen sich auch außerhalb der Clubabende, an denen sie sich wiegen und Diätstrategien diskutieren – und gemeinsam essen. Mit den Kilos geht es rauf und runter. Die Berichterstattung ist gründlich, sowohl was die Triumphe als auch was die Niederlagen angeht. Grete Roede und Fedon Lindberg sowie der extremere Dr. Atkins werden konsultiert. Es ist offensichtlich, dass der Club sich zu keiner speziellen Richtung bekennt, sondern eher eine Art private Diätgruppe ist, die an neuen Ideen aufgreift, was gerade auf den Markt kommt. Und es ist ebenso offensichtlich, dass es Konflikte und Uneinigkeiten, Neid und Ärger gibt.

Die Frau, die die Gruppe zu leiten scheint, heißt Evelyn. Das ist wohl die Evelyn Sørensen, die Inger Susanne auch erwähnt hat, und deren Vater den ehemaligen Genossenschaftsladen gepachtet hat. Andere zentrale Personen sind Magnhild, Astrid, Turid, Reidun, die dem Tagebuch zufolge vor einem Jahr gestorben ist, Solveig O. und Solveig E., Tove, Birgit und Ragna.

Zwischen 2001 und 2005 schwankt Frid Ericas Gewicht zwischen dreiundneunzig und vierundsiebzig Kilo. Vier Jahre lang hat sie jeden Freitag ihr Gewicht notiert. Sporadisch hat sie auch aufgeschrieben, was sie gegessen hat. Wie unter einem zufällig gewählten Datum: *Drei Scheiben Knäckebrot mit Magerkäse. Zwei Tomaten, einen Apfel, zwei Mohrrüben. Tomatensuppe mit Makkaroni (drei dl.). Ein Ei.*

Mette hat im Internet gesehen, dass die Mitglieder von Sylfiden sich jeweils am zweiten Dienstag des Monats treffen. Sie spürt ihr Herz schneller schlagen, als ihr klarwird, dass das morgen ist, oder heute, um genau zu sein.

Eine Adressenliste mit Namen und Telefonnummern klebt an der ersten Seite des letzten Tagebuchs. Sie hat sich die Liste abgeschrieben und kontrolliert, ob sie alle Telefonnummern richtig notiert hat. Solveig O. erweist sich als Solveig Omland, mit anderen Worten, die Mutter von Charlotte Iselin, die am Freitagabend in der Nähe des Kverndamms war.

Mette gießt sich die zweite Tasse von dem frischen Kaffee ein. Das ist ja wirklich unglaublich. Kann das etwas zu bedeuten haben oder ist es genauso ein Zufall wie der, dass Inger Susannes Handy in Nybergåsen gefunden wurde?

Viertens Geld: Der letzte Punkt ist diffus, aber es geht um Geld. Um einen Lottogewinn, den sie gemacht haben oder auch nicht.

Es scheint so, als hätte es deswegen einiges an Aufregung gegeben, doch hier bleibt das Tagebuch so vage, dass nicht wirklich klarwird, was eigentlich passiert ist. Es wird auch nicht erwähnt, um wie viel Geld es geht, aber Mette hat den Verdacht, dass es mehr als ein Taschengeld gewesen sein muss. Kann das Geld, das in Frids Haus gefunden wurde, aus dem Lottogewinn stammen? Inger Susanne hat doch erzählt, dass eine beträchtliche Summe bei Frid zu Hause gefunden wurde.

Mette kann förmlich hören, wie es hinter den Augenlidern kratzt. Sie beschließt, noch ein paar Stunden zu schlafen. Inzwischen ist es vier Uhr. Jetzt würde sie normalerweise aufstehen. Sie stellt den Wecker ihres Handys auf acht, rollt sich in den Kleidern auf dem Sofa zusammen, dreht das Kissen um, das Inger Susanne vollgesabbert hat, und schläft auf der Stelle ein, mit zwei Litern Kaffee im Bauch.

Dienstag, 11. Oktober

Das warme Wasser schmiegt sich um ihren Körper wie die Innenseite eines Schlafsacks. Sie taucht mit dem Kopf unter und shampooniert ihre Haare, streckt sich und muss lachen, als sie sieht, wie die Haare an den Beinen wie Stacheldrahtstoppeln an der Oberfläche schwimmen. Sie beschließt, dass heute der richtige Tag für eine Rasur ist. Mein Gott, sie hat sich die Beine seit dem Sommer nicht mehr rasiert.

Die Sonne dringt spielerisch durch das Dachfenster und legt sich auf den Klodeckel, als wollte sie im ganzen Raum Freude verbreiten. Es ist neun Uhr, und sie hat bereits einen Termin mit Evelyn Sørensen gemacht. Heute Abend um 18:00 Uhr in der Wessels gate in Bakken in Skien. Evelyn scheint in jeder Beziehung ziemlich aufgeweckt und gescheit zu sein: »Ja, wunderbar, eine Reportage über den Diätclub, das ist auch langsam mal an der Zeit, es gibt uns schließlich schon eine Ewigkeit. Aber vielleicht ist es ja keine so gute Reklame, dass wir unser Ziel einfach nicht erreichen, haha. Aber Sie wissen ja, wie das ist mit dem Gewicht, man muss die ganze Zeit dran bleiben, und bestimmt haben Sie schon mal von uns gehört, so was spricht sich ja herum …«

Mette hält den Hörer etwas vom Ohr weg. Die Tirade nimmt kein Ende. Aber dann, endlich: »Ich freue mich, wir sehen uns dann um sechs.«

Klick.

Wenn es immer so leicht wäre, einen Termin zu machen,

käme keine Klage mehr über ihre Lippen. Oft kommen potenzielle Interviewpartner mit einem Einwand nach dem anderen. Vor allem Frauen, und besonders Frauen, die sich zu kontroversen Themen äußern sollen. Da schieben sie dann gerne einen Mann vor. Nein, da fragen Sie besser Olsen, der kennt sich da aus. Verdammt. Manchmal würde sie sie gerne schütteln. Was für Weicheier. Kein Wunder, dass es um die Welt nicht besser bestellt ist.

Sie hat noch Müsli, aber keine Milch. Das Brot ist steinhart. Sie *muss* einkaufen und vielleicht auch staubsaugen. Schließlich steht sie mit einer überreifen Banane, einem runzligen Apfel und einer Handvoll Rosinen, einem Zwieback (dem letzten in der Tüte) mit Butter, Krabbensalat und einem Glas Wasser da.

Der erste Punkt auf ihrer Liste ist das Polizeipräsidium. Sie steckt die Tagebücher zurück in die Dokumentenmappe und überlegt, ob sie den Brief von Inger Susanne dazulegen soll. Soll ich, soll ich nicht, soll ich, soll ich nicht? Ein Brief ist immerhin etwas Persönliches. Sie beschließt, mit der Entscheidung zu warten, bis es so weit ist.

Das Telefon klingelt, und Peders Stimme holt sie in eine Realität zurück, die sie die letzten Tage außen vor gelassen hat. Warum sie heute Morgen nicht im Radio war, will er wissen. Er hat auf sie gewartet. Nein, sie ist nicht krank, Gott bewahre.

Sie erzählt ihm die ganze Geschichte. Sie reden eine halbe Stunde. Peder macht sich Sorgen. Sie soll sich bloß nicht in etwas hineinreiten. Nach wiederholten Versicherungen, dass sie einander lieben und vermissen, legen sie auf. Mette vermisst weder Peder noch die Jungen. Sie weiß ja, dass es ihnen gut geht und dass sie sie in ein paar Tagen wiedersieht.

Nachdem sie aufgelegt hat, kommt ihr plötzlich eine Idee, und sie ruft ihn noch einmal an. Ob er wohl so lieb sein und eine Tour nach Bærøy hinüber machen und sich etwas umsehen kann? Peder protestiert heftig. Das kommt überhaupt nicht infrage! Was treibt sie da eigentlich? Reiß dich zusammen, Mette, das ist nicht gut.

Nur eine kleine Tour? Um Charlotte Iselin zu finden und sich zu versichern, dass es ihr gut geht? Ganz diskret natürlich.

Aber sie ist doch bei ihren Großeltern, und die Polizei war bestimmt auch schon da, um so etwas kümmert man sich doch, das muss sie doch wissen!

Sie haben einen silbernen Opel Kombi. Das Ferienhausgebiet liegt mitten auf der Insel, an der weißen Straße aus dem Kies vom Steinbruch, das sollte eigentlich nicht so schwer sein, und das Wetter ist super. Sie könnten eine Tour dorthin machen, mit dem Boot nach Bærøy hinüberfahren? Es tut den Jungen gut, etwas zu laufen.

Kuss und drück dich und Schluss.

Klick.

Dann ruft sie Hege Marie Toft bei der SFT an und macht einen Termin.

Peder hält das Mobiltelefon in der Hand. Was treibt sie da eigentlich? Und diese Inger Susanne. Nicht auszudenken, wenn sie die Mörderin ist. Die Türen offen zu lassen, sodass jeder einfach ins Haus hineinspazieren kann. Vielleicht sollte er doch nach Hause fahren? Sie ist wirklich verantwortungslos.

»Papa, guck mal, eine Krabbe, die ist riesig!«

Trym und Eirik kommen mit einem Eimer ins Wohnzimmer gelaufen.

»Wart ihr etwa ohne Rettungswesten am Anleger?«

Die Zwillinge sehen sich an. Dann ihren Vater. Er fährt sich mit den Fingern durchs Haar.

Holy shit.

Die Ebereschen haben sich mit rubinroten Blättern und orangefarbenen Beerentrauben geschmückt. Von Weitem erinnern sie an die Farben der Siebzigerjahre. Sie denkt an die Kleider und den billigen Plastikschmuck, den sie in den Kisten ihrer Mutter auf dem Speicher gefunden hat. Irgendwann wird sie sie herunterholen und vielleicht etwas davon anprobieren. Die Welt sieht warm und schön aus, selbst das Polizeipräsidium macht im Sonnenlicht einen freundlicheren Eindruck.

Sie wendet sich an den diensthabenden Polizisten. Nein, Morgan Vollan ist nicht im Haus, aber sie kann mit Maiken Kvam reden. Wenn sie ein paar Minuten wartet, kommt die Ermittlerin herunter.

Kvams Büro ist klein. Sie sitzen einander am Tisch gegenüber wie schon so einige Male zuvor.

Die Dokumentenmappe liegt zwischen ihnen, und Mette erklärt den Grund ihres Besuchs. In der Mappe befinden sich drei Tagebücher, geschrieben von Frid Erica Bengtsen. Der gelbe Umschlag brennt in der Tasche.

Maiken Kvam bedankt sich und sagt, es sei nett von ihr, dass sie gekommen sei. Sie fährt mit den Fingern über das glatte Leder, bevor sie die Mappe hochhebt und dran schnüffelt wie ein Spürhund. Mette muss lachen, und sie gibt dem nach. Maiken zieht lächelnd die Brauen hoch.

»Was ist?«

»Ich habe genauso reagiert wie Sie, als ich die Dokumentenmappe gefunden habe. Ich habe daran gerochen«, sagt Mette.

»Vielleicht ist das eine Art weiblicher Instinkt«, meint Maiken, wobei ein gewisser Enthusiasmus in ihrer Stimme mitschwingt.

Dann werden sie wieder ernst.

»Es ist äußerst wichtig für uns, Inger Susanne Bengtsen zu finden. Nicht nur weil sie etwas mit dem Mord zu tun haben könnte, sondern auch weil wir davon ausgehen, dass sie im Moment ziemlich neben sich steht. Sie braucht Hilfe, ungeachtet dessen, was passiert ist. Haben Sie irgendeine Idee, wo sie sein könnte?«

»Nein«, sagt Mette, zieht den Brief aus der Tasche und reicht ihn Kvam. »Ich weiß nicht, wo sie sein könnte, ich weiß nur, dass der Familie eine Hütte in Ustaoset gehört. Sie haben dort immer Ferien gemacht, als Inger Susanne noch klein war.«

»Wir überlegen, ob wir sie zur Fahndung ausschreiben sollen, aber das ist natürlich eine ernste Angelegenheit. Vorläufig suchen wir über unsere eigenen Kanäle nach ihr.«

Maiken Kvam liest den Brief. Mette sieht, dass ihr langes, blondes Haar zu einem Bauernzopf geflochten ist. Ob man den selber hinbekommt?

»Sie haben die Tagebücher also gelesen?«

»Ich habe getan, worum Inger Susanne mich in dem Brief gebeten hat.«

»Und was gedenken Sie mit den Informationen zu tun, die Sie eventuell in den Büchern gefunden haben?«

»Nichts«, lügt Mette.

»Das ist gut. Und Sie denken daran, uns zu benachrichtigen, wenn Ihnen auch nur die leiseste Idee kommt, wo Frids Schwester sein könnte. Abgemacht?«

»Abgemacht.«

»Gibt es eigentlich etwas Neues in dem Fall?« Mette kann sich die Frage nicht verkneifen.

»Nichts, was ich Ihnen sagen könnte«, antwortet Maiken Kvam.

»Und der Ballon, wissen Sie da inzwischen mehr? Und was ist mit dem Hund?«

»Ich kann Ihnen wirklich nichts zu den Ermittlungen sagen. Ich begleite Sie hinunter«, sagt Maiken, nachdem Mette ein Formular unterschrieben hat, dass sie Material abgeliefert hat.

Sie bleiben in der Herbstluft draußen stehen, die Gesichter zum Himmel gewandt, und atmen den Geruch des Spätsommers ein.

»Da ist übrigens noch etwas, etwas Privates«, sagt Maiken. »Wenn dieser Fall abgeschlossen ist, wollen wir dann nicht mal zusammen ein Glas Wein trinken oder so?«

»Sehr gern!«

Mette erwischt sich dabei, dass sie mehr hüpft als geht, als sie den Duestin zur SFT einschlägt. Sie ist verwirrt. Es ist Herbst, doch sie hat Frühlingsgefühle.

Umweltsachen gehören zu den Themen, an denen Mette wirklich gern arbeitet. Nur bei wenigen anderen Aufträgen zeigt sie ein solches Engagement. Seit sie vor zwei Jahren nach Grenland zurückgezogen ist, ist sie ein häufiger Gast im Umweltreferat des Fylkesmanns und beim Zentralamt für Klima- und Umweltschutz in Grenland. Beide sitzen im Rathaus, das direkt neben dem Bahnhof liegt, nördlich des Zentrums von Skien. Tomas Evensen mag seine Kontakte zur Polizei haben, aber sie kennt die Leute im Zentralamt für Klima- und Umweltschutz und im Umweltreferat des Fylkesmanns.

Das Fantastische ist, dass Grenland als einziger Ort Norwegens außer Oslo eine eigene SFT-Kontrollstelle hat. Sie wurde 1974 eingerichtet, um die Großindustrie der Gegend zu überwachen. Obwohl die Gefahr für die Umwelt hier inzwischen nicht höher eingestuft wird als an anderen Orten, sodass die Gemeinden diese Überwachung in Zukunft selbst durchführen können, wie es auch andernorts üblich ist, wird die SFT-Abteilung weiter bestehen. Für die Medien ist diese Nähe zu der staatlichen Behörde nicht zu verachten.

Anfang des Jahres hat Mette sich intensiv mit der Mango Oil-Affäre befasst. Dem Eigner der Firma, die sich mit der Aufbereitung von Restöl beschäftigt, wirft man Betrug im großen Stil vor, wie unter anderem die Entsorgung unaufbereiteten Öls in die Kloaken und den Verkauf von unaufbereitetem Öl als aufbereitetem. Es geht um ganz großes Geld. Um mehrere Millionen Kronen, um genau zu sein. Die SFT hat über ein Jahr in der Sache ermittelt, bevor Anzeige erstattet wurde. Mette hat mit der Berichterstattung über die Mango Oil-Affäre begonnen. Sie war bereits im Besitz der entscheidenden Informationen, noch bevor sie diese veröffentlichen konnten. Tomas Evensen hat sich später dann ins gemachte Nest gesetzt und die Früchte ihrer Arbeit geerntet.

Jetzt hat das Dezernat für Wirtschaftsdelikte die Ermittlungen aufgenommen, und der Fall wird im Herbst vor Gericht kommen. Sie hatte sich darauf gefreut, weiter darüber zu berichten. Doch Tomas Evensen hat ihr die Story geklaut.

Die doppelten Glastüren öffnen sich vor ihr, und sie tritt in die Rezeption. Die Dame hinter der Besuchertheke lächelt und zeigt zum Korridor hin. Sie findet Tofts Büro ohne Schwierigkeiten. Die Tür ist nur angelehnt. Sie klopft leise an, bevor sie sie ganz aufschiebt.

Hege Marie Toft ist eine kleine, rothaarige Frau in den Fünfzigern, mit einem scharfen Blick und großen Grübchen. Eine kleine Uno-Frau, denkt Mette, die Gefallen an dem neuen Wort gefunden hat. Sie ergreift die kleine, trockene Hand und bedankt sich für ihr letztes Treffen, bevor sie auf dem Besucherstuhl Platz nimmt. Die Büromöbel sind aus hellem Buchenholz, und die großen Fenster gehen auf den Parkplatz vor dem Gericht von Skien und Porsgrunn hinaus.

»Wie kann ich Ihnen helfen?«

Toft lehnt sich in dem Stuhl mit der hohen Rückenlehne zurück und sieht sie abwartend an. Mette erzählt von ihrem Besuch bei Autoexport und Forsthammers Erwähnung einer Betriebsprüfung. Sie erzählt auch, dass sie ein paar Nachforschungen bezüglich der Eigentümerverhältnisse in den drei Gesellschaften angestellt hat, an denen Forsthammer beteiligt ist. Dann zieht sie den anonymen Brief mit dem Tipp aus der Tasche, den sie am Samstag bekommen hat, und reicht ihn Toft.

Hege Marie Toft liest den Brief und schaut eine Weile aus dem Fenster.

»Hören Sie«, sagt sie schließlich. »Ich kann bestätigen, dass wir an etwas dran sind, aber ich bin mir nicht sicher, ob ich mich zum gegenwärtigen Zeitpunkt dazu äußern will. Und wenn ich etwas sage, bin ich auf Ihre absolute Diskretion angewiesen. Geben Sie mir etwas Zeit zum Nachdenken und unternehmen Sie in der Zwischenzeit nichts in der Sache.«

»Wie viel Zeit brauchen Sie?«

»Geben Sie mir ein oder zwei Tage, dann rufe ich Sie an«, sagt sie. »Aber noch etwas anderes. Ich habe gehört, dass ein Kollege von Ihnen die Berichterstattung in der Mango Oil-Sache übernommen hat?«

Mette spürt, dass sie rot wird.

»Ja, Tomas Evensen soll eine Dokumentation über den Fall machen und berichtet über den Gerichtstermin«, sagt sie.

»Okay. Aber aus dem, worüber wir gerade gesprochen haben, halten wir ihn zu hundert Prozent heraus, ja?«

Mette lächelt sie dankbar an.

»Ich persönlich halte mehr von Teamarbeit als von Soloauftritten«, sagt Toft. »Aber ich weiß auch sehr gut, dass es Menschen gibt, mit denen man absolut nicht zusammenarbeiten kann. Behalten wir das also für uns.«

Mette fühlt sich beschwingt und leichtfüßig. Das könnte eine Story werden. Sie nimmt den Bus nach Ballestadhøgda, schaut in Borgeåsen vorbei und holt sich für ihren Termin im Diätclub Sylfiden die Aufnahmeausrüstung, dann geht sie zu Fuß weiter ins Zentrum. Noch bevor sie an der Porsgrunnsbrücke ist, war sie in diversen Geschäften und hat eingekauft.

Trym und Eirik haben weiße Steine gesammelt. Sie haben das Boot vertäut und sind den ganzen Weg vom Fährhafen aus gelaufen, am Hof von Grønnerød und an den alten Aker-Hütten vorbei. Ein langes Stück Weg führte nur durch Wald, bevor sie zum Tennisplatz und einem relativ neuen Hüttengebiet gekommen sind. Sie müssen eine Stunde marschiert sein, vielleicht länger.

Peder sieht auf die Uhr, aber er kann sich nicht erinnern, wie spät es war, als sie das Boot vertäut haben. Er hat Essen, Kaffee und Saft im Rucksack. Die ganze Zeit hat er nach einem silbernen Opel Kombi Ausschau gehalten, aber keinen gesehen. Vor einer der ersten Hütten, an denen sie vorbeigekommen sind, hat ein silberner Mercedes Kombi gestanden, aber das ist nicht das Gleiche. Es wird Zeit für eine Pause, doch ein geeigneter Platz ist nicht so leicht zu finden.

Sie gehen bis zum Rand des Hüttengebiets weiter, bevor sie umdrehen. Es sind nicht viele Leute hier. Peder hat außer dem Mercedes noch einen blauen Nissan, zwei Toyotas mit Allradantrieb, einen schwarzen Volvo und einen roten Toyota Corolla gesehen. Wenn er überlegt, sind sie in dem gesamten Hüttengebiet nur einem einzigen Menschen begegnet. Ein Mann hat vor der roten Hütte mit dem Mercedes Holz gehackt. Sie müssen auch die Seitenwege abgehen, doch zuerst brauchen sie etwas zu essen.

Er beschließt, dreist zu sein und auf den Gartenmöbeln, die vor einer niedrigen Hütte mit Gras auf dem Dach stehen, Rast zu machen. Vor allen Fenstern sind die weißen Gardinen vorgezogen. Sie befinden sich eindeutig auf privatem Gelände und machen sich an privatem Eigentum zu schaffen, aber scheiß drauf. Sie werden hinter sich aufräumen.

»Ich will Teddy«, sagt Eirik.

Sie haben sich auf den soliden Holzmöbeln niedergelassen, die garantiert selbst getischlert und unmöglich zu bewegen sind. Peder holt Teddy aus dem Rucksack.

Nichts schmeckt so gut wie Hasenbrote. Sie essen Brote mit Käse und Wurst, Leberpastete mit Gurke und braunem Ziegenkäse. Die Jungen trinken Himbeersaft, und Peder gießt sich einen richtig starken Filterkaffee aus der Thermoskanne ein. Eine dünne Wolkendecke hindert die Sonne, mit ihren Strahlen durchzubrechen, aber die Temperatur ist wunderbar.

Sie bleiben eine Weile sitzen, bevor sie aufräumen und aufbrechen, um die Seitenwege, auf denen sie noch nicht waren, abzugehen. Niemand begegnet ihnen. Nirgends in dem

Hüttengebiet gibt es einen silbernen Opel Kombi. Um ehrlich zu sein, freut Peder das. Das ganze Unternehmen ist eine Schnapsidee.

»Papa, ich muss pinkeln«, sagt Eirik.

»Und ich bin müde«, quengelt Trym. »Ich will nicht mehr laufen.«

»Wir gucken, wo du pinkeln kannst«, antwortet Peder. »Und dann müssen wir noch ein bisschen weiter.«

Sie stapfen einen Weg entlang, der höchstwahrscheinlich zum Wasser hinuntergeht. Weiter vorn schimmert etwas Blaues. Nach einer Weile entdeckt er eine gute Stelle hinter ein paar kräftigen Wacholderbüschen und zeigt sie Eirik.

»Hier ist Klopapier.«

»Papa, ich mag nicht mehr!«

Trym jammert weiter und Peder spürt, wie Mutlosigkeit sich breitmacht. Sie gehen ganz zum Wasser hinunter. Ein großer Grashügel, ein paar glatte Felsen und ein Anleger werden sichtbar. Naturschutzgebiet, denkt Peder. Dumm für die Hüttenbesitzer, dass sie hier keine Liegeplätze bauen dürfen, aber schön für die Allgemeinheit. Jenseits des Sunds liegt Skåtøy. Etwas weiter entfernt Korssund. Hätte er gewusst, wo auf der Insel der Hüttenbereich ist, hätte er das Boot natürlich hier vertäut, aber jetzt ist es zu spät. Das Boot liegt im Fährhafen, und bis dort dauert es mit dem kleinen Miesepeter mindestens noch eine Stunde. Bestimmt wird Eirik auch bald zu quengeln anfangen.

Sie sind wieder oben auf der weißen Straße.

»Ich finde, ihr seid supertüchtige Wanderer, aber jetzt spielen wir Pferd. Einer nach dem anderen. Trym fängt an.« Peder hebt Trym auf seine Schultern, und so stapfen sie weiter.

Sie haben den Tennisplatz erreicht, als sie hinter sich ein Auto hören. Peder dreht sich um und hebt den Daumen. Ein schwarzer Volvo nähert sich ihnen. Er hält an. Das Seitenfenster gibt einen leisen, summenden Laut von sich, als es hinuntergleitet. Ein Mann um die sechzig sieht sie fragend an. Ob er sie wohl zum Fährhafen mitnehmen kann? Ja, das kann er. Sie steigen ein.

Schweigend fahren sie den schmalen Weg entlang, der voller Unebenheiten ist.

»Ich hätte gedacht, dass jetzt in den Herbstferien hier überall Kinder wären, aber es ist total ruhig«, sagt Peder versuchsweise.

»Ja, hier ist es ruhig«, antwortet der Mann.

Sie schweigen bis zu den Aker-Hütten.

»Ein brandneues Auto haben Sie da«, meint Peder.

»Eine Woche alt.«

»Was haben Sie vorher gefahren?«

Der Mann wirft dem Fremden auf dem Beifahrersitz einen Blick zu.

»Einen Opel.«

»Auch einen Kombi?«

»Ja.«

»Einen silbernen, ja?«

Der Mann seufzt tief.

»Warum fragen Sie das?«

»Aus keinem bestimmten Grund, ich habe nur den Eindruck, dass die meisten Opel Kombis silbergrau sind«, sagt Peder leicht verlegen.

Wie dumm muss man sich eigentlich stellen, um den Freund der Superdetektivin Nancy Drew zu spielen? Peder bricht am ganzen Körper der Schweiß aus. Der Mann auf dem

Fahrersitz nimmt Anlauf: »Silber ist im Moment bei allen Autos die beliebteste Farbe. Das *kann* etwas mit der Reinigung zu tun haben. Bei einem silbernen Auto fällt es nicht so auf, wenn es schmutzig ist wie beispielsweise bei einem schwarzen wie dem hier. Es stimmt übrigens, mein alter Wagen war silbern, aber Schwarz metallic gefällt mir besser, auch wenn ich ihn wahrscheinlich viel öfter waschen muss als den alten.«

»Beeindruckend! Sind Sie Politiker?«

»Nein, Pilot. Und jetzt sind wir da.«

Er hält an und lässt sie aussteigen. Trym ist eingeschlafen, und Peder muss ihn aus dem Auto heben. Zwei Fragen hätte er noch, aber er hat das starke Gefühl, dass er sich für eine entscheiden muss. Er ist ziemlich sicher, dass der Volvo vorhin vor der grünen Hütte mit dem Erker gestanden hat, ganz am Rand des Hüttengebiets.

»Haben sie Enkelkinder?«

Peder zeigt auf Trym und legt das Gesicht in leicht erschöpfte, resignierte Falten. Der Mann lächelt zum ersten Mal.

»Ja, ich habe ein Enkelkind, aber sie ist glücklicherweise etwas älter als die beiden. Gutes Wandern weiterhin.«

Das Auto verschwindet in einer kleinen Wolke aus weißem Staub auf die Brücke, die über den künstlichen Kanal führt, an dem die Hüttenbesitzer ihre Liegeplätze haben.

Mette hat etwas getan, das sie nur äußerst selten tut. Sie hat eingekauft, und zwar für sich. Ein Paar neue Boots. Hellbraun, mit einem kleinen Absatz und einer runden Spitze. Sie hat sie angezogen und die Jeans hineingestopft, sodass man die Stiefel ganz sieht. Jetzt trägt sie sie drinnen, stolziert durchs Haus und freut sich an dem Klacken der Absätze auf dem Parkett. Converse machen weder Geräusche noch strahlen sie Stärke aus. Das hier dagegen sind Powerstiefel.

Sie saugt im gesamten Erdgeschoss Staub. Die Stiefel lässt sie dabei an. Den Kühlschrank hat sie auch aufgefüllt, und auf der Anrichte liegt ein frisches Brot mit Sonnenblumenkernen. Im Tiefkühlfach hat sie drei verschiedene Pizzen verstaut. Die waren im Angebot.

Er sollte wohl besser Mette anrufen und ihr von der missglückten Tour nach Bærøy erzählen. Mehr als dass ein Opel gegen einen Volvo ausgetauscht worden ist, hat er nicht herausgefunden.

Sie klingt fröhlich. Er erzählt ihr von der Tour.

»Ein Volvo? Ja, gut, von dem Autokauf weiß die Tochter wahrscheinlich nichts. Sie scheinen nicht viel miteinander zu reden. Aber hat er den Eindruck gemacht, dass alles in Ordnung ist, der Großvater?«

»Er wirkte ganz normal.«

»Ja, dann ist bestimmt auch alles in Ordnung, die Mutter wirkte nur so total durchgeknallt. Irgendwie geht mir das nicht aus dem Kopf«, erklärt sie.

Eine kleine Stimme unterbricht die erwachsenen Stimmen: »Ich will Teddy. Sofort!«

»Au«, sagt Peder. »Wir haben es geschafft, Teddy zu verlieren.«

»Then you are in deep shit.«

»Ich weiß.«

»Und Hoppen Sprett ist hier«, sagt Mette und wirft einen Blick auf das früher einmal so schöne Kaninchen, das jetzt definitiv einen Durchgang in der Waschmaschine gebrauchen könnte. Es verschmachtet in der Kiste mit den Legosteinen hinten im Regal.

Kuss und drück dich.

Klick.

Sie muss ihr Auto holen, das noch immer oben in Rødmyr steht, nachdem Vollan sie gestern zur Vernehmung mitgenommen hat. Sie zieht ihre Joggingschuhe an, packt die Stöcke zusammen und steckt sie in die dafür vorgesehene Tasche. Sie wird einen Teil der Strecke mit dem Bus fahren und den Rest zu Fuß gehen.

Der Golf steht noch da, wo sie ihn gestern geparkt hat. Ganz hinten auf dem Parkplatz, den Kofferraum dicht an eine der hohen Fichten gedrückt, die den Übergang zwischen dem Gewerbegebiet und der Natur markieren. Das Industriegebiet Rødmyr hat eine schöne Westhanglage mit einer fantastischen Aussicht nach Norden, Osten und Süden. Moderne Industrie- und Verwaltungsbauten aus Glas, Stahl und Beton sind von Bäumen, Büschen und Wald umgeben, in dem hin und wieder sogar Rotwild zu sehen ist.

Mette, die den gestrigen Tag noch zu gut in Erinnerung hat, wirft einen flüchtigen Blick auf das niedrige Gebäude, in dem Frid einmal gearbeitet hat. Kein Mensch ist zu sehen. Sie lässt den Blick über die Autos schweifen, die vor dem Gebäude parken. Forsthammers BMW ist weg.

Nach den vielen Steigungen ist sie ein wenig außer Atem. Den Autoschlüssel hat sie bereits in der Hand. Schnell steckt sie ihn ins Schloss, nur um festzustellen, dass die Tür nicht abgeschlossen ist. Sie wirft Tasche und Stöcke auf den Beifahrersitz, bevor sie sich auf den Fahrersitz fallen lässt. Ihre Füße erreichen die Pedale nicht. Merkwürdig. Sie zieht den

Sitz weiter vor. Die Lehne ist nach hinten gestellt, sodass sie fast liegt. Schnell bringt sie den Sitz wieder in seine normale Position. Würde ihr Herz nicht so rasen und wäre sie nicht so bestrebt, ungesehen vom Parkplatz zu kommen, nähme sie sich natürlich die Zeit, diese Merkwürdigkeiten näher zu untersuchen. Aber das tut sie nicht. Sie biegt auf die Straße hinaus und rollt den Hügel hinunter. Am Autofriedhof, dem Gefängnis von Skien und der Müllhalde vorbei. Zurück in die Zivilisation. Das Sonnenlicht spiegelt sich in den Fensterscheiben auf der Ostseite des Flusses. Aus dem Autoradio ertönt Musik.

Als sie wieder unten im Tal ist, sieht sie Terkel Andersen an der Bushaltestelle stehen. Sie schwenkt in die Haltestellenbucht ein, greift nach Tasche und Stöcken und wirft sie auf die Rückbank, lehnt sich über den Beifahrersitz und stößt die Tür auf.

»Springen sie rein«, ruft sie.

Er setzt sich ins Auto, und sie biegt wieder auf die Straße ein. Den roten Overall hat er gegen Jeans und eine militärgrüne Canvas-Jacke ausgetauscht. Um den Hals trägt er noch immer das Palästinensertuch. Er muss nach Tørmo, das passt. Sie haben denselben Weg.

»Viel konnte ich gestern ja nicht mit Ihnen reden«, sagt sie.

»Nein«, antwortet er. »Aber was wollten Sie eigentlich?«

»Eigentlich wollte ich nur Inger Susanne finden, aber wo Sie jetzt schon einmal neben mir sitzen, können Sie mir vielleicht etwas mehr über Frid erzählen. Sie müssen sie doch ganz gut gekannt haben.«

»Ja, ich bin seit anderthalb Jahren Lehrling dort. In gewisser Weise war Frid die eigentliche Chefin. Sie war ziemlich in Ordnung«, sagt er.

»Was heißt in Ordnung?«

»Nun ja, einfach in Ordnung, nett und gerecht. Sie hat sich um alle gekümmert und hin und wieder Kuchen für uns gebacken. Sie hatte alles im Griff«, erklärt Terkel.

»Und die anderen, Aswany und Forsthammer?«

»Die sind auch in Ordnung. Forsthammer bekommen wir so gut wie nie zu Gesicht, aber Rashidi ist okay und Jens auch, obwohl er nicht viel sagt. Jens und ich arbeiten gelegentlich oben bei Antonsen in der Verschrottung, wenn im Export nicht genug zu tun ist«, sagt Terkel.

»Und Antonsen, wie ist der so?«

»Nun ja, der wird schnell wütend. Frid und er waren nicht gerade die besten Freunde. Vor allem in der letzten Zeit nicht.«

»Ach, und warum nicht?«

»Das weiß ich nicht«, sagt Terkel. »Aber es gehört wohl nicht viel dazu, sich mit Antonsen anzulegen«, fügt er hinzu. »Es würde mich aber schon interessieren, warum die Polizei Sie gestern mitgenommen hat.«

Mette lächelt.

»Weil ich Ihnen nicht gesagt hatte, dass ich mit Inger Susanne zu Autoexport wollte. Wir hatten das so ausgemacht, aber dann ist sie verschwunden.«

Sie schweigen eine Weile.

»Sind Sie von der Polizei vernommen worden?«, fragt Mette.

»Ja, die ganze Mannschaft«, sagt Terkel.

»Diese Betriebsprüfung, von der Forsthammer gesprochen hat. Was ist damit?«

»Die SFT hat vor einer Weile jede Menge Akten abgeholt,

und Rashidi hat Forsthammer nichts davon erzählt. Er war ziemlich sauer, als er es erfahren hat.«

Terkel schweigt vor sich hin, wobei er seine Finger bearbeitet, als wollte er eine Creme abreiben.

»Sie haben auch oben bei Antonsen Akten konfisziert«, sagt er schließlich.

»Wissen Sie, was für Akten?«

»Nein. Ich arbeite ja nur draußen in der Werkstatt«, sagt er.

Sie nähern sich Tørmo, und Terkel muss ihr den Weg zu dem Haus weisen, in dem er ein Zimmer gemietet hat.

»Sie haben selbst kein Auto?«, fragt sie.

»Nein, in der Regel fahre ich mit dem Fahrrad, aber das hat gerade einen Platten«, antwortet er. »Auf der Arbeit gibt es genug Autos, die man sich ausleihen kann.«

Sie hält vor einem weißen Haus unterhalb des Friedhofs von Tørmo, auf dem ihre Eltern begraben sind.

»Wie war Frid an ihrem letzten Arbeitstag, am Freitag?«

»Das hat die Polizei auch gefragt«, sagt er. »Sie hat am Freitag gar nicht gearbeitet. Sie hat angerufen und gesagt, dass sie krank sei. Jens zufolge, der schon ewig dort arbeitet, ist das vorher noch nie vorgekommen.«

Als Terkel aus dem Auto steigt, fällt ihr auf, dass er einen Button mit dem Logo des WWF an der Jacke trägt. Ein Umweltschützer mit einem Palästinensertuch, der Automechaniker werden will. Keine alltägliche Kombination, denkt sie. Aber eigentlich schön. Sie lächelt und winkt ihm zu. Vorsichtig lächelt er zurück und hebt den Arm.

Sie parkt in der Einfahrt und steigt aus. Beugt sich ins Auto, um die Stöcke aufzuheben. Und erstarrt. Sie will schreien, bekommt aber keinen Laut heraus. Das Gesicht, das sie vom

Boden vor dem Rücksitz aus anstarrt, ist dunkel. Die Augen sind braun und weit aufgerissen. Das Haar ist schwarz, der Mund geschlossen. Instinktiv sieht sie zu Christensen hinüber, aber dort ist niemand zu sehen.

Sie hat ihn an den Küchentisch gesetzt. Seine Gliedmaßen sind dünn und zart. Die Haut an den Händen ist trocken und aufgesprungen. Die Nägel schimmern weiß. Das Gesicht ist glatt. Die Augen haben dichte Wimpern. Auf der Oberlippe sind die ersten Anzeichen von einem Bart zu erkennen. Das Haar ist ungelockt und kurz geschnitten. Er sagt, dass er fünfzehn ist, bald. Auf Englisch.

»Was hast du in meinem Auto gemacht?«

»Mich versteckt. Wir sind mit dem Autotransporter gekommen. Aus Ägypten.«

»Wir?«

»Mein Vater und ich.«

»Und wo ist dein Vater jetzt?«

»Er ist in das Gebäude hineingegangen und nicht mehr herausgekommen. Wir sind hergekommen, um die Dame zu suchen.«

»Welche Dame?«

»Frid. Sie heißt Frid, und sie arbeitet in dem Gebäude.«

Mette starrt den Jungen ungläubig an.

»Ich muss die Polizei anrufen. Sie werden dir helfen, deinen Vater zu finden.«

»*No!* Nein, bitte. Keine Polizei. Wir müssen Frid finden. Sie kann uns helfen. Sie hat uns schon viel geholfen. Bevor die Bomben gefallen sind. Bitte, Madam.«

Seine Stimme klingt erregt und verzweifelt. Die Augen sind weit aufgerissen, Verzweiflung leuchtet aus ihnen. Mette steht auf und füllt das leere Wasserglas. Er trinkt es in einem Zug aus, seufzt kaum hörbar, zittert. Sie sieht die kleinen Zuckungen des Körpers.

Sie bittet ihn, ihr nach oben zu folgen. Dort holt sie einen ihrer Jogginganzüge aus dem Schrank. Weiche Baumwolle mit einer flauschigen Innenseite. Ein T-Shirt, Wollsocken und eine von Peders kleinsten Boxershorts. Sie zeigt ihm das Bad, legt die frischen Sachen auf den Toilettendeckel. Dann holt sie ein großes Badetuch heraus und bittet ihn, seine Kleider direkt vor die Waschmaschine zu legen. Sie reißt die Verpackung einer neuen Zahnbürste auf und reicht sie ihm. Er lächelt matt.

»Danke, Madam!«

»Magst du Pizza?«

»Yes, of course!«

Er spricht gut Englisch.

Sie stellt den Backofen auf zweihundertfünfundzwanzig Grad, holt eine Pizza aus dem Froster und guckt sicherheitshalber noch mal, dass sie auch keine mit Schweinefleisch erwischt hat. Die mit Beefsteak dürfte in Ordnung sein. Beefsteak kommt vom Ochsen oder von der Kuh oder jedenfalls von einem Rind. Zumindest nicht vom Schwein. Für den Fall, dass er Moslem ist.

Dann lässt sie sich auf einen Stuhl fallen und starrt ins Leere. Jeder vernünftige Erwachsene würde zum Telefon greifen und die Polizei anrufen. Ein ägyptischer Junge und sein Vater sind, wahrscheinlich illegal, ins Land gekommen, um nach einer Frau zu suchen, die ihnen geholfen hat. Und diese Frau ist tot. Sie ist nicht nur tot, sie ist ermordet worden. Wann sind sie angekommen, und wo ist sein Vater? Wie hat Frid ihnen geholfen? Und wie heißt er eigentlich? Das hat sie zu fragen vergessen. Warum hat er solche Angst? Sie hat seine Angst fast riechen können. Aus der ersten Etage hört sie das Wasser gegen die Fliesen platschen. Alte Häuser sind hellhörig.

Mette isst einen Streifen Pizza. Mudada, vierzehn Jahre, bald fünfzehn, verspeist den Rest. Sie sieht ihm beim Kauen zu. Er hat in den vergangenen vierundzwanzig Stunden nichts in den Magen bekommen. Die letzten Reste ihres Proviants haben sie gestern aufgegessen. Er erzählt ihr, dass sie sich in einer Kiste auf dem Lkw versteckt haben, der Retourware vom afrikanischen Kontinent nach Norwegen gebracht hat. Seine Augen fallen langsam zu. Ihm ist warm, und er ist satt, und er hat die letzten Tage kaum mehrere Stunden hintereinander geschlafen. Sie zeigt ihm das Sofa im Wohnzimmer. Er sackt in sich zusammen, und sie deckt ihn mit einer Decke zu. Sie erzählt ihm, dass sie zu einer Besprechung muss, aber in spätestens drei Stunden wieder zurück ist. Er hievt sich in eine sitzende Stellung hoch und sieht sie mit wilden Augen an.

»Keine Behörden? Keine Polizei?«

»Nein, ich treffe mich nur mit ein paar Frauen, ehrlich.«

»Das ist gut. Sie haben die gleichen Locken wie Frid.«

»Hast du sie mal getroffen?«

»Nein, aber ich habe ein Bild von ihr gesehen.«

Er schläft. Sie lässt die Tür zum Wohnzimmer angelehnt, damit das Licht aus der Diele ihn beruhigt, falls er aufwacht. Bevor sie geht, holt sie ein altes Nokia mit einer Prepaid-Karte aus der Kramschublade in der Küche. Sie lädt das Telefon auf. In ihrem Kopf nimmt ein Gedanke Form an.

Sie muss ihm sagen, dass Frid tot ist, aber nicht jetzt. Nicht jetzt, wo er so erschöpft und voller Angst ist. Nicht jetzt, wo sein Vater nicht da ist.

Wie verantwortungslos kann ein Erwachsener eigentlich sein? Ich lasse mir von einem ägyptischen Jungen, der gerade in einem fremden Land angekommen ist, vorschreiben, ob ich die Polizei benachrichtige oder nicht!

Sie muss ihm nur Zeit geben, sich zu erholen. Sich auszuschlafen. Natürlich wird sich die Polizei um Mudadas Vater gekümmert haben. Sie waren schließlich da, als er in das Gebäude hineingegangen ist. Bestimmt hat er eine Riesenangst, der Vater von Mudada. Sie muss so schnell wie möglich Bescheid geben. In ein paar Stunden ist sie wieder zu Hause. Alles wird gut. Wann sind sie eigentlich in Norwegen angekommen? Vor oder nach Freitagnachmittag? Natürlich danach. Gestern war Montag. Von was für Bomben hat er gesprochen? Sie hat uns viel geholfen, bevor die Bomben gefallen sind, hat er das nicht gesagt?

Sie kann Vollan sofort anrufen. Nein, das kann sie nicht. Vielleicht sollte sie den Termin mit dem Diätclub verschieben, aber das kann sie auch nicht. Sie treffen sich erst in einem Monat wieder.

Hinter der Adresse in der Wessels gate verbirgt sich eine riesige Villa am Stadtrand. Nicht weit vom Kino und dem Kultur- und Konzerthaus entfernt. Der Garten wird von diversen Laubgewächsen begrenzt, die auf der Höhe eines rostigen Maschendrahtzauns gestutzt sind. Vor dem Zaun parken mehrere Autos. Links von einer etwas heruntergekommenen Glasveranda steht ein blaues Trampolin. Ein Dreirad liegt umgekippt und verlassen hinter dem Tor.

Mette geht die mit Kies aufgeschüttete Einfahrt hoch. Ein Teil der Steinchen ist auf dem Rasen gelandet. Ein ganz besonderes Vergnügen für den Rasenmäher.

Sie zuckt zusammen, als plötzlich ein Hund zu bellen anfängt. Als sie um die Ecke biegt, sieht sie einen Schäferhund, der an eine Esche gebunden ist. Ein Fenster im ersten Stock geht auf, und eine Männerstimme ruft, dass Rambo verdammt noch mal die Fresse halten soll. Rambo rollt sich beleidigt auf einem Holzbrett zusammen, das offensichtlich ihm vorbehalten ist, während er den Eindringling weiter im Auge behält.

Drei Fahrräder unterschiedlicher Qualität lehnen an einer Garagenwand aus Wellblech, von der die grüne Farbe in großen Schichten abblättert. Durch das halb offene Garagentor sieht sie einen Rasenmäher und mehrere Kannen unbekannten Inhalts, aber kein Auto.

An der Eingangstür befinden sich drei Klingeln. Mette senkt den Kopf und sucht nach Evelyns Namen, als die Tür knirschend aufgeht.

»Mette Minde? Ich bin Evelyn Sørensen, kommen Sie doch herein!«

Die Hand, die Mettes Hand ergreift, ist schmal und feucht, das Gesicht klein und spitz, und der große, leicht kantige Körper macht nicht den Eindruck, als brauche er eine Diät. Aber vielleicht hat sie den ganzen Prozess mit einem Ei und zwei Tomaten ja auch gerade hinter sich.

Evelyn erinnert Mette an einen vierzehnjährigen Jungen. Die Hose rutscht ihr fast von den Hüften, und die Brust des Kapuzenpullovers ziert ein rätselhaftes Emblem. Ein weißes Stirnband lässt die kurzen Haare abstehen. Am Telefon hat sie sich angehört, als wäre sie auf Speed, ein Verdacht, der durch ihre Erscheinung nicht gerade entkräftet wird.

Evelyn geht ins Haus voran. Eine Treppe führt in den ersten Stock hinauf, aber dorthin wollen sie nicht. Durch eine weitere Haustür kommen sie erst in eine kleine Diele und dann in ein großes Wohnzimmer. Um einen langen Tisch sitzt unter einem Kristalllüster eine Gruppe erwachsener Frauen und sieht ihnen erwartungsvoll entgegen. Als wären sie Weihnachtsmann und Rudolf das Rentier höchstpersönlich.

Mette verspürt den Drang, laut loszulachen, was natürlich nicht geht. Stattdessen lächelt sie und grüßt freundlich.

Die Frauen, die alle in Evelyns Alter oder etwas älter zu sein scheinen, atmen erleichtert auf. Die Dame vom NRK macht einen so sympathischen und ungekünstelten Eindruck, kein bisschen überlegen, meint Mette sie denken zu hören.

Sie rechnet sich schnell aus, dass um den Tisch des Diätclubs Sylfiden ungefähr eine Tonne sitzen muss, und erwischt sich bei dem Gedanken, dass es gut ist, dass die Wohnung im Erdgeschoss liegt.

Man einigt sich darauf, Mette die Rolle der Fliege an der Wand zukommen zu lassen. So hat sie Zeit, sich Notizen und Gedanken zu machen und mögliche Berichterstattungswinkel in Erwägung zu ziehen, bevor sie, vielleicht während des Essens, die Interviews macht. Sie schließen die Treffen immer mit einer gemeinsamen Mahlzeit ab, erläutert Evelyn.

Mette erklärt sich einverstanden, bittet aber, das Aufnahmegerät laufen zu lassen, damit sie einen Hintergrundton beziehungsweise eine Geräuschkulisse hat, die sie hoch- und runterfahren kann, um die Illusion von Authentizität zu vermitteln, falls die Damen verstehen, was sie meint. Die Frauen lassen sich zögernd auf den Vorschlag ein, doch als die Gesprächsrunde eröffnet ist, bleibt es mäuschenstill. Niemand traut sich angesichts des eingeschalteten Aufnahmegeräts etwas zu sagen.

Mette seufzt. Du meine Güte, so schwer kann das doch nicht sein. Sie schaltet das Aufnahmegerät aus und lächelt freundlich. Dann muss es eben ohne Geräuschkulisse gehen. Fangt endlich an!

Evelyn, die am Ende des Tisches sitzt, eröffnet das Treffen und heißt alle willkommen. Dann verstummt sie, schließt die Augen und senkt den Kopf. Die Hände liegen gefaltet auf dem Tisch, als wolle sie beten. Die anderen Frauen ahmen sie nach, eine nach der anderen. Mette spürt ein leises Unbehagen.

»Etwas Furchtbares ist passiert. Wie wir alle wissen, ist Frid am Freitag gestorben. Wir empfinden eine tiefe Trauer angesichts des Verlusts unserer guten und treuen Freundin Frid. Friede ihrem Andenken«, sagt Evelyn. »Lasst uns eine Schweigeminute abhalten.«

Durch die Decke hören sie ein Kind weinen. Der Schäferhund beginnt wieder zu kläffen. Auf der Straße hupt unablässig ein Auto, und jemand läuft mit Holzpantinen oder Arbeitsstiefeln die Treppe herunter. Die Haustür knallt, und Rambo wird eine weitere Lektion in anständigem Verhalten erteilt. Dann ist es still.

Eine Frau mit blondem, kurzem Haar und runden Pausbacken ergreift das Wort, als wieder geredet werden darf.

»Weiß jemand, wann die Beerdigung ist?«

»Ich habe noch nichts erfahren«, antwortet Evelyn. »Ich denke, es wird in der Zeitung stehen. Wir sammeln natürlich für einen Strauß. Das können wir auch schon heute tun, dann ist es erledigt. Solveig kommt übrigens auch mit. Vielleicht kannst du dich um die Blumen kümmern, Tove, du bist doch so gut, was Farben und so was angeht.«

Die Frau, die Tove heißt, nickt.

»Das ist jetzt der zweite Beerdigungsstrauß in einem Jahr«, schnieft die Blonde. »Es ist so furchtbar!«

»Ja, das ist schlimm, Turid«, sagt Evelyn, »aber jetzt sollten wir uns daran erinnern, dass wir Besuch vom NRK haben. Mette Minde ist wohl kaum hier, um uns jammern und klagen zu hören.«

Mette protestiert und sagt, dass es für sie völlig in Ordnung ist, wenn sie über das, was passiert ist, reden wollen. Das ist doch selbstverständlich. Natürlich hat sie Zeit. Nur keinen Stress.

»Nein, jetzt reißen wir uns zusammen, Mädels«, unterbricht Evelyn sie.

Ihre Stimme klingt scharf und abweisend, und alle verstummen. Dann lächelt sie plötzlich und enthüllt ihre kleinen, spitzen Zähne. Die beiden Schneidezähne im Oberkiefer sind etwas länger als die restlichen Zähne, und Mette kommt der Gedanke, dass Evelyn sie an ein Meerschweinchen erinnert.

»Zeit fürs Wiegen, Mädels«, sagt Evelyn und steht auf.

Auf dem Boden steht eine große Waage, wie man sie bei Ärzten und in Mütterberatungsstellen findet. Evelyn sieht in eine Art Protokoll, das vor ihr auf dem Tisch liegt. Sie lächelt verhalten und schüttelt unmerklich den Kopf, wie man das gerne tut, wenn man sieht, wie ein Rollstuhlfahrer eine schwere Tür zu öffnen versucht.

»Fangen wir mit dir an, Tove, kommst du bitte?«

Tove steht auf und geht langsam zur Waage. Sie stellt sich auf die schwarze Gummimatte, und alle vernehmen den dumpfen Klang von Metall auf Metall.

»Da muss das Zehn-Gramm-Gewicht noch ein wenig höher«, sagt Evelyn. »Schauen wir mal, das ergibt ein Plus von eins Komma zwei. Du hast seit letztem Mal ein Kilo und zweihundert Gramm zugenommen, Tove. Hast du dafür eine gute Erklärung?«

Tove schaut unglücklich drein. Sie steht dem langen Tisch zugewandt, und Mette kann sich des Gefühls nicht erwehren, einer öffentlichen Hinrichtung beizuwohnen. Sie denkt an Anne Boleyn, eine der Frauen Heinrichs des Achten, wie sie über die Menge aus schmutzigen Bauern und zerlumpten Bürgern schaut, die auf dem Marktplatz erschienen sind, um sich an ihrem Tod zu ergötzen.

Evelyn legt Tove die Hand auf die Schulter und tätschelt sie leicht.

»Das ist nicht so schlimm, Tove. Ein Kilo ist nicht wirklich viel. Du wirst sehen, nächstes Mal läuft es besser. Da hast du das Kilo bestimmt wieder runter. Beifall für Tove, sie schafft das! Die Nächste ist Turid. Bitte, Turid, die Waage ist frei.«

Turid muss mit dem Aufstehen warten, bis Tove sich gesetzt hat. Es ist kein Platz, um aneinander vorbeizukommen. Turid tritt zu der Waage, bleibt davor stehen und zupft an ihrer türkisfarbenen Tunika, die über ihren großen Brüsten spannt.

»Ich weiß nicht, ob ich mich traue«, sagt sie und lacht kurz und kehlig.

»Nun komm schon, rauf mit dir!«

Evelyn steht mit dem Protokoll und einem roten Kugelschreiber bereit.

Turid reißt sich zusammen und steigt auf die Waage. Dann schließt sie die Augen, als wolle sie ihr Schicksal in Evelyns Hände legen. Jeden Zentiliter Luft hat sie aus ihren Lungen herausgepresst für den Fall, dass auch Luft etwas wiegt.

»Gestern Abend habe ich drei Abführtabletten genommen.

Sie haben heute Morgen gewirkt. Mehr kann ich wirklich nicht tun«, lacht sie.

»Guuut! Sehr gut!«

Evelyn hört sich wie ein Spinningtrainer in einem Fitnesscenter an. Jubel bricht los. Klatsch, klatsch, klatsch. Turid lächelt und reißt die Hände hoch, als wäre sie bei einem Hundertmeterlauf als Erste durchs Ziel gegangen.

»Drei Kilo runter. Tüchtiges Mädchen!«

Turid wankt auf ihren Platz. Rot wie ein Radieschen. Die übrigen Mitglieder werden gewogen, doch niemand kann mit Turid mithalten. Die meisten haben sogar ein paar Gramm zugelegt. Schließlich scheint Turid das Lob, das von rechts und links kommt, zu viel zu werden.

»Ich bin heute nur die Beste, weil Solveig nicht da ist. Sie hat fast zehn Kilo runter, nur dass ihr das wisst. Zehn Kilo. Sie ist fast so gut wie Frid.«

Ein kleines Schluchzen entringt sich ihrer Kehle, als sie Frid erwähnt, die nicht mehr unter ihnen weilt.

»Was nützt es denn dünn zu sein, wenn es einen nicht mehr gibt? Allein die Vorstellung ermordet zu werden, wenn man endlich dünn ist. Das ist irgendwie ungerecht, so als bekäme man einen Dachziegel auf den Kopf, wenn man es endlich geschafft hat, mit dem Rauchen aufzuhören.«

Turid wischt sich die Augen und redet weiter: »Nicht, dass Frid richtig dünn war. Nicht wie du das geschafft hast, Evelyn, aber sie hatte zumindest Größe achtundvierzig. Oh nein, ist das alles traurig.«

»Ist ja gut, Turid. Vergiss nicht, dass wir einen Gast haben! Und jetzt gibt es was zu essen, Mädels. Ihr könnt euch noch ein bisschen unterhalten, während ich noch die letzten Vorbereitungen treffe«, sagt Evelyn und verschwindet.

Mette wundert sich, wie gut Evelyn die Frauen im Griff hat. Man könnte fast den Eindruck gewinnen, dass sie die Älteste und Vernünftigste ist, aber dem ist nicht so. In dem Moment, in dem sie die Tür hinter sich schließt, bricht der Sturm los wie in einer Klasse ohne Lehrer.

In den hin und her gehenden Gesprächen geht es ausnahmslos um Frid und den Mord am Kverndamm. Das ist es, was die Frauen eigentlich beschäftigt. Darüber wollen sie reden, nur dass die Lehrerin andere Pläne hatte, aber jetzt ist sie außer Hörweite.

Niemand scheint von Mette Notiz zu nehmen. Sie fühlt sich ein wenig wie die Neue in der Klasse, die von allen übersehen wird. Schweigend beobachtet sie die anderen. Tove ist die Einzige, die ebenfalls schweigt. Sie sitzt da und schreibt Kurznachrichten auf ihrem Mobiltelefon. Jedes Mal, wenn eine Antwort eingeht, stürzt sie sich förmlich darauf. Die Arme. Das ist schon ärgerlich, das mit dem Gewicht. Sie ist nicht eigentlich fett, aber groß und kräftig. Und so alt ist sie auch noch nicht. Vielleicht um die vierzig. Einige der Frauen dürften sich den fünfzig nähern.

Tove hat ein hübsches Gesicht und sieht gepflegt aus. Die Augenbrauen sind gezupft, die dunklen Haare über die Schulter nach hinten gekämmt. An den Ohren baumeln kleine goldene Ohrringe, Kreuz, Anker und Herz. Glaube, Hoffnung und Liebe. Ein wenig kindlich für eine Vierzigjährige, denkt Mette.

Plötzlich sieht Tove sie direkt an.

»Was machen Sie eigentlich hier?«

Mette lächelt.

»Ich mache eine Reportage übers Abnehmen«, sagt sie.

»Und für welche Zielgruppe?«, fragt Tove.

Hmm, für welche Zielgruppe? Mette fühlt sich ertappt. Für welche Zielgruppe? Ja, wen soll die Reportage ansprechen? Darüber hat sie nicht eine Sekunde lang nachgedacht.

»Nun ja, für alle, die NRK Telemark hören«, sagt sie nach einer allzu langen Pause.

»Das klingt nicht sonderlich professionell«, meint Tove säuerlich und steht auf. Mit dem Mobiltelefon in der Hand verschwindet sie hinter einer Tür mit einem Schild mit einem lächelnden Kind, das auf einem Topf sitzt.

Was haben wir doch für gute Laune! Mette Minde schaut diskret auf ihre Armbanduhr und unterdrückt ein Gähnen.

Die Tür zur Küche geht auf. Der Anblick des Essens und der Duft, der sich im Wohnzimmer ausbreitet, lässt die Frauen aufheulen wie ein Rudel Wölfe bei Vollmond.

Teller und Besteck landen rasend schnell auf dem Tisch. Eine riesige Blätterteigpastete kommt in die Mitte. Gläser werden verteilt, zusammen mit mehreren Flaschen Light-Limonade.

»Im Ofen ist noch eine Pastete, also haut rein«, sagt Evelyn.

Sie verschwindet erneut und kommt mit zwei halb vollen Schüsseln mit Salat zurück.

Mette hat nie behauptet, eine Expertin in Sachen Ernährung zu sein, doch jetzt beschleicht sie der leise Verdacht, dass Käsepastete vielleicht nicht das Sinnvollste ist, wenn man abnehmen will, und sie erdreistet sich, Evelyn darauf anzusprechen.

Evelyn sieht sie nachsichtig an.

»Bei jeder Diät ist es wichtig, sich hin und wieder etwas richtig Gutes zu gönnen. Um nicht die Motivation zu verlieren. Deshalb essen wir bei unseren Treffen zusammen und machen es uns gemütlich. Schließlich gibt das tägliche Essverhalten den Ausschlag auf der Waage und nicht das, was wir einmal im Monat tun. Das hier ist eine Art Freistatt, wo wir es uns gut gehen lassen«, erklärt sie.

Die Pastete schmeckt ausgezeichnet. Im Teig ist bestimmt tonnenweise Butter. Überall sind Mmmms zu hören, und die Damen hauen im wahrsten Sinne des Wortes rein. Mette auch, doch ihr fällt auf, dass Tove sich zurückhält. Vielleicht bestraft sie sich für das zusätzliche Kilo, das sie auf die Waage gebracht hat, denkt Mette.

Während des Essens erfährt sie, dass Turid als Röntgenassistentin im Krankenhaus arbeitet. Evelyn leitet einen Kindergarten, Tove ist Fotografin mit einem eigenen Atelier, Ragna Hochschullehrerin, und Magnhild hat eine Parfümerie. Alles erfolgreiche Frauen, wie es scheint. Ihr einziges Problem ist das Gewicht.

Als sie endlich das Mikrofon in der Hand hält und Gelegenheit hat, ihre Fragen zu stellen, scheint alle Kraft aus ihr herausgesogen. Ihr Kopf fühlt sich dumpf an, sie hat keinen Plan, keine Perspektive, und ihr fallen keine intelligenten Fragen ein. Wieder einmal retten sie die sechs Helfer: wer, was, wo, wie, warum, wann. Irgendwie geht es, doch sie ist fest überzeugt, dass ihre Interviewpartner merken müssen, dass sie mit ihren Gedanken woanders ist.

Sie spricht vor allem mit Evelyn und muss aufpassen, mit ihren Fragen an das vorher Gesagte anzuknüpfen. Evelyns Wortstrom geht zum einen Ohr hinein und zum anderen wieder hinaus. Als wäre ihr Gehirn ein Sieb.

Sie registriert Toves verächtlichen Blick und spürt, wie sie auf die Größe eines Zwergs schrumpft.

Die Abendluft ist kalt. Rambo hält keine Wache mehr. Die Frauen machen sich auf den Heimweg in ihre eigenen gemütlichen Nester, satt und zufrieden. Bis zum nächsten Mal ist es noch einen Monat hin. Evelyn fragt, wann die Reportage ausgestrahlt wird. Mette weiß es nicht, aber sie verspricht, sie vorher anzurufen.

Die Straßenlaternen sind nicht eingeschaltet. Die Gemeinde spart also wieder einmal am Strom. Sie riecht Zigarettenrauch und sieht etwas in der Dunkelheit leuchten.

»Hallo, ich bin's nur, können Sie mich ins Zentrum mitnehmen? Ich wollte eigentlich gehen, aber jetzt ist es so spät geworden, und ich bin müde.«

Turid wirft die Kippe in den Kies und tritt sie aus.

»Evelyn steckt ja voller Energie«, sagt Mette, als sie angefahren ist.

»Ja, sie ist die perfekte Gruppenleiterin. Sie hält uns jetzt seit fast acht Jahren zusammen, und noch ist keine abgesprungen, das müssen Sie sich einmal vorstellen«, sagt Turid. »Natürlich bis auf die beiden, die gestorben sind«, fügt sie hinzu.

»Woran ist die andere denn gestorben?«

»Reidun ist einen Abhang hinuntergestürzt und hat sich das Genick gebrochen. Auf einer Wanderung. Im August. Vor knapp einem Jahr. Es war ein Unfall. Es hat in der Zeitung gestanden. Zuerst war sie vermisst gemeldet, und später wurde sie dann von der Suchmannschaft gefunden.«

Turid redet abgehackt, als bekäme sie nicht genug Luft, um die Sätze fließend herauszubringen.

»Wie traurig.«

»Ja.«

Sie schweigen eine Weile vor sich hin, dann versucht Mette es. »Haben nicht einige der Mitglieder vor ein paar Jahren richtig viel Geld im Lotto gewonnen?«

Turid antwortet nicht. Sie schaut aus dem Seitenfenster, wo es eigentlich nichts zu sehen gibt. Mindestens zwanzig Sekunden vergehen.

»Woher wissen Sie das?«, fragt sie schließlich.

»Ich kenne Inger Susanne. Die Schwester von Frid.«

»Da müssen Sie die fragen. Ich weiß darüber nichts«, sagt Turid. »Wenn Sie hier an der Bushaltstelle halten, springe ich raus.«

Mette biegt in die Haltebucht ein und lässt Turid aussteigen. Sie knallt die Tür zu, ohne sich zu verabschieden. Was war denn das, denkt Mette. Natürlich weiß Turid etwas über den Gewinn. Die kleine Schnatterliese ist plötzlich sauer geworden. Vielleicht gehörte sie nicht zu den Gewinnern.

Sie denkt an Mudada, der zu Hause auf ihrem Sofa schläft und tritt etwas zu heftig aufs Gaspedal. Der Golf kurvt durch die leeren Straßen des Zentrums.

Mette schleicht über den Kies, die Treppe zur Haustür hoch, steckt den Schlüssel ins Schloss und dreht ihn um. Lautlos gleitet die Tür auf. Sie schlüpft ins Haus und schließt vorsichtig die Haustür hinter sich. Auf Zehenspitzen geht sie ins Wohnzimmer. Das Sofa ist leer. Die Decke liegt zerknüllt da. Sie bleibt stehen und lauscht. Aus dem Arbeitszimmer sind die unmissverständlichen Laute der Computertastatur zu hören, und sie spürt, wie sie wütend wird. Wie ein Marschflugkörper strebt sie auf ihr Ziel zu.

Ihr Computer! Herr im Himmel, Mudada!

Er sitzt mit dem Rücken zur Tür, die Mailbox offen auf dem Schirm vor sich. Seine Finger tanzen spielerisch über die Tastatur. Das kann er. Sie ist beeindruckt. Sie hat sich immer für schnell gehalten, aber er ist schneller. Er ist in seiner eigenen Welt. Hört nichts, sieht nichts, bemerkt nichts. Ihre Wut verdampft, und sie bleibt stehen und betrachtet ihn von hinten. Fünfzehn Jahre. Kein Erwachsener und kein Kind, in seiner eigenen Kultur jedoch eher ein Erwachsener als hier. Er füllt ihren Kapuzenpullover aus, wie auch die Jungen das in ein paar Jahren wahrscheinlich tun werden.

Gibt es in Ägypten Computer? Offenbar, aber wie lebt man eigentlich in Ägypten? Was weiß sie überhaupt über Ägypten? Sie sieht Pyramiden, die Sphinx und die Wüste vor sich, in der Karawanen aus Menschen und Kamelen auf eine Oase zustreben. Die Bibliothek von Alexandria, die norwegische Architekten entworfen haben, Anwar Sadat, der ermordet wurde. Den Suez-Kanal und Agatha Christies *Mord auf dem Nil* und noch einen anderen Film, *Die Mumie*.

Wie lebt man heute dort? Wie ist der Lebensstandard verglichen mit Norwegen? Geht er in die Schule, hat er Geschwister, eine Mutter? Sie denkt, dass sie etwas unternehmen muss. Etwas Konkretes. Dass sie die Situation unter Kontrolle bekommen muss.

Sie räuspert sich, und er dreht sich um und sieht sie an.

»Mudada, was machst du da?«

»Ich schicke eine E-Mail nach Hause, an einen Freund. Er ist zu Besuch bei seinem Onkel. Er gehört zu den wenigen, die einen PC haben.«

Mudada spricht wirklich gut Englisch. Das Gespräch fließt leicht und ohne dass sie sich nennenswert anstrengen müssen, die richtigen Worte zu finden. Mette hat ein ganzes Jahr in England gelebt, obwohl das inzwischen auch schon eine Zeit lang her ist. Aber Mudada muss einen guten Lehrer haben.

»Wie kommt es, dass du so gut Englisch sprichst, Mudada?«

Er lächelt.

»Ich gehe doch zur Schule, und wir lernen natürlich Englisch. Für uns ist das ein wichtiges Fach, aber ich bekomme auch noch Privatunterricht in Englisch und in den naturwissenschaftlichen Fächern. Das habe ich Frid zu verdanken. Sie hat den Privatunterricht bezahlt. Ich werde einmal Ingenieur, das heißt, ich möchte Ingenieur werden, aber dafür braucht man Geld. Und sehr gute Noten. Bald bin ich mit der Pflichtschule fertig, und meine Familie ist nicht reich, deshalb ist das nicht so leicht, wissen Sie. Aber die Lehrer sagen, dass ich tüchtig bin. Dass ich es schaffen kann, wenn ich hart arbeite.«

»Wie habt ihr Frid kennengelernt?«

Er dreht sich auf dem Stuhl um.

»Vater kennt sie. Ich kenne sie nicht. Vater hat in einem Hotel in Sharm el Sheik gearbeitet, bevor er durch die Bombe fast erblindet ist. Deshalb bin ich auch mit nach Norwegen gekommen. Um ihm die Augen zu ersetzen.«

»Du meinst bei dem Bombenanschlag diesen Sommer?«

»Ja.«

Sie erinnert sich an die Bilder im Fernsehen aus der Ferienstadt am Roten Meer, ganz unten auf der Sinaihalbinsel. Viele Norweger machen dort Ferien. Ein Markt und ein Hotel sind bei dem Attentat in die Luft geflogen. Fast hundert Menschen wurden getötet und mehrere Hundert verletzt. Dann war der Vater von Mudada also einer von ihnen. Das war im Juli, oder? Wie üblich haben sich die norwegischen Medien vor allem für das Befinden der norwegischen Touristen interessiert. Sie kann sich nicht erinnern, ob Norweger umgekommen sind, aber sie erinnert sich, dass viele Angst hatten und nach Hause wollten. Dass sie nicht sofort nach

Hause konnten. Dass die Reisegesellschaft in die Kritik geraten ist.

»War Frid da, als es passiert ist?«

»Das weiß ich nicht. Vater spricht nicht viel darüber. Das Einzige, was jetzt wichtig ist, ist sie zu finden und mit ihr zu reden.«

Sie muss es ihm sagen. Sofort. Sie muss ihm erzählen, dass Frid tot ist. Soll sie ihm sagen, dass sie ermordet wurde, oder nur, dass sie tot ist? Wie wird er es aufnehmen? Nach allem, was sie auf sich genommen haben, um hierherzukommen? Mehrere Tage in einer Kiste. Mette fällt es schwer sich vorzustellen, dass jemand sich freiwillig einer solchen Belastung aussetzt. Er muss verzweifelt gewesen, der Vater von Mudada. Und wie sollen sie wieder nach Hause kommen? Kann man sich einfach in ein Flugzeug setzen, oder braucht man Ausreisepapiere von Ägypten und möglicherweise ein Visum, um in Norwegen einreisen zu dürfen? Wenn sie illegal ins Land gekommen sind, haben sie weder das eine noch das andere. Kann man sie dafür belangen? Hier oder in ihrem Heimatland?

»Hat dein Vater ein Mobiltelefon?«

Mudada lächelt.

»Ja, aber es hat kein Netz. Ich habe versucht, ihn anzurufen – von Ihrem Telefon«, sagt er und blickt zu Boden.

»Das ist in Ordnung, Mudada.«

Eine Art Panik steigt in ihr auf. Sie muss etwas tun. Was, wenn der Vater von Mudada etwas mit dem Mord an Frid zu tun hat? Ist das so unvorstellbar? Sie sollte Vollan anrufen. Stattdessen geht sie in den ersten Stock, holt Mudadas nasse Sachen aus der Waschmaschine und wirft sie in den Trockner.

»Was schlägst du vor, dass wir jetzt tun, Mudada?«, sagt sie, als sie wieder hinunterkommt.

Er ist mit Schreiben beschäftigt, dreht sich jedoch zu ihr um.

»Wir fahren dahin zurück, wo Ihr Auto gestanden hat. Vater wird im Wald warten. Das hätte ich eigentlich auch tun sollen«, sagt er.

»Aber es ist bald halb elf.«

»Ja, aber ich muss zurück. Ich muss ihn finden. Wenn er nicht da ist, müssen wir zu Frid fahren. Vielleicht ist er bei ihr. Ich habe eine Karte, wo sie wohnt. Die haben wir zu Hause ausgedruckt, bevor wir aufgebrochen sind. Ist es nicht fantastisch, dass man von allen Orten auf der Welt Karten im Internet findet? Das ist übrigens der schnellste Computer, den ich je gesehen habe. Sind alle Computer in Norwegen so schnell?«

Er klingt froh. Sie spricht zu seinem Rücken, als sie antwortet.

»Wir haben ADSL«, sagt sie.

»Da haben Sie aber Glück.«

Sie kann es nicht länger hinausschieben.

»Mudada. Wir müssen reden.«

Er dreht sich um.

»Wann genau seid ihr nach Norwegen gekommen?«

»Am Montag. Gestern.«

»Mudada, es tut mir schrecklich leid, aber Frid ist am Freitag gestorben. Sie ist auf einem Waldspaziergang mit ihrem Hund ermordet worden. Die Polizei weiß nicht, wer das getan hat.«

Er starrt sie mit offenem Mund an. Dann schließt er die Augen und rutscht von ihrem Bürostuhl auf die Knie. Die

Hände sind zu Fäusten geballt, und er verbirgt den Kopf zwischen den Armen. Ihre Worte haben seinen Zukunftstraum zerstört. Die Ingenieursausbildung ist in tausend Scherben zerbrochen.

Inger Susanne lächelt, als sie sich im Spiegel sieht. Frau Madsen betrachtet sie stolz. Der Wollpullover, der noch von einem der Jungen ist, sitzt perfekt, und die Windjacke wird sie gut warmhalten. Der Schnitt ist nicht mehr modern, aber das ist Inger Susanne egal. Sie will nur ein bisschen frische Luft schnappen. So kommt das Fahrrad doch noch zum Einsatz. Sie haben es aus dem Keller geholt. Das Licht scheint zu funktionieren.

Frau Madsen findet, dass es etwas zu spät ist, um eine Radtour zu machen, aber Inger Susanne lacht nur und sagt, dass sie nicht aufbleiben und auf sie warten muss. Inger Susanne liebt die nächtliche Stille und die Dunkelheit, sagt sie. Und den Mond. Er scheint so schön. Sie nimmt den Schlüssel mit.

Frau Madsen sieht ihr durch das Küchenfenster nach, wie sie über den Parkplatz davonstrampelt. Dann verschwindet sie aus ihrem Gesichtsfeld. Das arme Mädchen.

Sie hat es nicht einfach gehabt. Die Schwester war so gemein zu ihr. Hat ihr Sachen gegeben, nur um sie ihr dann wieder wegzunehmen. Hat ihr Versprechungen gemacht, sie aber nicht eingehalten. Inger Susanne hat sich jedes Mal gefreut und ist regelmäßig enttäuscht worden. Wie kann jemand so etwas tun? Was hat man davon? Frau Madsen wird ganz übel bei der Vorstellung, wie Frid sich charmant und lustig gegeben hat, wenn Inger Susanne Freundinnen zu Besuch hatte, und wie sie sich von ihr abgewandt und sie schlecht behandelt hat, sobald die Freundinnen wieder gegangen waren.

Wie sie ihr die Lockenschere weggenommen und den Nagellack in den Abfall geworfen hat. Einmal hat sie einen Hundertkronenschein in kleine Schnipsel geschnitten und im Klo hinuntergespült, während Inger Susanne weinend zugesehen hat. Das Geld hatte Frid ihr eine Stunde vorher gegeben, als eine Freundin zu Besuch war. Die Freundin hatte sie um die tolle große Schwester beneidet.

Ein anderes Mal musste sie ihre im Rollstuhl sitzende Mutter durch den Regen schieben, weil Frid sie nicht hereingelassen hat. Die arme Inger Susanne. Es ist nicht verwunderlich, dass es sie nicht interessiert, wann die Beerdigung ist. Aber eins weiß Frau Madsen mit Sicherheit. Sie wird an ihrer Seite sein, wenn der Tag da ist. Sie werden nebeneinander in der ersten Reihe sitzen. Vielleicht kann Gjøran sie fahren, dann brauchen sie kein Taxi. Es wäre schöner, in einem Privatwagen zur Kirche zu kommen. Dann können sie alle drei zusammen die Stufen zur Kapelle auf dem Nordfriedhof hochgehen. Den Kiesweg entlang, an den Grabsteinen vorbei, die breite Steintreppe hoch, durch die hohen Doppeltüren, die offen stehen werden. Ein Mann vom Bestattungsunternehmen wird ein Programm mit den Liedern austeilen, die gesungen werden sollen. Hat Inger Susanne an all das gedacht?

Anschließend können sie Bernhards Grab einen Besuch abstatten. Sie hat es mit Heidekraut bepflanzt. Die restlichen Sommerblumen hat sie entfernt und das Heidekraut gepflanzt.

Lila Erika. Das sieht so schön aus.

Mette hält an der Statoil-Tankstelle in Nenset und kauft eine neue Prepaid-Karte für das Nokia, lädt es auf und fährt weiter. Im Kreisel an der Menstadbrücke biegt sie nach links Richtung Kjørbekk ab. Mudada trägt wieder seine eigene Kleidung. Er sitzt schweigend neben ihr. Mette sagt auch nicht viel. Als sie in Moldhaugen losgefahren sind, hat sie versucht, ein Gespräch anzufangen, aber ohne Erfolg. Alles ist plötzlich anders. Ihre Seele tut weh, aber ihm geht es bestimmt noch schlechter. Es ist bald zwölf, und das ganze Unternehmen kommt ihr sinnlos vor. Sie werden Mudadas Vater in Rødmyr nicht finden.

Sie denkt an Aswany, der sich ihr als Geschäftsführer von Autoexport vorgestellt hat. Ist er Ägypter? Kann Mudadas Vater bei ihm sein? Oder hat sich die Polizei seiner angenommen? Mudada zufolge ist er schließlich in das Gebäude hineingegangen. Jemand muss sich um den Mann gekümmert haben. Er ist doch fast blind. Sie spürt das Unbehagen an ihr nagen. Alles läuft falsch. Von Anfang an hat sie alles falsch gemacht. Sie hätte sofort Morgan Vollan anrufen müssen, als sie Mudada entdeckt hat. Aber das hat sie nicht, und jetzt ist es zu spät. Ist das strafbar? Kann man sie dafür belangen, dass sie eine Person beherbergt hat, die illegal ins Land gekommen ist? Bestimmt.

Jetzt fahren sie erst einmal nach Rødmyr hoch, und dann müssen sie Aswany finden und mit ihm reden. Er muss etwas wissen. Sie sieht Mudada von der Seite an. Er hat die Augen geschlossen und reibt sich mit dem Zeigefinger die Stirn.

»Warum haben Sie nicht sofort gesagt, dass Frid tot ist?«

»Das konnte ich nicht. Du warst so erschöpft und ängstlich.«

»Ich bin kein Kind mehr«, sagt er mit harter Stimme. »Sie können die Menschen nicht vor der Wahrheit beschützen.«

Sie weiß, dass er recht hat.

»Wir parken ein Stück weiter weg«, sagt sie.

»Warum?«

»Ich weiß nicht. Ich habe einfach das Gefühl, dass das besser ist.«

Sie biegt vor der Mülldeponie nach rechts ab, fährt einen nicht asphaltierten, holprigen Weg hoch und parkt kurz vor Rødmyrlia an der Straße. Von hier aus sind es nur ein paar Minuten Fußweg zu Autoexport.

Sie gehen im Schatten der Kiefern am Straßenrand entlang. Zu dieser Zeit ist kein Verkehr, aber trotzdem.

»Mudada, wie lange hast du in meinem Auto gelegen?«

»Ich weiß nicht. Ich habe Sie kommen sehen, und ich habe gesehen, dass Sie das Auto nicht abgeschlossen haben. Das muss ein paar Stunden, nachdem Vater in das Gebäude gegangen ist, gewesen sein. Nach einer Weile kamen mehrere Autos. Dann kam noch ein Polizeiwagen, und ich habe gesehen, dass Sie in den eingestiegen sind, und mir ausgerechnet, dass Sie Ihr Auto eine Weile nicht brauchen. Mir war kalt, und ich war müde, und ich wollte mich nur kurz ausruhen. Zuerst habe ich Sie für Frid gehalten, aber dann ist mir klargeworden, dass Sie zu jung sind, um Frid zu sein.«

»Und dein Vater ist nicht mehr herausgekommen?«

»Nein. Ich habe in Ihrem Auto gewartet. Ein paar Mal bin ich eingeschlafen. Ich habe gedacht, dass es zumindest gut ist, dass die Polizei ihn nicht mitgenommen hat. Aber sie hat Sie mitgenommen.«

»Ja. Sie haben mich vernommen. Ich kenne Frids Schwester, und die ist verschwunden.«

Mudada bleibt stehen und dreht sich zu ihr um.

»Haben Sie was damit zu tun?«

»Nein.«

»Wo sind Ihre Kinder?«

Sie muss lächeln. Bestimmt hat er in der Diele die Schuhe und die kleinen Kleidungsstücke auf den Haken gesehen und sich gewundert, wo die restlichen Bewohner des Hauses sind. Ihr wird plötzlich klar, dass sie über nichts gesprochen haben, worüber sie eigentlich hätten sprechen sollen. Sie hat so viele Fragen, und jetzt sind sie hier, um seinen Vater zu finden. Vielleicht verschwindet Mudada heute Abend wieder aus ihrem Leben, ohne dass sie mehr über ihn erfahren hat.

»Die Jungen sind mit ihrem Vater in den Ferien. Es sind Zwillinge, sie sind sechs Jahre alt. Sie sind im Herbst in die Schule gekommen. Das sind ihre ersten Schulferien«, sagt sie.

»Ist es in Norwegen normal, dass man seine Frau allein lässt und dass sie nachts mit Fremden herumläuft?«

Sie muss lachen.

»Dummkopf«, sagt sie. »Zumindest rauche ich keine Wasserpfeife.«

Mudada lächelt schwach. Plötzlich hören sie ein Auto näher kommen und ziehen sich schnell zwischen die Bäume zurück. Das Auto fährt an ihnen vorbei. Es hat Automatik, was beim Beschleunigen leicht zu hören ist. Sobald es außer Sichtweite ist, gehen sie weiter am Straßenrand entlang.

»Wie wollt ihr nach Ägypten zurückkommen?«

»Wir fahren mit dem Autotransporter zurück«, sagt er.

»Habt ihr das mit dem Fahrer abgesprochen?«

»Ja.«

»Aber das ist vermutlich nicht legal?«

»Nein, natürlich nicht, aber die einzige Möglichkeit.«

»Wann fahrt ihr?«

»Ich weiß es nicht.«

»Mudada, wie viel kostet deine Schule?«

»Das weiß ich nicht genau, aber sehr viel mehr, als wir uns

leisten können. Vor allem jetzt, wo Vater nicht mehr im Hotel arbeiten kann. Das war ein guter Job.«

»Wohnt ihr in Sharm el Sheik?«

Er lacht bitter.

»Niemand *wohnt* in Sharm el Sheik. Jedenfalls fast niemand. Sharm el Sheik ist nur für die Touristen. Der ganze Luxus da. Wir wohnen in Alexandria. Die, die in Sharm el Sheik arbeiten, sind mehrere Wochen fort, dann kommen sie für ein paar Wochen nach Hause, und dann sind sie wieder fort. So war das viele Jahre.«

Sie denkt, dass es vielleicht mit den Arbeitern auf den Ölplattformen vergleichbar ist. Ein paar Wochen auf der Plattform, ein paar Wochen zu Hause.

»Wer passt auf dich auf, wenn dein Vater arbeitet?«

Mudada antwortet nicht.

»Psst«, sagt er.

Sie sind jetzt bei Autoexport und verstecken sich in dem Waldstück, das das Gelände vom Nachbargrundstück abgrenzt. Das hohe Gittertor steht offen, und der Platz wird von starken Scheinwerfern ausgeleuchtet. Ein Fernlastzug steht mitten auf dem Platz. Die obere Plattform ist mit drei, die untere mit einem Auto beladen. Mette hat ähnliche Lkws auf den Straßen gesehen. Beladen mit Neuwagen, die an irgendein Autohaus geliefert werden sollen. Wenn sie ihnen begegnet, hat sie immer Angst, dass die Autos auf sie herunterrollen.

In einer Art Reflex greift sie nach Mudadas Arm und hält ihn fest.

»Au, lassen Sie mich los!«

»Entschuldigung. Was machen wir jetzt?«

»Warten«, sagt er. »Und Sie tun jetzt, was ich sage.«

Er scheint plötzlich ein anderer geworden zu sein. Die Veränderung hat sich innerhalb von Sekunden vollzogen. Sein Körper ist wie erstarrt, er atmet kaum noch.

Ein weiteres Auto fährt auf die untere Plattform des Autotransporters. Ein silberner Wagen mit Allradantrieb. Auf dem Gelände sieht sie mehrere Männer. Einen in einem roten Overall. Und einen kleinen, Terkel. Aber nicht den großen dünnen mit den ölverschmierten Händen.

Zwei Männer tragen Gießkannen in einen dunklen Kombi. Mudadas Atem geht stoßweise.

»Da ist Vater«, sagt er und atmet mit offenem Mund erleichtert aus.

In einem der Männer erkennt sie Aswany und verspürt so etwas wie Erleichterung. Dann ist also alles in Ordnung. Aber das ist es nicht. Alles ist so weit in Ordnung, wie es unter den gegebenen Umständen in Ordnung sein kann. In ihren Gedanken herrscht wieder Chaos.

»Was machen wir jetzt?«

»Ich muss da rein«, sagt er.

»Jetzt?«

»Ja, es ist doch klar, dass der Transporter heute Nacht fährt.«

»Aber dann verschwindest du!«

»Ja, und Sie bleiben hier. Und niemand wird erfahren, dass ich Sie kenne.«

»Mudada, mir gefällt das nicht, aber mir ist klar, dass wir keine Wahl haben.«

Sie zieht das Nokia aus der Tasche, sucht nach einem Stück Papier und kritzelt ihre Nummer darauf. Sie will auf keinen Fall den Kontakt zu Mudada verlieren. Er nimmt das Mobiltelefon und bedankt sich. Er verspricht, von unterwegs Nachrichten zu schicken. Und er verspricht anzurufen, wenn sie in Ägypten sind. Das wird mehrere Tage dauern, er weiß nicht wie viele.

Dann läuft Mudada zum Gittertor und geht auf die Menschen dort drinnen zu. Der Mann, der sein Vater ist, dreht sich um und macht eine ausladende Bewegung, bevor er Mudada in die Arme schließt und auf beide Wangen küsst. Alles wird gut, tröstet sie sich. Mudada dreht sich zu dem Wäldchen um und zeigt auf ihr Versteck. Einen kurzen Moment spürt sie Angst, bis ihr klarwird, dass er den Männern erklärt, wo er sich versteckt hat. Vielleicht denkt er sich eine Geschichte aus. Sie dreht sich um und geht zurück zur Straße. Sie will nicht warten und sehen, wie der Autotransporter abfährt. Sie hat getan, was sie kann.

Ein Auto fährt auf der Straße vorbei, und sie wartet, bis es außer Sichtweite ist, bevor sie am Straßenrand zurück zu ihrem Golf läuft. Wenn jemand sie sieht, wird er sie für eine fanatische Nachtjoggerin halten. Sie hat die halbe Strecke geschafft, als sie auf der anderen Straßenseite eine schwarz gekleidete Gestalt auf sich zukommen sieht und aus unerfindlichen Gründen in Panik gerät. Sie ist auf einer einsamen, kaum befahrenen Straße, mitten in einem Industriegebiet, und es ist kurz vor Mitternacht. Die Person wechselt die Straßenseite. Mettes Körper befiehlt ihr zu flüchten. Alle Warnlampen gehen an, und es rauscht in ihrem Kopf. Sie läuft über einen leeren Parkplatz in den Wald auf der anderen Seite. Der Mann folgt ihr. Sie kann ihn hinter sich hören. Zweige brechen, während sie vorwärtsstürmt. Einige streifen ihr Gesicht. Es brennt. Sie keucht und läuft. Obwohl der Mond scheint, sieht sie nur schlecht. Sie stolpert, fällt und müht sich wieder hoch, läuft ein paar Meter und kommt auf einen Weg.

Er ist jetzt dicht hinter ihr. Sie spürt, dass jemand nach ihrer Schulter greift, dreht sich um und schlägt mit aller Kraft zu. Holt mit der geballten Faust aus und trifft offenbar. Die Angst verleiht ihr ungeahnte Kräfte. Sie hört ein Stöhnen, als sie ihn irgendwo trifft. Es tut verdammt weh in den Fingerknöcheln, dann läuft sie weiter.

Der Weg endet auf einer Lichtung. Im Mondschein sieht sie mehrere Pferde, die in einer Einzäunung stehen, und weiter oben die Lichter von einem Hof. Sie läuft noch immer am Waldrand entlang. Will nicht aufs freie Feld hinaus, wo er sie leichter ausmachen kann. Sie muss inzwischen einen Vorsprung haben. Sie ringt nach Atem und hat einen ekligen, blutigen Geschmack im Mund. Sie springt in ein Gebüsch und hockt sich hin, zieht sich die Kapuze über den Kopf, um das Haar zu verstecken, das bestimmt im Mondschein leuchtet. Sie bekommt schlecht Luft und legt sich auf den Bauch, drückt sich so platt auf den Boden wie möglich, den Blick fest in die Richtung gerichtet, aus der sie gekommen ist.

Er tritt auf die Lichtung hinaus, stützt sich auf einen der Pfosten des elektrischen Zauns, der die Weide einzäunt. Dann kommt er auf sie zu. Er läuft nicht, sondern geht langsam und späht in alle Richtungen. Er trägt einen Kapuzenanorak, sodass sie sein Gesicht nicht sehen kann. Sie sieht so gut wie gar nichts, nur dass er sich nähert. Sie hört seinen Atem bis zu sich hin. Er räuspert sich und spuckt. Sie legt den Kopf auf die Erde und atmet ins Gras. Drückt die weißen Joggingschuhe fest auf den Boden und hofft, dass die Sohlen dunkel genug sind.

Als er fast bei ihr ist, wiehert ein Pferd. Sie blickt kurz auf und sieht, dass er zusammenzuckt und ein paar Schritte rückwärts macht. Ein weiteres Pferd wiehert kräftig. Die Herde gerät in Bewegung. Er kommt auf sie zu. Sie hievt sich auf alle viere und krabbelt seitwärts zwischen die Bäume, kommt sich wie ein Schimpansenjunges vor. Die ganze Zeit behält sie seinen Rücken im Auge, hört die Hufe der Pferde auf den Boden stampfen. Dann richtet sie sich auf und läuft. Erst als sie auf Höhe des Hofes ist, bleibt sie stehen, um zu Atem zu kommen. Hinter ihr ist es still.

Sie kann nicht zurück zu ihrem Auto.

Mittwoch, 12. Oktober

Der Stall liegt im Halbdunkel. Ein Pony steht in einer der Boxen in ihrer Nähe. In einer anderen sieht sie ein großes, schwarzes Pferd mit glänzendem Fell und einer Pferdedecke. *Morris* steht auf dem Schild über der Box. Ein Glück für sie, dass die meisten Pferde noch draußen sind. Sie haben sie gerettet. Was hat er gewollt? Ist er ein zufälliger Gewalttäter oder hatte er es speziell auf sie abgesehen? Sie zittert und klappert mit den Zähnen.

Sie geht in die Box zu dem Schwarzen und lehnt ihren Kopf gegen seinen Hals. Die Wärme des Pferdekörpers beruhigt sie. Wie oft hat sie früher so gestanden? Sie atmet den Geruch von Sägemehl und Pferdeäpfeln ein. Dann zieht sie die Jacke aus und lässt sie fallen. Ihr Haar ist nass und die Haut feucht. Sie legt Morris die Arme um den Hals und streichelt sein Fell. Er antwortet ihr, indem er Luft durch die Nüstern bläst.

Sie kann nicht nach Hause fahren. Sie kann Vollan anrufen und ihn bitten, herzukommen und sie abzuholen. Stattdessen geht sie tiefer in den Stall hinein. Am Ende findet sie einen Verschlag mit Sägemehl, in dem zwei Schweine eng nebeneinanderliegen und schnauben. Sie nimmt sich eine graue Lodendecke und steigt in den Verschlag, rollt ihre Jacke zu einem Kissen zusammen, legt sich in das Sägemehl und deckt sich mit der Decke zu. So bleibt sie verkrampft liegen, die Hände unter dem Kinn verschränkt, und lauscht. Wird er den Stall durchsuchen? Was würde sie an seiner Stelle tun? Den Stall durchsuchen. Garantiert. Warum ist sie nicht zum Wohnhaus gelaufen und hat geklopft? Warum macht sie immer das Falsche? Sie kann noch immer zum Wohnhaus laufen. Es brennt Licht. Aber sie traut sich nicht. Sie hat Angst sich zu bewegen, wagt kaum zu atmen.

Mitten in der Nacht, während sie in Embryohaltung zusammengerollt daliegt und schläft, legen sich die Ferkel in die Vertiefung neben ihrem Bauch. So findet sie das Stallmädchen, als es am nächsten Morgen um sieben Uhr kommt. Es bleibt stehen und betrachtet das Gesicht der Schlafenden.

In dem Moment öffnet Mette die Augen, und das Stallmädchen sieht die Angst in ihrem Blick. Mette starrt die Mistgabel in ihrer Hand an und denkt, dass das Ende da ist, aber dem ist nicht so. Sie stützt sich auf die Ellenbogen. Die Ferkel grunzen unzufrieden, weil man sie ihres Heizkissens beraubt hat.

»Sie brauchen keine Angst zu haben. Hier sind Sie sicher«, sagt das Mädchen. »Ich heiße Anne. Ich helfe Ihnen, die Wunden in Ihrem Gesicht zu versorgen.«

Es verschwindet, und Mette steht auf. Ihr Körper ist steif, sie hat Muskelkater und einen fürchterlichen Durst.

Das Mädchen kommt mit einer Tüte mit Watte, einer Flasche Antiseptikum und einer Tube Bepanthen zurück. Es bittet Mette, sich auf einen Schemel zu setzen, und reinigt ihre Wunden, indem sie ihr ganzes Gesicht mit dem Antiseptikum abtupft. Mette jammert, wenn etwas von der Flüssigkeit an den Kratzer kommt, der zwischen Nase und Ohrläppchen verläuft.

»Das sieht nicht schön aus. Wir können nur hoffen, dass keine Narbe zurückbleibt«, sagt das Mädchen, legt den Kopf schief und betrachtet die Wunde. Dann trägt es mit leichten Fingern etwas von der Heilsalbe auf.

»Du solltest Krankenschwester werden, wenn du erwachsen bist«, sagt Mette.

Das Mädchen lächelt.

»Die Schule ist nichts für mich. Wenn ich etwas werden sollte, dann Tierärztin, aber davon kann ich nur träumen«, erwidert sie.

»Nichts ist unmöglich, wenn man es wirklich will«, sagt Mette besserwisserisch.

»Aha, und das sagen Sie? Wenn es allein am Willen läge, hätten Sie Ihren Typen wohl längst rausgeschmissen.«

Plötzlich begreift Mette, was das Mädchen denkt, und will protestieren, doch dann überlegt sie es sich anders. Gerade im Moment könnte es von Nutzen sein, einen schwachen und hilfsbedürftigen Eindruck zu machen. Sie begnügt sich damit, tief zu seufzen und die Augen zu schließen. Warum hat sie nie in Erwägung gezogen, Schauspielerin zu werden? Sie betrachtet Anne mit halb geschlossenen Augen. Sie kann nicht älter als sechzehn sein. Ihr Haar ist blond und lang und zu einem Pferdeschwanz zusammengebunden. Ihre Augen sind stark geschminkt, vor allem in Anbetracht der Tatsache, dass es sieben Uhr morgens ist. Sie ist groß und schlank, fast dünn, trägt Reitstiefel und eine eng sitzende Reithose mit Lederbesatz an den Beininnenseiten. Oben herum hat sie ein schwarzes T-Shirt und eine dazu passende Kapuzenjacke mit offenem Reißverschluss an.

»Willst du ausreiten?«

»Das hatte ich vor. Das sind vor allem Trabrennpferde, aber manche wissen auch einen Ausritt zu schätzen.«

»Kann ich mitkommen?«

»Klar. Haben Sie Erfahrung?«

»Nein, es ist fast zwanzig Jahre her, seit ich das letzte Mal auf einem Pferd gesessen habe, aber damals war ich ganz gut.«

»Dann hole ich Ihnen Natasha, die ist ruhig und lieb«, sagt Anne. »Mit dem Reiten ist es wie mit dem Radfahren, habe ich irgendwo gehört. Wenn man es einmal gelernt hat, verlernt man es nicht mehr. Aber zuerst muss ich ausmisten und die Tiere füttern.«

»Ich helfe dir«, antwortet Mette. Eine knappe Stunde später sind die Boxen ausgemistet, der Mittelgang ist gefegt und sowohl die Pferde als auch die Schweine haben ihr Frühstück bekommen. Mette hat Wasser getrunken und eine Scheibe Brot mit Cervelatwurst und saurer Gurke aus Annes Essenspaket bekommen. Ihr fällt ein mit roter Tusche gezeichnetes Herz auf dem Butterbrotpapier auf.

»Mama macht die Brote für mich«, sagt Anne. »Ich bin ein Einzelkind.«

Mette lächelt und fühlt, wie es in ihrer Wange pocht.

»Ich auch.«

Natasha ist eine braune Vollblutstute mit langen, schlanken Beinen. Auf der Stirn hat sie einen weißen Stern. Mette tätschelt ihr den Hals. Sie legt ihr die Trense ins Maul, zieht das Zaumzeug vorsichtig über die Ohren und streicht ihr den Schopf glatt. Dann schließt sie die Riemen, bleibt stehen und hält Natasha an den Zügeln fest, während Anne den Sattel auflegt. Sie helfen einander die Sattelgurte festzuziehen. Morris ist bereits fertig gesattelt und scharrt ungeduldig mit dem Huf eines Vorderbeins.

»Ich sehe mal nach Stiefeln für Sie. Sie können nicht in Joggingschuhen reiten. Das ist lebensgefährlich«, meint Anne und verschwindet. Sie kommt mit einem Paar Reitstiefel und einem Helm zurück. Die Stiefel passen wie angegossen, und sie kann den größten Teil ihres Haars unter dem Helm verstecken. Wenn sie den Jackenkragen noch bis zum Kinn aufstellt und den Reißverschluss schließt, wird sie von Weitem niemand erkennen.

Sie führen die Pferde aus dem Stall. Die Morgenluft ist klar und frisch.

»Erinnern Sie sich, wie es geht?«, fragt Anne sie neckend.

Mette dreht den Steigbügel um, stellt den Fuß in den Bügel, hält sich mit den Händen am Sattel fest und zieht sich hoch. Sie schwingt das rechte Bein über Natashas Kruppe, setzt sich vorsichtig in den Sattel und stellt den rechten Fuß in den anderen Steigbügel, ohne nach unten zu sehen. Alles innerhalb von drei Sekunden. Dann nimmt sie die Zügel zwischen den kleinen Finger, den Zeigefinger und den Daumen und reguliert die Länge.

»Imponierend! Sie sind nicht runtergefallen. Wir reiten ein paar Runden auf dem Platz«, ruft Anne und setzt Morris in Bewegung.

Mette presst die Schenkel vorsichtig in Natashas Seiten. Sie reagiert und schreitet ruhig hinter Morris her. Sie legen ein paar Runden im leichten Trab zurück. Mette sucht die Umgebung mit den Augen ab. Der Wald ist grün und gelb, nicht schwarz wie in der Nacht, und kein Mensch ist zu sehen. Am Himmel flattert eine Krähenschar lärmend Richtung Mülldeponie, auf der Jagd nach einem Frühstück. Mette geht beim Traben mit den Bewegungen des Pferdes im Sattel mit, auf und ab. Es fühlt sich herrlich an. Warum hat sie nur aufgehört zu reiten?

»Klar zum Galopp?«, ruft Anne.

»Ja!«

Mette legt den einen Schenkel weiter nach hinten und drückt mit dem anderen am Gurt, wobei sie gleichzeitig enthusiastisch »Galopp!« ruft. Natasha reagiert sofort.

Sie hat immer gedacht, dass man nicht glücklich *sein* kann. Man kann zufrieden, froh und dankbar für sein Leben und seine Lebensumstände sein, aber nicht glücklich. Niemand *ist* glücklich. Das Glück ist viel zu intensiv und währt immer nur wenige Sekunden. Wäre man die ganze Zeit glücklich, hätte man wahrscheinlich einen Herzstillstand und würde sterben. Man würde es nicht aushalten. Das Glück füllt den ganzen Körper aus, als hätten alle Blutkörperchen gleichzeitig einen Lachanfall.

Das ist ein solcher Moment des Glücks. In vollem Galopp auf dem Pferderücken. Sie ist ein Indianer und galoppiert im Morgenlicht über die Steppe, in einer freien Welt. Wie Mondkind in den Silberpfeil-Comics!

Sie reckt das Gesicht zum Himmel und lacht die Krähen an, während das Pferd unter ihr in den Trab wechselt. Anne sieht sie an und lächelt.

»Pferde sind Wundertiere!«, ruft sie Mette und den Krähen zu.

»Meinst du, ich kann einen kleinen Ausritt machen?«

»Ja, sicher, das können Sie gerne, Natasha ist verkehrssicher, falls Sie auf die Straße müssen«, antwortet Anne.

Sie reitet im Schritt am Waldrand entlang, wo sie letzte Nacht um ihr Leben gerannt ist. Jedenfalls fühlte es sich gestern so an. Heute ist sie sich nicht mehr so sicher. Was passiert ist, kommt ihr eher unwirklich vor, doch die Wange erinnert sie daran, dass sie sich alles nicht nur eingebildet hat.

Bisher hat sie noch in keinen Spiegel gesehen, und sie fragt sich, wie sie wohl aussieht.

Sie kommt zu der Schotterstraße und bemüht sich, dicht am Straßenrand zu reiten. Schon bald ist sie auf der asphaltierten Straße, und ein Auto überholt sie. Sie fühlt sich ein wenig unsicher, doch Natasha setzt die Hufe ruhig und rhythmisch auf das Pflaster auf, der Verkehr scheint ihr wirklich nichts auszumachen. Mette spürt ein dumpfes Pochen in der Brust, als sie den Golf sieht, schaut aber nur kurz zu ihm hin. Vielleicht wirkt es verdächtig, dass er hier steht. Wo ist eigentlich sein Besitzer? Sie hätte ihn auf einen der Firmenparkplätze stellen sollen. Da wäre er niemandem aufgefallen. Wo er jetzt steht, schreit er geradezu nach Aufmerksamkeit. Kann sie es wagen, ihn zu holen? Hat sich der Gewalttäter im Wald versteckt und beobachtet alles? Hat er sich die Autonummer aufgeschrieben und herausgefunden, wem das Auto gehört? Sie ruft sich zur Vernunft. Niemand kann wissen, dass das ihr Auto ist. Ihr kann das Benzin ausgegangen sein. Es ist alt und mitgenommen. Vielleicht hat der Motor auch einfach den Geist aufgegeben. Das würde sie denken, wenn sie in einem neuen Auto an dem alten Wrack vorbeikäme. Fast alle haben ein schöneres Auto als sie.

Sie denkt an den Wagen, der heute Nacht an ihr vorbeigefahren ist, als sie von Autoexport kam. Kann es sein, dass es jemand aus der Firma auf sie abgesehen hatte? Hat Mudada ihnen erzählt, dass sie dort oben in dem Wäldchen gestanden hat? Nein, warum hätte er das tun sollen? Er wollte schließlich, dass niemand von ihr erfährt. Und er weiß, dass sie ihn nicht anzeigen wird. Aber sollte sie nicht mit jemandem über die Sache reden? Wenn mit niemand anderem, dann wenigstens mit Peder? Nein, er wird sie für verantwortungslos erklären und sofort nach Hause kommen wollen. Vielleicht ist es das Beste, wenn er nach Hause kommt?

Sie trabt an Autoexport vorbei. Der Autotransporter ist fort. Er ist also unterwegs. Sie greift nach dem Mobiltelefon in ihrer Tasche und checkt das Display. Kein Anruf. Keine SMS. Dann steckt sie die Hand in die andere Tasche und ertastet die kleine Fernbedienung für das Tor der *Auto und Altmetall AG*. Ein Ansatz von schlechtem Gewissen macht sich bemerkbar. Die hätte sie eigentlich zurückgeben müssen. Mit der Post schicken oder so. Solche Schlösser sind teuer, und sie hat die Fernbedienung im Grunde genommen gestohlen, was bedeutet, dass sie das Schloss bestimmt ausgetauscht haben. Sie hatte kein Recht, sich Zutritt zu dem Gelände zu verschaffen, und sie hatte kein Recht, die Fernbedienung zu nehmen.

In der Ferne sieht sie das Gefängnis. Es thront auf einem Hügel. Wie eine Burg. Wie eine Festung. Rechts davon liegt die Autoverschrottung. Vielleicht hätte sie den Golf hier parken sollen. Die Autowracks liegen flach gepresst auf dem Boden, wie Briefe aufeinandergestapelt. Hinausgehende Post, denkt sie. Rechts von den säuberlichen Stapeln türmen sich die Wracks, die noch nicht in der Schrottpresse waren. Ein Berg wie der, hinter dem sie sich am Samstag versteckt hat. Autos in allen Farben und Formen. Autos, die ausgedient haben. Sie werden ihrer noch brauchbaren Teile beraubt, bevor sie als flaches Metallstück enden, aus dem etwas Neues entstehen kann. Nichts währt ewig. Ein wenig den Toten vergleichbar, denen man die noch brauchbaren Organe entnimmt, bevor sie verbrannt und begraben und wieder zu Erde werden. Hör auf, denkt sie. Was für ein makabrer Gedanke.

Die Hufe machen ein herrliches Geräusch auf dem Asphalt. Klick-klack, klick-klack, klick-klack. Ein altmodisches Geräusch. Man stelle sich einmal vor, Pferde anstelle von Autos zu nutzen. Vielleicht wird das in Zukunft irgendwann einmal aktuell werden, wenn die Ozonschicht weiter abnimmt.

Mette hat gerade das Tor der *Südnorwegischen Auto und Altmetall AG* passiert, als hinter ihr ein Auto bremst, in die Firmeneinfahrt einbiegt und anhält. Der Motor läuft im Leerlauf, und eine Tür geht auf. Sie dreht sich im Sattel um und blickt zurück. Eine Frau mit langen, flatternden Haaren hat einen Schlüssel ins Schloss gesteckt, öffnet das Tor, setzt sich wieder in das rote Auto und fährt auf das Gelände. Hält an und schließt das Tor mit einem Knall. Dann gibt sie Gas und fährt weiter einwärts. Die Frau hat der Reiterin nicht einen Blick geschenkt. War das nicht Tove vom Diätclub Sylfiden, fragt Mette sich. Was macht sie hier? Sie sah genauso wütend und verbissen aus wie gestern.

Wieder gewinnt die Neugier die Oberhand. Sie wendet Natasha oder führt eine Volte aus, heißt es nicht so? Oder eine halbe Volte? Wer erinnert sich nach so langer Zeit noch an so etwas? Sie führt das Pferd zum Tor, holt die Fernbedienung heraus und drückt darauf. Das Tor knirscht leise und öffnet sich. Schnell drückt sie noch einmal darauf, und das Tor schließt sich. Wow! Sie haben das Schloss nicht ausgewechselt.

Sie bindet Natasha mit den Zügeln an eine Kiefer, die ein gutes Stück von der Straße entfernt steht. Unter der Kiefer wächst grünes Gras.

»So, jetzt bleibst du eine Weile hier stehen und machst es dir nett, ich bin bald zurück«, flüstert sie dem Pferd zu.

Drei Autos kommen auf dem kurzen Stück zum Tor an ihr vorbei. Vermutlich ist hier oben gerade Rushhour. Sie drückt die Fernbedienung und schlüpft durch das Tor, sobald die Öffnung groß genug ist. Dann drückt sie noch einmal, und das Tor schließt sich wieder. Wie laut war das? Nicht sonderlich laut. Ein Fernlastzug fährt draußen auf dem Weg vorbei. Er macht mehr Krach.

Sie läuft die Schotterstraße hinunter auf das Gebäude zu. Das rote Auto von Tove, ein Toyota, parkt hinter dem grünen Jeep, aus dem sie die Fernbedienung entwendet hat. Sie schleicht sich zu ihrem alten Versteck, klettert aber nicht auf die Wracks. Ihr Körper fühlt sich wie nach einer Prügelei an, und ihre Wange brennt. Sie sucht sich einen Platz, von dem aus sie etwas sieht. Die grün gestrichene Tür des Gebäudes steht weit offen, und sie hört Stimmen. Laute Stimmen. Es ist unmöglich, durch das Fenster ins Büro zu sehen. Das Morgenlicht spiegelt sich in der Fensterscheibe und lässt sie in der weiß gekalkten Mauer wie ein schwarzes Loch erscheinen.

Die Stimmen steigen und fallen in der Lautstärke, aber sie kann nicht hören, was sie sagen. Sie muss in das Gebäude hinein. Das Büro liegt rechts von der Tür. Was sich in dem Raum links befindet, weiß sie nicht. Wenn sie aus dem Fenster schauen, sehen sie sie, auch wenn sie selbst nicht hineinsehen kann. Sie hält sich hinter den Wracks versteckt, bis sie nur noch ein kleines Stück von dem Gebäude entfernt ist. Dann rennt sie über die Schotterstraße darauf zu. Sie duckt sich und läuft unter dem Fenster vorbei. Jetzt liegt die Tür offen vor ihr. Zögernd setzt sie einen Fuß über die Schwelle. Die Stimmen kommen aus dem Zimmer rechts. Aus dem Büro demnach. Im selben Moment hört sie ein Auto die Schotterstraße herunterkommen. Sie hat keine Wahl. Sie schlüpft in den Gang. Die Tür zum Büro steht offen. Im linken Raum sieht sie einen Esstisch mit vier Stühlen und eine Küchenanrichte. Die Bodendielen knarren. Das Auto draußen hat angehalten, und eine Tür knallt.

»Ich weiß, wie alles zusammenhängt. Ich weiß es!«

Toves Stimme. Daran besteht kein Zweifel.

»Einen Scheiß weißt du, und jetzt reicht es!« Tore Antonsen.

Mette kauert sich in dem linken Zimmer hinter einen Garderobenschrank. Wütende Schritte nähern sich. Tove erscheint. Gefolgt von Antonsen. Tove dreht sich um und versetzt Antonsen mit aller Kraft einen Stoß. Antonsen packt sie bei den Schultern und schüttelt sie, ohne damit sonderlich viel zu erreichen. Sie reißt sich los und stapft davon. Kurz darauf knallt eine Tür, und ein Schlüssel dreht sich in einem Schloss. Vielleicht in einer Toilette?

Ihr Herz hämmert. Wenn Antonsen sich jetzt umdreht! Sie schließt die Augen. Sie schwitzt unter dem Helm. Sie steht hier, mit einem Reithelm auf dem Kopf und einer gestohlenen Fernbedienung in der Tasche, auf feindlichem Territorium und belauscht einen Streit, der sie absolut nichts angeht.

»Hallo, was ist denn hier los?«

Die Stimme kommt aus dem Gang. Schritte nähern sich.

»Nichts.«

Antonsens Stimme klingt erschöpft. Er geht zurück ins Büro. Die Tür knallt hinter ihm zu.

Die Schritte kommen näher. Sie öffnet die Augen und sieht Terkel Andersen direkt ins Gesicht. Er keucht und macht einen Schritt zurück. Das Geräusch von Wasser, das aus einer Zisterne läuft, verwandelt sich in ihrem Kopf in eine Sirene. Sie legt den Zeigefinger auf die Lippen. Er muss das Zeichen verstanden haben, denn er öffnet den Garderobenschrank, schiebt sie hinein, macht die Tür wieder zu und schließt ab. Im gleichen Moment knallt eine andere Tür.

Der Garderobenschrank ist aus Metall. Er ist so eng, dass sie sich kaum rühren kann. Die Tür hat auf Gesichtshöhe Lüftungsrillen. Der Helm stößt gegen ein Fach über ihrem Kopf, ihr Rücken gegen die eine und ihre Knie gegen die andere Wand. Sie hockt mehr, als dass sie steht, und ihre Oberschenkelmuskeln beginnen zu schmerzen. Den Kopf hat sie zu den Rillen hingedreht, durch die sie den Tisch und die Stühle sehen kann. Terkel Andersens Schritte entfernen sich, und Tove tritt in ihr Blickfeld. Sie lässt sich auf einen der Stühle fallen. Ihr Mobiltelefon klingelt. Hektisch greift sie danach. Liest und schreibt etwas zurück. Kurz darauf klingelt es erneut. Tove antwortet, und es klingelt ein weiteres Mal. Mettes Oberschenkel krampfen. Sie versucht, sich zu entspannen, aber das ist unmöglich. Sie hat Angst, ein Geräusch zu machen. Angst, zu atmen. Ihr Körper schmerzt. Dann scharren Stuhlbeine über den Boden. Tove steht auf und verlässt den Raum.

Ein Auto fährt an. Die Tür zum Büro geht auf. Tore Antonsen läuft hinaus. Das Auto draußen setzt zurück und verschwindet. Antonsen ruft nach Terkel. Dann ist es lange still. Wie lange?

Sie denkt an Natasha, die sie an den Baum gebunden hat. Wie lange ist das jetzt her? Eine halbe Stunde? Länger? Verzweiflung droht sie zu übermannen. Sie bekommt keine Luft. Der Schweiß läuft ihr die Stirn hinunter. Sie will den Helm ausziehen, hat aber nicht genug Platz, die Arme zu heben. Sie will schreien. Sie will raus, weg, fort.

Dann nähern sich endlich Schritte. Tore Antonsen? Sie gehen ins Büro. Und wieder hinaus. Eine Autotür knallt. Ein

Automotor startet. Tief und brummend. Das Auto entfernt sich. Langsam. Dann ist es still. Lange. Kein Geräusch ist zu hören. Keine Schritte. Nichts. Mette spürt, wie Panik von ihr Besitz ergreift. Sind sie fort? Alle? Sie will raus. Raus aus dem Schrank. Doch alles ist still. Niemand kommt.

Peder vertäut das Boot an dem kommunalen Anleger. Bergen wir Teddy, tot oder lebendig!

Eiriks erste Worte heute Morgen, als er mit wildem Blick und abstehenden Haaren zu Peder hereingestürmt kam, waren: »Ich will Teddy! Sofort!«

Der nächtliche Schlaf hat dem Verlust also nicht die Spitze genommen, wie der Vater gehofft hatte. Die Suchaktion ist im Gang. Sie müssen alle drei die Augen offenhalten. Teddy ist braun. Der Boden ist braun. Es nieselt leicht, sie haben Regensachen an. Und Gummistiefel. Und Rettungswesten, die sie jetzt ausziehen und im Boot lassen.

Auf dem Pfad, der zu der weißen Straße hochführt, ist kein Teddy zu sehen.

»Jetzt wird Teddy nass. Und er friert!«

Eirik macht sich ernsthaft Sorgen.

»Wir gehen zu der Hütte, wo wir unsere Brote gegessen haben«, tröstet Peder. »Du wirst sehen, da sitzt er und lässt es sich gut gehen. Teddy hat keine Angst vor ein paar Regentropfen, weißt du.«

Trym sieht seinen Vater an, führt den Zeigefinger zur Stirn und zieht mit dem Finger ein paar vielsagende Kreise. Er hat sich nie viel aus Kuscheltieren gemacht und findet, dass sein Zwillingsbruder sich kindisch aufführt. Teddy, ausgerechnet.

»Reiß dich zusammen, Trym«, sagt der Vater.

Die weiße Straße liegt verlassen vor ihnen. Sie suchen am Wegrand. Heben die langen Zweige der Himbeerbüsche an, die auf die Straße hängen. Und da sehen sie sie.

Sie kommt in einem blauen Wetteranzug aus dünnem Nylon auf sie zugehüpft. Neben ihr her springt ein Hund, der ihr bis zur Wade reicht. Der Hund ist an einer langen Leine.

»Hallo«, sagt Peder. »Gut, dass wir dich treffen. Eirik hat gestern seinen Teddy verloren. Einen braunen Teddybären. Vielleicht hast du ihn ja gesehen?«

»Nein, aber ich kann suchen helfen«, sagt das Mädchen, von dem Peder sofort weiß, dass es Charlotte Iselin ist.

»Wie heißt du?«

»Lotte.«

»Einen schönen Hund hast du.«

»Ja, er heißt Burre. Und er ist gut im Sachen Aufstöbern. Er findet immer Pilze.«

Sie trotten davon, den Weg entlang, den Lotte gekommen ist. Sie teilen sich in zwei Gruppen auf, von denen jede eine Wegseite absucht. Dann sind sie an der braunen Holzhütte, bei der sie gestern Rast gemacht haben und ganz richtig, unter dem Tisch sitzt ein zufrieden aussehender Teddy.

»Teddy!« Eirik wirft sich auf den Boden, streckt die Hände nach seinem Freund aus und drückt ihn an sich. Trym verdreht die Augen. Peder lächelt, und Lotte lacht. Burre springt auf Eirik zu und versucht, nach Teddy zu schnappen.

»Nein, Burre, nein. Lass das. Das ist nicht dein Teddy.«

Trym hockt sich hin und streichelt Burre.

»Oh, hat der ein weiches Fell. Können wir nicht auch einen Hund haben?«

»Da musst du Mama fragen«, sagt Peder und schiebt jegliche Verantwortung von sich.

»Bäh. Mama sagt immer nein.«

»Dann bleibt es auch bei nein«, antwortet Peder.

»Meine Mama sagt auch nein«, sagt Lotte.

»Aber du hast doch einen Hund«, meint Trym.

»Der gehört mir eigentlich nicht. Ich passe für eine Freundin auf ihn auf. Nur jetzt in den Herbstferien.«

»Und dann musst du ihn wieder zurückgeben?«

»Vielleicht«, sagt Lotte, und ihr Gesicht verdüstert sich. Sie beugt sich zu Burre hinunter und nimmt ihn auf den Arm, bohrt die Nase in sein Fell. Burre leckt ihr das Ohr.

»Ist das ein Terrier?«, fragt Peder.

»Das ist ein Mischling aus Pudel und irgendwas anderem«, sagt Lotte.

»Du hast wirklich Glück, dass du die Herbstferien an so einem schönen Ort verbringen kannst«, meint Peder.

»Ja. Ich bin mit meinen Großeltern hier. Oder eigentlich nur mit Oma. Opa musste natürlich wieder mal arbeiten, weil ein paar Piloten krank geworden sind. So ist das fast immer.«

Peder lächelt. Sie ist etwas altklug, diese Lotte.

»Aber du lässt es dir trotzdem gut gehen, das sehe ich«, sagt er.

Lotte lächelt und zeigt zwei große Schneidezähne.

»Oma und ich sammeln fast die ganze Zeit Pilze, und ich weiß nichts Besseres.«

Peder lächelt zurück.

»Ja, dann sollten wir uns wohl auf den Rückweg machen«, sagt er. »Begleitest du uns zum Wasser hinunter, oder musst du in die andere Richtung?«

»Ich muss Richtung Tennisplatz und zurück«, sagt Lotte. »Ich darf nirgendwo langgehen, wo keine Hütten sind.«

»Das ist vernünftig«, meint Peder. »Es gibt immer noch

Schlangen und so was, da ist es besser, wenn Menschen in der Nähe sind.«

»Ja, es können aber auch böse Menschen im Wald sein«, sagt Lotte.

Peder schweigt einen Moment.

»Sind dir im Wald schon mal böse Menschen begegnet, Lotte?«

Irgendetwas ist an der Art, wie er fragt. Er klingt anders als die meisten Erwachsenen. Und außerdem ist er der Vater der beiden kleinen Jungen mit dem Teddy, die sich einen Hund wünschen. Sie empfindet so etwas wie eine Verbundenheit mit ihnen, obwohl sie das nicht in Worte fassen kann. Aber sie strahlen etwas Sicheres und Ungefährliches aus.

»Ist dir das schon mal passiert, Lotte?«

Jetzt klingt er plötzlich wie Großvater.

»Nein«, sagt sie und steckt den Daumen zwischen die Schneidezähne.

Die Wellen draußen auf dem Bærøyfjord haben weiße Schaumkronen, und er steuert vorsichtig nach Hause. Hin und wieder spritzt Wasser über das Dollbord, und die Jungen kreischen vor Vergnügen.

Sie weiß nicht, ob sie bewusstlos geworden ist. Oder eingeschlafen. Ihr Körper ist in dem Schrank ganz in sich zusammengesunken. Die Oberschenkelmuskeln haben keine Kraft mehr. Die Beine werden zusammengepresst und sind eingeknickt. Sie kribbeln und stechen. Kann man an mangelnder Blutzirkulation sterben? Sie sieht nichts mehr durch die Rillen im Schrank, hat den Kopf zu den Knien hingebeugt, die Arme an den Körper gepresst. Das Atmen fällt ihr schwer, und sie hat Magenschmerzen. Schweiß rinnt ihr die Stirn hinunter. Das juckt. Sie will sich kratzen, kann es aber nicht.

Sie hört das Geräusch eines Automotors. Oder sind es zwei? Dann geht die Tür. Mit einem Ruck hebt sie den Kopf. Der Helm stößt mit einem leichten Knall gegen die Schrankwand. Schwere Schritte nähern sich dem Raum. Die Schritte verschwinden, und wieder knallt eine Tür. Soll sie schreien? Sich ergeben. Auf sich aufmerksam machen. Gerettet werden. Natasha! Der Gedanke an das Pferd, das an den Baum gebunden ist, plagt sie. Dann ist ein neues Geräusch zu hören. Hoch und nicht einzuordnen. Leicht scharrend. Sie denkt an den Schneepflug im Winter, wenn die Schaufeln über den Asphalt scharren. Das klingt ähnlich, oder? Dann weiß sie es plötzlich. Sie pressen Autos. Die Wracks da draußen werden platt gewalzt. Zu flachen Metallstücken zusammengedrückt. Gedrückt und gepresst. Wie sie.

Lotte geht zum Tennisplatz. Im Sommer haben Großvater und sie ein paar Mal Tennis gespielt. Das macht Spaß, und es geht sich herrlich auf dem Court, wie sie ihn nennen. Er sieht aus, als wäre er asphaltiert, ist aber ganz weich, wenn man darauftritt, fast als würde man barfuß über Moos laufen. Jetzt liegt der Tennisplatz einsam und verlassen zwischen den hohen Bäumen. Hier stehen keine Hütten, und Lotte darf nicht bis zum Fährhafen weitergehen. Ein langes Stück Weg führt nur durch Wald, bis man zu den Aker-Hütten und Grønnerøds Hof kommt. Sie überlegt, ob sie trotzdem noch ein Stück weitergehen soll, aber nein, das ist nicht so klug. Es können noch immer Kreuzottern da sein, hat der Vater der beiden Jungen gesagt, und er hat recht. Sie hat im Radio gehört, dass die Kreuzottern noch keinen Winterschlaf halten, wie sie das eigentlich sollten. Das liegt an der milden Witterung.

Im Sommer liegen manchmal tote Kreuzottern auf der Straße. Sie sind von den Autos überfahren und platt gedrückt worden. Vielleicht sonnen sie sich auf der weißen Straße und haben keine Ahnung von der Gefahr. Die Kreuzotter steht unter Naturschutz, man darf sie eigentlich nicht töten. Einmal haben Großmutter und sie eine Haut gefunden, aus der eine Kreuzotter geschlüpft war. Das nennt man Häutung, hat die Großmutter ihr erklärt. Sie weiß fast alles. Wenn die Menschen sich doch auch häuten könnten, das wäre schön. Wenn man aus seiner Haut herauskriechen und eine ganz neue bekommen könnte. Vielleicht eine ganz andere. Plötzlich knacken irgendwo im Wald Äste. Zumindest ist das keine Kreuzotter. Vielleicht ein Reh. Lotte bleibt ganz still stehen und lauscht. Wieder knackt es. Da ist jemand. Der Wald macht ihr ein bisschen Angst.

Als sie klein war, besaß sie ein Bilderbuch, in dem die Bäume Gesichter hatten und die Äste Arme waren. Die Bäume konnten ihre Wurzeln aus dem Boden ziehen, sodass sie zu Beinen wurden, auf denen sie laufen konnten, und die Gesichter guckten böse und gefährlich. Aus den Armen wurden Fänge, und die dünnsten Zweige waren gekrümmte Finger. Es knackt im Wald.

Lotte rennt. Die Bäume greifen nach ihr. Sie hört, wie sie die Wurzeln aus dem Boden reißen, sodass Erde und kleine Steinchen um ihre Beine fliegen. Ihre großen Klauen klatschen auf die weiße Straße. Die Gesichter schreien mit offenen Mündern.

Sie muss weg vom Tennisplatz!

Langsam strecken sich die Arme, biegen sich die Zweige. Die Knochen sind deutlich zu sehen, wie bei dem Skelett in der Schule. Die Finger haben keine Haut, nur nackte, knöcherne Rinde. Die Münder rufen nach ihr. Burre wird langsamer. Sie dürfen Burre nicht kriegen! Sie zieht an der Leine. Wagt nicht sich umzudrehen. Wagt nicht zu gucken. Läuft. Raus aus dem Wald. An der roten Hütte vorbei. In das Hüttengebiet. Nach Hause. Ihr Herz rast. Oma!

Vor der Hütte sackt sie, den Rücken gegen eine Felskuppe gelehnt, in sich zusammen. Ringt nach Atem. Burre sitzt neben ihr, kratzt sich mit der Hinterpfote am Ohr. Kratzt und kratzt. Was bin ich doch dumm. Lotte ist wütend auf sich. Dumm und kindisch. Die Bäume auf der anderen Seite des Wegs stehen ruhig an ihrem Platz, die Wurzeln fest im Boden verankert. Ich will nie mehr dumm und kindisch sein. Bäume können nicht laufen. Bäume sind nicht gefährlich. Bäume sind einfach nur Bäume.

Die Wunde auf der Wange tut weh. Der Kopf ist heiß. Salzige Schweißperlen laufen in die Wunde. Das brennt. Die Geräusche sind noch da. Unablässig pressen sie Autos. Wie viel Zeit wohl vergangen ist? Wie viele Stunden? Sie spürt ihre Beine nicht mehr. Sie sind abgestorben. Wie lange dauert es, bis der ganze Körper abstirbt?

Sie sieht das Pferd vor sich. Es ist erschöpft. Wiehert und steigt, um sich loszureißen, läuft auf die befahrene Straße, ängstlich und allein. Nein! Das darf nicht passieren. Sie muss hier raus! Sofort! Sie ist völlig von Panik erfasst. Sie versucht, sich umzudrehen. Versucht, die Arme hochzuziehen, doch sie sind eingeklemmt. Die Beine spürt sie nicht mehr. Sie bekommt keine Luft. Der Herzschlag hämmert im Kopf. Wie

Trommeln. Schneller und schneller. Dann verschwindet alles und wird still. Watte umhüllt sie.

Sie schlägt die Augen auf. Langsam. Der Puls geht ruhig. Sie ist überrascht. Es ist völlig still. Eine ganze Weile. Als hätte sie geschlafen. Lange.

Sie hört Schritte. Einen Schlüssel im Schloss. Die Schranktür geht auf, sie dreht den Kopf und blickt zu Terkel hoch. Er wirkt aufgeregt. Sein Blick ist wild.

»Ich kann mich nicht bewegen«, sagt Mette. »Ich sitze fest.«

Ungeschickt fasst er sie um die Schultern und zieht sie aus dem Schrank. Sie taumelt hinaus. Fällt auf den Boden wie ein Sack Holz, bleibt ein paar Sekunden liegen, als wäre ihr Körper in eine steife Form gegossen. Dann streckt sie ein Bein aus. Vorsichtig. Richtet sich mühsam auf. Mit rotem Gesicht. Nass geschwitzt. Sie reißt sich den Helm vom Kopf. Das Haar klebt an der Kopfhaut. Tränen treten ihr in die Augen. Verdammt.

»Was machen Sie hier eigentlich?«

»Nichts. Ich weiß nicht«, antwortet sie mit einer fremden, rauen Stimme.

»Sie sind verletzt, was ist passiert?«

»Nicht wirklich, das ist eine lange Geschichte«, sagt sie. »Wie lange war ich in dem Schrank?«

»Ein paar Stunden«, sagt er. »Wir haben Autos gepresst.«

Er fährt sich mit der Hand durchs Haar und sieht sich in dem Raum um. Er scheint sich nicht wohl zu fühlen, denkt sie. Dann kommt es: »Dass Sie sie so auffliegen lassen, habe ich nicht gemeint«, sagt er wütend.

»Was meinen Sie?«

»Nichts«, sagt er und schlägt die Augen nieder. Sein Gesicht ist puterrot.

Eine Vermutung nimmt langsam in ihrem Kopf Form an.

»Sie sind der Löwe?«

»Ja, sozusagen, aber darüber reden wir später. Jetzt müssen Sie hier raus, bevor Jens zurückkommt. Er holt nur was zu essen!«

Mette lehnt sich an den Tisch, an dem Tove vor einer Ewigkeit gesessen und Kurznachrichten verschickt hat. Ein vollgekritzeltes weißes Blatt liegt vergessen auf dem Tisch. Mette schnappt es sich und steckt es in die Tasche.

Terkel Andersen ist sichtlich nervös. Er zieht sie mit hinaus. Im selben Moment hören sie irgendwo oben beim Tor einen Automotor. Sie rennen zwischen die Wracks, nicht eine halbe Sekunde zu früh.

Jens Kløverøds Auto kommt beim Bremsen leicht ins Schleudern. Eine Wolke grauen Staubs wird aufgewirbelt. Mette wirft sich hinter einem Wrack auf den Boden. Terkel bleibt wie erstarrt stehen. Die Autotür geht auf und knallt wieder zu. Sie hört, wie Jens ein paar Schritte auf Terkel zugeht.

»Hallo, das Essen ist da, komm«, sagt er.

»Ich komme gleich. Muss nur noch was erledigen«, sagt Terkel.

»Okay.«

Sie hört Jens zur Eingangtür gehen. Dann ist er weg.

»Laufen Sie«, flüstert Terkel.

Sie läuft. Beide laufen. Zum Tor. Es ist verschlossen. Er steckt die Hände in die Taschen. Sucht.

»Verdammt, die Schlüssel liegen im Auto!«

Mette steckt eine Hand in die Tasche, holt die Fernbedienung heraus und drückt darauf. Läuft zwischen den Türblättern hindurch und drückt erneut. Sie dreht sich um und sieht

Terkel durch den Zaun an. Er starrt sie mit offenem Mund an.

»Tschüs«, ruft sie und läuft mit dem Helm in der Hand am Zaun entlang. Sie verschwindet zwischen den Bäumen, überrascht, dass ihre Beine sie tragen.

Natasha steht noch ruhig an der Stelle, an der sie sie verlassen hat. Die Erleichterung raubt ihr den letzten Rest ihrer Kraft. Sie lässt sich vor Natasha auf den Boden fallen. Weinen presst sich aus ihrer Kehle. Sie schluchzt hemmungslos.

»Gutes Pferd«, flüstert sie später. »Gutes Pferd. Gute, gute Natasha!«

Sie streicht mit ihrer Nase über ihr Maul, rauf und runter. Nichts ist so weich wie ein Pferdemaul. Weicher als Kinderhaut. Weicher als die Brust der Mutter für ein Neugeborenes.

Sie lässt Natasha langsam zum Stall zurückgehen. Terkel Andersen ist der Löwe. Sie spürt es im Bauch kribbeln. Haben seine Informationen etwas mit Frids Tod zu tun? Sie greift nach dem Telefon und wählt die Nummer der SFT. Hege Marie Toft ist nicht da. Die Telefonzentrale wird sie bitten, Mette zurückzurufen. Irgendetwas ist mit Forsthammer und Antonsen. Was, wenn Frid herausgefunden hatte, dass sie etwas am Laufen hatten? Was, wenn sie gedroht hatte, sie anzuzeigen? Und was ist mit Inger Susanne? Kann es sein, dass sie die beiden besser kennt, als sie behauptet? Warum ist sie alleine zu ihnen gefahren? Können sie ihr etwas angetan haben? Der Gedanke schlägt wie eine Bombe ein. Inger Susanne ist zu Autoexport gefahren. Später hat sie bei Mette Zuflucht gesucht, und seitdem hat niemand sie mehr gesehen. Und was ist mit Tove vom Diätclub Sylfiden? Warum taucht sie plötzlich in der Autoverschrottung auf? Und der Lottogewinn? Weiß die Polizei von dem Lottogewinn? Sie greift erneut nach dem Telefon, ruft die Auskunft an und fragt nach Terkel Andersens Mobilnetznummer. Auf den Namen Terkel Andersen ist keine Nummer registriert.

Anne legt gerade einem der Pferde eine Bandage an, als Mette zurück zum Stall kommt. Sie richtet sich auf, sieht froh aus.

»Bald hätte ich ein Suchkommando ausgeschickt. Na, hat es Spaß gemacht, wieder zu reiten?«

»Ja, es war herrlich«, sagt Mette.

»Sie können gerne wiederkommen, es ist schön, Gesellschaft zu haben«, sagt Anne.

»Vielleicht tue ich das«, antwortet Mette und meint es auch so.

»Viele Frauen reiten gern. Eine meiner Lehrerinnen von der Grundschule war oft hier. Sie hat auch hier geschlafen, wenn ihr Mann sie geschlagen hat. Jetzt habe ich sie eine Weile nicht mehr gesehen. Und Mama war öfters hier, aber jetzt ist mein Stiefvater glücklicherweise tot«, erzählt sie und sieht Mette direkt an. »Passen Sie auf sich auf!«

Wieder verspürt sie das Bedürfnis, alles zu erklären, aber sie hat nicht die Kraft dazu. Vielleicht ist es auch besser, wenn Anne glaubt, dass sie eine von diesen Frauen ist. Offensichtlich fühlt sie sich wohl in ihrer Rolle. Sie kümmert sich um die erwachsenen Frauen und säubert ihre Wunden. Sie und die Pferde. Erneut hat sie einen flüchtigen Einblick in eine Welt bekommen, von der sie bisher nur wusste, dass es sie gibt.

Sie denkt an Sigrid Omland, oben in Klyve. Vielleicht könnte sie Sigrid mit in den Stall nehmen? Nein, sie hat zu viel Angst vor Bakterien. Sie kann ja keine Tiere um sich haben, wie sie sagt. Plötzlich kommt ihr der Gedanke, dass sie eine Tetanusspritze braucht. Falls im Stall Bakterien in die Wunde gekommen sind. Pferdemist ist nicht ungefährlich für offene Wunden.

Sie muss nach Hause. Sie wird schnell und normal ausschreiten, ohne ein Anzeichen von Furcht. Sie wird wieder die sein, die sie vor dieser Nacht war. Niemand raubt ihr ihre Freiheit. Niemand.

Sie nimmt nicht die Abkürzung durch den Wald. Sie geht die Schotterstraße entlang. Den großen Umweg.

Nachbar Christensen steht neben seiner Kompostgrube und zerkleinert Zweige mit einer Rosenschere. Er hat viel Zeit, ihr Nachbar. Er winkt ihr zu, als sie die Tür des Golfs zuknallt. Sie seufzt. Die Lügengeschichte ist fertig, sie hat sie geübt. Vielleicht ist es keine dumme Idee, sie an Christensen auszuprobieren. Er sieht sie mit offenem Mund an, während sie ihm höchst lebendig schildert, wie das Pferd abrupt stehen geblieben und sie heruntergefallen und in einem Gebüsch gelandet ist, wobei sie sich das Gesicht zerkratzt hat. Er schüttelt den Kopf, und sie zwingt sich zu einem tapferen Lächeln.

Er will ihr seine Weintrauben zeigen. An der Südwand, im Schutz einer aus alten Fensterrahmen gebauten Vorrichtung, hat er zwei Weinstöcke gepflanzt. Die Pflanzen sind an einem Spalier hochgebunden. Die gezackten Blätter breiten sich grün über die weiße Hauswand aus. An den Trieben hängen dicke Trauben, prall wie volle Euter. Er schneidet mit der Rosenschere eine Traube ab und reicht sie ihr.

Die Früchte schmecken leicht süß mit einem Hauch Säure. Sie gibt ein Mmm von sich, während sie kaut. Die Kerne sind bitter. Es schmeckt nach Kindheit. Sie kauft immer kernlose Trauben. Christensen erklärt, dass die Kerne Tannin enthalten, eine Art Bitterstoff, der den Wein haltbar und widerstandsfähig macht. Will er Wein keltern? Nein, er will keinen Wein keltern, aber er erzählt ihr, dass Trauben voller Antioxidantien sind, und dass man aus kernlosen Trauben keinen Rotwein machen kann, jedenfalls keinen Jahrgangswein. Was Christensen alles weiß, denkt sie, während sie es kaum abwarten kann, ins Haus zu kommen.

Dann klingelt glücklicherweise ihr Handy, und sie zieht es aus der Tasche. Eine SMS von Hege Marie Toft von der SFT. »Sie können mich jetzt anrufen.«

Der Himmel hat sich von Süden her zugezogen. Vielleicht wird es Regen geben. Milden Regen.

»Was ist mit Ihrem Gesicht passiert?«, fragt Toft.

Mette wiederholt die Lügengeschichte mit dem Pferd und spürt, wie ihre Wangen zu glühen beginnen. Toft beugt sich über den Tisch und legt den Kopf schief. Das Glühen lässt etwas nach.

»Das war idiotisch, aber es tut nicht mehr so weh. Ich habe nicht einmal mehr daran gedacht, bis Sie es erwähnt haben. Eigentlich hätte ich mir eine Tetanusspritze geben lassen sollen.«

Sie stottert die Worte hervor, und Toft scheint ihr die Geschichte abzunehmen.

»Ja, das hätten Sie wohl. Und was die Sache angeht, habe ich einiges an Informationen für Sie. Off the record, natürlich. Im Moment darf nichts davon in den Medien erscheinen, aber ich weiß ja, dass ich mich auf Sie verlassen kann, und deshalb kann ich Ihnen auch sagen, dass Sie recht hatten.«

Sie ruft ein Dokument auf dem Bildschirm auf und beginnt zu erklären.

Anlässlich einer groß angelegten Betriebsprüfung bei der *Südnorwegischen Auto und Altmetall AG* hat die SFT Beweise für die Unterschlagung von mehreren Millionen Kronen sichergestellt. Der Betrug konnte durch die Zusammenarbeit von Autoverschrottung und Autoexport bewerkstelligt werden. Das Dezernat für Wirtschaftsdelikte ist unterrichtet, und in wenigen Tagen wird die SFT formell Anklage erheben.

Mette fragt sich, wie diese Branche Gewinne in Millionenhöhe machen kann, und Toft erklärt: »Wenn Sie Ihr Auto zum Schrotthändler bringen, bekommen Sie eine Abwrackprämie – eine vom Staat finanzierte Auszahlung – von derzeit eintausendfünfhundert Kronen. Gleichzeitig bekommt der Schrotthändler vom Staat einen Zuschuss in Höhe von knapp sechshundert Kronen für jedes angenommene Auto. Wir meinen nun, dokumentieren zu können, dass die *Südnorwegische Auto und Altmetall AG* Wrackpapiere ausgestellt und Zuschüsse für Autos kassiert hat, die gar nicht verschrottet wurden, was durch die Zusammenarbeit mit Autoexport möglich war. Die *Auto und Altmetall AG* hat von Autoexport Listen der nach Afrika exportierten Autos erhalten, Abwrackpapiere für dieselben ausgestellt und anschließend die Zuschüsse kassiert. Sie verstehen?«

»Ich glaube schon, aber wer hat das Geld eingesteckt?«

»Wir glauben, anhand unserer Unterlagen nachweisen zu können, dass die *Südnorwegische Auto und Altmetall AG* und Autoexport sich die Abwrackprämien geteilt haben, sodass jede Firma siebenhundertfünfzig Kronen pro Wagen bekommen hat. Dieses Geld muss sich jemand in die eigene Tasche gesteckt haben. Bei der *Auto und Altmetall AG*, an die die staatlichen Zuschüsse für jedes verschrottete Auto ausbezahlt wurden, tauchen diese knapp sechshundert Kronen auch in der Buchführung auf. Doch bei Autoexport finden sich keine entsprechenden Zahlen, und wir wissen nicht, an wen das Geld geflossen ist. Angeblich soll die verstorbene Frid Erica Bengtsen die Listen an die *Südnorwegische Auto und Altmetall AG* ausgehändigt haben. Der Vorstandsvorsitzende Jonas Forsthammer und der Geschäftsführer von Autoexport, Aswany, streiten jedoch jegliche Kenntnis des Betrugs ab, und Bengtsen kann sich dazu nicht mehr äußern. Sie hat nie irgendeine Art von Betrug zugegeben, auch wenn es unserer Ansicht nach zweifelsfrei erwiesen ist, dass sie die Listen über die exportierten Autos an die *Auto und Altmetall AG* ausgehändigt hat. Sie hat allerdings behauptet, nicht gewusst zu haben, wofür die Listen benötigt wurden, und die Aussage verweigert, wer sie um die Aushändigung der Listen gebeten hat. Für uns und die Staatsanwaltschaft ist ihr Tod wirklich außerordentlich beklagenswert.«

»Das heißt, dass seitens der *Auto und Altmetall AG* der Betrug zugegeben wurde?«

»Ja. Antonsen hat die Karten offen auf den Tisch gelegt. Ihm ging es darum, den Betrieb wieder auf die Füße zu stellen, und aus der Buchführung geht deutlich hervor, dass ihm das auch gelungen ist, nachdem sie sich auf die Betrügereien eingelassen hatten.«

»Aber bei Autoexport hat sich jemand das Geld in die eigene Tasche gesteckt?«

»Es sieht ganz so aus. Tore Antonsen behauptet, dass er sich die Abwrackprämien mit Frid Erica Bengtsen geteilt hat. Doch ungeachtet mit wem er geteilt hat, hat auch er sich bereichert. Denn in seiner Buchführung taucht nur der staatliche Zuschuss von rund sechshundert Kronen pro Wrack auf.«

»Von welcher Summe sprechen wir hier?«

»Von rund zwei Millionen Kronen, und das über einen Zeitraum von drei Jahren.«

Mette denkt an das Geld, das Inger Susanne zufolge bei Frid zu Hause gefunden wurde. Kann es sich dabei um dieses Geld handeln? Dann fällt ihr der Mann auf dem Fahrrad ein, der am Mordabend mehrmals an Frids Haus in Mellombrottet vorbeigefahren ist. War das der Mörder, der gewusst hat, dass sich das Geld im Haus befand? Es aber nicht in seinen Besitz bringen konnte, weil Inger Susanne auf der Terrasse saß? Wo hat sie so ein Fahrrad wie das, von dem Inger Susanne gesprochen hat, schon einmal gesehen? Ein schwarzes Damenfahrrad mit einem Drahtkorb am Lenker. So angestrengt sie auch nachdenkt, es fällt ihr nicht ein. Und wo ist Inger Susanne? Sie muss dringend etwas unternehmen, um sie zu finden. »Haben Sie die Polizei über die Ermittlungen informiert?«

»Ja, als wir von dem Mord erfahren haben. Wir haben uns gedacht, dass unsere Erkenntnisse für die Ermittlungen von Bedeutung sein könnten, ansonsten kümmert sich das Dezernat für Wirtschaftsdelikte weiter um die Angelegenheit«, sagt Toft.

»Wann kann ich darüber berichten?«

»Sobald formell Anklage erhoben worden ist. Ich gebe Ihnen Bescheid.«

Als sie durch die Glastüren geht, klingelt ihr Mobiltelefon. Sie bleibt abrupt stehen und sucht in der Tasche danach, sieht Mudada in einer Kiste vor sich, das Nokia ans Ohr gepresst.

»Hallo, hier ist Turid«, sagt jemand in ihr Ohr. »Turid vom Diätclub Sylfiden. Ich würde gerne mit Ihnen reden. Es tut mir leid, dass ich gestern so unfreundlich war. Ich muss Ihnen etwas erzählen.«

Turid vom Diätclub Sylfiden. War das wirklich erst gestern, dass sie dem Club einen Besuch abgestattet hat? Es scheint ihr mindestens eine Woche her zu sein. Sie verabreden eine Zeit, und Mette bekommt die Adresse. Dann fährt sie nach Hause, um sich im Internet über Wundstarrkrampf schlauzumachen. Eigentlich könnte sie auch einfach Peder anrufen, andererseits kann sie das wiederum nicht.

Das Wartezimmer des Arztes ist brechend voll. Die Ambulanz hat sie zu einem niedergelassenen Arzt geschickt. Der niedergelassene Arzt hatte keinen freien Termin, aber sie würden sie schon irgendwie dazwischenschieben, hat die Dame hinter der Glasscheibe gesagt. Dazwischenschieben. Genauso fühlt sie sich. Geschoben, gedrängt.

Sie sitzt mitten im Zimmer und spürt die Blicke der anderen Patienten. Im Spiegel hat sie gesehen, wie schlimm ihr Gesicht aussieht. Der Kratzer, der von der Nase bis zum Ohr reicht, könnte auch von einem Messer sein. Um die Ränder hat sich eine geschwollene, gelbe Kruste gebildet. Und wenn das hätte genäht werden müssen? Außerdem hat sie eine bläuliche Beule auf der Stirn. Die Wange pocht, und in ihr kocht die Wut. Sie würde am liebsten aufstehen und den anderen Patienten ins Gesicht schreien, dass sie vom Pferd gefallen ist und dass sie sich um ihren eigenen Kram kümmern sollen. Aber das geht natürlich nicht. Geht es all den geschlagenen und misshandelten Frauen so? All den Frauen in Annes Stall.

Plötzlich kommt ihr der Gedanke, dass das *die* Radiodokumentation werden könnte. Wenn sie diese Frauen zum Reden bringen kann. Mit dem Stall als Kulisse. Den Geräuschen der Pferde. Den Hufen auf dem Zementboden. Dem Prusten durch die Nüstern. Den Erzählungen, Geschichten, Erlebnissen. Der Angst, der Hoffnung, den Träumen. Dem Weg hinaus aus dem Elend. Für ein paar Sekunden bessert sich ihre Laune, bevor die Realität sie wieder einholt. Es dürfte schwierig werden, jemanden dazu zu bringen, den Mund aufzumachen, aber unmöglich ist es wohl nicht.

Sie sitzt jetzt schon eine halbe Stunde zu lange hier, und zu allem Überfluss läuft über die Lautsprecher auch noch P4. Die immer gleichen Werbespots graben sich in ihr Hirn, und sie spürt, wie ihr allein vom Zuhören die Galle hochkommt. Sie hat sich für einen Arzt vor Ort entschieden. Da ist es wohl das Mindeste, dass er seinen Patienten auch einen lokalen Radiosender bietet. NRK Telemark liegt in Fußnähe zur Arztpraxis. Zum zehnten Mal werden die Patienten, die sich nicht vom Fleck rühren können, bis der Arzt sie aufruft, mit der Aufforderung »Lauf und kauf« berieselt.

Sie geht zu der Glasscheibe. Die Dame dahinter schiebt sie widerwillig auf. Sie hat feuerrotes Haar und grüne Augen. Laut und deutlich erklärt ihr Mette: »Der Sender macht mich krank. Können Sie bitte auf P1 umschalten?«

Die Frau starrt sie mit offenem Mund an, bevor sie kurz nickt und sagt, dass sie sehen wird, was sie tun kann.

Ein älterer Mann pflichtet ihr bei, als sie sich wieder setzt, er hat von der Massenverblödung, wie er sich ausdrückt, ebenfalls die Nase voll. Es kratzt und knistert in den Lautsprechern. Dann ertönt P2. Die Frau hinter dem Glasfenster lächelt sie böse an, und eine Patientin mittleren Alters mit einem lästigen Husten greift nach der nächsten Zeitschrift, wobei sie ihr einen säuerlichen Blick zuwirft. Die Heldin des Tages ist Mette Minde wirklich nicht.

Sie steckt die Hand in die Tasche und holt das Blatt heraus, das sie bei der *Auto und Altmetall AG* eingesteckt hat. Sie breitet es vor sich aus und studiert die merkwürdigen Zeichen, die Tove mit einem blauen Kugelschreiber daraufgemalt hat, dreht und wendet das Blatt, ohne klüger daraus zu werden. Der freundliche Mann, der auch lieber P1 zu hören scheint, beugt sich zu ihr hin, zeigt auf das Blatt und sagt leise und vertraulich: »Da kann ich nur hoffen, dass Ihnen alle guten Mächte beistehen.«

»Wie meinen Sie das?«

Ein dünner Typ im weißen Kittel und mit einer Hornbrille auf der Nase öffnet weit die Tür zum Wartezimmer. »Andersen«, sagt er, und der Mann steht auf, ohne ihr geantwortet zu haben.

Ihr Mobiltelefon kündigt eine SMS an. Sie ist auf Englisch. »Sie sind in großer Gefahr. Passen Sie auf.« Sie starrt die Nummer auf dem Display an. Das ist nicht die Nummer des alten Nokia, das sie Mudada mitgegeben hat. Die Nummer im Display beginnt mit +46, der Vorwahl von Schweden. Kann Mudadas Vater ein schwedisches Handy haben? Oder der Lastwagenfahrer? Nein, das hört sich mehr als unwahrscheinlich an, aber wer außer den Männern auf dem Weg nach Ägypten könnte ihr eine SMS auf Englisch schicken?

Plötzlich kommt ihr das Wartezimmer wie ein sicheres Nest vor. Sie lehnt den Kopf zurück und schließt die Augen. Wann hat es angefangen schiefzulaufen? Was hat sie getan? Wer kann ihr jetzt helfen? Warum ruft sie nicht einfach Morgan Vollan an? Will sie Mudada und seinen Vater beschützen, oder will sie in Wirklichkeit nicht als diejenige dastehen, die alles vermasselt hat?

»Du, Lotte?«

Das ist Großmutters Stimme. Sie kommt aus der Küche.

»Ja?«

»Komm doch mal zu mir.«

Großmutter hat Burre auf den Küchentisch gesetzt. Sie hat sein Ohr angehoben und schaut hinein. Lotte rutscht das Herz in die Hose.

»Ich frage mich, ob Burre eine Ohrenentzündung hat. Das riecht irgendwie seltsam, und er kratzt sich die ganze Zeit am Ohr«, sagt die Großmutter.

Lotte tritt näher. Sie sieht, dass er kleine, rote Kratzmale auf der Innenseite seines Schlappohrs hat. Kurze, weiße Haare bedecken die Haut, und durch das dünne, weiße Fell kann sie die Wunden sehen. Das Fell ist weiß. Schneeweiß. Nicht schwarz. Es sieht nicht normal aus. Lotte fragt sich, ob sie sich gleich übergeben muss. Oder auf der Stelle tot umfällt.

»Ich denke, wir sollten deine Freundin anrufen, Stine, so heißt sie doch, und fragen, was wir tun sollen«, sagt Großmutter.

Planen, planen, denken, planen, planen, denken, hämmert es in ihrem Kopf. Es taucht kein Plan auf. Es fällt ihr nichts ein. Eine betäubende, fließende graue Masse füllt ihren ganzen Kopf aus.

»Wie heißt deine Freundin mit Nachnamen? Hat sie ein Mobiltelefon?« Großmutters Stimme kommt von weit her.

»Sie sind im Süden«, sagt Lotte.

»Wie heißen sie mit Nachnamen?«

»Das weiß ich nicht.«

»Das weißt du nicht?« Die Großmutter richtet sich auf und starrt Lotte an. »Du weißt nicht, wie deine Freundin mit Nachnamen heißt?«

»Nein.«

Jetzt sieht die Großmutter wütend aus. Sie hat die Brauen zusammengezogen und beißt sich auf die Unterlippe.

»Jetzt denk einmal nach. Du musst doch wissen, wie deine beste Freundin heißt, Lotte! Wir müssen mit diesem Ohr etwas unternehmen.«

Beste Freundin, beste Freundin, beste Freundin, hallt es in Lottes Kopf.

»Wir rufen Mama an. Sie muss irgendwo eine Klassenliste haben«, seufzt die Großmutter. Lotte schließt die Augen. Sie will nichts sehen. Sie muss aufs Klo. Jetzt, sofort.

Die Wunde ist gereinigt, und die Wundränder werden unter einem weißen Tapeverband zusammengepresst. Ihre Impfung ist aufgefrischt worden, und sie soll sich sofort melden, wenn sie sich schlecht fühlt. Sie fühlt sich schlecht. Es regnet. Sie steht etwas ratlos vor der Arztpraxis herum und starrt zu dem Supermarkt hinüber. Braucht sie etwas? Ganz bestimmt, aber was? Hat sie seit dem Cervelatwurstbrot im Stall etwas gegessen? Nein. Oder doch, ein paar Trauben. Hat sie Hunger? Ja!

Sie denkt an Frid, während sie Waren aus den Regalen nimmt. Ein Ei und zwei Tomaten. Sie kauft Eier und Tomaten, fertige Frikadellen, Brot und Milch, Kaffee und Cola light. Dann muss sie an Anne denken und nimmt eine Packung Cervelatwurst aus dem Ständer mit Aufschnitt. Sie geht zu dem Regal, in dem dicht an dicht Gläser mit sauren Gurken stehen.

An der Kasse greift sie nach Dagbladet und VG und bittet um eine Packung Schmerztabletten. Es hat aufgehört zu regnen.

Sie öffnet die Packung mit den Tomaten und isst sie ungewaschen. Anschließend setzt sie sich ins Auto und ruft die Auslandsauskunft, eins-acht-acht-zwei, an und fragt, auf wen die schwedische Telefonnummer registriert ist. Die Nummer ist auf niemanden registriert, lautet die Antwort. Sie gehört einem unregistrierten Nutzer. Es ist also nicht möglich herauszufinden, wer ihr die SMS geschickt hat. Leider, in Schweden haben sie andere Regeln als die vor Kurzem in Norwegen eingeführten.

Kurz darauf biegt sie in die Straße ein, in der Forsthammer wohnt und fährt im Schneckentempo an seinem Haus vorbei. Sein großer BMW steht in der Einfahrt, dahinter der Jeep. Sie kehrt in einem Wendeplatz am Ende der Straße um und fährt langsam wieder zurück. »Sie sind in großer Gefahr. Passen Sie auf.« Mette hält am Straßenrand, schließt das Auto ab und läuft die Schiefertreppe zum Haus hoch.

Jonas Forsthammer zieht die Brauen hoch, als er sie in der Tür stehen sieht. Den Anzug hat er gegen Jeans und einen grauen Polosweater getauscht. Sein silbernes Haar ist zu einem Pferdeschwanz zusammengebunden, und auf der Nase sitzt eine Brille mit einem schmalen Stahlgestell. Er führt sie in die Küche. Der Tisch liegt voller Papiere. Antonsen von der *Auto und Altmetall AG* nickt ihr kurz zu. Forsthammer bittet sie, Platz zu nehmen. Er bietet ihr Kaffee an, den sie dankend ablehnt.

»Was kann ich für Sie tun?«

»Sie können die dritte Schublade aufziehen«, sagt sie und zeigt darauf.

Er zieht die Schublade auf.

»Und die Tüte mit den Ballons herausnehmen.«

Er tut, was sie sagt, zieht einen Ballon aus der Tüte und

reicht ihn ihr. Sie wirft den Ballon auf den Tisch. Er hebt sich von den weißen Papieren ab.

»Genauso ein Ballon aus genau dieser Tüte lag auf der Brust von Frid Erica Bengtsen, als sie am Freitagabend ermordet aufgefunden wurde – erwürgt mit einer Hundeleine. Frid hat für Sie gearbeitet«, sagt sie und deutet auf Forsthammer. »Und sie steht unter Verdacht, den Staat gemeinsam mit Ihnen um mehrere Millionen Kronen betrogen zu haben«, sagt sie und zeigt auf Antonsen.

Antonsen schnappt nach Luft und will aufstehen, doch Forsthammer beruhigt ihn mit einer Handbewegung.

»Wir sind das alles mit der Polizei durchgegangen«, sagt er. »Ich habe keine Erklärung, was passiert ist, aber ich kann Ihnen versichern, dass ich nichts mit dem Mord zu tun habe, und von dem Betrug habe ich auch nichts gewusst, bevor die SFT Kontakt zu mir aufgenommen hat«, sagt er in einem scharfen Ton. »Sie können mir glauben, dass das keine gute Reklame für meine Firma ist.«

»Bestimmt nicht. Vielleicht passt es da ja ganz gut, dass Frid sich nicht mehr dazu äußern kann?«

»Das war jetzt nicht nett von Ihnen, Minde. Ich habe Frid nicht sonderlich gut gekannt. Ich bin Vorstandsvorsitzender und habe Eigentümeranteile an Autoexport, aber um das Tagesgeschäft kümmern sie sich dort oben selbst. Es ist nicht bewiesen, dass Frid das Geld an sich genommen hat. Jetzt, da sie tot ist, kann sich der Verdacht auch gegen jeden anderen im Betrieb richten, das dürfte Ihnen doch klar sein. Die Situation ist alles andere als vorteilhaft für uns!«

Antonsen hat sich mit hochrotem Gesicht erhoben. Er reißt sich die Kappe vom Kopf und fährt sich mit der Hand über den Schädel.

»Frid hat das Geld genommen. Sie hat es in die eigene Tasche gesteckt! Ich habe es getan, um meinen Betrieb zu retten. Sie hat es für sich getan! Die Idee kam von ihr, und ich habe nichts Falsches darin gesehen. Die Autos sind schließlich außer Landes! Niemand, absolut niemand, ist durch uns geschädigt worden.«

»Doch. Der Staat. Der Staat, das sind wir alle, Antonsen, ich dachte, da wären wir uns einig. Du hast die Finger in die Gemeinschaftskasse gesteckt«, sagt Forsthammer.

Antonsen setzt sich wieder und vergräbt den Kopf in den Händen. Auf dem Handrücken hat er mehrere Schnitte und Risse.

»Ich habe alles zugegeben und offengelegt. Sie hat weiterhin geleugnet. Will nicht gewusst haben, wofür die Listen waren. Verdammtes Weibsbild!«

»Kennen Sie jemanden mit Namen Tove?«, fragt Mette.

Antonsen blickt auf.

»Meine Frau heißt Tove.«

»Sie ist in demselben Club wie Frid. Sylfiden nennt er sich.«

»Ich weiß. Darüber habe ich Frid kennengelernt. Über Tove. Ich wünschte, ich wäre ihr nie begegnet.«

Einige Sekunden ist es still, bevor Antonsen erneut auffährt.

»Wenn Sie glauben, dass Tove etwas damit zu tun hat, dann irren Sie sich. Wenn Sie sie belästigen, bringe ich Sie um.«

Forsthammer muss erneut beschwichtigen.

»Wenn diese Vernehmung hier vorbei ist, würden wir gerne mit unserer Arbeit fortfahren. Das ist, so gesehen, eine Vorstandsitzung«, sagt er.

Mette erhebt sich.

»Ist letzte Nacht ein Transporter von Autoexport rausgegangen?«

»Ja. Warum?«, fragt Forsthammer.

»Das war nur so ein Gedanke«, sagt Mette.

»Nur so ein Gedanke«, explodiert Antonsen. »Und das sagen ausgerechnet Sie, die Sie illegale Einwanderer verstecken. Sie stecken bis zum Hals im Dreck, das sollten Sie nur wissen. Ich wäre ein bisschen vorsichtig, wenn ich Sie wäre!«

»Illegale Einwanderer?« Forsthammer blickt von einem zum anderen.

Es gibt einen Riesenkrach.

Sie sitzt in einem Sessel im Wohnzimmer und denkt an die Opernsängerin mit den weißen Zähnen, die jetzt auf der Bühne in Mailand steht. Hinter dem Flügel hängt ein Bild von ihr. Ein großes Bild von Christina Angell, die in einem langen, weißen Baumwollkleid auf einer Blumenwiese steht. Schön und unschuldig.

Antonsen sitzt auf dem Sofa und liest demonstrativ in einem Kunstbuch, das er in dem Stapel auf dem ellipsenförmigen Wohnzimmertisch gefunden hat, »Die Meister des Impressionismus.« Tore Antonsen, verheiratet mit Tove. Ihr kommt der Gedanke, wie verschieden sie doch sind, die beiden Ehepaare. Tove und Tore. Unhöflich und hitzig. Christina und Jonas. Vornehm und kultiviert.

Forsthammer wandert im Wohnzimmer auf und ab, als wäre er draußen und würde seinen Schrittzähler spazieren führen. Sie wirft verstohlen einen Blick auf die Uhr und fragt sich, ob jemand in der Redaktion es nicht seltsam findet, dass sie nicht auftaucht. Sie wollte doch den Sylfiden-Beitrag redigieren. Stoff können sie immer gebrauchen. Dann denkt sie an die Milch, die draußen im Auto liegt und warm wird, und sie bekommt wieder Hunger. Sie steht auf, geht in die Küche und nimmt sich eine Banane aus dem Obstkorb. Die Schale ist gelb und fest und zeigt keine Anzeichen, dass die Dame des Hauses seit Tagen verreist ist. Er hat also offenbar einen Sinn für seine eigene Ernährung. Sie hebt die Banane hoch und sieht Forsthammer fragend an, als sie wieder ins Wohnzimmer kommt. Er nickt. Im Augenwinkel registriert sie, dass Antonsen ihren Bewegungen folgt.

Das Kauen der Banane ist mit leichten Beschwerden verbunden. Die Haut spannt unter dem Verband. Warum hat niemand sie gefragt, warum sie mit einem riesigen Verband im Gesicht herumläuft? Ist es ihnen egal, oder kennen sie die Antwort?

Das Schweigen im Raum nagt allmählich ein Loch in ihren Kopf. Dann kommt endlich Rashidi Aswany. Er bleibt stehen und sieht von einem zum anderen, bevor Forsthammer ihm sagt, dass er sich setzen soll.

Frau Madsen ist ratlos. Sie macht sich Sorgen um Inger Susanne, die nur noch schläft. Es ist verständlich, dass sie nach allem, was passiert ist, erschöpft ist, doch irgendwie hat sie plötzlich etwas Fremdes an sich. Etwas Dunkles, Verschlossenes. Die guten Gespräche haben aufgehört. Inger Susanne ist traurig, schlussfolgert sie. Vielleicht ist das eine psychische Reaktion. Sie wirkt so sonderbar auf sie.

Auch was den Mord angeht, gibt es nichts Neues. Inger Susanne müsste die Polizei anrufen und hören, wie es läuft. Vielleicht kann sie das ja tun. Fragen, wann die Beerdigung ist.

Sie schlägt die Nummer im Telefonbuch nach. Nicht den

Notruf, sondern die normale Nummer. Die steht in den rosa Seiten. Sie wählt die Nummer. Am anderen Ende nimmt jemand ab. Wenn Inger Susanne nichts unternimmt, muss sie das eben tun. Das ist das Mindeste, was sie tun kann.

»Ja, guten Tag, hier spricht Margit Madsen. Ich habe eine Frage zu der verstorbenen Frid Erica Bengtsen. Können Sie mir sagen, wann die Beerdigung ist?«

Sie hört der Stimme am anderen Ende genau zu.

»Nein, ich bin eine Freundin von …«

Sie lauscht.

»Nein. Vielen Dank.«

Sie hört ein Geräusch hinter sich, und eine Hand legt sich auf ihre und auf den Telefonhörer. Dann wird der Hörer aufgelegt. Frau Madsen wendet den Kopf und blickt zu Inger Susanne hoch. Ihr Gesicht ist ausdruckslos und blass. Auf der linken Wange sind noch Kissenabdrücke. Tiefe Abdrücke, die wie Falten in dem glatten Gesicht aussehen.

»Sie müssen sich damit nicht belasten, Margit. Das müssen Sie wirklich nicht.«

Großmutter hat Kamillentee gekocht. Jetzt ist er nur noch lauwarm. Sie tunkt einen großen Wattebausch in den Tee und drückt etwas Flüssigkeit aus. Dann reibt sie mit dem Wattebausch über die Innenseite von Burres Ohr. Sie zieht das Ohr mit Daumen und Zeigefinger in die Länge und stopft den Wattebauch mit den Fingern der anderen Hand tief hinein. Der Wattebausch ist voll mit braunem Ohrenschmalz. Großmutter bereitet einen neuen Wattebausch vor und reinigt das Ohr, bis kein Ohrenschmalz mehr herauskommt. Dann massiert sie das Ohr. Bis hin zu der Stelle, wo es am Kopf sitzt. Es sieht schmerzhaft aus, aber Burre scheint es zu gefallen.

Seine Augen sind schmal geworden, und er drückt den Kopf gegen Großmutters Finger, als würde er sich wohlfühlen.

Mama geht nicht ans Telefon. Großmutter hat sie mehrmals angerufen, aber sie geht nicht ans Telefon. Großmutter schweigt, während sie sich mit Burre beschäftigt. Ihr Gesicht wirkt verschlossen. Lotte wagt nicht, etwas zu sagen.

Das Fell im Ohr ist so weiß. Es hebt sich unnatürlich von dem schwarzen Fell ab. Großmutter scheint ihre Gedanken zu lesen. Lotte macht sich fast in die Hose.

»Das Fell im Ohr sieht merkwürdig aus«, sagt Großmutter. »Schwarz außen und weiß innen. Irgendwie stimmt da was nicht.«

Lotte sagt nichts. Ihr ist schwindelig.

Es erinnert an eine Vernehmung. Jonas Forsthammer stellt die Fragen, und Aswany antwortet. Klein und in sich zusammengesunken sitzt er in seinem braunen Anzug neben Antonsen, der auch heute Jeans trägt.

Aswany erzählt, wie Malek, der Vater von Mudada, am Montagmorgen draußen vor Autoexport gestanden und gewartet hat. Er wollte zu Frid, er wusste nicht, dass sie tot ist. Nachdem er es erfahren hatte, ist er total zusammengebrochen, und Aswany hat ihn mit zu sich nach Hause genommen. Malek hat nichts von dem Jungen gesagt, der draußen im Wald war. Schließlich hat Aswany jedoch gemerkt, dass irgendetwas nicht stimmte. Malek ist fast blind, er konnte unmöglich allein zu Autoexport gekommen sein, selbst wenn er eine Mitfahrgelegenheit bis zu einer Firma draußen in Lahelle in Porsgrunn hatte. Von Lahelle bis Rødmyr sind es mindestens fünf, sechs Kilometer, und ein Blinder kann diese Strecke nicht ohne fremde Hilfe zurücklegen.

Aswany erzählt, dass er zu dem Fahrer Kontakt aufgenommen hat. Ihm war auf der Rückfahrt von Ägypten nichts aufgefallen. Er hat nicht gewusst, dass er zwei blinde Passagiere hatte. Jetzt weiß er allerdings, dass sich zwei Personen an Bord befinden, die er unbemerkt nach Ägypten zurückbringen soll.

»Aber warum hat Mudada mich nicht angerufen? Er hat versprochen, eine SMS zu schicken. Ich habe ihm ein altes Nokia mit einer Prepaid-Karte gegeben, damit er zu mir Kontakt aufnehmen kann. Ich bin außer mir vor Sorge«, sagt Mette.

Aswany sieht sie traurig an.

»Der Fahrer hat die Mobiltelefone konfisziert. Es ist zu riskant, wenn sie telefonieren«, sagt er.

»Aber wie geht es ihnen? Haben Sie zu dem Fahrer Kontakt?«

»Bis jetzt ist alles gut gelaufen. Vor ein paar Stunden waren sie weit unten in Europa. Jetzt können wir nur hoffen, dass sie das letzte Stück auch noch schaffen«, sagt Aswany.

Jonas Forsthammer räuspert sich. Er hat die Arme verschränkt und sieht zu ihnen hinunter.

»Und wo kommen Sie ins Bild, Minde?«

Mette erzählt, wie sie Mudada in ihrem Auto gefunden hat und was danach passiert ist. Forsthammer hört mit gerunzelter Stirn zu.

»Wann genau hat der Transporter die norwegische Grenze passiert?«, fragt er an Aswany gewandt.

»Sie sind Sonntagabend mit der Fähre von Dänemark gekommen. Ich weiß genau, was Sie denken, und ich habe alle Frachtpapiere zweimal überprüft. Malek kann unmöglich etwas mit dem Mord an Frid zu tun haben. Am Freitagabend befand sich der Transporter noch in Deutschland«, sagt Aswany.

»Aber was wollte Malek von Frid?«, fragt Forsthammer.

Aswany seufzt und reibt die Handflächen gegeneinander.

»Wie Sie wissen, verkaufen wir Autos an meinen Bruder in Sharm el Sheik. Ihm gehört eine Firma, die dort unten Wüstensafaris für Touristen arrangiert. Frid ist mehrmals mit dem Transporter mitgefahren. Auf einer dieser Touren hat sie Malek kennengelernt. Er hat in einem Hotel gearbeitet. Sie sind gute Freunde geworden, und Frid hat den Privatunterricht für seinen Sohn bezahlt. Sie hatte auch versprochen, Mudadas Ausbildung zu bezahlen. Er will Ingenieur werden. Er ist mit Sicherheit ein hochintelligenter Junge. Doch dann ist Malek bei dem Bombenanschlag im Sommer verletzt worden, und Frid hat die Verbindung abgebrochen. Malek war verzweifelt und wollte versuchen, mit ihr zu reden. Deshalb ist er hergekommen.« Alle in Forsthammers großem Wohnzimmer schweigen.

»Wie haben Sie herausgefunden, dass Malek einen Helfer hatte?«, fragt Mette.

»Malek hat es mir schließlich erzählt, und wir haben in Rødmyr eine große Suchaktion gestartet. Alle von Autoexport haben mitgesucht, und das über mehrere Stunden, aber wir haben Mudada nicht gefunden. Wir waren langsam ziemlich verzweifelt, weil wir die beiden auf dem gestrigen Transporter haben wollten«, erklärt Aswany.

»Und dann?«

»Malek hatte ein Mobiltelefon, aber das war leer. Als wir endlich ein passendes Ladegerät gefunden hatten, haben wir gesehen, dass mehrere unbeantwortete Anrufe von einer Telefonnummer eingegangen waren, die Ihnen gehört.«

Mette erinnert sich, dass Mudada versucht hat, von ihrem Festnetztelefon aus zu telefonieren.

»Das war gestern Abend«, fährt Aswany fort. »Ich bin selbst zu Ihnen nach Hause gefahren, aber es war niemand da, und es stand auch kein Auto vor Ihrem Haus. Später ist Mudada dann ja aufgetaucht, und alles hat sich gefügt.«

»*Wer* genau war bei dieser Suchaktion dabei?«, fragt Forsthammer.

»Ich, Antonsen, Terkel Andersen und Jens Kløverød«, antwortet Aswany, die Augen fest auf die Tischplatte gerichtet.

»Ich, als Miteigentümer und Vorstandsvorsitzender, war also als Einziger nicht über diese Aktion informiert«, sagt Forsthammer schroff. »Und niemand hat es für nötig befunden, *mich* darüber zu informieren, dass der Transporter, für den ich verantwortlich bin, sich jetzt mit zwei blinden Passagieren an Bord irgendwo in Südeuropa befindet?«

»Wir wollten dich nicht beunruhigen«, sagt Antonsen.

»Und wo kommst du ins Bild, wenn ich fragen darf?«, sagt er und zeigt auf den Mann in Jeans.

»Ich versuche nur zu helfen«, sagt Antonsen.

»Zu helfen! Das sagt der Richtige.«

Mette räuspert sich.

»Wundert sich niemand, warum ich aussehe, wie ich aussehe?«

Die Männer starren ihr ins Gesicht. Alle drei.

»Es ist wohl nicht sonderlich höflich, nach so etwas zu fragen«, sagt Antonsen.

Und das kommt von diesem Arsch, denkt Mette wütend. Sie erzählt, was ihr im Wald passiert ist. Wie sie in der Nacht, nachdem sie Mudada zu Autoexport gefahren hatte, von einem Mann verfolgt und beinahe erwischt worden ist, doch sie sagt nichts von der Übernachtung im Stall.

»Haben Sie Anzeige erstattet?«, fragt Forsthammer.

»Nein, das kann ich wohl schlecht. Ich habe ein Erklärungsproblem«, sagt sie. »Ich habe, wie Antonsen ganz richtig bemerkt hat, einen illegalen Einwanderer versteckt. Ich will schließlich nicht, dass Mudada und sein Vater Probleme bekommen. Was sie getan haben, war dumm und illegal, aber sie verdienen es nicht, in Schwierigkeiten zu geraten. Ich bin Journalistin! Man hat mich gelehrt, meine Quellen zu schützen!«

Aswany sieht sie beschwichtigend an.

»Niemand von uns will, dass sie Probleme bekommen. In ein paar Tagen sind sie zurück in Ägypten, und das Leben geht weiter«, sagt er leise.

»Wie vorher? Mudada hat davon geträumt, Ingenieur zu werden! All seine Träume haben sich zerschlagen, nichts ist mehr wie vorher«, sagt sie. »Ich denke eigentlich, dass wir ihnen auf die eine oder andere Weise helfen sollten. Jetzt, wo wir davon wissen.«

»Ich werde sehen, was sich tun lässt«, sagt Aswany. »Ich setze Sie auf die Freiwilligenliste.«

»Gut.«

»Und jetzt zu dem, was im Wald passiert ist. Hatten Sie Angst?«

»Was glauben Sie?«

»Sie brauchen keine Angst mehr zu haben. Das hatte nichts mit Ihnen zu tun. Einer meiner Männer, ich sage nicht wer, hat Sie für Mudada gehalten. Er hat versucht, Mudada einzufangen, zu seinem eigenen Besten. Es tut mir wirklich leid, dass Sie verletzt wurden«, sagt Aswany.

Einer meiner Männer, denkt Mette. Es war nicht Aswany. Auch nicht Terkel Andersen und garantiert nicht Antonsen. Also muss es Jens Kløverød gewesen sein. Sie schaudert und sieht die ölverschmierten Hände vor sich. Warum hat er nichts gesagt? Warum hat er nicht Mudadas Namen gerufen? Warum hat er geschwiegen? Ein stummer Jäger auf der Jagd nach seiner flüchtenden Beute. Sie kann seinen Atem hören und sein Hüsteln. Kann er sie wirklich für Mudada gehalten haben?

»Halten Sie mich auf dem Laufenden, wie es mit dem Transporter klappt?«

»Natürlich«, sagt Aswany.

Mette steht auf. Forsthammer sieht auf die Uhr.

»Ich begleite Sie hinaus. Mehr können wir hier jetzt wohl nicht tun«, sagt er.

Draußen auf der Schiefertreppe dreht sie sich zu ihm um und fragt: »Wer von Ihnen hat eigentlich ein wasserdichtes Alibi für den Mordabend?«

Forsthammer seufzt und zieht die Haustür hinter sich zu. Mit dem Zeigefinger schiebt er die Brille auf der Nase hoch.

»Ich habe am Freitag von sechs Uhr an im örtlichen Gewerbeverein einen Vortrag gehalten. Anschließend gab es ein Abendessen. Aswany hat ein Alibi. Antonsen hat allein in der Schrottverwertung gearbeitet, was man nicht wirklich als Alibi bezeichnen kann.«

»Und was ist mit Terkel Andersen und Jens Kløverød?«

»Soweit ich das verstanden habe, hat keiner von ihnen ein Alibi. Leider wohnen auch beide allein. Aber Sie glauben doch nicht ernsthaft, dass einer von uns etwas mit dem Mord zu tun hat? Ich an Ihrer Stelle würde die Aufklärung des Falls der Polizei überlassen. Ich versichere Ihnen, dass die uns gründlich unter die Lupe genommen hat. Jeden einzelnen. Wir alle sind stundenlang vernommen worden. Mord ist nichts für Amateure, Minde«, sagt Forsthammer.

»Wie geht es Ihrer Frau in Mailand?«

Forsthammer strahlt und lächelt sie breit an. Wenn sie darüber nachdenkt, ist es das erste Mal, dass sie ihn lächeln sieht.

»Gut. Ein Team von *Norwegen auf einen Blick* war gestern unten und hat Aufnahmen für eine Sendung gemacht, die sie über Norweger im Ausland bringen wollen. Sie wird kurz vor Weihnachten ausgestrahlt.«

»Das hört sich doch spannend an«, sagt Mette und geht zu ihrem Auto.

Kann sie diesen Menschen vertrauen? Steckt sie jetzt mit ihnen unter einer Decke? Woher weiß sie, dass Aswany die Wahrheit sagt, wenn er behauptet, dass Mudada und sein Vater sicher auf dem Weg nach Ägypten sind? Warum hat man ihnen die Mobiltelefone abgenommen? Und wer hat ihr die SMS auf Englisch geschrieben? »Sie sind in großer Gefahr. Passen Sie auf.« Worauf aufpassen? Vor wem aufpassen? Warum hat Frid mit Malek gebrochen? Und das, nachdem er verletzt worden und fast erblindet war. Stand darüber etwas in den Tagebüchern? Was für ein Mensch war Frid eigentlich? Vielleicht kann Turid ihr das ja sagen. Sie hatte Turid fast vergessen. Mette sieht auf die Uhr. Es ist noch reichlich Zeit bis zu ihrer Verabredung.

Als sie den Autoschlüssel ins Schloss steckt, hört sie Forsthammer von der Treppe her rufen: »Minde, melden Sie sich, wenn Sie ein neues Auto brauchen, ich mache Ihnen einen guten Preis! Der da passt nicht zu Ihnen!«

Sie winkt, ohne zu antworten und setzt zurück. Sie ist nicht der Typ, zu dem ein Auto passen muss. Plötzlich vermisst sie Peder und die Zwillinge so sehr, dass es wehtut.

Lotte spielt ein Spiel auf dem Computer. Wie schön wäre es, einen eigenen Computer zu haben. Viele in ihrer Klasse haben einen. Großmutter telefoniert. Sie hört ihre wütende Stimme bis hier. Großmutter ist in der Regel nicht wütend. Mama ist wütend, aber Großmutter nicht. Sie sitzt im Schlafzimmer und hat die Tür hinter sich geschlossen, aber Lotte hört trotzdem ihre wütende Stimme.

Mama wird sauer werden, wenn sie merkt, dass die Tönung weg ist. Sie hat die Schachtel und alles in den Müll unten geworfen. Vielleicht hat Mama ja vergessen, dass sie die Tönung gekauft hat. Nein, Mama vergisst nie etwas, und eine Tönung ist teuer, die vergisst sie ganz bestimmt nicht. Das Handtuch hat sie auch weggeworfen. Das hatte so viele Flecken. Mama hat ein spezielles Handtuch, das sie nur für die Haare benutzt. Sie hätte es sofort gemerkt. Deshalb musste sie das Handtuch wegwerfen. Lotte hat Bauchschmerzen. Und wenn jemand das Handtuch im Abfall findet und alle im Block fragt, ob jemand ein so großes, schönes Handtuch weggeworfen hat. Und wenn er bei Mama klingelt. Und wenn Großmutter gerade mit Mama spricht. Und wenn sie endlich ans Telefon gegangen ist. Und wenn sie eine Klassenliste hat. Und wenn sie die Nummer von Stine gefunden hat. Und wenn Mama sagt, dass Lotte sofort nach Hause kommen muss. Und wenn Großmutter gerade mit Stines Mutter spricht. Und wenn das Allerschlimmste passiert. Und wenn sie es herausbekommen.

Heute ist Mittwoch. Am Montag fängt die Schule wieder

an. Was soll sie dann machen? Sie denkt an den Mann und die zwei Jungen. Sie hätte ihm beinahe alles erzählt. Es einfach erzählt, um dann im Boden zu versinken, durch Heidekraut und Gras und weiße Steine hindurch. Niemand kann Kinder umbringen, und niemand kann sie ins Gefängnis stecken. Jedenfalls nicht ins Gefängnis stecken. Das ist verboten. Das haben sie in der Schule gelernt. Man muss fünfzehn sein, um ins Gefängnis zu kommen, und sie ist erst elf. Aber sie können wütend werden. Das ist nicht verboten. Sie können schimpfen und schelten und hässliche Dinge sagen.

Auch die Polizei kann wütend werden. Alle müssen tun, was die Polizei sagt, weil man der Polizei gehorchen muss. Und wenn man die Polizei anlügt, ist das schlimmer, als wenn man jemand anderen anlügt. In ihrem Block hat einer die Polizei angelogen. Er ist vor Gericht gekommen und musste ins Gefängnis. Er hatte viel gestohlen, das die Polizei gefunden hat. Sie war im Internet und hat gesehen, dass der weiße Hund als gestohlen gilt. Das hat auch in der Zeitung gestanden. In allen Zeitungen. Großmutter und Großvater haben alle Zeitungen gekauft, in denen Bilder von dem weißen Hund waren, der Fido heißt. Wenn man etwas stiehlt und die Polizei anlügt, kommt man vor Gericht.

Lotte bekommt kaum Luft. Der Bauch ist zu eng, wenn sie sitzt. Sie muss aufstehen, damit der Bauch mehr Platz hat. Großmutter redet noch immer da drinnen. Lotte will nicht nach Hause. Sie holt Burres Leine. Sie wird noch einmal an der Hütte des bösen Mannes vorbeigehen. Es ist normal, vor dem bösen Mann Angst zu haben, nur dass er nicht in seiner Hütte ist. Sie kann aber so tun, als wäre er da, dann bekommt sie ein bisschen Angst. Und vor den Bäumen bekommt sie auch ein bisschen Angst. Nein, vor den Bäumen wird sie jetzt keine Angst bekommen. Sie wird nicht dumm und kindisch sein. Deshalb hat sie nämlich keine Freundinnen. Weil sie dumm und kindisch ist.

Sie läuft die weiße Straße entlang. Aus dem Hüttengebiet hinaus. In den Wald, wo keine Hütten sind. Nur Bäume. Lotte und Burre und nichts als Wald.

Mette beschließt, kurz bei Autolux vorbeizuschauen, dem letzten der Betriebe, an denen Forsthammer Anteile besitzt. Sie kann es genauso gut gleich tun, während er zu Hause eine Vorstandssitzung abhält. Sie findet einen freien Parkplatz vor dem Geschäft und quetscht den Golf zwischen einen frisch gewaschenen dunkelblauen Audi und einen silbernen BMW. In dieser Gesellschaft bietet ihr Auto wirklich einen traurigen Anblick.

Sie sieht sich das Geschäft von draußen an, wirft einen Blick durch die großen Fenster und zögert kurz, bevor sie die Tür aufzieht. Lautlos öffnet sich die Glastür und schließt sich hinter ihr wieder.

Der Boden in dem hohen Raum ist mit grauweißen, quadratischen Fliesen ausgelegt. Helle Spots beleuchten die in Metallic und Chrom blitzenden Ausstellungswagen. Sie schlendert zwischen den Luxusschlitten umher, sieht sich einen nach dem anderen an. Eine Innenauskleidung aus cremefarbenem Leder ist offensichtlich nicht so ungewöhnlich, wie sie immer gedacht hat. Es riecht leicht nach Gummi hier drinnen. Alle Reifen sehen frisch geschrubbt aus. Und alle Räder sind mit Alufelgen in unterschiedlichem Design ausgestattet. Es fällt ihr leichter, sich Forsthammer in dieser Umgebung vorzustellen als oben bei Autoexport, ganz zu schweigen von der Autoverschrottung.

Im Geschäft sind keine Kunden, doch weiter hinten im Raum steht ein junger Mann in Hemd und Krawatte und spricht in ein Mobiltelefon, wobei er sich gegen einen roten Lamborghini lehnt. Er folgt ihr mit den Augen, startet aber keinen Versuch der Kontaktaufnahme. Offenbar betrachtet er sie nicht als potenzielle Kundin. Sie bleibt vor einem Porsche 911 Carrera stehen. Der Lack hat einen dunklen Pflaumenton. Sie seufzt. Der Preis des Autos findet sich zusammen mit weiteren Angaben auf einem Schild, das vor diesem Wunder steht. Er liegt über ihrem Jahresgehalt. Weit über ihrem Jahresgehalt, dabei ist der Wagen nicht einmal neu, sondern mehrere Jahre alt. Importiert aus Deutschland. Damit verdient Jonas Forsthammer also sein Geld.

Sie geht zum Ausgang. Der Autoverkäufer hat sich einen halben Meter von dem Lamborghini entfernt. Er telefoniert noch immer.

Als sie die Tür ihres Golfs öffnet und sich umdreht, blickt sie direkt in das Gesicht des Autoverkäufers, der wie angewurzelt hinter der großen Scheibe steht. Er hat das Telefon am Ohr. Eine tiefe Falte bildet sich senkrecht zwischen seinen Brauen. Mette Minde biegt mit ihrem alten Wrack von einem Auto auf den Porsgrunnsveg ein.

Peder schwingt die Axt über den Kopf und lässt sie mit aller Kraft auf den Hackklotz hinuntersausen. Der Holzklotz, den er zum Spalten aufgestellt hat, teilt sich in zwei schöne Scheite. Genau die richtige Größe für den Kamin. Er hat eine Weile Holz gehackt, und der Schweiß rinnt ihm über die Stirn und weiter in den Nacken. Die Tropfen laufen ihm den nackten Rücken hinunter. Das war eine schwere, aber befriedigende Arbeit. Vor ihm liegt ein ansehnlicher Haufen Holzscheite und leuchtet feuchtgelb, hinter ihm liegen ein paar lange Stämme, die er noch nicht in passende Stücke gesägt hat. Hauptsächlich Espe, Erle und Kiefer. Die Eichen lässt er stehen. Er bringt es nicht übers Herz, Eichen anzurühren. Eichen haben eine Seele, wie nur wenige andere Bäume. Vielleicht mit Ausnahme von Ahorn und Ulmen, doch Ahorn und Ulmen gibt es hier nicht. Aber Eichen, und die bleiben stehen.

In der Schule hat er Botanik immer geliebt. Das hätte er studieren sollen. Botanik. Aber was hat sein Vater gesagt? »Kannst du damit Geld verdienen, Peder?« Nein, mit der Botanik kann man nicht reich werden. Reich nicht, aber glücklich? Natürlich ist aus der Botanik nichts geworden. Immer geht es ums Geld. Er merkt sehr wohl, dass er jetzt weniger verdient. Weniger als Mette. Er versucht, sich zu sagen, dass das keine Rolle spielt, aber das stimmt nicht. Er spürt, dass es eine Rolle spielt, und da hilft es auch nicht, dass sie die Augen verdreht und ihn fragt, ob er wirklich der Meinung ist, dass sie ihn geheiratet hat, um versorgt zu sein.

Er schwingt die Axt über den Kopf und weiß, dass er heute Nacht wie ein Stein schlafen wird. Morgen wird er steif und mit Muskelkater aufwachen. Fast freut er sich darauf. Es ist herrlich, den Körper zu spüren. Wenn die Muskeln schmerzen und die Sehnen verspannt sind. Nicht nur die unsichtbaren Bahnen im Gehirn, wo bleischwere Gedanken kreisen und gegen die Hirnrinde stoßen.

Er ruft nach den Jungen. Das Holz muss gestapelt werden. Das ist viel Arbeit. Ein Regentag wird ihnen ihre Mühe lohnen, wenn es im Kamin knistert und prasselt.

Lotte sitzt auf der schwimmenden Anlegebrücke. Das gelbe Boot ist verschwunden, doch die Gardinen in der spitzen Hütte unten am Fjord sind nicht vorgezogen, was bedeutet, dass die Frau nur draußen auf dem Wasser ist. Vielleicht angelt sie wieder Dorsch. Es ist nicht leicht, einen Dorsch an die Angel zu bekommen. Das sagt Großvater, er versucht es immer wieder. Dorsch schmeckt nicht gut, deshalb ist es nicht schlimm, findet Lotte.

Ein Satz hat sich in ihrem Kopf festgesetzt wie ein Ohrwurm. Schließlich lässt sie ihn durch den Mund heraus: »Jetzt bekommst du deine eigene Medizin zu schmecken. Jetzt bekommst du deine eigene Medizin zu schmecken. Jetzt bekommst du deine eigene Medizin zu schmecken.«

Sie weiß nur nicht, was das bedeutet. Mama nimmt Medizin. Tabletten aus einer Schachtel und kleine Pillen aus einer Plastikdose mit Schraubverschluss. Außen drauf ist ein Aufkleber mit ihrem Namen. Alle Medikamente stehen in einem Schrank im Badezimmer. Sie muss den Schemel aus der Küche holen, um oben an das Fach zu kommen, in dem sie stehen. Aber sie hat die Medizin nie zu probieren bekommen. Mama bekommt ihre eigene Medizin zu schmecken, aber sie sagt das nicht so. Sie sagt, dass sie eine Tablette nehmen muss.

»Jetzt bekommst du deine eigene Medizin zu schmecken«, ruft Lotte laut mit gellender Stimme. Aber es hilft nicht. Sie versteht noch immer nicht, was das bedeutet. Und die Frau im Wald hat doch gar keine Tabletten bekommen. Sie ist doch gestorben. Sie ist mit Fidos Leine erwürgt worden. Vielleicht kann ihr Großmutter sagen, was das bedeutet. Großmutter weiß fast alles.

Mette streckt sich zu ihrer vollen Länge aus und stößt mit den Beinen gegen die Sofalehne. Hier hat Inger Susanne gelegen, und hier hat Mudada gelegen. Jetzt sind beide fort. Wie kann das sein? Jetzt liegt sie hier. Sie schließt die Augen und gleitet weg.

Lotte und Burre gehen von der Anlegestelle aus den grasbewachsenen Hang hinauf, kommen an der rosa Hütte vorbei und laufen bis hoch zu der weißen Straße. Lotte bückt sich und hebt eine wunderschöne Eichel mit einer Kappe auf. Die Eichen stehen bis dicht an die Straße. Ein Stück vor ihnen liegen die beiden großen Holzstapel, die der Mann auf dem Hof aufgetürmt hat. Da sind auch eine Säge und viele Stämme, die er noch nicht zersägt hat.

Plötzlich hört sie Gesang, er kommt von den Holzstapeln. Jemand singt. Dann ist es wieder still. Vorsichtig geht Lotte weiter, wobei sie das Holz nicht aus den Augen lässt. Burre zieht an der Leine und schnüffelt am Wegrand. Wieder hört sie die Stimme und bleibt stehen. Fido, singt die Stimme. Fiiido, Fido, Fiiido, komm zu Mama, Fido!

Burre springt auf die Holzstapel zu und zieht an der Leine. Lotte hält die Leine mit beiden Händen fest. Fiiido, Fiiido, Fido!

Nein!, will Lotte rufen, doch aus ihrem Mund kommt nur ein heiseres Krächzen. Sie will weglaufen, aber ihre Beine werden zu Puppenbeinen, ohne jede Kraft und Stärke. Sie hat das Gefühl, auf der weißen Straße in sich zusammenzusinken. Burre bellt. Nein, Burre! Dann steigt etwas Weißes vor ihr auf. Etwas Weißes mit großen, schwarzen Augen. Flattert in der Luft. Singt. Ein Gespenst! Fiiido, Fido, komm zu Mama, Fido!

Die Puppenbeine spannen an, bekommen Fleisch und Blut und Muskeln. Laufen. Laufen. Laufen. Zurück. Fort von den Holzstapeln, fort von zu Hause. Sie kriegt kaum mehr Luft, als sie an der spitzen Hütte unten am See ankommt. Das gelbe Boot ist noch immer nicht zurück. Sie dreht sich um. Hinter ihr ist niemand zu sehen, und es ist still. Niemand singt. Nirgendwo sind Gespenster. Lotte läuft auf die Terrasse und drückt sich an die Wand. Ihre Beine geben nach, und sie sinkt auf den Holzboden. Ihr Puls jagt. Ihr Gesicht ist heiß. Sie nimmt Burre und drückt ihn an sich. Hält ihn mit beiden Armen fest und schluchzt in sein schwarzes Fell.

Sie weiß nicht, wie lange sie so dasitzt. Ihr Körper ist nicht mehr warm. Sie friert. Burre hat sich auf dem Plankenboden ausgestreckt. Irgendwo in der Nähe hört sie einen Außenbordmotor starten. Durch die Öffnungen im Geländer sieht sie ein kleines, weißes Boot, das sich dem Land nähert. Sie drückt sich an die Wand und greift vorsichtig nach Burres Halsband. Wenn er nur nicht anfängt zu bellen! Im Boot sitzt eine Frau. Sie hat braune Haare, die im Wind flattern. Lotte schließt die Augen, muss sie aber wieder öffnen. Die Frau schirmt die Augen mit der Hand ab und starrt zum Land hin. Das Boot wird langsamer. Im selben Moment biegt das gelbe Boot um die Landspitze. Die Frau in dem weißen Boot gibt Gas und kreuzt vor dem gelben. Etwas Weißes flattert hoch in die Luft und fällt ins Wasser. Das Gespenst? Das gelbe Boot nähert sich. Auf allen vieren kriecht Lotte von der Terrasse herunter und um die Hausecke. Dann läuft sie los, gefolgt von Burre. Durch die Gärten, hoch zu der weißen Straße, vorbei an den Holzstapeln, hinaus aus dem Wald und zurück in das Hüttengebiet.

Der Holzstapel ist richtig gut geworden, und alle freuen sich.

»Wer will baden?«

Die Begeisterung hält sich in Grenzen.

»Du kannst ja baden, Papa, wir sehen dir dann dabei zu«, sagt Eirik.

Peder holt ein Badetuch und eine Flasche Duschgel, dann gehen sie in gesammelter Formation zum Anlegesteg. Er zieht sich aus und legt die Sachen auf die Bank. Die Zwillinge toben über die Planken. Der Wind weht kräftig, sodass der Wimpel am Flaggenmast wie ein Pfeil nach Westen zeigt. Peder stellt sich an den Rand des Anlegers, hebt die Arme über den Kopf, beugt sich leicht vor und springt. Er durchbricht die Wasseroberfläche mit den Fingerkuppen, spürt das eiskalte Wasser und fühlt sich wie eine frisch geschälte Banane, die jemand in Pulverschnee fallen gelassen hat.

Er seift sich ein und zwingt sich, ein paar Mal unterzutauchen. Die Seife bildet Schaum, der wie weiße Schäfchenwolken aussieht. Sanft segeln sie aufs weite Meer hinaus.

Die Jungen kreischen vor Vergnügen und Schreck und halten ihm das Handtuch auf.

»Papa, dein Piephahn ist ganz eingeschrumpft«, sagt Trym.

»Ja«, lacht Peder. »Stimmt. Das ist das kalte Wasser, aber der wird wieder.«

»Und wenn nicht?«

»Er wird, das versichere ich euch.«

»Ich werde nie im kalten Wasser baden«, verkündet Trym.

»Ha, dein Piephahn ist doch schon so klein, da brauchst du gar nicht erst im kalten Wasser baden«, sagt Eirik.

Trym versetzt seinem Bruder einen kräftigen Stoß.

»Es reicht! Wir sind alle drei ganz normal gebaut, und jetzt gehen wir hoch zur Hütte, bevor wir uns zu Tode frieren!«

Er sollte Mette anrufen und ihr erzählen, dass sie Lotte getroffen haben. Andererseits kann sie auch anrufen, wenn sie das noch immer interessiert.

Turid wohnt in einem gelben Haus im Nybergveg. Nicht weit von Frid unten in Mellombrottet entfernt und nicht weit von Forsthammer oben in Nybergåsen. Das Haus hat ein Souterrain aus Mauerstein, an dem sich burgunderroter wilder Wein hochrankt, und ist von einem weißen Lattenzaun umgeben. In der Auffahrt steht ein silberner, brandneu aussehender Toyota.

Mette parkt hinter dem Luxusschlitten.

Turid öffnet die Tür, noch bevor sie geklingelt hat. Sie muss auf sie gewartet haben. Mette ist fünf Minuten zu spät.

»Du meine Güte, was ist Ihnen denn passiert?«, ruft sie entsetzt und starrt Mette an.

Mit viel Gefühl für Dramatik beschreibt Mette den Sturz vom Pferd, und Turid schlägt mitfühlend die Hände zusammen. Langsam beginnt ihr die Sache Spaß zu machen.

Eine breite Kieferntreppe führt hoch ins Wohnzimmer. Decke und Wände sind weiß gestrichen. Durch weite, sprossenlose Fenster fällt das Licht auf das Eichenparkett. Zwei große Sofas aus hellem Leder stehen aneinander an einem dunklen Wohnzimmertisch gegenüber. Der Tisch ist mit Porzellan im Streublumenmuster aus der Porzellanfabrik in Porsgrunn gedeckt. Mette erkennt es von zu Hause wieder. In einer Kristallschale mit einem Standfuß liegen runde Schokoladenkekse. Es scheint so gedacht, dass jede von ihnen auf einem der Sofas sitzen soll. Turid bietet ihr den Platz auf dem Sofa an, das mit dem Rücken zur Wand steht. Sie selbst nimmt ihr gegenüber Platz. Eine Siamkatze, die am Ende des

Sofas liegt, blickt beleidigt auf, als der Druck ihren Körper wie auf einem Trampolin anhebt und ihre Ruhe stört. Die Katze richtet ihre blauen Augen auf die Fremde, bevor sie sich energisch die Pfoten zu lecken beginnt.

»Miss Daisy«, erklärt Turid und streckt einen molligen Arm nach der Katze aus, die sie jedoch anfaucht. »Sie ist sauer und mürrisch heute. Bedienen Sie sich«, sagt sie und zeigt auf die Keksschale.

Turid erhebt sich, greift nach der Kaffeekanne und gießt ihnen ein. Dann lässt sie sich wieder auf das Sofa fallen, sodass die Katze erneut abhebt.

Mette beißt in einen Keks. Nussmasse und Schokolade zerschmelzen in ihrem Mund. Der samtweiche Geschmack füllt die ganze Mundhöhle aus, und sie muss ihrer Begeisterung einfach mit einem langgezogenen Mmmm Ausdruck verleihen.

»Sarah Bernhardt«, sagt Turid.

Ihre Augen leuchten, ohne jede Übertreibung. Die Augen leuchten, und das Gesicht strahlt. Turid hält einen Sarah-Bernhardt-Keks zwischen Mittelfinger und Daumen und schiebt ihn sich langsam in den Mund. Die Unterseite berührt die Zungenspitze, bevor die Zähne sich über dem Keks schließen. Wieder ist ein Mmm zu hören. Die Augen werden schmal, die Schultern ziehen sich zu den Ohrläppchen hin hoch.

»Fantastisch«, sagt Mette.

»Die habe ich selbst gebacken.«

»Ernsthaft?«

»Ja.«

»Wow! Die besten Kekse, die ich je gegessen habe.«

Mette ermahnt sich, dass sie nicht hier ist, um sich mit Turid anzufreunden, und trinkt einen Schluck Kaffee, spült die Süße hinunter und kommt auf den Grund ihres Besuchs zu sprechen: »Worüber wollten Sie denn mit mir reden?«

»Sie haben gestern den Lottogewinn erwähnt, und ich habe sauer und gereizt reagiert. Das war nicht meine Absicht und völlig unnötig. Es ist nur so, dass uns das alle nicht kalt lässt.«

»Was ist denn eigentlich passiert?«

»Wir spielen seit vielen Jahren zusammen Lotto. Vor knapp einem Jahr hat es eine Katastrophe gegeben. Unsere Zahlen wurden gezogen, es gab einen Gewinn von ungefähr vier Millionen Kronen, doch dann hat sich herausgestellt, dass die, die in der fraglichen Woche die Zahlen auf unserem Schein ankreuzen sollte, eine Zahl falsch angekreuzt hat, sodass wir so gut wie nichts gewonnen haben. Gleichzeitig wurde bekannt, dass der Hauptgewinn, es gab diesmal nur einen Gewinner, nach Skien gegangen ist. Das hat im Club für einen Mordsaufstand gesorgt.«

»Warum?«

»Weil alle überzeugt waren, dass eine von uns unsere Zahlen auf einem eigenen Schein getippt hat.«

»Und, war dem so?«

»Ich weiß es nicht. Niemand hat etwas zugegeben, aber alle haben einander eine Zeit lang belauert.«

»Wer sollte den Schein denn damals ausfüllen?«

»Wir haben uns abgewechselt, und in der fraglichen Woche war Reidun an der Reihe.«

»Die Reidun, die jetzt tot ist?«

»Ja.«

Sie sitzen einander schweigend gegenüber und fingern an ihren Kaffeetassen herum. Miss Daisy hat sich auf die niedrige Fensterbank verzogen. Sie versucht, eine halb tote Fliege zu fangen, die an der Scheibe hochkriecht. Die Katze trägt ein hellblaues Halsband mit kleinen Glasperlen um den Hals. Ein kleines, goldenes Herz baumelt in der Halsgrube. Sie ist dünn und hat kurzes, beigefarbenes Fell mit dunkleren Partien an den Pfoten und im Gesicht. Bei der Fliegenjagd bewegt sie sich sehr graziös.

»Hat man Reidun ihren Fehler arg übel genommen?«

»Ja und nein. Alle waren natürlich außer sich. Einige haben sie angeschrien, und Reidun hat geweint und gejammert und ein paar andere auch. Alle wussten ja, dass Reidun das nicht absichtlich gemacht hatte. Es hätte jeder von uns passieren können, und rein theoretisch hätten wir durch den Fehler ebenso gut gewinnen können, aber es ist eben anders gekommen. Unsere Zahlen hatten gewonnen, und vier Millionen Kronen sind viel Geld. Am schlimmsten war aber, wie gesagt, der Gedanke, dass eine von uns einen eigenen Schein mit den richtigen Zahlen abgegeben und den ganzen Gewinn allein kassiert haben könnte.«

»Haben Sie versucht, sich mit der Gewinnabwicklungsstelle in Verbindung zu setzen?«

»Ja, aber der Gewinner wollte anonym bleiben, obwohl wir den Grund für unseren Wunsch, den Namen zu erfahren, angegeben haben, was unseren Verdacht nur noch verstärkt hat.«

»Was glauben Sie, wer es war?«

Turid steckt sich einen weiteren Sarah-Bernhardt-Keks in den Mund und kaut mit dicken Backen. Die Katze schlägt mit der Pfote nach der Fliege. Leblos fällt sie auf die Fensterbank. Turid schluckt ihren Keks hinunter und spült mit Kaffee nach. Die Katze leckt sich das Maul. Beim Gähnen entblößt sie ihre spitzen Zähne.

»Ich weiß es nicht. Aber ich bin mir sicher, dass Reidun es nicht war. Bei Frid bin ich mir nicht so sicher«, sagt sie.

»Warum nicht?«

»Weil sie nie darüber reden wollte. Wenn wir uns außerhalb unserer Treffen zufällig begegnen oder uns verabreden, reden wir in der Regel über die, die nicht dabei sind. Nicht bösartig, aber es fallen immer ein paar Bemerkungen. So sind Frauen nun mal. Ich bin mir sicher, dass auch über mich geredet wird, wenn ich nicht dabei bin. Frid hat immer fleißig mitgetratscht, doch wenn wir auf den Lottogewinn zu sprechen kamen, hat sie geschwiegen. Sie hat gesagt, dass das durch sei und dass sie darüber nicht reden wolle, auch wenn die anderen das wollten.«

»Haben Sie auf Ihren Treffen darüber gesprochen?«

»Nein. Evelyn hat, nachdem es passiert ist, kurz mit jeder von uns unter vier Augen geredet, und danach haben wir beschlossen, es nicht mehr zu erwähnen. Um unsere Freundschaft nicht zu belasten.«

»Und das hat funktioniert?«

»Ja. Etwas ist anders geworden, aber wir sind Freundinnen geblieben. Nicht, dass wir eine Wahl gehabt hätten. Die meisten von uns haben nicht so viele Freundinnen. Wir sind seit Jahren befreundet, das dürfen Sie nicht vergessen. Viele seit der Schulzeit, obwohl es den Diätclub natürlich noch nicht so lange gibt.«

»Demnach sind Sie in gewisser Weise voneinander abhängig?«

»Das könnte man so sagen.«

»Glauben viele, dass Frid es war?«

»Schon möglich. Aber manche glauben bestimmt auch, dass Evelyn es war oder Tove oder ich.«

»Sie?«

»Ja. Mein Mann hat mir eine Diamantkette zum Geburtstag geschenkt, daraus wurde dann schnell geschlossen, dass es mir ja gut gehen müsse. So etwas ist nicht lustig, das kann ich Ihnen sagen. Mein Mann arbeitet auf einer Bohrinsel. Er schenkt mir gern schöne Dinge. Ich würde nie einen Lottoschein mit unseren Zahlen auf meinen Namen abgeben. So etwas würde ich nie tun«, sagt sie und nimmt sich noch einen Keks.

Auch Mette bedient sich. Ihr Mobiltelefon klingelt. Ratlos sieht sie sich um. Es muss in der Jacke sein. Unten. Sie steht auf und läuft die Treppe hinunter. Es ist Peder.

»Du, ich bin gerade beschäftigt, kann ich dich gleich zurückrufen? Schön.«

Sie entschuldigt sich, als sie wieder nach oben kommt, und legt das Telefon neben die Serviette mit dem blauen Muster. Draußen schleicht sich die Dämmerung heran, und Turid schaltet die Lampen im Wohnzimmer ein.

»Wie war Frid eigentlich?«

»Frid konnte sehr nett sein und das war sie meistens auch, aber sie konnte auch eigen und seltsam sein.«

»Wie äußerte sich das?«

»Sie hat zum Beispiel etwas versprochen und dieses Versprechen dann wieder zurückgezogen. An einem Tag hat sie gesagt, dass sie für den Ausflug einen Kuchen backen würde, und am nächsten Tag hat sie es sich anders überlegt. Da hatte sie dann keine Lust oder keine Zeit mehr oder so. Sie war manchmal etwas unberechenbar und schwierig im Umgang. Aber im Großen und Ganzen war sie nett. Alle waren gern mit ihr zusammen und haben ihr ihre Eigenheiten durchgehen lassen. Wir haben schließlich alle unsere Fehler, niemand ist perfekt.«

»Sie hatte einen Freund in Ägypten, wussten Sie das?«

»Ja, alle wussten das, aber sie hat diesen Sommer Schluss gemacht. Er war Witwer und hat in einem Hotel in Sharm el Sheik gearbeitet.«

»Wissen Sie, warum sie Schluss gemacht hat?«

»Nein. Sie wollte nicht darüber reden. Sie hat nur gesagt, dass es vorbei ist.«

»Kennen Sie Inger Susanne, Frids Schwester?«

»Ich weiß, wer sie ist, und ich habe sie auch mehrere Male getroffen, aber ich kann nicht sagen, dass ich sie kenne. Sie ist sehr viel jünger als ich, wissen Sie.«

»Glauben Sie, dass jemand aus dem Diätclub Frid umgebracht hat?«

»Was? Nein! Das ist völlig absurd. Das ist unmöglich«, sagt Turid.

»War die Polizei bei Ihnen?«

»Nein, sollte sie?«

»In der Regel reden sie mit allen, die die Ermordete gekannt haben«, sagt Mette. »War sie nach Reiduns Tod da?«

»Nein. Das war doch ein Unfall. Sie ist einen steilen Abhang hinuntergefallen. Im Gebirge«, sagt Turid ein wenig verunsichert.

Mette nimmt sich noch einen Sarah-Bernhardt-Keks, und Turid folgt ihrem Beispiel. Sie kauen leise vor sich hin.

»Komisch an dem Unfall war nur, dass Turid Höhenangst hatte. Sie hatte eine Höllenangst vor Höhen. Sie hat sogar eine Therapie gemacht. Damit hat man ihren Sturz auch erklärt. Dass sie die Angst herausfordern wollte, wie man das in so einer Therapie lernt.«

Turid trinkt einen Schluck Kaffee und sieht aus dem Fenster.

»Frid hat sie zu der Therapie überredet. Frid wollte immer, dass alle fehlerlos sind. Niemand durfte in Frieden seine Probleme hätscheln. Wenn es ein Problem gab, musste es angegangen werden. Verstehen Sie? Wie mit unserem Übergewicht. Sie hat uns immer gepredigt, was alles passieren kann, wenn wir nicht abnehmen. Herzprobleme, Diabetes, Schlaganfall, ich weiß nicht was. Sie schien diese Krisenmaximierung geradezu zu genießen.«

»Und was war mit Reidun?«

»Ja, mit Reidun ist es schiefgelaufen«, sagt Turid und vergräbt den Kopf in den Händen. Das kurze, blonde Haar guckt zwischen ihren Fingern hervor. »Ich wünschte, sie wäre nie allein ins Gebirge gefahren.«

»Sie vermissen sie?«

»Ja. Sie war *meine* beste Freundin«, schnieft sie. »Und Evelyns, natürlich. Sie wollten zusammenziehen, Reidun und Evelyn.«

»Sie waren ein Paar?«

»Ja, so kann man das wohl nennen.«

»Hat jemand Frid Vorwürfe gemacht, dass sie Reidun so gedrängt hat, etwas gegen ihre Höhenangst zu tun?«

»Im tiefsten Inneren wohl alle, aber niemand hat es laut ausgesprochen. Es gibt so viel, worüber wir nicht reden.«

Die Katze kommt angeschlichen und macht es sich auf Turids Schoß bequem. Turid streichelt sie geistesabwesend. Die Katze miaut und sieht Mette aus dem Augenwinkel flüchtig an. *Zeit, dass du gehst, Fremde, jetzt machst du Frauchen auch noch traurig.* Mette versteht den Wink und steht auf.

»Sie haben Frid nicht gesehen, als sie am Freitag einen Spaziergang mit dem Hund gemacht hat?«

»Nein, was denken Sie denn. Dann wäre ich doch zur Polizei gegangen«, sagt Turid.

»Sie haben von hier eine wirklich gute Aussicht auf Mellombrottet«, fährt Mette fort.

Turids Augen werden schmal wie die der Katze.

»Ja, aber ich habe sie nicht gesehen. Ich war nicht einmal zu Hause. Tove und ich waren in Oslo auf der Alternativmesse. Wir haben den Grenlandsexpress um 16:30 Uhr nach Hause genommen und waren kurz vor 19:00 Uhr wieder in Porsgrunn«, sagt sie leicht säuerlich.

»Die Alternativmesse, was ist das?«

Turid sieht sie ein wenig verlegen an. Dann seufzt sie hörbar.

»Das ist eine Messe, zu der alle möglichen alternativ Behandelnden kommen und ihre Dienste anbieten. Zum Beispiel Heiler, Wahrsagerinnen, Hellseher, Experten für Yoga, Astrologie, Kräutermedizin und so was. In gewisser Weise ist es ein Ort der geistigen Selbstfindung.«

»Aha. Glauben Sie an so was?«

»Ein wenig, Tove interessiert sich vor allem dafür. Sie lässt sich jede Woche die Tarotkarten legen und ist selbst Expertin, was Astrologie und Sternzeichen und so was angeht.«

Mette muss an das Blatt denken, das sie eingesteckt und auf das Tove offenbar irgendetwas Verhängnisvolles gekritzelt hat. Sie schüttelt leicht den Kopf. Geistige Selbstverwirklichung. Na schön.

»Danke, dass Sie mit mir geredet haben«, sagt Mette, als sie in der Haustür stehen.

»Es war mir ein Vergnügen«, antwortet Turid. »Und grüßen Sie Inger Susanne.«

Mette nickt. Sie schafft jetzt keine lange Erklärung.

Als sie zu Hause in der Diele steht, merkt sie, dass das Mobiltelefon nicht da ist. Ganz kurz sieht sie den Wohnzimmertisch und die Serviette mit dem Streublumenmuster vor sich. Sie seufzt tief, schließt hinter sich ab, setzt sich in den Golf und fährt zurück.

Als sie aus dem Auto steigt, geht oben in Turids Wohnzimmer eine Lampe aus. Dann eine zweite. Vielleicht hat sie noch etwas vor. Neben der Tür, an einen Lattenzaun gelehnt, steht ein schwarzes Fahrrad mit einem Drahtkorb am Lenker. Ein Damenfahrrad.

Sie klingelt und wartet. Nach einer kleinen Ewigkeit geht die Tür auf, und Turid steht mit ihrem Mobiltelefon in der Hand vor ihr.

»Das haben Sie vergessen«, sagt sie lächelnd.

»Haben Sie Besuch?«, fragt Mette und zeigt auf das Fahrrad.

»Nein, habe ich nicht«, sagt Turid. »Merkwürdig.«

»Bestimmt jemand, der es geklaut hat, weil er gerade ein Fahrrad brauchte, und es dann einfach irgendwo wieder abgestellt hat«, sagt Mette. »Sie sollten die Polizei anrufen, wenn niemand es abholt.«

»Ja, das werde ich«, erwidert Turid und will die Tür schließen.

»Noch eine Frage, Turid. Sie haben gesagt, dass einige von Ihnen Evelyn oder Tove in Verdacht hatten, einen eigenen Lottoschein abgegeben zu haben. Wie haben sie das begründet?«

Turid schürzt die Lippen.

»Ich weiß es nicht, und ich will auch nicht mehr darüber reden«, flüstert sie. »Ich muss jetzt zur Arbeit, und ich muss Sie bitten zu gehen.«

Die Tür fällt ins Schloss.

Mette fährt ein Stück die Straße hinunter und wendet. Sie parkt am Straßenrand hinter einem Fliederstrauch, dessen Äste über einen Zaun hängen, stellt den Motor aus und wartet. Durch die Straßenbeleuchtung ist die Straße gut einzusehen. Sie behält Turids Haus im Auge, das ein gutes Stück entfernt liegt.

Sie bleibt im Auto sitzen und spielt mit dem Mobiltelefon herum. Ihr kommt der Gedanke, dass sie keine ihrer Nachrichten gelöscht hat. Im Prinzip kann Turid sie gelesen haben. Falls sie von der neugierigen Sorte ist. Sie öffnet das Menü und entdeckt eine SMS, die sie noch nicht gelesen hat. Dann *war* Turid also an ihrem Handy. Die SMS ist auf Englisch und hat ein paar Schreibfehler: *Jemand hat es auf Sie abgesehen. Gehen Sie in Deckung. Leben Sie normal, vergessen Sie den Fall. Wenn nicht* … Sie kommt von derselben schwedischen Nummer wie die erste.

Sie weiß nicht, ob sie lachen oder weinen soll. Mudada versteckt sich in einem Autotransporter, der irgendwo in Südeuropa unterwegs ist. Er kann unmöglich wissen, was hier oben vor sich geht. Warum meldet er sich nicht mit einem Wort, wie es ihnen geht? Diese SMS kann nicht von Mudada sein. Sie muss von jemand anderem kommen, aber von wem? Will jemand, dass sie die Damen vom Diätclub in Ruhe lässt? Aber warum sind die Nachrichten auf Englisch?

Ihr kommt ein neuer Gedanke: Was, wenn Aswany Mudadas Vater etwas erzählt hat? Etwas, das der Vater später Mudada erzählt hat. Etwas, das ihn glauben lässt, sie sei in Gefahr. Aber das ist schließlich eine Drohung. »Wenn nicht …« Ja, was dann? Ihre Spekulationen bringen sie nicht weiter.

Eine halbe Stunde vergeht. Plötzlich macht sich jemand

an Turids Zaun zu schaffen, nimmt das Fahrrad und rollt die Straße in der entgegengesetzten Richtung hinunter. Sie wartet kurz, bevor sie den Motor startet und langsam hinterherfährt. Als sie auf fast gleicher Höhe mit dem Fahrradfahrer ist, biegt er nach rechts in einen schmalen Gehweg ein und verschwindet aus ihrem Blickfeld.

Das war so ein Fahrrad, wie Inger Susanne es beschrieben hat. Andererseits gibt es bestimmt allein in Grenland Hunderte dieser Fahrräder. Sie fährt ein paar Meter weiter und wendet erneut. Auf dem Rückweg begegnet ihr ein silberner Toyota. Turids Auffahrt ist leer, und die Lampen im Wohnzimmer sind aus. Sie wendet noch einmal, holt das Auto aber nicht mehr ein. Warum sollte sie auch? Ja, mein Gott, warum sollte sie nicht? Sie kann zumindest versuchen, den Fahrradfahrer zu finden. Sie fährt auf gut Glück die kleinen Straßen des Wohngebiets ab und versucht, die Richtung beizubehalten, in die der Radfahrer abgebogen ist. Ihr Herz schlägt schneller, als sie ein Stück weiter vorn einen Radfahrer sieht, doch noch bevor sie das Zweirad eingeholt hat, erkennt sie, dass es ein Rennrad ist und dass der Mann auf dem Sattel eine Weste mit Reflexstreifen und Radlershorts über den kräftigen Oberschenkelmuskeln trägt.

Schließlich ist sie unten am Kreisel. Sie nimmt die Straße nach Skien. Der Fahrradweg verläuft parallel zur Straße. Sie ist auf Höhe des Geschäfts für Heizung- und Klimatechnik, als sie den geheimnisvollen Fahrradfahrer erneut sieht. Sie drosselt das Tempo ein wenig, doch sie ist nicht allein auf der Straße, sodass sie nicht anhalten kann. Mette schaut nach links, als sie an dem Radfahrer vorbeifährt, kann sein Gesicht aber nicht sehen. Ganz kurz taucht das Bild vor ihr auf, das Inger Susanne beschrieben hat. Von dem Fahrradfahrer, der mehrmals an dem Haus vorbeigefahren ist, als sie auf Frid gewartet hat. Die Anorakkapuze ist um das Gesicht zusammengezogen. Ist das ein Mann oder eine Frau? Ein Junge? In der Regel ist es doch nicht so schwer, so etwas zu beurteilen, aber jetzt erweist es sich als unmöglich.

Sie kreuzt die Straße nach Jysk, dreht und fährt zurück nach Porsgrunn. Im Moment hat sie zwei Autos vor, aber keines hinter sich. Es ist zwar dunkel, doch die Straßenlaternen verbreiten ein helles Licht. Es müsste also möglich sein. Als der Radfahrer näher kommt, wird sie langsamer und starrt die Gestalt an, die auf sie zugestrampelt kommt. In dem Moment fällt ihr ein, wo und wann sie so ein Fahrrad mit einem Drahtkorb am Lenker schon einmal gesehen hat. An dem Abend vor Evelyns Haus. Herrgott, das war erst gestern. Genauso ein Fahrrad stand vor Evelyns Haus. Kann das Evelyn sein? Ja, das kann sie. Der etwas knabenhafte Körper würde passen. Das Gesicht in der Anorakkapuze ist zum Boden gewandt. Sie kann die Person unmöglich erkennen. Mette fährt auf den Parkplatz vor dem Geschäft für Heizung- und Klimatechnik und wendet noch einmal. Wie lange braucht man mit dem Rad von hier nach Bakken? Eine Viertelstunde? Zwanzig Minuten? Wenn Turid wirklich Besuch von Evelyn hatte, warum hat sie das dann nicht gesagt? Was kann an dem Besuch so geheim sein?

Sie fährt ein drittes Mal an dem Radfahrer vorbei. Es ist hoffnungslos, ihm mit dem Auto auf der gut befahrenen Hauptstraße zu folgen. Wenige Minuten später ist sie im Zentrum. An der Kreuzung bei den Arkaden biegt sie nach links ab und fährt am Hjellevand entlang, wo die Kanalboote Victoria und Ibsen sich von dem sommerlichen Pendelverkehr durch die Schleusen des Telemarkkanals von Skien nach

Dalen erholen. Sie parkt auf dem Kinoparkplatz in Lundetangen, schließt das Auto ab und läuft den Blekebakkvei hinunter, wird aber langsamer, als sie sich Evelyns Haus nähert. Das Erdgeschoss ist dunkel. In der ersten Etage brennt Licht, und ihr fällt Rambo ein. Zögernd bewegt sie sich die Einfahrt hoch. Sie achtet darauf, nicht auf den Kies zu treten, sondern auf dem Rasen zu gehen, und biegt vorsichtig um die Hausecke. Eine Außenlampe über den Klingeln taucht den Eingangsbereich in ein hässliches, rosafarbenes Licht. Eine Energiesparlampe. Die Birnen sind mit Sicherheit umweltfreundlich, aber potthässlich.

Wie gut hört ein Hund? Sehr gut. Den Kies meidend, schleicht sie auf die Garage zu. Ein Fahrrad steht an die Wand gelehnt. Ein Herrenfahrrad älteren Modells, das hinten einen Platten hat. Ein Kinderfahrrad liegt umgestürzt daneben. Ein schwarzes Damenfahrrad mit einem Drahtkorb am Lenker ist nirgendwo zu sehen. Gestern stand es hier, da ist sie sich ziemlich sicher. Jetzt ist es weg. Der Verdacht, dass Evelyn gerade Richtung Zentrum strampelt, verdichtet sich, und sie beschließt, hinter der Garage zu warten. Niemand kann sie hier sehen. Sie steht mit dem Rücken zur Wand. Ein hoher Bretterzaun trennt das Grundstück von dem des Nachbarn. Mette überprüft das Display ihres Mobiltelefons. Es ist Viertel vor neun. Jetzt verpasst sie die Sendung von NRK 5 Østafjells und die TV2-Nachrichten um neun. Schon wieder. Es ist nicht gut für eine Nachrichtenjournalistin, nicht auf dem Laufenden zu sein. Sie wartet. Zehn Minuten vergehen. Eine Viertelstunde. Zwanzig Minuten. Jetzt müsste sie doch bald kommen. Sie hätte eigentlich schon lange hier sein müssen. Wenn sie direkt nach Hause fährt.

Im Haus auf der anderen Seite des Bretterzauns geht eine

Tür, und sie hört eine Frauenstimme nach einer Katze rufen. Pussy komm, Pussy, Pussy, Puussy, Pussy, Pussy. Einige Minuten vergehen, dann wird die Tür wieder geschlossen.

Ein Fenster in Evelyns Haus geht knarrend auf und etwas, das nach einem Fön klingt, beginnt Lärm zu machen. Bestimmt lüftet jemand im Badezimmer, denkt Mette. Sie muss pinkeln. Der Kaffee bei Turid. Dann vernimmt sie jemanden auf der Treppe. Sie hört das Poltern bis hier draußen. Die Arbeitsstiefel. Vielleicht macht sich jemand auf den Weg zur Arbeit. Gibt es irgendeine Schicht, die um neun beginnt? Bei der Straßenmeisterei? Bei Mølla? Wird bei Mølla im Schichtwechsel gearbeitet und trägt man dort Arbeitsstiefel? Ihr Herz hämmert, dass es im Gehirn widerhallt. Die Tür geht auf, sie hört Rambo schnaufen. Schnauf, keuch. Vor ihrem inneren Augen sieht sie die lange, rote Zunge und die scharfen, weißen Zähne. Die riesigen, vom Kopf abstehenden Ohren. Groß wie Parabolantennen, die alle Signale aus der Luft auffangen. Natürlich fängt er sofort an zu bellen. Sie hört ihn im Kies scharren. Er scheint angeleint zu sein. Sonst wäre er längst bei ihr.

»Still, Rambo! Still! Sitz!«

Herrgott noch mal. Drei Befehle auf einmal und das an ein so kleines Hirn. Mette zuckt an Rambos Stelle zusammen. Kein Wunder, dass das Tier frustriert ist.

Dann wird sie einer Bewegung über ihrem Kopf gewahr. Die Silhouette einer Katze zeichnet sich oben auf dem Bretterzaun gegen den Abendhimmel ab.

Rambo hört nicht auf zu bellen, und die Katze leckt sich weiter die Pfote.

»Verdammtes Katzenvieh. Komm, Rambo. Komm!«, zischt der Mann mit den Arbeitsstiefeln.

Es scharrt im Kies, und Mette stellt sich vor, wie er einen widerwilligen Rambo hinter sich herzieht. Dem Hund muss er bestimmt nicht oft die Nägel schneiden.

Sie geht davon aus, dass sie um die Hausecke biegen, und atmet aus. In dem Moment, als sie glaubt, gerettet zu sein, klingelt ihr Mobiltelefon. Laut und vernehmlich.

Peder starrt das Mobiltelefon an. Sie hat ihn weggedrückt. Einfach so. Erst hat sie keine Zeit, mit ihm zu reden, dann drückt sie ihn weg. Was soll das? Was treibt sie? Er steht auf und geht zum Fenster. Das Wasser glänzt im Mondlicht. Wie Katzensilber. Im Radio jammert ein Saxophon. Er sieht den Leuchtturm auf Øya, weit draußen, aber nah genug, dass er das kurze Aufleuchten zählen kann. Rot und grün. Die Jungen schlafen. Er spürt die Einsamkeit im ganzen Körper. Die Schultern schmerzen bereits. Wie wird es erst morgen sein? Was ihm an Mette am besten gefallen hat, als sie sich kennenlernten, waren ihre Selbstständigkeit und ihr widerborstiger Eigensinn. Sie ist kein Weichei. Sie kann zupacken, ohne zu nörgeln, aber was treibt sie gerade? Warum will sie nicht mit ihm reden? Sie erzählen sich sonst doch alles. Fast alles. Immer. Er gießt sich ein Glas Rotwein aus dem Karton ein. Dann schaltet er das Mobiltelefon aus. Kurz und entschlossen. Als hätte er einen Flug vor sich. Hoch hinauf in den Himmel. Über Meer und Land.

Der Mann auf dem Kies ist stehen geblieben. Rambo knurrt. Sie stellt sich vor, wie er an der Leine zieht, sodass der Mann ihn mit aller Kraft festhalten muss. Das Halsband liegt wie eine Schlinge um seinen Hals, bis zum Äußersten gespannt.

»Pussy, Pussy, Puuus. Komm. Pussy.«

Plötzlich ist von der anderen Seite des Zauns wieder die Frauenstimme zu hören, laut und drängend. Fast ein wenig verzweifelt. Rambo bekommt ein halb ersticktes Bellen heraus, und sein Besitzer stimmt ein: »Halten Sie Ihre Katze von hier fern! Sie scheißt in unsere Beete.«

Auf der anderen Seite des Zauns wird es still.

»Komm, Rambo. Guter Junge.«

Eine halbe Minute später ist es völlig still. Mette lässt ihre Hose herunter, geht in die Hocke und pinkelt. Die Erleichterung ist enorm. Wie lange geht man mit einem Hund wie Rambo Gassi? Über einen Drahtzaun, eine Hecke und einen weiteren Drahtzaun gelangt sie auf die andere Seite des Bretterzauns. In den Garten der Katzenbesitzerin. Sie erscheint ihr in diesem Moment weniger bedrohlich als Rambo und sein Besitzer. Durch ein Astloch hat sie Aussicht auf die Garage und Evelyns Haustür.

Nach einer Viertelstunde kommen sie zurück. Rambo vorneweg. Der Besitzer eilt hinter ihm her, den Arm mit der Leine wie zum Hitlergruß erhoben. Rambo zieht zu der Garage hin, biegt um die Ecke und beginnt zu graben, wo sie eben noch gestanden und gepinkelt hat. Dann hebt er das Bein und lässt es über den Weg spritzen. Der Besitzer schnaubt verärgert.

»Verdammtes Katzenvieh«, hört sie als Letztes, bevor die Tür ins Schloss fällt.

Mette wartet noch eine halbe Stunde. Dann gibt sie auf und verlässt leise den Garten der Katzenbesitzerin. Wenn das wirklich Evelyn war, dann war sie nicht auf dem Weg nach Hause. Und sie hat schließlich jedes Recht der Welt, zu fahren, wohin sie will. Aber morgen wird sie sich verdammt noch mal Gewissheit verschaffen, ob in ihrem Garten ein schwarzes

Damenfahrrad mit einem Drahtkorb steht. Das Fahrrad kann natürlich einer der anderen Frauen aus dem Diätclub gehören, das ist ihr klar. Nur dass das ganz bestimmt keine der anderen Frauen war, die sie heute Abend auf genau diesem Fahrrad gesehen hat. Die Körpermaße passen nur zu Evelyn.

Sie trottet den Blekebakkvei hinauf und setzt sich ins Auto, holt ihr Mobiltelefon heraus und schaltet es ein. Wählt Peders Nummer und ruft an. »Die gewählte Rufnummer ist zurzeit nicht zu erreichen. Bitte versuchen Sie es zu einem späteren Zeitpunkt noch einmal.« Mette seufzt und fährt nach Hause.

Sie parkt in der Einfahrt, bleibt aber noch eine Weile im Auto sitzen und sieht zu ihrem Haus hin. Es ist völlig dunkel. Nur die Außenlampe wirft ein schwaches Licht auf die Treppe. Auch drüben bei Christensen brennt kein Licht. Sie spürt die altbekannte, heimtückische und unberechenbare Angst vor der Dunkelheit, die plötzlich wieder da ist.

Lotte wacht auf, steif und wie gelähmt von einem Traum, den sie nicht zu fassen bekommt. Die Bilder sind fort, doch das Gefühl heimtückischer Angst sitzt noch in ihrem Körper. Die Decke ist auf den Boden gerutscht, und sie friert. Sie will nach Großmutter rufen, aber ihre Stimme versagt. Großmutter hat Stine nicht mehr erwähnt. Sie hat Mama nicht mehr erwähnt. Sie hat Burres Ohr nicht mehr erwähnt, doch sie hat es noch einmal gesäubert. Mit Kamillentee. Beide Ohren, die innen weiß sind. Warum sagt sie nichts?

Es ist dunkel im Zimmer. Dann muss es Nacht sein. Sie schaltet die Lampe über dem Bett an. Das Licht ist rot, weil die Birne hinter einem knallroten Schirm versteckt ist, den Minni Maus in der Hand hält. Minni trägt ein gepunktetes

Kleid und lächelt, während sie den Regenschirm hochhält. Burre ist fort. Er liegt nicht in ihrem Bett.

Sie schwingt die Beine über die Bettkante und gähnt. Das Licht sticht ihr in die Augen. Sie geht in die Diele. Die Schlafzimmertür der Großmutter steht einen Spaltbreit offen. Drinnen verbreitet die rosa Nachttischlampe ein schwaches Licht. Sie schiebt die Tür ganz auf. Das Bett ist leer. Vielleicht ist es doch noch nicht Nacht. Vielleicht ist es erst Abend. Später Abend. Sie lauscht. Unten ist kein Fernseher zu hören. Auf nackten Füßen schleicht sie die Treppe ins Wohnzimmer hinunter. Im Küchenbereich ist Licht. Sonst sind keine Lampen im Wohnzimmer an. Dann sieht sie Burre. Er liegt auf dem Rücken in Großvaters Lehnstuhl, die Hinterbeine über der Armlehne. Lotte hockt sich vor den Stuhl und streichelt ihm den Bauch.

»Burre«, flüstert sie. »Du darfst nicht auf den Stuhl, das weißt du doch.«

Aus der Diele hört sie ein Klicken. Sie steht auf und bleibt ganz still stehen und lauscht. Dann schleicht sie auf Zehenspitzen in den Flur. Da war es wieder. Klick, klick, klick. Als würde jemand mehrmals hintereinander die Türklinke herunterdrücken. Sie steht stocksteif und starrt im Halbdunkel auf die Klinke, aber sie bewegt sich nicht. Sie spürt ihr Herz schlagen. Hart und seltsam. Warum ist Großmutter nicht da? Sie rührt sich nicht von der Stelle, bis ihre Beine kalt werden. Dann geht sie zurück ins Wohnzimmer.

Lotte hebt Burre aus dem Stuhl und nimmt ihn auf dem Arm mit nach oben, setzt ihn auf ihr Bett, kriecht hinein und schaltet das Licht aus, aber sie kann nicht schlafen. Draußen sind Stimmen zu hören. Sie steht wieder auf, zieht die Gardinen zur Seite und späht in die Dunkelheit hinaus. Die weiße

Straße liegt im Mondlicht, ansonsten ist es dunkel. Nein, da sind Lichter. Mehrere Lichter wie von Taschenlampen, die sich im Dunkeln bewegen. Lotte öffnet das Fenster, und die Stimmen werden lauter. Sie kommen von den Lampen. Ihr fällt auf, dass in mehreren Hütten an der Straße Licht brennt. Jedenfalls in zwei. Dann ist es doch noch nicht Nacht. Vielleicht macht Großmutter einen Abendspaziergang. Sie schließt das Fenster und gähnt laut. Dann schläft sie wieder ein, ohne zu träumen.

Donnerstag, 13. Oktober

Als Mette auf den Knopf des Weckers drückt, denkt sie als Erstes, dass sie Peder zurückrufen muss. Sie streckt sich und streicht mit der Hand über seine Decke, die glatt und ordentlich neben ihrer liegt. Dann steht sie auf und macht ihre Seite des Betts, bevor sie unter die Dusche geht. Sie schafft es, sich die Haare zu waschen, ohne den Verband nass zu machen. Er ist nicht mehr so weiß und sauber wie am Vortag. Es ist noch zu früh, um Peder anzurufen, er wird die freien Tage nutzen, um etwas länger zu schlafen. Sie muss noch ein paar Stunden warten. Sie beschließt, stattdessen Aswany anzurufen und zu hören, ob es etwas Neues von Mudadà und dem Transporter gibt. Und sie muss Vollan anrufen und fragen, ob sie Inger Susanne gefunden haben. Wenn das getan ist, wird sie sich nicht mehr um den Mordfall kümmern. Wie Forsthammer so schön gesagt hat, ist Mord nichts für Amateure, und sie ist eindeutig ein Amateur. Sie denkt an den Betrug, dem die SFT auf die Spur gekommen ist und spürt ein Kribbeln im Bauch.

Um zehn nach sieben steht sie im Hof und fragt sich, ob sie wirklich nach dem Fahrrad sehen soll. Ja, das soll sie. Wenn aus keinem anderen Grund, dann um ihre Neugier zu befriedigen.

Sie parkt vor dem Haus der Katzenbesitzerin, geht durch ihren Garten und findet das Loch in dem Bretterzaun. Kein Fahrrad. Na schön.

Als sie sich wieder zurückziehen will, geht die Haustür auf, und Evelyn erscheint in Jeans und einer blauen Windjacke. Ein weißes Stirnband lässt ihren Pony abstehen. Ihr Gesicht sieht im Morgenlicht älter aus, doch sie hat den Körper einer Zwanzig- bis Dreißigjährigen.

Evelyn Sørensen verschwindet hinter der Garage, wo Mette sie nicht mehr sehen kann. Dann taucht sie wieder in ihrem Blickfeld auf. Sie schiebt ein schwarzes Damenfahrrad mit einem Drahtkorb am Lenker neben sich her. *Yes, yes, yes!*

Mette Minde dreht sich um und zuckt zusammen. Sie steht der Katzenbesitzerin von Angesicht zu Angesicht gegenüber. Die Augen passen zu ihrer Stimme. Schmal und grün.

»Was machen Sie in *meinem* Garten?«

»Ich wollte nur sichergehen, dass der Hund nicht hier ist«, flüstert Mette.

Die Frau zieht die Augenbrauen hoch und nickt. Mette verlässt ohne weitere Erklärungen den Garten, lässt den Motor an und fährt auf direktem Weg zur SFT. Mit etwas Glück ist Hege Marie Toft schon da. Wenn nicht, muss sie warten.

Sie parkt auf dem kleinen Parkplatz. Im selben Moment sieht sie Toft auf den Eingang des Gebäudes zugehen. Mette knallt die Autotür zu und läuft ihr hinterher, während sie ihren Namen ruft. Toft dreht sich um und hält ihr die Tür auf.

»Was für ein Arbeitseifer am frühen Morgen«, sagt sie lachend.

Toft schiebt ihre Karte in die Stechuhr. Die Rezeption ist noch unbesetzt.

»Wir haben Gleitzeit, was mir sehr gut passt«, erklärt sie.

In ihrem Büro setzen sie sich einander gegenüber. Toft lehnt sich zurück.

»Womit kann ich Ihnen heute helfen?« Mette zögert kurz.

»Sie haben gute Kontakte zum Dezernat für Wirtschaftsdelikte«, sagt sie schließlich.

»Ja«, antwortet Toft und senkt den Blick.

Eine leichte Röte breitet sich im Gesicht der kleinen Uno-Dame aus. Mette lächelt verhalten.

»Ich möchte Sie um einen Gefallen bitten«, sagt sie und greift nach einem Blatt Papier, das auf dem Schreibtisch liegt.

»Ich schreibe hier fünf Namen und ein Datum auf, sowie meine Telefonnummer. Ich möchte wissen, wer von diesen fünf eventuell vier Millionen Kronen im Lotto gewonnen hat. Wenn Sie das herausbekommen, schicken Sie nur den Namen per SMS an mich«, sagt Mette und schiebt das Blatt über den Schreibtisch.

Toft zieht das Blatt zu sich heran und sieht sie nachdenklich an.

»In welcher Verbindung ist das wichtig?«

»In Verbindung mit dem Mord an Frid Erica Bengtsen«, sagt Mette. »Sie können gern die Polizei darüber informieren, was Sie möglicherweise herausbekommen, aber ich hätte auch gerne Bescheid. Diese Information kann von Bedeutung sein. Die Polizei hat nach dem Mord eine große Summe Geld bei Frid gefunden. Dabei kann es sich um den Lottogewinn handeln oder um Geld, das sie sich unrechtmäßig angeeignet hat.«

»Oder es kann aus ganz anderen Quellen stammen, ja?«

»Ja, das ist natürlich auch möglich«, sagt Mette.

»Und die anderen hier, was ist mit denen?«, fragt Toft und zeigt auf das Blatt.

»Der Lottogewinn kann ein Mordmotiv sein«, sagt Mette.

»Ich werde versuchen, etwas in Erfahrung zu bringen, aber denken Sie daran, dass das gegen die Regeln ist«, sagt Toft.

»Mir wäre es lieber gewesen, Sie wären damit zur Polizei gegangen.«

Mette murmelt eine Antwort und macht sich auf den Weg.

Um zwei Minuten nach acht biegt sie auf den Parkplatz des NRK-Hauses ein. Jensemann und Trond sind da. Sie moderieren die ganze Woche das Morgenmagazin. Die neue Aushilfe, Stine-Marie, eine frisch ausgebildete Journalistin ohne Berufserfahrung, sitzt am Mischpult und arbeitet an einer Nachricht. Sie starrt Mette an, deren Anblick ihr den Atem verschlägt. Die Beule auf ihrer Stirn ist über Nacht gelbgrün geworden. Mette leiert zum Gott weiß wievielten Mal die Pferdegeschichte herunter. Inzwischen ist es nicht mehr so lustig, doch dass sie die Geschichte jetzt so oft erzählt hat, um fast selbst daran zu glauben, erleichtert die Sache beträchtlich.

Kvisle sitzt auf dem Stuhl des Chefs vom Dienst und trommelt mit den Fingern auf seinen Bauch. Er schüttelt langsam den Kopf.

»Ich habe einen Kurzbeitrag für den Unterhaltungsteil. Ich redigiere ihn gleich nach der Morgenbesprechung«, sagt Mette.

»Gut«, antwortet Kvisle ohne jeden Enthusiasmus.

Zehn Minuten später läutet er mit der Kuhglocke, und die anwesenden Reporter steuern mit ihren halb vollen Kaffeetassen den Konferenzraum an.

Sie erzählt von dem Betrug, dem die SFT und das Dezernat für Wirtschaftsdelikte auf die Spur gekommen sind, ohne zu sagen, wer involviert ist, aber alle bekommen den Eindruck, dass es um etwas wirklich Großes geht, und das ist auch schließlich so. Vielleicht wird das genauso eine Riesenstory wie die Mango Oil-Affäre.

Rita Rieber wirft ihr langes Haar nach hinten und lächelt. »Gute Arbeit, Mette.«

Es knackt in der Sprechanlage, und die Stimme von Mona aus der Telefonzentrale unterbricht die Morgenbesprechung: »Telefon fürs Mischpult. Ein Hinweis über einen neuen Mord am Kverndamm!«

Mette will aufstehen, doch ein Blick von Rita Rieber lässt sie sich wieder setzen.

Kvisle übersieht Stine-Marie, die gerade hereingekommen ist. Er ist aus dem Raum, bevor sie sich versehen haben. Die Tür knallt hinter ihm ins Schloss.

»Ach du meine Fresse«, sagt Jensemann und schlägt mit der Faust auf den Tisch. »Hier ist ja was los!«

Trond stimmt ihm zu, und die beiden klatschen sich ab. Sie haben sich still und leise in die Besprechung geschlichen. Eigentlich sollten sie im Studio sitzen, aber die Neugier hat gesiegt. Ein neuer Mord kippt natürlich die Morgensendung. Alle erheben sich und verlassen den Raum. Jetzt stehen Telefoninterviews, Pressekonferenzen und Reportagen vom Tatort an. Mette spürt einen Kloß im Hals. Das ist ungerecht. Sie steht im Abseits. Das ist so verdammt ungerecht. Stine-Marie steht unsicher auf.

»Ich sehe wohl besser mal, dass ich ans Mischpult komme«, sagt sie an Rita Rieber gewandt.

Rita nickt und lächelt ihr aufmunternd zu.

»Ich denke, wir kommen alle mit. Das ist ja unglaublich«, meint Rita.

Kvisle sitzt am Mischpult, den Telefonhörer am Ohr. Langsam macht er sich auf einem Block Notizen. Um ihn herum tauchen immer mehr neue, gespannte Gesichter auf.

»Ja, gut … nein … wie alt? Ja, ja … aber, also dann … ja, gut, wann können Sie mehr sagen? Mmm, ja, abgemacht«, kommt es von Kvisle.

Die Aufmerksamkeit aller ist auf ihn gerichtet. Mona hat den Empfang verlassen und sich leise angeschlichen, das schnurlose Telefon an die Brust gedrückt. Stine-Marie kaut an ihrem Daumennagel. Rita wippt auf den hohen Hacken ihrer Boots vor und zurück. Jensemann und Trond sind wieder im Studio, ihr Pech. Die TV-Leute zwängen sich heran. Mette versucht, Kvisles Gesten und Gesichtsausdruck zu deuten, muss jedoch passen. Dann setzt er endlich zum Reden an, legt den Hörer auf seinen Platz und macht eine Kunstpause, während seine Augen über die versammelte Mannschaft wandern.

»Was haben wir?«, fragt Rita Rieber ungeduldig.

»Einen neuen Mord in Nybergåsen oder zumindest einen verdächtigen Todesfall, wie Morgan Vollan es ausgedrückt hat. Die Ermittlungen befinden sich noch in der allerersten Phase, und sie können vorerst nur sagen, dass sie in einem verdächtigen Todesfall in Nybergåsen ermitteln. Die Polizei wird im Lauf des Tages mit weiteren Informationen herausrücken.«

»Geschlecht, Alter, wo in Nybergåsen, am Kverndamm wie letztes Mal?«, fragt Mette noch ungeduldiger. »Im Wald, wo Frid ermordet wurde oder wo?«

»Wie gesagt, kein Kommentar«, sagt Kvisle leicht gekränkt, als wäre er plötzlich der Informationsexperte der Polizei.

»Hast du mit dem Informanten gesprochen? Wer ist er?«, fragt Rita.

»Ja, hab ich. Der Informant ist Zeitungsbote«, sagt Kvisle und blättert in seinen Notizen. »Heute Morgen gegen fünf sind ihm oben in Nybergåsen Polizei und Krankenwagen aufgefallen, und er hat mit eigenen Augen gesehen, wie eine tote Person auf einer Trage aus dem Wald in den Krankenwagen gebracht wurde. Die Person war ganz zugedeckt. Daraus hat er geschlossen, dass sie tot sein musste. Die Polizei hat das Gebiet zum Kverndamm hinunter abgesperrt. Das ist im Großen und Ganzen alles, was wir haben. Die Polizei selbst will sich nicht weiter dazu äußern, bestätigt aber, was der Zeitungsbote gesagt hat. Ich mache eine Meldung für die Nachrichten«, sagt er an Stine-Marie gewandt, die inzwischen an ihrem anderen Daumennagel kaut.

Stine-Marie nickt zustimmend. »Und was mache ich?«, fragt sie ängstlich.

»Du bewaffnest dich mit der Ausrüstung, fährst zu dem Zeitungsboten nach Hause und hörst dir seine Geschichte an. Am besten nimmst du ihn mit nach Nybergåsen. Sprich mit den Nachbarn, den Passanten, mit wem auch immer. Die müssen da oben doch vor Angst außer sich sein. Sieh zu, dass du ein paar gute Kommentare auf Band bekommst, und damit kommst du dann zurück.«

»Apport!«, sagt Mette säuerlich an Kvisle gewandt.

Er überhört es.

»Und wenn der Zeitungsbote schläft, nach seiner Runde, meine ich?«, sagt Stine-Marie.

»Da scheiß ich drauf!«, brüllt Kvisle. »Dann weckst du ihn auf. Hier sind Name, Adresse und Telefonnummer«, sagt er und reißt eine Seite aus seinem Block.

Stine-Marie verschwindet, und Mette spürt plötzlich eine Art mütterlicher Fürsorge für das junge Mädchen. Alle waren schließlich einmal da, wo sie jetzt ist. Unerfahren und zu Tode erschrocken. Sie haben keinen Grund, hämisch zu sein, keiner von ihnen. Sie geht Stine-Marie hinterher. Auf dem Weg zur Ausrüstungskammer holt sie eine Nagelschere aus dem Medizinschrank.

Sie hat gewusst, dass der Beitrag nicht gut werden würde. Nichts als leere Phrasen. Der Ton wird digital vor ihr auf dem Bildschirm angezeigt. Im Kopfhörer hat sie Evelyns Stimme, die etwas über den Diätclub Sylfiden erzählt. Kann sie die Story von dem Punkt aus aufziehen, dass die Frauen seit bald acht Jahren dabei sind? Ist das eine Möglichkeit?

Jedenfalls kann sie den Club nicht als erfolgreichen Diätclub vorstellen, die Mitglieder nicht als Frauen, die es geschafft haben. Nach acht Jahren Diät sind sie kaum dünner als vorher. Sie sieht die Käsepastete vor sich. Und wenn der Diätclub Sylfiden gar kein Diätclub ist? Sie denkt an den Lottogewinn. Wenn die Damen sich mit ganz anderen Dingen beschäftigen? Poker, Pferdewetten, Betrug der einen oder anderen Art? Frid wurde entlarvt. Toves Mann, Antonsen, wurde entlarvt. Vielleicht hat sie bei dem Betrug der *Auto und Altmetall AG* mitgemacht? Vielleicht haben auch die anderen ihre Finger in zwielichtigen Geschäften, und der Club ist eine Art geheimes Netzwerk, wo Ideen ausgetauscht werden? Nein, jetzt wird es absurd. Es geht schon ums Abnehmen. Sie denkt an Toves Enttäuschung und Turids Freude. Aber warum schaffen sie es nicht? Sarah Bernhardt. Mette muss lächeln. Kann sie die Story dahingehend aufzäumen, dass sie es einfach nicht schaffen? Führt sie sie dann nicht vor? Doch, das tut sie.

Sie entscheidet sich, einen fünf bis sechs Minuten langen Beitrag zusammenzuschneiden, in dem sie über die Frauen berichtet, die sich einmal im Monat treffen, um einander in dem schwierigen Kampf gegen die Kilos zu unterstützen und zu inspirieren. Sie wird sich auf Evelyn konzentrieren, die die Wortgewandteste ist, und die anderen nur mit ein paar kurzen Äußerungen zu Wort kommen lassen. Das wird verdammt noch mal der schlechteste Beitrag, den sie je gemacht hat.

Sie schreibt ein paar kurze Blöcke und geht ins Studio, um sie einzulesen, dann redigiert sie das Ganze und hört es sich an, schreibt eine Anmoderation, die der Moderator vorlesen wird, und atmet durch. Der Beitrag hat eine Länge von vier Minuten und vierunddreißig Sekunden.

Sie geht zu Anders Kvisle hinein, um ihm zu sagen, dass der Beitrag zur Sendung bereitliegt. Der Chef vom Dienst telefoniert, und sie lässt sich am Mischpult nieder und geht die Online-Zeitungen durch. Nichts, was sie über den verdächtigen Todesfall nicht bereits wissen, und nichts über den Mord an Frid. »Die Polizei tappt im Dunkeln«, lautet eine der Überschriften. Sie sieht Morgan Vollan mit verbundenen Augen vor sich. Ein kleiner Junge, der die Kuh am Schwanz packen muss wie beim Blinde-Kuh-Spiel. Sie haben etwas, denkt sie. Sie wollen nur nichts sagen.

Das Mobiltelefon in ihrer Tasche klingelt. Peder, endlich. Sie nimmt es mit hinaus ins Foyer und setzt sich in einen der tiefen Ledersessel, schlägt die Beine übereinander und bewundert ihre neuen Stiefel.

»Ich habe mit Charlotte Iselin oder Lotte, wie sie sich nennt, gesprochen, es geht ihr gut«, sagt Peder, ohne die gestrigen, abgebrochenen Gespräche zu erwähnen.

Die Vorfälle bleiben unangesprochen zwischen ihnen stehen.

Er erzählt von Teddy und wie sie ihn draußen vor der

Hütte gefunden haben. Mette lächelt, sie ist beruhigt. Dem Mädchen scheint es bei den Großeltern gut zu gehen, obwohl es der Mutter so schlecht geht. Bei vielen ist das so, und sie überleben das, die meisten jedenfalls. Fast alle haben jemanden. Jemanden, der sie sieht. Jedenfalls möchte sie das glauben. Sie verabreden, dass sie Freitagnachmittag zu ihnen kommt. Dann haben sie das Wochenende zusammen, bevor die Jungen am Montag wieder in die Schule müssen.

»Diese Lotte passt übrigens für eine Freundin auf einen Hund auf«, sagt Peder.

»Einen Hund?« Mette richtet sich in ihrem Stuhl auf.

»Ja, einen kleinen, schwarzen Mischling. Einen Pudel oder so. Trym war sofort Feuer und Flamme, du kannst dich also darauf gefasst machen, dass er wieder betteln wird, einen Hund zu bekommen.«

Peder lacht, und Mette seufzt.

»Wir bekommen keinen Hund«, sagt sie.

»Ich weiß.«

Kuss, drück dich und mach's gut.

Und klick.

Mette atmet erleichtert durch. Peder hat offenbar nicht mitbekommen, dass es einen weiteren Mord am Kverndamm gegeben hat, und sie hat nicht vor, es ihm zu erzählen. Er wird nur beunruhigt sein und sie mit seinen Ermahnungen nerven, dass sie sich zurückhalten soll.

Der Chef vom Dienst hat fertig telefoniert, und sie unterrichtet ihn über den Beitrag, den sie gerade gemacht hat.

»Sag mir, wann du ihn bringen willst. Er passt, wie gesagt, immer, und du kannst ihn einbauen, wann es dir passt, aber die Damen hätten gerne vorher Bescheid«, sagt sie.

Kvisle nickt.

»Gibt es etwas Neues über den Mord?«

»Nein, aber für heute Nachmittag ist eine Pressekonferenz anberaumt. Ich schicke Tomas hin. Dann muss er zwar Überstunden machen, aber er hat gesagt, dass das in Ordnung ist.«

Sie nickt nur.

»Du, Mette«, sagt er. »Ich habe mit Rita über das mit der Befangenheit gesprochen.«

»Ja?«

»Ich hätte gerne, dass du morgen früh wieder die Morgenschicht übernimmst, und falls es in dem Fall etwas Neues gibt, mache ich das eben.«

»Ja?«

»Offen gesagt, ich brauche dich. Es ist nicht nur so, dass wir im Augenblick unterbesetzt sind, du bist auch die beste Nachrichtenjournalistin, die wir haben«, sagt er.

Mette hat das Gefühl, von einer Kokosnuss getroffen zu werden. Anders Kvisle hat sie gelobt! Irgendwo in ihrem Körper schwillt etwas an. Eigentlich hält sie Kvisle ja für einen Idioten, aber trotzdem, Lob ist Lob. Vielleicht ist er doch nicht so dusselig.

Dann knackt es in der Sprechanlage, und Monas Stimme hallt durch die Reaktion: Telefon für Mette Minde.

Der Anruf kommt von der Polizei. Sie wird gebeten, sofort ins Präsidium nach Skien zu kommen. Sie soll nach Morgan Vollan fragen.

Irgendwo in der Magenregion macht sich ein plötzliches Unbehagen breit. Etwas ist mit Inger Susanne. Sie spürt das. Inger Susanne ist tot. Ermordet am Kverndamm. Warum sollte die Polizei sonst sofort mit ihr reden wollen? Sie ist die Einzige diesseits des Langfjells, die Inger Susanne kennt.

Ihre Beine sind steif und unbeweglich, als trüge sie Skistiefel. Sie schafft es gerade noch, aufs Gaspedal zu treten und anzufahren.

Sie nimmt den Håvundveg über die Anhöhe. Zu ihrer Rechten liegt tief unten das Gjerpensdal, in dem sich Kilometer um Kilometer die Felder erstrecken. Der Fluss Leirkupp, der im Vogelreservat Børsesjø entspringt und bei Osebro in den Porsgrunnselv mündet, fließt mitten durch das Tal. Die Felder sind längst abgeerntet, und strohgelbe Heuballen reihen sich wie Perlen unten im Tal. Skien ist Telemarks größte Agrargemeinde, und der Boden im Gjerpensdal gehört zu den besten des Landes. Fette, feuchte Moorerde. Die Möhren, die dort unten angebaut werden, kommen auf den Tisch des Königs. Das hat sie jedenfalls irgendwo gehört. Sie nähert sich Frogner, und die Geschwindigkeitsgrenze sinkt auf vierzig Stundenkilometer. Große Löcher in der Straße sorgen dafür, dass diese Höchstgrenze auch von den meisten nicht überschritten wird. Sie kommt an der alten Hauswirtschaftsschule vorbei, in der in den Sechzigerjahren die berühmten Stompa-Filme gedreht wurden. Die alten Holzgebäude stehen zurückgezogen von der Straße, majestätisch und ockergelb am Ende der Allee. Jetzt residiert Mental Health darin. Es geht wohl auch niemand mehr auf eine Hauswirtschaftsschule. Vielleicht brauchen wir deshalb Mental Health? Nein, jetzt reicht es aber. Sie wäre garantiert verrückt geworden, hätte man sie gezwungen, auf eine Hauswirtschaftsschule zu gehen, aber eine Schule für Hausmänner wäre gar nicht so schlecht. Die Gedanken laufen in merkwürdigen Bahnen, nur um nicht Inger Susanne vor sich zu sehen, wie sie oben am Kverndamm auf einer Trage liegt.

An der Kreuzung Øvregate pfeift sie auf das Durchfahrtsverbot und nimmt den Weg am Brekkeby Gymnasium vorbei, dem altsprachlichen Gymnasium, auf dem der bekannte Faschist Vidkun Quisling seinerzeit die Schulbank gedrückt hat. Sie kommt am Kreisel in der Rektor Ørns gate heraus, fährt geradeaus weiter und hat das Polizeipräsidium zur Linken. Der Bau ist aus rotem Ziegelstein, wie alle Gebäude im Kverndal, die hochgezogen wurden, nachdem man die alten Holzhäuser abgerissen hatte, um der neuen Zeit Platz zu machen: das Einkaufszentrum Lietorvet, das Hotel Ibsen und der gigantische Koloss mit seinen zahllosen Stockwerken, in dem öffentliche Büros und Serviceunternehmen untergebracht sind. Vielleicht hat man alles aus Ziegelstein gebaut, damit es zu der alten Kirche von Skien passt, die nicht mit abgerissen wurde, als die Bulldozer die Häuser der einfachen Leute dem Erdboden gleichgemacht haben. Gottes Haus wurde verschont, wie üblich.

Sie parkt den Golf auf dem Parkplatz hinter dem Polizeipräsidium.

»Kommen Sie herein!«

Morgan Vollans Stimme klingt wie ein Bellen. Unwillkürlich muss sie an Rambo denken.

Er lächelt freundlich, als könnte er es kaum erwarten, ihr mit Messer und Gabel zu Leibe zu rücken. Als läge sie auf einem Teller und wäre ein wehrloses Steak. »Setzen Sie sich«, sagt er.

Jetzt wird er ihr erzählen, dass Inger Susanne tot ist. Am Kverndamm ermordet wurde. Wie ihre Schwester. Sie setzt sich. Sie will ihm zuvorkommen.

»Die tote Person vom Kverndamm, das ist Inger Susanne, nicht wahr? Ich weiß, dass Sie mir das erzählen wollen«, sagt sie und hört, dass ihre Stimme zittert. Sie ist wütend auf sich. So wütend, dass sie die Hände wringt. Der Kloß im Hals wächst, als hätte sie ein zu großes Stück Kartoffel hinuntergeschluckt.

Er sieht sie freundlich an. Warum sieht er so verdammt freundlich aus, wenn er Journalisten nicht mag? Irgendetwas stimmt hier nicht. Mette wird unsicher.

Er lehnt sich über den Tisch.

»Es ist *nicht* Inger Susanne, die am Kverndamm ermordet wurde. *Niemand* wurde ermordet. Das, was wir als verdächtigen Todesfall bezeichnet haben, ist aller Wahrscheinlichkeit nach ein krankheitsbedingter Todesfall. Wir haben vor fünf Minuten eine Pressemitteilung mit allen relevanten Informationen an alle Medienredaktionen geschickt und die Pressekonferenz abgesagt«, sagt er. »Es besteht kein Grund, eine Pressekonferenz abzuhalten, um bekannt zu geben, dass ein älterer Mann gestern Abend im Wald am Kverndamm an Herzversagen gestorben ist.«

»Und wer war der Tote?«

»Ein älterer Mann. Seinen Namen kann ich Ihnen nicht sagen, weil noch nicht alle Angehörigen informiert sind. Er hat auf den Hund seiner Tochter aufgepasst und gestern Abend einen Spaziergang mit ihm gemacht. Er saß gegen einen Kiefernstamm gelehnt da, als er gefunden wurde. Den Hund hat man heute Morgen auf der Vortreppe des Hauses seiner Besitzerin gefunden. Das Alarmierende daran war, dass der Mann ein blaues Halsband in der Hand hielt, als er gefunden wurde. Wahrscheinlich hat er den Hund von der Leine gelassen, damit er Hilfe holt, aber das hat der nicht getan. Er hat sich schlafen gelegt. Da der Mann alleine gewohnt hat, hat niemand ihn vermisst, als er nach dem Spaziergang nicht nach Hause gekommen ist. So schief kann es gehen«, sagt Vollan. Er klingt aufrichtig bekümmert.

Der arme Mann, denkt Mette. Allein die Vorstellung, alleine im Wald zu sterben. Was für eine Angst er gehabt haben muss. Aber zumindest wurde er nicht ermordet. Nur worüber will Vollan dann mit ihr reden, wenn es ist nicht das ist, was sie befürchtet hat? Sie beschleicht das Gefühl, dass er weiß, dass sie bei den Mitgliedern des Diätclubs Sylfiden war. Das muss es sein. Doch da Inger Susanne nicht tot ist, spielt das keine Rolle. Ruhig wartet sie auf die Gabel.

Aber dann kommt er doch auf Inger Susanne zu sprechen.

Er betont, wie wichtig es ist, dass Mette mit der Polizei zusammenarbeitet, um sie zu finden. Sie haben die Hütte in Ustaoset und ihre Adresse in Bergen überprüft. Sie haben mit ihren Kollegen und all ihren Bekannten in Bergen gesprochen und die Hotels in Grenland kontrolliert. Ihre Sachen sind noch immer in Bondeheimen, wo sie gewohnt hat, bevor sie verschwunden ist. Das bedeutet, dass sie nur das bei sich hat, was sie auf dem Leib trägt. Die Polizei ist äußerst besorgt. Morgan erzählt ihr, dass Inger Susanne finanzielle Probleme hat. Er sagt ihr das, obwohl er das eigentlich nicht darf. Damit sie den Ernst der Lage versteht. Er will sofort unterrichtet werden, wenn Inger Susanne Bengtsen auch nur anruft, egal wie spät es ist. Sie werden sie jetzt zur Fahndung ausschreiben, was eine ernste Sache ist, aber ihnen bleibt keine Wahl. Mette beteuert, dass sie nichts weiß, und dass sie nichts vor der Polizei geheim halten will.

Er sagt nichts von dem Ballon oder dem Hund oder den Tagebüchern. Mette muss selber fragen.

Was den Ballon angeht, hat die Polizei eine recht glaubwürdige Erklärung, wie er auf der Leiche gelandet sein könnte. Mehr will er nicht sagen.

Der Hund ist nicht wieder aufgetaucht. So, wie Vollan das sieht, gibt es für dieses Rätsel nur zwei Erklärungen: Entweder ist er tot und vergraben oder sonst irgendwie entsorgt worden. Oder Bengtsens Mörder hat ihn mitgenommen und hält ihn versteckt.

Und die Tagebücher. Ja, er ist sich darüber im Klaren, dass sie die gelesen hat, und das ist so weit auch in Ordnung, wenn sie es dabei bewenden lässt. Nun ja, sie hat dem Diätclub einen Besuch abgestattet und die Damen interviewt.

»Sie haben was?«

»Ich war am Dienstag da und habe sie interviewt. Sie hatten ihr monatliches Treffen, das bei der Leiterin des Clubs, Evelyn Sørensen, in der Wessels gate stattgefunden hat.«

Morgan Vollan runzelt die Stirn.

»Wie haben Sie das herausgefunden?«

»Das steht in den Tagebüchern. Man muss nur die Daten mit dem Taschenkalender vergleichen.«

»Ich will die Aufnahmen hören«, sagt er.

»Das geht nicht«, erwidert sie. »Gemäß den ethischen Regeln des Presseverbands hat die Polizei keinen Zugriff auf unredigiertes Material. Wir müssen unsere Quellen schützen, das wissen Sie. Es hat, wie Ihnen sicher bekannt ist, diverse Anhörungen zu diesem Thema gegeben, und obwohl das Gericht zugunsten der Polizei entschieden hat, geht ein Journalist eher ins Gefängnis, als dass er seine Quellen preisgibt. So ist das einfach.«

Sie fühlt sich unwohl.

Er erinnert an eine überreife Pflaume. Sie hält sie in der Hand und hat fest zugedrückt. Jetzt rinnt ihr der Saft zwischen den Fingern hindurch. Schließlich ist nur noch ein kleiner Stein übrig.

»Hören Sie. Mit diesen Aufnahmen kann die Polizei wirklich nichts anfangen. Das Ganze hat nur einen ziemlich schlechten und völlig substanzlosen Beitrag zum Thema Abnehmen ergeben. Ich hatte ziemliche Probleme, etwas Vernünftiges daraus zu machen. Aber wenn es darum geht, Frids Mörder in ihrem Bekanntenkreis zu finden, kann ich natürlich nicht ausschließen, dass Sie bei den Mitgliedern des Diätclubs einen Hinweis finden könnten. Da schwelt so einiges im Verborgenen. Unter anderem ein alter Lottogewinn. Wenn ich Sie wäre, würde ich mich mit jeder der Damen einmal ernsthaft unterhalten. Sie haben doch alle Befugnisse dazu, ich bin nur Journalistin.«

»Wir sind dabei, aber wir hinken Ihnen deutlich hinterher«, sagt er.

»Und noch etwas«, fügt sie hinzu. »Ein anderes Mitglied des Diätclubs ist vor gut einem Jahr bei einem Sturz im Gebirge umgekommen. Sie wird auch in den Tagebüchern erwähnt. Sie hieß Reidun.«

»Was ist mit Ihrer Wange passiert?«

»Ich bin vom Pferd gefallen.«

Als Mette das Präsidium verlässt, ist sie fest entschlossen, die Polizei den Fall alleine lösen zu lassen. Sie wird sich in keiner Weise einmischen. Sie wird nur noch Sigrid Omland einen Besuch abstatten, bevor sie zum NRK-Haus hochfährt und sich auf die erstbeste Nachrichtensache stürzt, die nichts mit dem Mord am Kverndamm zu tun hat. Und dieser Besuch ist rein privat. Sie wird nach Klyve hochfahren und Sigrid fragen, ob sie mit auf einen Spaziergang kommt. Ganz einfach. Einen kleinen Spaziergang, eine halbe Stunde vielleicht. Das wird Sigrid guttun. Und dann wird sie sie fragen, ob sie nicht an einem Abend zusammen ins Kino gehen wollen. Empathie, war es nicht das, wovon Morgan Vollan gesprochen hat?

Mette Minde atmet die milde Herbstluft ein und spürt den Glorienschein über ihrem Haupte schweben.

Frau Madsen zieht den karierten Einkaufstrolley den Berg hinauf. So ein Wagen ist wirklich praktisch. Müsste sie alle Einkäufe von Prix in Tüten nach Hause tragen, wäre das viel zu schwer für sie. Früher hat sie oft einen Rucksack genommen oder das Fahrrad. Jetzt traut sie sich nicht mehr aufs Fahrrad. Ihr Gleichgewichtssinn ist nicht mehr der beste. Das muss sie einfach zugeben. Aber jetzt hat das Fahrrad wenigstens noch einen Nutzen, und das ist gut.

Oben auf dem Berg gönnt sie sich eine Verschnaufpause. Fährt sich mit der Hand durch die Dauerwelle. Dreht sich um und blickt den Weg zurück, den sie gekommen ist. Es ist herrlich so zu stehen und die Aussicht zu genießen. Die Autos sausen an ihr vorbei. Mit jedem Jahr, das vergeht, werden es mehr. Sie hat nie den Führerschein gemacht. Wozu auch? Bernhard ist schließlich überallhin gefahren, wo sie hin mussten.

Sie hat ein paar richtig gute Kartoffeln, eine Steckrübe, Fischfrikadellen und Schlackwurst gekauft. Eine Tüte Kaffee und etwas Gutes zum Kaffee. Einen Hefezopf. Sie sieht zu den Fenstern im Block hoch, doch die liegen einsam und dunkel da. Inger Susanne hatte duschen und ein paar Kleider waschen wollen, als sie gegangen ist. Sie hat ihr Bernhards alten Morgenrock gegeben. Der ist blitzsauber.

Sie geht auf die Haustür zu, die in diesem Moment von innen geöffnet wird. Prima, dann kann ihr die Frau die Tür aufhalten, das macht es leichter mit dem Trolley. Die Frau hat blondes Haar, das ihr in zwei Zöpfen über die Schultern hängt. Frau Madsen hat sie schon einmal gesehen.

Mette Minde sieht die ältere Frau durch die Glasscheibe in der Haustür. Sie öffnet die Tür und hält sie ihr auf, um sie mit ihrem Einkaufswagen ins Haus zu lassen. Kann das der graue Schopf sein, den sie abends in der Etage unter Sigrid Omland gesehen hat? Die heiligen Gelübde sind vergessen.

»Hallo, mein Name ist Mette Minde, ich komme von NRK Telemark«, sagt sie.

Manchmal gelingt dieser Schachzug, manchmal nicht. Das Wort NRK kann die Wirkung eines elektrischen Türöffners haben oder die eines Schnappschlosses. In diesem Fall scheint ihre Einschätzung richtig zu sein.

Frau Madsen strahlt. »Margit Madsen«, sagt sie und reicht ihr die Hand.

»Ich wollte zu Sigrid Omland in der zweiten Etage, aber sie scheint nicht zu Hause zu sein.«

»Ja, das stimmt«, sagt Margit Madsen. »Ich habe sie gegen zehn weggehen sehen. Also, um genau zu sein, war es drei nach zehn, denn im selben Moment ertönte gerade die Erkennungsmelodie der Lokalnachrichten im Radio«, sagt sie, während ihr einfällt, dass sie die Nachrichten ja nicht gehört hat, weil Inger Susanne sie gebeten hatte, das Radio auszuschalten.

»Sie haben aber ein gutes Gedächtnis«, sagt die NRK-Reporterin bewundernd.

Margit Madsen wächst um einige Zentimeter.

»Sigrid Omland hat eine Tochter. Sie haben sie wohl nicht zufällig gesehen?«

»Nein. Charlotte Iselin ist am Samstag mit ihren Großeltern weggefahren und noch nicht wieder zurück. Sie sind bestimmt in der Hütte. Es sind Herbstferien, wissen Sie.«

»Ich muss schon sagen, woran Sie sich alles erinnern, Hut ab«, sagt die Reporterin.

Margit Madsen denkt, dass sie in den letzten Tagen verblüffend viele positive Rückmeldungen von jungen Frauen bekommen hat, die in schwierigen Angelegenheiten ihre Hilfe gebraucht haben. Oben in ihrer Wohnung sitzt Inger Susanne, hilflos, einsam und in tiefer Trauer. Und gerade füttert sie eine junge NRK-Reporterin mit wichtigen Informationen.

»Charlotte Iselin war am Freitagabend auf einer Geburtstagsfeier bei einer Freundin. Sie haben nicht zufällig gesehen, wann sie an dem Abend nach Hause gekommen ist?«

»Doch, das habe ich, zufälligerweise. Ich war nämlich eingenickt, ja, eigentlich sogar richtig eingeschlafen, und als ich wieder wach geworden bin, war es ganz dunkel in der Wohnung. Durch das Küchenfenster habe ich gesehen, wie die kleine Charlotte Iselin über den Parkplatz angelaufen kam«, sagt Margit Madsen und deutet in die Richtung.

Ihre Stimmen hallen im Treppenhaus. Der Klang wird zwischen Treppenstufen und Wänden hin und her geworfen und dringt zurück in ihre Ohren. Mette senkt ein wenig die Stimme. Sie hört, wie weiter oben eine Tür aufgeht. Und wieder geschlossen wird.

»Wissen Sie, wie spät es da war?«

»Ja, kurz vor halb acht. Auf NRK lief der Wetterbericht.«

»Hatte Charlotte Iselin einen Luftballon bei sich, als sie von dem Geburtstag kam?«

Margit Madsen starrt die NRK-Reporterin überrascht an. Einen Luftballon? Sie denkt an den Mord am Kverndamm und fragt sich, ob sie die traurige Geschichte von der Schwester der Ermordeten erzählen soll, die sich in diesem Moment oben bei ihr ausruht, aber irgendetwas hält sie davon ab. Sie hat Inger Susanne schließlich versprochen, niemandem etwas zu sagen.

Sie hat sogar Gjøran angerufen und ihm gesagt, dass das mit dem Wasserhahn in Ordnung sei. Dass er nicht zu kommen braucht. Dass sie ein paar Tage nicht da sei. Eine Busreise nach Strömstad machen würde. Um ein bisschen einzukaufen. Zusammen mit ein paar anderen Frauen aus Klyve. Eine Rentnertour.

»Nein, sie hatte ganz bestimmt keinen Luftballon bei sich. Meine Augen sind noch sehr gut«, sagt Margit Madsen.

»Sie hatte einen Ranzen auf dem Rücken und einen Teddybär unter dem Arm. Und sie ist gelaufen, als hätte sie schon längst zu Hause sein sollen, und ich finde auch, dass sie das hätte. Die Kinder heutzutage sind viel zu lange auf«, fügt sie hinzu.

Mette hilft Frau Madsen, ihre Einkäufe hochzubringen. Dann springt sie mit wenigen Schritten die Treppe in die nächste Etage hinauf und läutet bei Omland. Auch jetzt öffnet ihr niemand.

Sie setzt sich ins Auto und wählt die Nummer von Kenneth Mosbakk, dem Züchter. Beim zweiten Klingeln meldet er sich. Okay. Er kann sich mit ihr treffen.

Louises Kaffee-&Teesalon liegt in der Fußgängerzone zwischen Ibsen-Park und Markt, gegenüber dem Buchladen. Er hat sich an einen Fenstertisch gesetzt. Der Biker sieht auf dem dunkelroten, mit Plüsch bezogenen Sofa ebenso fehl am Platz aus wie Fido auf seinem Arm auf der Homepage.

Mette Minde reicht ihm die Hand. Kenneth erhebt sich und ergreift sie, fest und energisch.

Hinter der Theke steht eine patente, freundliche Frau mit blondem, kurzem Haar. Es fällt Mette schwer, sich zu entscheiden, in der Auslage reiht sich ein Leckerbissen an den anderen. Schließlich wählt sie ein Croissant mit Krebsschwänzen und eine Flasche Apfelsaft. Auf die Krebsschwänze lässt sie sich Knoblauchmayonnaise geben.

Dann geht sie zurück zu Kenneth. Aus dem Augenwinkel registriert sie, dass am Nachbartisch zwei der führenden Kunstschaffenden der Stadt die Köpfe zusammenstecken. Ein Autor in den Sechzigern und ein beträchtlich jüngerer Fotograf.

Kenneth isst ein Omelett. Sie kauen eine Weile schweigend, bevor Mette sich über den Tisch beugt.

»Ich möchte, dass Sie mir alles über Frid erzählen, was Sie wissen«, sagt sie.

»Alles über Frid«, wiederholt er leise und seufzt.

»Sie hatten eine Beziehung, haben Sie gesagt?«

Er seufzt noch tiefer und lehnt sich weit über den Tisch. Seine Unterarme sind behaart und haben großflächige Tätowierungen.

»Das dürfte leicht übertrieben sein«, sagt er sehr leise und sieht sich in dem Lokal um, als wollte er sichergehen, dass niemand mithört. Der Fotograf und der Autor beachten sie nicht. Sie sind in ihr Gespräch vertieft und reden nicht gerade leise.

»Erzählen Sie!«

»Wir hatten, um ehrlich zu sein, nur ein einziges Mal Sex«, flüstert er.

»Ja?«

»Sie erzählen das niemandem weiter?«

»Nein, natürlich nicht! Das würde mir im Traum nicht einfallen!«

»Okay, also, nur ein einziges Mal, und das war absolut super«, flüstert er. »Sie war höllisch geil, und es war wild und herrlich. Aber danach …«

»Ja? Was ist danach passiert?«

»Wir haben dagelegen und uns unterhalten, und dann habe ich ihr gesagt, dass ich eine MS-Diagnose habe. Das ist eine Muskelkrankheit, die mich irgendwann einmal total lähmen wird, früher oder später. Das war ein sehr vertrauliches und intimes Geständnis.«

Kenneth sieht sie unglücklich an.

»Sie hat sich übergeben«, flüstert er. »Sie hat sich im Bad eingeschlossen und sich übergeben. Dann hat sie fast eine halbe Stunde geduscht. Bis kein warmes Wasser mehr kam.«

Sie sitzen einander schweigend gegenüber. Kenneth schaut aus dem Fenster. Mette studiert ihre Hände. Die Nägel und die Hautfalten an den Knochen.

»Sie muss irgendetwas erlebt haben«, sagt er schließlich. »Etwas ganz Furchtbares. Oder was glauben Sie, als Mädchen? Kann es sein, dass ich so widerlich bin, dass man sich anschließend übergeben muss? Das hat noch keine getan.«

Mette legt ihre Hand auf seine, die auf dem Tisch liegt, und drückt sie vorsichtig.

»Nein, Kenneth, das hat bestimmt nichts mit Ihnen zu tun. Sie haben sicher recht, dass sie irgendetwas erlebt haben muss. Haben Sie das der Polizei erzählt?«

»Sind Sie verrückt! Ich kann über so was nicht mit anderen Männern reden. Ich erzähle Ihnen das, weil Sie ein Mädchen sind. Mädchen haben sehr viel mehr Verständnis. Jedenfalls für so was.«

»Was hat Frid gesagt, als sie aus dem Bad kam?«

»Nichts oder irgendwas davon, dass sie sich schlecht fühlt und dass sie nach Hause will. Wir waren bei mir. Seitdem haben wir so getan, als wäre nichts passiert. Wir waren Freunde wie vorher, und ich habe auf Fido aufgepasst, wenn Sie jemanden brauchte, und ihn mit auf Ausstellungen genommen und all so was. Sie ist mir nicht aus dem Weg gegangen.«

»Aber Sie waren nie mehr zusammen?«

»Nein. Nie mehr.«

»Sie muss sehr viel älter gewesen sein als Sie«, sagt Mette.

»Ja, aber das hat keine Rolle gespielt. Sie war wunderbar«, sagt er und sieht sie trotzig an. »Wenn Ihr Frauen euch für ältere Männer interessiert, ist das völlig in Ordnung, aber wenn jüngere Männer sich für ältere Frauen interessieren, ist das sofort ein Problem«, fügt er hitzig und laut hinzu.

Der Autor dreht sich um und sieht interessiert zu ihnen herüber. Vielleicht ist ihm eine Idee für einen Roman gekommen. Er hat eine Novelle über einen kleinen Jungen geschrieben, der sich von seinem Vater dazu hat drängen lassen, eine Sprungschanze hinunterzuspringen, die hinunterzuspringen ihm eigentlich Angst machte, aber er hat es trotzdem getan. Ihr kommt der Gedanke, dass dies genau das ist, was sie gerade tut. Sie macht Dinge, die sie sich eigentlich nicht traut, nur dass sie niemand drängt.

Mette lehnt sich über den Tisch und versucht, so leise wie möglich zu reden, ohne zu flüstern.

»Aber Sie haben doch gesagt, dass Sie gewusst haben, dass sie eine Beziehung in Ägypten hatte?«

»Ja, vielleicht stand sie ja mehr auf dunklere Typen«, sagt

er brüsk. »Vielleicht ist ihr von weißem Pudding schlecht geworden.«

Er klopft sich auf den Bauch und sieht in die Fußgängerzone hinaus.

»Ich denke, dass sie möglicherweise auf die Krankheit reagiert hat«, sagt Mette.

»Was heißt das?«

»Die Beziehung, die sie in Ägypten hatte, hat sie abrupt beendet, nachdem der Mann bei einem Bombenattentat fast erblindet ist. Frid wollte plötzlich nichts mehr mit ihm zu tun haben. Es ist durchaus möglich, dass sie einfach nicht mit physischen Schwächen bei Menschen aus ihrem engsten Umfeld umgehen konnte.«

»Glauben Sie das?«

»Sie wissen, dass Frid und ihre Schwester jahrelang ihre Eltern gepflegt haben, die alt und krank waren? Es könnte doch sein, dass die Hauptverantwortung bei Frid lag und dass sie das auf die eine oder andere Weise geprägt hat. Dass die Erlebnisse dieser Jahre wie ein Eitergeschwür in ihr gesessen haben.«

Kenneth verbirgt das Gesicht in den Händen.

»Arme Frid«, flüstert er. »Sie konnte so lieb sein und so warmherzig.«

»War sie in Sie verliebt?«

»Ja, ziemlich lange, glaube ich. Vor diesem Abend, danach nicht mehr.«

Sie bleiben noch eine Weile sitzen und reden über andere Dinge. Kenneth rät davon ab, einem Kind einen Hund zu kaufen. Wenn ein Hund in die Familie kommt, müssen die Erwachsenen die Verantwortung übernehmen. Zu hundert Prozent. Ein Hund ist ein anspruchsvolles Projekt. Man muss wissen, worauf man sich einlässt, aber wenn man diese Verantwortung erst übernommen hat, hat man einen Freund fürs Leben, strahlt er. Sein großes Gesicht wird sanft und schön. Sie glaubt ihm.

Als sie kurz darauf über den Markt geht, klingelt ihr Mobiltelefon. Jedes Mal, wenn es einen Ton von sich gibt, denkt sie an Mudada, aber er ist es auch diesmal nicht. Die SMS ist auf Norwegisch und kommt von Terkel Andersen. Er will sie treffen, sofort. Die Meldung schließt mit »der Löwe«.

Der Friedhof von Tørmo liegt im Schatten hoher Bäume, die bestimmt viele Hundert Jahre alt sind. Älter als die kleine, rote Kapelle. Hier liegen ihre Eltern unter einem Grabstein aus grauem Granit. Sie geht in die Hocke und reißt etwas Gras aus, das zwischen dem Heidekraut gewachsen ist, seit sie das letzte Mal hier war. Heidekraut, auch Erika genannt, ist intensiv in der Farbe und hat kleine, runde Blüten. Nicht wie das wilde Heidekraut, das draußen am Fjord wächst. Flüchtig sieht sie vor ihrem inneren Auge Heidekraut und Johanniskraut einträglich nebeneinanderstehen und im Spätsommer lila und gelb leuchten. Das Heidekraut, das sie hier unter den Baumkronen von Tørmo gepflanzt hat, kann da nicht mithalten.

Auf dem Friedhof ist niemand zu sehen. Mette fröstelt im Wind und zieht die Jacke enger um sich. Sie sieht auf die Uhr und geht zu dem schmiedeeisernen Geländer, als er auf einem Fahrrad auf sie zugerollt kommt. Einem schwarzen Damenfahrrad mit einem Drahtkorb am Lenker. Terkel Andersen.

»Hallo, tut mir leid, dass ich mich etwas verspätet habe«, sagt er.

»Schon in Ordnung«, antwortet sie.

Sie gehen zur Kapelle hoch und setzen sich auf die Treppe an der Rückseite, geschützt vor dem Wind. Von hier aus kann sie den Grabstein sehen. Sie sollte öfter hierherkommen.

»Es ist an der Zeit, dass wir richtig miteinander reden«, sagt sie.

»Ja, ich weiß, aber es hat mich echt nervös gemacht, als Sie einfach bei Autoexport aufgetaucht sind. Ich hatte Angst, dass Sie etwas von dem Tipp sagen, fragen, von wem er kommt. Als ich Sie sah, wäre ich am liebsten im Erdboden versunken«, sagt er. »Gar nicht davon zu reden, als Sie bei der Autoverschrottung plötzlich vor mir standen. Sie haben mir einen Mordsschrecken eingejagt.«

»Es ist mir nicht entgangen, dass Sie ziemlich nervös waren.«

Er beugt sich vor und umschlingt mit den Armen die Knie.

»Was die da treiben, das ist Betrug«, sagt er. »Ganz zu Anfang, als ich als Lehrling da angefangen habe, ist mir aufgefallen, dass jemand die Fahrgestellnummern und die Nummernschilder, also den Identitätsnachweis mit Nummer und Spezifikation, von den Autos entfernt hatte, die über Autoexport exportiert werden sollten. Das ist ja an sich schon illegal. Später habe ich dann eine Kiste mit Fahrgestellnummern und Nummernschildern hinten in Forsthammers Auto gesehen. Ich habe mich nicht getraut, Forsthammer darauf anzusprechen, und Jens zu fragen, habe ich mich auch nicht getraut, weil der immer so schweigsam und verschlossen ist. Eine ganze Zeit lang habe ich nicht mehr daran gedacht, mich nur hin und wieder gewundert, warum sich jemand die Mühe macht, die Identitätsnachweise zu entfernen. Die Fahrgestellnummer ist nämlich gar nicht so leicht abzubekommen. Sie ist meistens in den Stahlrahmen eingestanzt, und das Ganze ist auch nicht ungefährlich, weil man dazu einen Schneidbrenner braucht und leicht einen Brand verursachen kann. Das Nummernschild geht leichter ab. Aber ich muss zugeben, dass ich mich schon gewundert habe, was das alles sollte. Kurz darauf habe ich dann dieselbe Kiste mit den Fahrgestellnummern und den Nummernschildern oben bei der *Auto und Altmetall AG* gesehen, bei dem Schrotthändler. Zunächst einmal ist es ja nicht so merkwürdig, dass da so etwas herumsteht, wir nehmen von allen Autos, die saniert werden sollen, die Kennzeichen ab. Ich helfe selbst oft dabei. Seltsam war nur, dass es dieselbe Kiste war, da bin ich mir zu hundert Prozent sicher. Eine graue Plastikkiste mit einem schwarzen Griff. Eine stabile und etwas spezielle Kiste, wie ich sie noch nirgends gesehen habe.«

Terkel macht eine Pause und dreht sich zu Mette um. Er fragt, ob sie versteht, wovon er redet oder ob irgendetwas unklar ist. Nein, sie versteht alles, er soll ruhig weiterreden. Sie friert und denkt, dass sie sich eigentlich einen besseren Treffpunkt hätten aussuchen können als ausgerechnet den Friedhof.

»Wozu braucht die *Auto und Altmetall AG* die Fahrgestellnummern?«

»Sie dienen als Beweis, dass das Auto verschrottet wurde«, sagt Terkel. »Für den Fall einer Kontrolle.«

Mette würde gern noch weitere Fragen stellen, aber sie will ihn nicht unterbrechen.

»Eines Morgens war ich früh draußen. Forsthammer war da. Er hat etwas aus einem Aktenordner kopiert. Als er wieder gegangen war und die anderen noch nicht da waren, habe ich mir den Ordner angesehen. Er enthielt Listen über die von uns exportierten Autos. Das ist jetzt über ein Jahr her, und ich habe mit niemandem darüber gesprochen, aber als die SFT aufgetaucht ist und eine Menge Akten zur Prüfung mitgenommen hat, habe ich Frid alles erzählt. Sie ist, oder war, inzwischen die Einzige, mit der ich da oben wirklich reden konnte.«

»Wie hat sie reagiert?«

»Sie schien nicht sonderlich überrascht, hat aber gemeint, dass es vielleicht an der Zeit sei, dem Ganzen ein Ende zu machen.«

»Und was ist dann passiert?«

»Eigentlich nichts. Abgesehen davon, dass sie der Meinung war, dass man den Medien einen Tipp geben sollte. Sie hat Sie ausgewählt. Weil Sie über die Mango Oil-Sache berichtet haben. Und weil sie Sie flüchtig kannte.«

»Warum sind Sie nicht einfach zur Polizei gegangen?«

»Ich hatte Angst, meinen Job zu verlieren. Ich bin bald mit der Lehre fertig und möchte in nichts hineingezogen werden. Und Frid hatte vor irgendwas anderem Angst. Wovor, weiß ich nicht. Wir sind zu dem Schluss gekommen, dass eine Kombination aus SFT und NRK keine schlechte Idee wäre.«

»Und was denken Sie jetzt, nachdem sie umgebracht wurde?«

»Ich denke, dass ich Angst habe und dass wir besser zur Polizei gegangen wären. Frid hat nämlich gemeint, dass Forsthammer und Antonsen gemeinsam den Staat übers Ohr hauen. Ihrer Meinung nach kassieren sie die Abwrackprämien für die Autos, die nicht verschrottet, sondern ins Ausland exportiert werden.«

»Damit hatte sie recht«, sagt Mette. »Die SFT sagt das Gleiche. Tore Antonsen hat den Betrug zugegeben, behauptet aber, dass er sich das Geld mit Frid und nicht mit Forsthammer geteilt hat.«

»Das kann nicht sein«, sagt Terkel.

»Hat die Polizei Sie in Verbindung mit dem Mord verhört?«

»Ja, aber ich konnte mich nicht dazu überwinden, hiervon etwas zu sagen. Es wäre zu schwierig gewesen.«

»Antworten Sie mir jetzt ganz ehrlich, Terkel. Sind Sie am Freitagabend mit dem Fahrrad an Frids Haus vorbeigefahren?«

»Ja«, sagt er. »Sie ist am Freitag nicht zur Arbeit erschienen, und ich musste mit ihr reden. Forsthammer ist am Vormittag reingekommen und hat versucht, den Safe in Frids Büro aufzumachen. Sie muss den Code geändert haben, weil er ihn nicht aufbekommen hat. Er hat nicht viel Aufhebens darum gemacht. Er war ganz ruhig, aber ich habe gesehen, dass er sichtlich frustriert war. Er hat unter den Achseln geschwitzt. Das Hemd hatte große Schweißflecken. Und jetzt ist der Safe weg. Er muss ihn irgendwann im Lauf der Woche mitgenommen haben. Ich habe es heute entdeckt. Dass der ganze Safe fort ist.«

»Sie wissen schon, dass es nur ein vernünftiges Vorgehen in diesem Fall gibt, Terkel?«

»Ja«, sagt er. »Wenn Sie mitkommen.«

Sie ruft von ihrem Mobiltelefon aus Morgan Vollan an und kündigt ihr Kommen an.

»Hätte Frid die Fahrgestellnummern und die Nummernschilder von den Autos entfernen können?«, fragt sie, als sie im Auto auf dem Weg zum Polizeipräsidium sind.

»Nein, das kann ich mir nicht vorstellen. Sie war Sekretärin und keine Automechanikerin. Wir alle hätten das gekonnt, aber nicht Frid.«

»Was ist mit Jonas Forsthammer?«

»Ich weiß nicht, aber wenn er nicht gewollt hat, dass jemand bei Autoexport davon erfährt, hätte Antonsen das doch selbst machen können. Nachts oder am Wochenende«, sagt Terkel.

»Die SFT hat die Verzeichnisse miteinander verglichen«, sagt Mette. »Sie haben das Exportverzeichnis mit der Liste der verschrotteten Autos verglichen. Auf diese Weise haben sie entdeckt, dass Autos, für die eine Abwrackprämie bezahlt worden ist, in Wirklichkeit außer Landes gebracht wurden, viele davon schon vor mehreren Jahren.«

Im Auto ist es eine Weile still. Sie kommen an dem Geschäft für Heizung- und Klimatechnik vorbei, an dem gestern Abend auch Evelyn vorbeigeradelt ist. Es war also doch nicht Evelyn, die an dem Mordabend mehrmals an Frids Haus vorbeigefahren ist. Wie viel Zeit sie auf nichts verschwendet hat. Bei der Menstadbrücke biegen sie in den Kreisel ein und fahren an der Westseite des Flusses entlang Richtung Skien Zentrum.

»Glauben Sie, dass Forsthammer Frid umgebracht hat?«, fragt Terkel.

»Seiner eigenen Aussage zufolge hat er für den Mordabend ein Alibi. Er hat im Gewerbeverein einen Vortrag gehalten, mit anschließendem Abendessen. Aber Tore Antonsen hat laut Forsthammer kein Alibi«, sagt sie.

»Doch, Tore Antonsen hat ein Alibi«, sagt Terkel. »Mich. Ich war Freitagnachmittag auf der Schrotthalde, um nach Schildern und Fahrgestellnummern zu suchen, die von Autoexport stammen. Ich musste mich verstecken, als er gegen 18:00 Uhr kam. Er ist erst eine Stunde später wieder verschwunden, und da bin ich auch gefahren, um mit Frid zu reden. Er kann sie nicht umgebracht haben.«

»Haben Sie das der Polizei gesagt?«

»Nein, aber das werde ich gleich«, sagt Terkel.

Auch die Polizei hat viel Zeit auf nichts verschwendet, denkt Mette. Wie viel einfacher wäre es doch gewesen, wenn alle gleich von Anfang an die Wahrheit gesagt hätten.

Morgan Vollan macht einen erschöpften Eindruck. Er hat dunkle Ringe unter den Augen. Vollan gibt Terkel Andersen zur Begrüßung die Hand und bittet Mette zu warten. Sie bekommt eine Tasse Kaffee angeboten, die sie jedoch ablehnt.

Als sie eine halbe Stunde gewartet hat, klingelt ihr Mobiltelefon. Sie öffnet die SMS von Hege Marie Toft, die wie vereinbart kurz und bündig ist: »Evelyn Sørensen.«

Mette ist nicht sonderlich überrascht. Evelyn Sørensen macht ganz den Eindruck eines Kontrollfreaks. Es wundert sie nicht, dass sie sicherheitshalber noch einen eigenen Schein abgegeben hat, weil sie bezweifelt hat, dass die anderen Frauen das richtig machen. Doch dass sie den Gewinn eingesteckt und die Schuld Reidun zugeschoben hat? Reidun, die sie geliebt haben muss. Nein, das ist nicht so einfach zu verstehen. Es sei denn, es war abgesprochen. Reidun hat gewusst, dass das Geld in Sicherheit war, und hat sich bereit erklärt, die Beschuldigungen und die Frustration der anderen Frauen abzubekommen. Vier Millionen Kronen sind es sicherlich wert, eine Weile dafür zu leiden, wenn man sich später mit dem Geld ein schönes Leben machen kann. Vielleicht war das der Plan. Doch dann kam Reidun ums Leben.

Was, wenn Frid einen Verdacht hatte, wie es wirklich gelaufen war? Laut Turid wollte sie ja nie darüber reden. Kann es sein, dass sie Reidun oder Evelyn bedrängt hat? Kann Evelyn Frid getötet haben, um die Kontrolle nicht zu verlieren? Um sie daran zu hindern, den Betrug vor den anderen zu enthüllen? Ihre Habgier?

Mette ist tief in ihre düsteren Gedanken versunken, als Terkel zurückkommt, gefolgt von Morgan Vollan. Terkel wirkt erleichtert. Er lächelt sie vorsichtig an. Morgan Vollan will mit Mette sprechen. Sie bittet Terkel zu warten, sie wird ihn anschließend nach Hause fahren. Beide haben denselben Weg. Vollan führt sie nicht in das Vernehmungszimmer, sondern in sein Büro.

Sie sitzen sich an seinem Schreibtisch gegenüber. Die Wand hinter ihm ist mit Regalen voller Ordner zugestellt. Blaue, rote und grüne. Der Schreibtisch ist aufgeräumt, die Papiere liegen rechts in zwei Stapeln. Morgan Vollan räuspert sich.

»Ich habe das sichere Gefühl, dass Sie sich doch nicht so ganz aus diesem Fall heraushalten«, sagt Vollan.

»Das könnte sein, aber es ist nun einmal die Aufgabe eines Journalisten, dem Geschehen zu folgen«, sagt Mette.

»Ich glaube, dass Sie mehr tun als das«, meint Vollan. »Ich will Ihnen jetzt keine Moralpredigt halten, aber ich muss Ihnen sagen, dass mir Ihr Engagement Sorgen macht, und das nicht zu knapp. Es ist nicht ganz ungefährlich, sich als privater Ermittler zu betätigen, wie Sie das offenbar im Augenblick tun. Ganz im Ernst, Mette Minde, wenn Sie auf irgendetwas stoßen, wodurch sich der Mörder bedroht fühlt, ist die Schwelle, Sie umzubringen, sehr viel geringer als die, einen Polizisten umzubringen. Das hat etwas mit den Spielregeln zu tun, verstehen Sie das? Ist Ihnen klar, dass ich es nur gut mit Ihnen meine? Dass ich Angst habe, dass Ihnen etwas passiert?«

Plötzlich kommt sie sich sehr klein und verletzlich vor. Als wäre sie bei seinen Worten um zwanzig Jahre geschrumpft. Als wäre sie wieder das kleine Mädchen, das zurechtgewiesen wird. Nicht weil der Vater wütend ist, sondern weil er sich Sorgen macht. Gleichzeitig breitet sich der Trotz wie Giftgas in ihrem Körper aus und füllt jede Zelle mit Widerstand. Sie ist kein Kind, sie ist erwachsen und kann auf sich aufpassen.

»Haben Sie wegen dieses Lottogewinns etwas unternommen, haben Sie die Mitglieder des Diätclubs befragt?«

Morgan Vollan seufzt kaum hörbar und lächelt sie matt und erschöpft an.

»Ja. Ich kann Sie beruhigen, wir haben alles unter Kontrolle. Wir haben das heute gemacht. Wir arbeiten übrigens rund um die Uhr an dem Fall«, sagt er.

»Das Geld, das zu Hause bei Frid gefunden wurde – haben Sie herausgefunden, woher das kommt?«

Morgan Vollan runzelt die Brauen. Sie haben Ähnlichkeit mit einem gebogenen Topfreiniger.

»Das haben wir schon vor einer ganzen Weile herausgefunden«, sagt er. »Aber ich kann diese Information nicht an Sie weitergeben. Sie unterliegt dem Schutz des Privatlebens, Minde.«

Mette merkt, dass ihr die Zeit davonläuft. Dass er sie bald vor die Tür setzen wird.

»Was ist mit Christina Angell? Haben Sie die überprüft?«

»Ja, das haben wir. Sie hatte am Freitagabend das Haus voller Kinder und hat ihr Haus in Nybergåsen nicht verlassen.«

»Und waren Sie bei Charlotte Iselin draußen auf Bærøy?«

»Mit der haben wir schon vor Langem gesprochen. Sowohl mit ihr als auch mit allen anderen Kindern, die auf dem Geburtstag waren«, sagt er streng. »Am dringlichsten ist es, wie gesagt, mit Inger Susanne Bengtsen zu reden, aber die ist nach wie vor spurlos verschwunden.«

Er trommelt mit den Fingern auf den Tisch. Es klingt anders, als wenn Rita das tut.

»Noch etwas«, sagt er. »Ich habe mir Ihren Lebenslauf angesehen. Sie waren auf der Polizeihochschule?«

»Ja«, sagt sie überrascht.

»Warum haben Sie aufgehört?«

»Ich weiß nicht. Meine Eltern sind gestorben, und alles ist so kompliziert geworden. Und dann hatte ich auch keine Lust, Jahre im Streifendienst zu arbeiten. Dort landen schließlich die meisten, die gerade fertig geworden sind.«

»Ich denke, Sie wären eine ausgezeichnete Ermittlerin geworden«, sagt er. »Dafür ist es noch nicht zu spät.«

Mette hat das Gefühl, eine weitere Kokosnuss auf den Kopf zu bekommen. Morgan Vollan erhebt sich. Die Audienz ist vorbei.

»Können Sie mir versprechen, dass Sie sich raushalten, bis der Mord aufgeklärt ist?«

»Das kommt darauf an, wie lange das dauert«, sagt Mette. »Ich möchte, wie gesagt, gerne einen Beitrag über diese Betrugsgeschichte oben in Rødmyr machen.«

»Die läuft Ihnen nicht weg«, sagt Vollan.

»Nein, aber die Konkurrenz schläft nicht. Es gilt, Erster zu sein, das verstehen Sie doch?«

Er antwortet nicht.

»Eine Frage noch«, sagt sie mit der Hand auf der Klinke. »Haben Sie den Gewinner verhört, der die vier Millionen Kronen im Lotto gewonnen hat?«

»Ja, das haben wir.«

»Hat er ein Alibi für den Mordabend?«

»Nein, hat er nicht.«

»Aber ist es nicht vorstellbar, dass Frid den Gewinner bedrängt hat? Dass dies das Motiv ist?«

»Doch. Aber nichts deutet darauf hin, dass ein solches Bedrängen stattgefunden hat.«

Dann ist die Audienz definitiv vorbei. Sie fährt Terkel nach Hause zu seiner Bude in Tørmo.

Mette schiebt die Pizza in den Backofen. Sie hat sich für die mit Hackfleisch entschieden. Sie holt eine Anderthalb-Liter-Flasche Cola light und eine Flasche Heinz Ketchup aus dem Kühlschrank, deckt den Tisch für eine Person und spürt den Hunger in den Eingeweiden rumoren, während sich der Pizzaduft durch die Luftlöcher im Ofen seinen Weg bahnt.

Die Pizza schmeckt nicht so gut wie Evelyns Käsepastete, aber auch nicht schlecht. Draußen ist es stockdunkel. Sie hat alle Gardinen vorgezogen, sodass niemand hineinsehen kann.

Nach dem Essen bleibt sie auf dem Sofa sitzen und zappt durch die Kanäle, geht die Online-Zeitungen durch und gähnt laut und ausgiebig. Morgen muss sie um vier Uhr aufstehen.

Sie sieht nach, ob alle Türen verschlossen sind, macht das Licht aus und geht ins Bad, um sich zu waschen. Dann kippt sie das Schlafzimmerfenster und spürt, wie die kalte Nachtluft in den Raum dringt. Sie überlegt es sich anders und schließt das Fenster, stellt den Wecker und kriecht ins Bett. Drei Minuten später schläft sie, ohne noch einen einzigen Gedanken gedacht zu haben.

Sie träumt nicht. Jedenfalls erinnert sie sich an keinen Traum, als sie mitten in der Nacht aufwacht. Da ist ein Laut. Ein dumpfes Klopfen. Sie dreht sich um und wirft einen Blick auf den Wecker. Zehn nach drei. Der Zeitungsbote? Eine Tür knallt, ein Auto läuft im Leerlauf. Es fährt die Straße hinunter weiter. Der Zeitungsbote, ganz klar. Sie schläft wieder ein und wird um vier Uhr vom Wecker geweckt. Sie hat Sandkörner, nein, Kies, nein, große Wackersteine in den Augen. Schlaf, gebt mir mehr Schlaf! Mette steht auf und geht unter die Dusche.

Freitag, 14. Oktober

Sie stolpert fast über den Korb roter Äpfel, als sie aus dem Haus tritt. Die Luft ist kalt, und außerhalb des Lichtkegels, den die Außenlampe an die Hauswand wirft, ist es stockfinster. Sie greift nach dem Korb und sieht zu Nachbar Christensen hinüber. Ein dünner Lichtstrahl dringt aus dem Küchenfenster. Dann ist er also schon auf. So ist das eben, wenn man alt wird.

Sie stellt den Korb auf den Beifahrersitz. Vielleicht sollte sie Christensen nachmittags einmal zum Kaffee einladen. Oder zum Abendessen. An einem Sonntag, wenn sie Zeit hat, etwas Schönes zu kochen. Sie könnte sich an etwas richtig Altmodischem versuchen. An einer frischen Suppe zum Beispiel. Er ist seit einigen Jahren Witwer, ihr Nachbar. Wie wenig wir uns im Grunde genommen doch umeinander kümmern, denkt sie, während sie durch die menschenleeren Straßen fährt. Als sie noch klein war, hatte sie Angst vor Nachbar Christensen, doch neulich war er sogar bereit, sie vor einem Einbrecher zu beschützen. Und jetzt hat er ihr die Äpfel hingestellt.

Mette stellt den Korb in der Redaktion mitten auf den Tisch und stürzt sich in die Arbeit. Trond sitzt bereits an seinem Platz, und Jensemann taucht plötzlich von irgendwo im Haus auf, verschlafen und mit ungekämmtem Designerhaar. Er schläft also tatsächlich hier. Mette schüttelt den Kopf.

»Putz dir wenigstens die Zähne!«, fährt Trond seinen Kollegen an, der sich gerade auf seinem Platz niederlassen will.

»Oh, Äpfel. Die tun es auch, weißt du, ich nehme mir gleich einen«, sagt Jensemann. »Sind die von dir, Mette?«

»Von meinem Nachbarn«, lächelt sie.

Im Fax liegt eine Nachricht von der Polizeiwache in Grenland. Die Polizei hat Inger Susanne Bengtsen zur Fahndung ausgeschrieben.

»Die gesuchte Inger Susanne Bengtsen ist einen Meter zweiundsiebzig groß, schlank und von normalem Wuchs, hat kurzes, dunkles Haar und trägt eine Brille. Die Gesuchte war am Tag ihres Verschwindens mit einer schwarzen Hose und einem langen, schwarzen Mantel bekleidet. Personen, die Informationen zu der Gesuchten haben, werden gebeten, sich an die Polizeiwache in Grenland oder an die nächste Polizeidienststelle zu wenden.«

Mette legt Kvisle das Fax an seinen Platz. Sie soll sich schließlich heraushalten.

Kvisle kommt um halb sechs und kümmert sich um die Polizei. Endlich tut sich etwas in dem Mordfall. Er geht ins Studio und macht ein Interview mit einem morgenmuffeligen Morgan Vollan.

Der Hauptteil mit den Nachrichten um drei nach sieben läuft super. Zusätzlich zu dem Interview mit Vollan haben sie ein paar wirklich gute Beiträge über die Auswirkungen des öffentlichen Haushalts, der letzte Woche vorgestellt wurde. Mette macht ein Life-Interview mit dem Stadtrat von Skien und der Leiterin eines Kindergartens in Porsgrunn. Jensemann albert herum und schneidet Grimassen, während sie die Leiterin am Telefon interviewt, und sie schafft es nur mit Mühe, ernst zu bleiben. Er hat zwei Äpfel in den Händen, mit denen er jongliert. Die Leute draußen an den Radioapparaten haben keine Ahnung, wie unseriös sie manchmal sind.

Die Katastrophe passiert zwölf Minuten nach halb acht, und zwar synchron. Das Ereignis wird für immer Teil der Geschichte von NRK Telemark bleiben.

Über die Lautsprecher hört sie Frank Sinatra. »I did it my way.« Die Musik verklingt. Mette beißt kräftig in den Apfel, ihre Zähne zermalmen das feste Fruchtfleisch. Sie registriert noch, dass es säuerlich schmeckt. Sie hört einen Schrei, der da nichts zu suchen hat. Der Schrei kommt durch die Lautsprecher, ungelogen. Dann hört sie sich selbst schreien. Sie springt auf, taumelt rückwärts und spuckt. Das Fruchtfleisch spritzt auf den Boden und läuft ihr das Kinn hinunter, das sie sich hektisch mit dem Ärmel ihres Pullovers abwischt. Ihre Füße zappeln unkontrolliert, und sie heult und schlägt mit den Armen um sich. Es jault im Lautsprecher.

Kvisle ist von seinem Stuhl aufgesprungen. Er greift nach ihrem Arm und zieht sie hinter sich her. Jensemann kommt aus dem Studio gelaufen, auch er schlägt mit den Armen um sich.

»Komm!« Kvisle greift ihn sich und zieht ihn den Korridor mit hinunter. Von Weitem muss er wie ein wütender Vater aussehen, der zwei widerspenstige Kinder hinter sich herzerrt. Die Kinder heulen und schreien.

Er dreht den Wasserhahn auf, füllt einen Becher nach dem anderen und flößt ihn den schreienden Kindern, die er auf den Boden gesetzt hat, ein.

»Nicht schlucken, spuckt alles aus!«, brüllt Kvisle.

Sie gurgeln und spucken. Trond kommt angelaufen. Durch die Lautsprecher ist Musik zu hören.

»Ruf den Notarzt und frag, was wir machen sollen. Sie müssen Säure oder so was geschluckt haben«, ruft Kvisle.

Trond verschwindet.

Es geht besser, aber es brennt noch immer. Mette spürt, wie sich in ihrem Mund kleine Blasen bilden. Haare und Oberkörper sind klitschnass. Sie starrt Jensemann an, der genauso nass ist wie sie. Er hat die Hände gegen die Wangen gepresst und die Zunge herausgestreckt.

Trond kommt angelaufen.

»Viel Wasser und direkt in die Ambulanz. Nicht schlucken. Spucken, spucken«, ruft er.

»Hoch mit euch«, befiehlt Kvisle.

»Trond! Nimm den Korb mit ins Studio. Sieh zu, dass niemand in die Nähe dieser Äpfel kommt. Mach die Sendung, so gut du kannst, bis die anderen kommen. Ich fahre mit Mette und Jensemann in die Ambulanz.«

»Was soll ich den Hörern sagen? Wir müssen ihnen einen gehörigen Schrecken eingejagt haben.«

»Sag, dass Jensemann von einer Wespe gestochen wurde und dass er allergisch ist«, ordnet Kvisle an.

Mette ist beeindruckt, wie effektiv er ist. Er lässt sich was einfallen. Aber wenn sie nachdenkt, ist es lange her, dass sie eine Wespe gesehen hat.

Ein Schlauch wird durch den Hals in den Magen eingeführt. Das ist eklig, und sie will den Schlauch herausziehen, doch die Krankenschwester hält ihre Hände fest und schaut sie böse an. Dann kommt der Mageninhalt durch den Schlauch hoch. Sie haben beide bei ihrer Ankunft einen Becher mit einer weißen Flüssigkeit bekommen, mit der sie den Mund ausspülen sollten. Ein Willkommensdrink sozusagen. Säuren, Basen, Neutralisierung, denkt sie und sieht den Chemieraum im Gymnasium in Skien vor sich, Asgeir mit den dicken Brillengläsern und dem Kommunistischen Manifest unter dem

Arm. Sie fühlt sich hohl und leer und möchte schlafen. Die Blasen im Mund sind noch da.

Sie dreht den Kopf. Jensemann hat das Laken bis zum Kinn hochgezogen. Seine Augen sind geschlossen.

»Ensema«, flüstert sie, »müen wi steren?«

Au, tut das Sprechen weh.

Er lächelt und dreht sich zu ihr um.

»Wir müssen nicht sterben, aber das hätte ins Auge gehen können. Ich frage mich, ob ich das in meinen Lebenslauf aufnehmen soll. Was meinst du?«

Er kann besser sprechen als sie.

Es ist offensichtlich, dass der Ferienrhythmus sie voll im Griff hat. Sie haben bis Viertel nach neun geschlafen. Das ist ein Rekord. Peder wacht als Erster auf. Er schüttet eine Kanne Friele-Kaffee auf und tappt mit nackten Füßen auf die Terrasse. Der Sund liegt blank da wie gebürsteter Stahl. Eine Gruppe Eiderenten säubert gerade die Boje von Muscheln. Das ist gut. Tüchtige Vögel. Die Jungen sind groß geworden. Fast genauso groß wie ihre Mütter. Bald müssen sie alleine zurechtkommen.

Die Väter sind nirgendwo zu sehen. Im Frühling, als sie sich gepaart haben, waren die Eiderentenmännchen überall. Als die Jungen geschlüpft sind, waren sie fort. Jetzt sind sie draußen auf dem Meer und genießen die Stille, während die Mütter sich mit dem Nachwuchs abplagen.

Er friert an den Beinen und geht wieder hinein. Es ist Herbst. Daran besteht kein Zweifel.

Na, Jungs, Zeit aufzustehen? Oder auch nicht. Er gießt Kaffee in einen Becher und genießt die Stille. Heute Nachmittag kommt Mette. Er will zum Rimi-Supermarkt auf Helle hinüberfahren und Würstchen von Brubakker, dem Metzger, holen. Lambadawürstchen. Saftige Würstchen aus Lammfleisch. Er wird sie mit Weißkohl und selbst gemachtem Kartoffelpüree mit viel weißem Pfeffer, Porree, Knoblauch und einem großen Stück Butter servieren. Das kriegt sie, wenn sie kommt. Später, wenn die Jungen im Bett liegen, werden sie den Rotwein trinken. Eine Flasche Gran Feudo zum Beispiel.

Axel Lindgren füllt die Tür des Untersuchungsraums in der Notaufnahme des Krankenhauses Telemark, in dem sie zur Beobachtung liegen, voll aus.

Ein Arzt war vor Kurzem da und hat ihnen gesagt, dass sie bald nach Hause können. Sie sind für eine Woche krankgeschrieben, können aber wieder arbeiten, sobald die Blasen verschwinden oder wenn sie im Job nicht hinderlich sind. Sie müssen damit rechnen, sich noch eine Weile unwohl zu fühlen, aber es ist nicht gefährlich. Gut, dass sie nichts geschluckt haben.

Jetzt sitzen sie jeweils auf ihrer Bettkante und lassen die Beine baumeln. Sehen sich an und lachen in sich hinein. Richtig lachen können sie ja nicht.

Axel Lindgren ist gekommen, um ein Protokoll aufzunehmen. Die Polizei nimmt die Angelegenheit sehr ernst. Es kommt nicht oft vor, dass jemand vergiftet wird. Das hätte auch richtig übel ausgehen können. Ja, Anders Kvisle hat die Polizei informiert. Der Korb wurde beschlagnahmt. Die Äpfel müssen untersucht werden, um zu sehen, welches Gift benutzt wurde. Mette Minde hat also den Korb mit in die Redaktion gebracht. Ob sie wohl erzählen kann, was genau passiert ist?

Mette berichtet unter großen Anstrengungen, wie der Korb mit den Äpfeln heute Morgen auf der Treppe gestanden hat. Sie muss Stift und Papier zu Hilfe nehmen, damit Lindgren alles, was sie ihm sagen will, versteht. Ihre Aussprache ist schlecht.

Sie war überzeugt, dass die Äpfel ein Geschenk ihres Nachbarn waren, aber das kann unmöglich der Fall sein. Nachbar Christensen würde es nicht im Traum einfallen, sie zu vergiften, schreibt sie, und muss einen Augenblick an die Schnecken in der Salzlake denken.

Aber okay, es ist, wie es ist. Die Polizei wird sofort zu Christensen Kontakt aufnehmen. Ob sie eine Idee hat, wer den Wunsch haben könnte, ihr zu schaden? Nein, das hat sie nicht. Keine Idee. Sie schüttelt heftig den Kopf.

Axel Lindgren verschwindet wieder.

Jensemann und Mette bekommen jeder ein Rezept für eine Lösung, mit der sie den Mund ausspülen sollen. Sie gehen zusammen in die Krankenhausapotheke, bevor sie ein Taxi bestellen und zurück zum NRK-Haus in Borgeåsen fahren. Im Taxi schweigen sie. Beide denken ans Essen. Das wird die nächsten Tage vor allem aus flüssiger Nahrung bestehen. Vielleicht aus ein wenig Brei. Babybrei ist am besten, hat der Arzt gesagt. Mette schließt die Augen und schaudert.

Sie sind die Helden des Tages, wie sie da mit dem Mund voller Blasen sitzen. Rita hat Mette einen Arm um die Schultern gelegt und tätschelt Jensemann das Knie. Sie hat Kvisle und Trond ihr Lob ausgesprochen.

Line überlegt laut, ob sie nicht einen Beitrag fürs Fernsehen machen sollen. Das ist schließlich eine gute Story. Rita ist dagegen, obwohl ihr die Idee gefällt. Doch bis die Polizei weiß, was das alles zu bedeuten hat, werden sie sich bedeckt halten.

Tomas Evensen ist der Einzige, der sich nicht an dem Gespräch beteiligt. Er sitzt am Ende des Mischpults, ein Hamburger-Menü von *McDonald's* vor sich. Langsam schiebt er sich die Fritten in den Mund, während er geistesabwesend in die Luft starrt, als würden die anderen nicht existieren. Er leckt sich die Finger und wischt sie an den Oberschenkeln ab. Mette wird zum zweiten Mal in dieser Woche nach Hause geschickt. Erst jetzt macht sich das Unbehagen in ihr breit. Erst jetzt wird ihr klar, was sie gerade erlebt hat. Sie erwischt sich dabei, wie sie über die Schulter zurückblickt, als sie zu ihrem Golf geht.

Frau Madsen steht am Küchenfenster und sieht Inger Susanne nach. Warum ist sie gegangen? Frau Madsen spürt, wie ihr die Tränen kommen. Ein seltsames Gefühl, mit dem sie nicht oft zu kämpfen hat. Sie hat nicht mehr geweint, seit Bernhard gestorben ist, glaubt sie. Worüber sollte sie auch weinen?

Sie kann sie nicht mehr sehen. Der feuchte Nebel, der oft hier oben auf Klyve lastet, hat sie verschluckt. Wie ein gefräßiges Tier. Ob sie wohl irgendwann einmal wiederkommt? Es ist so traurig, dass sie fort ist. Warum kann sie nicht einfach weiter in ihrem Wohnzimmer sitzen und stricken? Inger Susanne hat sich so gefreut, als sie ihr das Strickzeug gezeigt hat. Einen Pullover für Gjøran, mit dessen Muster sie sich ein wenig schwertut. Inger Susanne hat die Anleitung problemlos verstanden, sie hat sich ja auch ihre eigene Volkstracht genäht. Eine Øst-Telemark-Tracht mit einer roten Jacke. So eine wie Königin Sonja sie trägt. Ein ganzes Jahr hat sie dafür gebraucht, hat sie erzählt.

Frau Madsen kann sie am 17.-Mai-Feiertag vor sich sehen. Hochgewachsen und schön in der kleidsamen Tracht. Und jetzt hat sie ein Stück an Gjørans Pullover gestrickt. Es schien etwas Symbolisches darin zu liegen.

Und Gjøran glaubt, dass sie in Strömstad ist.

Frau Madsen kann das Dagblad noch immer nicht finden. Aber sie ist sich sicher, die Zeitung gekauft zu haben, als sie unten bei Prix war. Koteletts, eine Packung Rotkohl, eine Dose Erbsen, Milch, Kaffee und das Dagblad. Das stand auch auf dem Kassenzettel, sie überprüft immer den Zettel, bevor sie an der Kasse bezahlt.

Die TA wollte sie nicht kaufen. Die Lokalzeitung ist heute Morgen nicht gekommen, deshalb hat sie den Verteiler angerufen und sich beschwert. Wenn die Zeitung morgens nicht kommt und man sich beschwert, wird sie später am Tag nachgeliefert. Und sie will sie schließlich nicht doppelt haben. Deshalb hat sie das Dagblad gekauft. Diesen Luxus gönnt Frau Madsen sich nicht jeden Tag.

Sie gießt sich eine Tasse Kaffee aus der Kanne ein und schaltet das Radio an. Jetzt, wo Inger Susanne nicht mehr da ist, kann sie es laufen lassen, wann immer es ihr passt. Inger Susanne mag die Lärmverunreinigung nicht, wie sie das genannt hat. Für Frau Madsen ist das Radio eher eine Art Gesellschaft. Als wäre noch jemand anderer in der Wohnung. Die Stimmen aus Radio und Fernsehen unterhalten sie. Das ist ganz bestimmt keine Verunreinigung.

Mette hat mehrere Stunden geschlafen. Sie hat das Gefühl, dass die Ereignisse der letzten Woche an ihren Kräften gezehrt haben. Sie ist so müde, so furchtbar müde. Die Pläne, mit Evelyn zu reden, hat sie begraben. Sie schafft das jetzt nicht. Vielleicht nächste Woche, vielleicht nie. Die Polizei wird schon alles herausfinden. Sie haben die nötigen Ressourcen. Sie fühlt sich total ausgelaugt.

Sie muss Peder anrufen und ihm erzählen, was passiert ist. Sie hat es hinausgeschoben, aber sie weiß, dass er verletzt sein wird, wenn sie nichts sagt. Sie hätte jetzt bald auf dem Weg zu ihnen sein sollen. Peder wird fürchterlich enttäuscht sein. Die Jungen auch. Sie versucht, laut vor sich hin zu reden, aber es geht nicht gut. Sie drückt seine Telefonnummer.

Trym meldet sich.

»Hallo, das ist das Telefon von Peder Haugerud.«

»Alo, hi ama.«

»Papa, ich glaube, das ist wieder der Telefonverkäufer«, ruft er.

Mette hört, wie Peder im Hintergrund irgendetwas antwortet. Dann ist Trym wieder dran.

»Nein, tut mir leid. Papa ist tot, und wir brauchen nichts.«

Klick.

Sie bleibt mit dem Telefon in der Hand sitzen. Dieser Witz ist nicht mehr wirklich witzig. Sie schickt ihm eine SMS: »Habe etwas Falsches gegessen. Allergische Reaktion. War in der Ambulanz. Blasen im Mund. Kann schlecht sprechen. Komme morgen Vormittag.« Es vergehen dreißig Sekunden, dann ruft er zurück. Sie soll sich die Zeit nehmen, die sie braucht. Er vermisst sie. Sie kommt morgen.

Draußen auf der Straße steht eine Zivilstreife. Sie sollte sich sicher fühlen, aber das tut sie nicht. Sie wissen etwas, das sie nicht weiß. Sie glauben, dass sie in Gefahr ist. Sie hat die Mobiltelefonnummer des Polizisten bekommen, der draußen im Auto sitzt, und er hat einen Schlüssel zu ihrem Haus.

Mette hat die Gardinen vorgezogen und die Rollläden heruntergelassen. Der Gedanke, dass jemand draußen im Garten stehen und zu ihr hereinschauen könnte, lässt die alte, wohlbekannte Angst vor der Dunkelheit mit voller Wucht wieder aufflammen. Sie schüttet eine große Kanne Kamillentee auf, gießt sich eine Tasse ein und wartet, bis er nur noch lauwarm ist.

Das Trinken geht gut, doch der Tee hinterlässt ein nagendes Gefühl im Magen. Babybrei hat sie natürlich nicht im Haus. Oder glücklicherweise nicht, um genau zu sein. Der Gedanke an ein drittes Kind ruft kein freudiges Gefühl in ihr hervor. Da zieht sie schon lieber einen Hund in Betracht. Wenn sie denn unbedingt so viele hier im Haus sein müssen.

Kartoffelbrei, denkt sie. Das ist die Lösung. Sie findet eine Tüte hinten im Schrank und macht sich daran, das weiße Sägemehl zu etwas zu verarbeiten, das der Hersteller optimistisch Kartoffelbrei nennt. *Haltbar bis zum 5.12.03* steht auf der Tüte, und sie lächelt zufrieden. Es ist lange her, dass sie dieses Zeug verwendet hat. Es stimmt zwar, dass sie so manche Abkürzung nimmt, aber diese gehört nicht dazu.

Frau Madsen zittert die Hand. Sie muss dreimal wählen, bevor es klappt. Sie fühlt sich wie gelähmt.

»Polizeirevier Grenland«, sagt eine Stimme.

»Hier spricht Margit Madsen. Ich rufe an, weil ich Informationen zu der gesuchten Inger Susanne Bengtsen habe. Sie hat ein paar Tage bei mir gewohnt, aber jetzt ist sie wieder fort«, piepst Frau Madsen.

Sie fühlt sich so kraftlos. Soll sie Gjøran anrufen oder vielleicht Tom? Nein, sie haben so viel zu tun. Tom ist wahrscheinlich nicht einmal zu Hause. Wollte er nicht wegfahren?

Und Gjøran müsste heute Fußball haben. Es ist doch Donnerstag, oder? Nein, es ist Freitag. Da geht er bestimmt aus.

Sie setzt sich wie so oft an den Küchentisch und starrt ins Nichts. Es läutet an der Tür. Sie öffnet. Der Mann trägt keine Uniform.

»Hauptkommissar Morgan Vollan. Es war sehr gut, dass Sie angerufen haben, Frau Madsen«, sagt er und schüttelt ihr die Hand.

Seine Hand ist warm und groß.

Sie sitzen unter der Deckenlampe am Küchentisch. Das gelbe Licht lässt den Raum gemütlich und sicher erscheinen. Die Wände sind blau wie der Himmel und das Meer. Draußen ist es bereits dunkel. Zwischen ihnen liegt die Ausbeute des Tages. Schöne, feste Stachelschwämme, einige Pfifferlinge und ein paar Trompetenpfifferlinge. Sie säubern die Pilze und schneiden sie in kleinere Stücke. Das gibt bestimmt zwei Scheiben für jeden, vielleicht sogar drei, wo Großvater nicht da ist.

Sie hat Burres Ohr fast vergessen. Der Tee hat geholfen. Großmutter säubert es jeden Tag, und sie fragt nicht mehr nach Stine und der Klassenliste. Großmutter ist wieder normal.

»Dir sind Pilze wohl nie über, Lotte«, sagt die Großmutter und lächelt.

»Nein, ganz bestimmt nicht«, meint Lotte.

Sie ist der Großmutter den ganzen Tag nicht von der Seite gewichen. Sie ist nicht allein in den Wald gegangen. Sie hat das Hüttengebiet nicht verlassen. Ist nicht zu dem schwimmenden Anleger gelaufen. Lotte hat Bauchschmerzen, aber das mag sie nicht sagen.

Burre macht einen unruhigen Eindruck. Er ist im Wohnzimmer auf das Sofa gesprungen. Er winselt das Fenster an, als würde er da draußen etwas sehen. Ein Reh vielleicht oder einen Fuchs. Rehe können ziemlich lästig sein, obwohl sie so süß sind. In einem Jahr haben sie allen Tulpen die Köpfe abgebissen. Lotte will nicht daran denken, dass das Gespenst vielleicht wieder da ist. Das Gespenst ist ertrunken. Im Sund.

»Ruhig, Burre«, ruft die Großmutter aus der Küche herüber. »Platz!«

Mette sieht sich *Animal Planet* an und isst lauwarmes Kartoffelpüree. Das geht gut. Langsam, aber sicher füllt sich ihr Magen. Ein kleines Äffchen wird mit einer Flasche gefüttert, und irgendwie empfindet sie eine gewisse Verwandtschaft mit dem armen.

Sie zappt ein wenig durch die Kanäle, landet aber wieder bei dem Tierkanal. Gerade beginnt eine Sendung über das Stylen von Hunden. Mette ist fasziniert. Gibt es das wirklich?

Ein winzig kleiner Paris-Hilton-Hund mit Namen Toya bekommt Pediküre und Maniküre. Geduldig streckt er die Pfote aus, während jeder Nagel lackiert und dekoriert wird. Die Ponyfransen werden zu einer hochstehenden Frisur gestylt und mit Haarspray eingesprüht. Schließlich bekommt er etwas angezogen, was der Kommentator als letzten Schrei der Designermode für Hunde vorstellt. Dann wird Toya in eine Tasche gesetzt, in der sie am Arm ihrer Besitzerin wie eine Trophäe baumelt.

Als Nächstes ist ein stolzer, sich schwungvoll bewegender Königspudel mit Namen King an der Reihe. Er ist beim Frisör. Sein weißes Fell wird kunstvoll geschnitten und in Blau- und Silbernuancen getönt. Der Frisör verwendet eine

Creme, die eine Weile einwirken und dann wieder ausgespült werden muss, und ein Spray, das die Farben richtig zur Geltung bringt.

Der Gedanke nimmt langsam in ihrem Kopf Form an. Wie eine träge Welle, die über die Steine schwappt, bevor sie sich langsam wieder zurückzieht und die Steine wie nasse Perlen in der Sonne glitzern lässt, überlagert er alles.

Herrgott noch mal! Die Tönung. Sigrid Omland vermisst ihre Tönung. Charlotte Iselin hat das Bad geputzt. Charlotte Iselin ist um halb acht mit einem Teddy unter dem Arm nach Hause gekommen, hat Frau Madsen gesagt. Oder mit einem weißen Hund? Der im Laufe des Abends zu einem schwarzen Hund wurde, der wie ein Pudel aussieht, auf den sie für ihre Freundin aufpasst, wovon die Mutter jedoch nichts weiß?

Mette spürt im ganzen Körper das beängstigende Gefühl zu stürzen, wie man es manchmal beim Einschlafen hat. Man fällt und fällt, erwacht mit einem Ruck und versucht, Halt zu finden, bevor man auf dem Boden aufschlägt und tot ist. Sie steht abrupt auf und wählt die Nummer des Polizisten draußen im Auto.

»Alo, koen Si bie ei«, ruft sie in den Hörer.

Sie hört eine Autotür knallen und den Mann mit dem Mobiltelefon in der Hand über den Kies zur Haustür laufen. Sie öffnet ihm von innen. Das geht so nicht. Sie kann das keinem wildfremden Polizisten erklären, der bestimmt nicht sonderlich gut über die Ermittlungen im Mordfall am Kverndamm informiert ist.

Ihre Hände zittern so sehr, dass sie nicht im Telefonbuch nachsehen kann, und sie erinnert sich auch nicht einmal mehr an den Namen der alten Dame, die in demselben Haus wie Sigrid Omland wohnt. Wie hieß sie doch gleich, verdammt!

Möglicherweise steht auch Sigrid Omland nicht im Telefonbuch, denkt sie. Sie läuft zum Computer und klickt mit der Maus auf das Icon des Webbrowsers. Sofort erscheint die Startseite. Sie ruft die entsprechende Seite auf, gibt Sigrid Omlands Adresse ein und bekommt eine Liste der Personen angezeigt, die in derselben Straße wohnen. Da! Margit Madsen. So heißt sie, die alte Dame, die Charlotte Iselin mit einem Teddy unter dem Arm auf dem Parkplatz gesehen hat.

Sie kritzelt ein paar Sätze auf ein Stück Papier und reicht es dem Polizisten, dann wählt sie die Nummer von Margit Madsen und gibt ihm den Hörer.

Das Telefon klingelt. Der Polizist steht in der Diele und will gerade gehen.

»Gehen Sie ruhig ran«, sagt er. »Das könnte Inger Susanne Bengtsen sein.«

Frau Madsen nimmt den Hörer ab, wobei sie Augenkontakt mit Vollan hält.

»Hallo? Margit Madsen.«

Sie lauscht.

»Der Teddy war weiß«, sagt sie. »Vielleicht war es ja ein Eisbär.«

»Wer ist das?«, unterbricht Vollan sie.

»Ein Polizist, der wissen möchte, welche Farbe der Teddy von Charlotte Iselin hatte. An dem Abend.«

Vollan nimmt ihr den Hörer ab. Eine Minute später läuft er die Treppe hinunter. Frau Madsen schließt die Tür hinter ihm, setzt sich an den Küchentisch und starrt ins Leere. Sie würde am liebsten in Tränen ausbrechen und hat Gefühl, dass sie das auch gleich tun wird.

»Fünf Minuten«, sagt der Polizist. »Morgan Vollan ist in fünf Minuten hier. Haben Sie einen Kaffee?«

Sie zeigt zur Küche hin, greift nach dem Handy und schreibt eine lange SMS an Peder. Er muss sofort nach Bærøy rüber! Dann holt sie ein Blatt Papier und beginnt zu schreiben. Sie hört es zweimal kurz klingeln, bevor Morgan Vollan hereingestürmt kommt. Mette ist bereit, ihm ihre Theorie zu unterbreiten. Sie hat eine Art Karte von Bærøy gezeichnet, basierend auf Sigrid Omlands Informationen. Als sie sie ihm zeigen will, winkt Vollan ab. Zwei seiner Ermittler waren da draußen, sie wissen, wo die Hütte liegt. Nur dass in ihrem Bericht nichts von einem Hund stand. Sein Gesicht ist finster, und er ruft Maiken Kvam und Axel Lindgren an, dass sie sich startklar machen sollen.

»Sie bleiben hier, und Sie, Pedersen, können auch gut hier im Haus bleiben, wenn das für Mette Minde okay ist.«

Mette nickt.

Die Tür knallt hinter ihm ins Schloss, und Pedersen geht, um abzuschließen.

Der Fjord wirft sich wütend gegen die glatten Klippen. Schnappt mit seinem geifernden Maul nach dem Rand des Anlegers, auf dessen Plankenboden die Fender gelandet sind. Peder rutscht auf einem der Seetangbüschel aus, die das Ungeheuer ausgespuckt hat. Er flucht, während er das Gleichgewicht wiedergewinnt. Von Südosten weht eine steife Brise, sodass er ein paar Minuten braucht, um an Bord des Bootes zu kommen. Er wirft den Motor an, und der Bug pflügt sich durch die Wellen, dass ihm der Schaum um die Ohren spritzt. Der Himmel über ihm ist voller kleiner Sterne, und der Mond, der in ein paar Tagen voll sein wird, wirft ein freundliches Licht auf das schwarze Szenario. Die Lampen funktionieren, wie sie sollen. Gott sei Dank. Zunächst einmal hält er auf den Leuchtturm von Øya zu.

Er ist es nicht gewohnt, im Dunkeln zu fahren. So etwas hat er in seiner Jugend gemacht, als er an den Samstagabenden in den Discos von Kragerø war. Er versucht, sich zu erinnern, wo die Stangenseezeichen sind. Es sind nicht viele. Eins ist direkt unterhalb von Valberg, aber so nahe kommt er nicht ans Land heran. Auf Höhe Skarholmen kreuzt er den Bærøyfjord, passiert Nessund und nähert sich dem kommunalen Freizeitgebiet auf der Südseite der Insel.

Und da sieht er es. Es erinnert an den Moment, bevor der Vollmond im Südosten über Borteid aufgeht. Wie eine leuchtende Blutorange. Zuerst glaubt man, dass es brennt. Dass der Wald brennt, aber es ist nur der Mond. So schön, so leuchtend orange, dass man es kaum für möglich hält, dass die Natur etwas so Fantastisches zustande bringt.

Doch das hier ist anders. Der Mond steht bereits weiß und kalt oben am Himmel. Es brennt. Auf Bærøy brennt es. Die Flammen heben sich wie eine vom Mond erzeugte Illusion gegen den Abendhimmel ab.

Mette hat einen Rucksack gepackt. Ganz zu oberst liegt eine Taschenlampe. Pedersen hat sich telefonisch mit Vollan beraten. Es geht in Ordnung, aber er soll sie hinfahren. Das ist vielleicht das Beste. Dass sie zu ihrer Familie kommt. Dort dürfte sie sicher sein.

Sie löscht das Licht, schließt die Haustür ab und wirft einen Blick zu Nachbar Christensen hinüber. Im Erdgeschoss ist in allen Fenstern Licht. Sie muss ihn wirklich einmal sonntags zum Essen einladen.

Das Auto hat weiche Sitze. Pedersen sagt nicht viel. Im Moment ist sie aber auch keine gute Gesprächspartnerin. Schon bald sind sie auf der E18. Irgendwo vor ihnen sind Vollan und Co. unterwegs. Alle wollen sie nach Kragerø.

Trym und Eirik, denkt sie und zuckt zusammen. Die Zwillinge sind ganz allein in der Hütte. Nicht auszudenken, wenn der Fernseher implodiert. So etwas kann passieren. Der Fernseher ist alt und bestimmt ganz verstaubt. Er kann Feuer fangen, und wer kümmert sich dann um sie?

Er hat das Boot an dem kommunalen Anleger vertäut und kämpft sich den Weg zu der weißen Straße hoch. Er läuft. Die Feuerzungen strecken sich zum Himmel hin. Das muss eine Hütte sein, die da brennt. Es knistert und knackt, und der Rauch beißt in der Nase. Er nähert sich der Hütte, vor der der Volvo geparkt hatte, und sieht, dass ein Stück weiter vorn mehrere Menschen zusammengelaufen sind.

Es ist nicht die grüne Hütte, die brennt, sondern eine andere schräg gegenüber. Die fremden Menschen, die eng zusammenstehen und zum Feuer hinstarren, schauen ihn neugierig an.

Charlotte Iselin kann er nirgends entdecken. Er fragt einen Mann mit einem kleinen Jungen an der Hand, ob er sie gesehen hat, doch der schüttelt den Kopf.

Peder läuft weiter zu der grünen Hütte. Das Tor in dem hohen Lattenzaun steht offen. Er schlüpft in den Garten. Durch das Küchenfenster sieht er eine Frau, die irgendetwas auf der Küchenanrichte anordnet. Er will zur Terrasse hoch und durch die offene Tür ins Haus laufen, als er einen festen Griff um den Brustkasten spürt und zu Boden geht.

Lotte läuft und läuft, während sie nach Burre ruft. Der Mond beleuchtet die weiße Straße, doch um sie herum ist es stockdunkel. Hinter sich hört sie das Knistern des Feuers. Sie stolpert und fällt. Spürt etwas Warmes das Knie hinunterlaufen. Sie drückt die Hand auf die Wunde und beginnt zu weinen.

»Burre«, ruft sie, dass es durch den Wald hallt.

»Burre, lauf nicht weg, komm zurück, Burre! Oma!«

Im Dunkeln hinkt Lotte weiter. Die Holzstapel! Da sind die Holzstapel! Lotte bekommt kaum Luft. Das Mondlicht fällt auf die Stapel und lässt sie wie ein gezacktes Gespensterhaus aussehen. Die Zähne des Sägeblatts grinsen sie boshaft an. Sie lauscht, ob sie jemanden singen hört, aber da ist nichts. Hier ist alles still, nur hinter ihr knistert es. Sie dreht sich um. Über den Baumspitzen leuchtet der Himmel orange.

»Burre! Oma!«

Jemand hat ihm die Arme auf den Rücken gedreht. Zwei Männer halten ihn fest.

»Verfluchter Pyro-Drecksack«, zischt der eine in sein Ohr.

»Hast du es diesmal geschafft, was?«, sagt der andere. »Du verdammter Feuerteufel.«

Peder stöhnt. Sie halten ihn also für den Pyromanen, der die Hütte in Brand gesteckt hat. Seine Arme tun weh.

»Stopp, hören Sie zu«, sagt er, so ruhig er kann. »In meiner Jackentasche stecken ein Ausweis und eine Scheckkarte. Sehen sie nach, wer ich bin, und lassen Sie mich los. Ich bin Rettungssanitäter im Telemark Krankenhaus. Ich suche das Mädchen, das mit seinen Großeltern Ferien in dieser Hütte macht.«

Die Männer lockern den Griff ein wenig. Einer von ihnen steckt die Hand in die Tasche und holt die Brieftasche heraus.

Sie zerren ihn auf die Terrasse hoch, wo sie im Licht einer Taschenlampe seinen Ausweis in Augenschein nehmen.

»Tut mir leid«, sagt der eine. »Die Stimmung hier ist ziemlich aufgeheizt, gestern Abend hat nämlich schon einmal jemand versucht, eine andere Hütte anzustecken. Das Feuer wurde aber rechtzeitig entdeckt und fast sofort gelöscht.«

»Okay«, sagt Peder. »Halten Sie hier Wache, während ich in der Hütte nachsehe? Ich muss Charlotte Iselin finden. Sind Sie ganz sicher, dass Sie sie nicht gesehen haben?«

Die Männer nicken, und Peder geht durch die Terrassentür ins Haus. Die Hütte ist leer. Er sieht erst im Erdgeschoss und dann in der ersten Etage nach. Wo ist die Frau aus der Küche geblieben? Das muss die Großmutter gewesen sein. Sie muss die Hütte durch die Vordertür verlassen haben. Aber sie muss doch den Lärm im Garten gehört haben? Die Terrassentür stand ja offen. Vielleicht haben sie sie erschreckt.

Er tritt wieder zu den Männern hinaus. Auch sie haben Solveig Omland, die in der Hütte wohnt, nicht gesehen. Zu dritt gehen sie zurück zur Straße. Die Gruppe der Zuschauer hat sich vergrößert, die Feuerwehr ist eingetroffen. Die Feuerwehrmänner rollen die Schläuche aus und fordern die Leute auf, Abstand zu halten.

Peder fällt an einem Tatort leicht in die Rolle eines Verantwortlichen. Er stellt sich dem Mann vor, den er für den Einsatzleiter hält und hilft, die Leute zurückzudrängen. Dann platziert er sich vor der Gruppe von Schaulustigen und hebt Arme und Stimme: »Hat jemand von Ihnen Solveig Omland oder ihr Enkelkind Charlotte Iselin und ihren Hund gesehen?«

Die Menge denkt nach, und ein Junge von zehn, zwölf Jahren kommt zu ihm.

»Lotte ist vor einer Weile die Straße entlanggelaufen«, sagt der Junge und zeigt Richtung Wald, aus dem Hüttengebiet hinaus.

»Und ihre Großmutter, hast du die auch gesehen?«

»Nein«, sagt der Junge und schüttelt energisch den Kopf.

Peder bittet die beiden Männer, die ihm vorhin beinahe die Arme gebrochen hätten, Taschenlampen zu holen. Die Männer verschwinden und kommen nach wenigen Minuten zurück. Die Suche nach Charlotte Iselin, der Großmutter und einem schwarzen Hund, der einmal weiß war, beginnt.

Pedersen hat von Helle aus den Fossingvei genommen. *Vestre Borteid* steht auf dem Schild. Die Nebenstraße, die rechts hochführt, ist steil und schmal. Er schaltet in den ersten Gang herunter, und das Auto klettert langsam den Berg hinauf. Die Straße windet sich wie eine Blindschleiche durch den Wald, bevor sie zum Parkplatz hin steil abfällt.

Mette hat den größten Teil der Fahrt geschlafen. Sie fährt sich mit der Zunge durch den Mund und spürt, dass die Blasen kleiner geworden sind. Ein paar sind aufgegangen. Die auf der Unterlippe ist noch immer so groß wie eine kernlose Traube. Sie hat etwas Merkwürdiges geträumt und fühlt sich verfroren und kalt.

»Pedersen«, sagt sie vorsichtig und merkt, dass das Reden inzwischen sehr viel besser geht. »Wissen Sie inzwischen, woher das Geld stammt, das Sie bei Bengtsen zu Hause gefunden haben?«

»Ja. Das Geld hat sie höchstwahrscheinlich von einer Tante in Bergen geerbt, die vor ein paar Jahren gestorben ist. Sie hat es im Juni von der Bank abgehoben und seitdem zu Hause aufbewahrt, was mir ziemlich leichtsinnig erscheint, da von über einer Million Kronen die Rede ist«, sagt er.

»Was ist mit Inger Susanne, der Schwester, hat die auch was von der Tante geerbt?«

»Ja. Sie hat eine Hütte in Ustaoset geerbt. Sie musste ein Darlehen aufnehmen, um die Erbschaftssteuer bezahlen zu können, und seitdem scheint sie Geldprobleme zu haben«, sagt Pedersen. »Eigentlich dürfte ich gar nicht mit Ihnen über die finanziellen Verhältnisse der Schwestern reden«, seufzt er.

Nein, denkt sie. Vollan hätte das niemals getan. Vielleicht ist das der Trick von Tomas Evensen? Dass er diejenigen gefunden hat, die reden.

Sie zählt auf dem Parkplatz fünf Autos. Das ist nicht so schlecht in Anbetracht dessen, dass die Sommersaison längst vorbei ist. Einige ziehen das Meer eben den Bergen vor, selbst im Herbst. Alle Parkplätze, auf denen ein Auto steht, gehören Leuten, deren Hütten zum Hellefjord hin liegen. Auf dem Landstreifen zur Skotbucht hin dürfte demnach keine Menschenseele sein, denkt sie. Abgesehen von ihren Jungen.

Pedersen besteht darauf, sie ganz bis zu der Hütte zu begleiten, was sie entschieden ablehnt. Das kommt gar nicht infrage, er wird in der Dunkelheit nie zu seinem Auto zurückfinden. Sie dagegen kennt jeden Stein und jede Wurzel, und außerdem hat sie eine Taschenlampe. Sie einigen sich darauf, dass er auf dem Parkplatz wartet und dass sie ihm eine SMS schickt, sobald sie in der Hütte ist. Das dürfte ungefähr sechs Minuten dauern.

Der Lichtkegel der Taschenlampe tanzt durch die Dunkelheit. Ein Stück den Weg weiter hoch dreht sie sich um und blickt zurück. Pedersen hat sich gegen die offene Autotür gelehnt, sie sieht ihn im Gegenlicht der Innenbeleuchtung.

Sie gehen ein Stück gemeinsam. Dann teilt sich der Weg. Peder bittet die beiden Männer, die Nebenstraße abzusuchen. Er hält es für besser, wenn sie zu zweit sind. Er geht alleine weiter. Nach einer Weile öffnet sich die Landschaft, und ein Stück weiter vorne sieht er das Meer. Aus den Fenstern einer Hütte am Ufer dringt Licht, und er legt einen Schritt zu. Die Tür ist blau gestrichen. Peder klopft laut. Eine Frau in den Fünfzigern öffnet ihm.

Im gleichen Moment hört er in der Nähe jemanden weinen. Das Hicksen mischt sich mit dem Rauschen in den Baumspitzen und dem Klatschen der Wellen, die an Land aufschlagen. Peder dreht auf dem Absatz um und läuft den Lauten nach. Die Frau bleibt mit aufgerissenen Augen in der Tür stehen, bevor sie nach einer Jacke greift. Die Taschenlampe liegt auf der Kommode in der Diele bereit. Wenn etwas hier draußen im Schärengürtel sicher ist, dann dass der Strom ausfällt.

Mette sieht sie durch die Fenster, die zum Weg hin zeigen. Sie geht auf die Terrasse hoch, ohne dass sie sie bemerken. Sie sitzen dicht beieinander auf dem Sofa und sehen fern. Der Apparat ist vollkommen in Ordnung. Er ist nicht implodiert. Sie bleibt in der Dunkelheit stehen und schickt Pedersen eine SMS, bevor sie sich umdreht und über das Meer nach Bærøy hinübersieht. Der Himmel hat sich orange gefärbt. Es brennt.

Sie entfernt sich langsam von den Fenstern. Der Wind bläst ihr entgegen, und sie sucht auf der Rückseite der Hütte Schutz. Sie drückt Peders Nummer. Es klingelt und klingelt, aber niemand antwortet.

Er hört das Schluchzen und eine Frauenstimme. Er hat sich zum Garten hinter der Hütte vorgetastet. Der Strahl der Taschenlampe streift zwei leuchtende, grüne Augen. Eine Katze verschwindet fauchend in der Dunkelheit.

Die Frau liegt auf dem Boden und krümmt sich vor Schmerzen.

»Mein Arm. Mein Arm«, stöhnt sie.

Sie liegt auf der Seite, einen Rucksack dicht neben sich.

»Was ist passiert?«

Peder hilft ihr sich aufzusetzen.

»Ich bin gefallen und habe mir den Arm oder die Schulter ausgerenkt«, sagt sie.

Die Frau aus der Hütte ist jetzt bei ihnen. Peder bittet sie, mit der Taschenlampe zu leuchten, während er der Frau auf der Erde hilft, den Anorak auszuziehen. Er untersucht die Schulter, die wirklich ausgerenkt ist.

»Passiert Ihnen das öfter?«

»Das ist schon mal vorgekommen, ja«, sagt die Frau.

»Dann wissen Sie ja auch, dass es jetzt etwas wehtun wird, aber es geht schnell vorbei«, sagt er und greift zu.

Ein Knacken und ein Drehen, dann sitzt die Schulter wieder an ihrem Platz.

»Sind Sie Solveig Omland, die Großmutter von Charlotte Iselin?«

Die Frau wimmert leise und verbirgt das Gesicht in den Händen.

»Ja«, sagt sie nach einer Weile.

Peder stellt sich vor und erzählt ihr, dass er Charlotte Iselin sucht. Er versucht der Großmutter auf eine schonende Weise beizubringen, dass ihr Enkelkind in Gefahr ist. Dass sie sie finden müssen, und zwar schnell. Dass mehrere Leute nach ihr suchen. Ob sie eine Ahnung hat, wo sie sein könnte?

»Nein. Ich suche sie selbst«, sagt sie.

Peder nimmt ihren Rucksack und wirft ihn sich auf den Rücken. Die Großmutter protestiert und sagt, dass sie ihn selbst tragen kann, doch er überhört ihren Protest. Sie soll an ihre Schulter denken. Er trägt den Rucksack. Die Frau aus der Hütte stützt sie auf der einen Seite und Peder auf der anderen.

So gehen sie zurück zu der weißen Straße. Langsam nähern sie sich der Brandstelle. Die Frau jammert vor sich hin, und Peder hofft, dass die Feuerwehr den Brand unter Kontrolle bekommt. Bei diesem Wind kann sonst der ganze Wald in Flammen aufgehen.

Sie nähern sich dem Hüttengebiet, und die Großmutter versucht, sich freizumachen. Sie sagt, dass es ihr gut geht und dass sie alleine laufen kann. Sie bittet um ihren Rucksack, doch Peder besteht weiter darauf, ihn zu tragen. Dann wird sie langsamer und meint, dass sie ruhig vorgehen sollen. Nein, sie warten, wenn sie sich ausruhen muss.

Sie können die grüne Hütte jetzt sehen. Davor wimmelt es von Menschen. Darunter mehrere Polizisten in Uniform. Peder legt einen Schritt zu. Er hat der Großmutter den Arm in den Rücken gelegt. Unter den Erwachsenen sieht er das Mädchen. Sie hängt am Arm einer Polizistin. Dem Himmel sei Dank.

»Da ist sie ja«, ruft Peder und wendet sich begeistert der Großmutter zu.

Deren Gesicht ist ausdruckslos. In dem Moment dreht sich Charlotte Iselin zu ihnen um. Sie starrt die Frau an und stößt einen Schrei aus, der alle erstarren lässt. Die Großmutter wirbelt herum und rennt. Die Polizisten reagieren instinktiv und sprinten hinter ihr her.

Lotte starrt die Frau mit dem langen, braunen Haar an, die vor den Polizisten davonläuft. Die Dame mit dem Gespenst, das im Meer ertrunken ist. Die Dame, die bei dem Holzstapel gesungen und nach Fido gerufen hat. Nach Fido, der der weiße Hund ist. Lotte schiebt den Daumen zwischen die Zähne. Jetzt haben sie sie eingeholt. Sie schleifen sie zwischen sich her. Lotte will weglaufen und sich verstecken, doch da taucht plötzlich die Großmutter unter den vielen Menschen auf. Sie bahnt sich einen Weg zu Lotte. Dann liegt Lotte in ihren Armen.

Die Polizisten nähern sich mit der Frau, und die Großmutter tritt zu ihnen.

»Tove«, ruft sie. »Tove, was ist passiert?«

Die Dame mit dem Gespenst antwortet nicht. Sie wendet das Gesicht ab.

Solveig Omland sitzt auf dem Sofa, den Arm um ihr Enkelkind gelegt. Sie ist noch immer ein wenig mitgenommen von dem Lauf durch den Wald. Sie haben sich aus den Augen verloren, als sie nach Burre gesucht haben, sind gestolpert und gefallen. Peder hat die Wunde an Lottes Knie gereinigt und einen Verband angelegt. Sie hat den Daumen im Mund und nagt daran. Die Großmutter greift vorsichtig nach ihrer Hand und legt sie in ihren Schoß.

»So, so, Lotte. Alles wird gut, du wirst sehen. Burre kommt wieder, wenn der ganze Trubel vorbei ist. Er hat bestimmt nur Angst vor dem Feuer. Viele Hunde haben Angst vor Feuer, und wenn sie Angst bekommen, laufen sie weg und verstecken sich«, sagt sie.

Axel Lindgren hat die Arme vor der Brust verschränkt. Er hat Lotte und Solveig Omland kurz vernommen. Jetzt redet er leise mit Peder. Sie stehen am anderen Ende des Wohnzimmers, um Lotte und ihrer Großmutter ein wenig Zeit für sich zu geben. Alles erscheint ziemlich klar. Der Rest kann warten, bis sie sich etwas erholt haben. Die Verdächtige wurde festgenommen und ist in Begleitung von Vollan und Kvam auf dem Weg ins Präsidium. Die Polizei vor Ort war von unschätzbarer Hilfe, was den Transport angeht, sie dürfen nicht vergessen, sich angemessen zu bedanken. Somit scheint dieser Fall gelöst. Vor allem Dank Mette Mindes Beobachtungen. Sie ist wirklich clever, das muss er ihr lassen. Das einzig Irritierende ist, dass der Hund schon wieder verschwunden ist, zum zweiten Mal. Aber das spielt wohl nur für das kleine Mädchen eine Rolle.

Peder sieht Lotte an und denkt, unter was für einem unmenschlichen Druck sie gestanden hat. Frid Erica Bengtsen hat im Wald laut gerufen, dass jemand auf Fido aufpassen muss. Und Lotte hat sich dieser Aufgabe angenommen. Blitzschnell hat sie den Hund von der Leine genommen, als sie sicher sein konnte, dass der Mörder verschwunden war, hat den Ballon unter ihrem Kapuzenpullover zum Platzen gebracht, damit er kein Geräusch macht. Dann hat sie die Schnur als Hundeleine genommen, den Ballon fortgeworfen und ist weggelaufen. Immer weitergelaufen. Hat unter einer Tanne gewartet und ist wieder weitergelaufen. Das arme Mädchen.

Und dann hat sie den Hund mit der Tönung ihrer Mutter schwarz gefärbt. Wie eine Elfjährige auf so etwas kommen kann, ist unfassbar. Vielleicht sehen die Kinder zu viel fern, philosophiert er im Stillen. Als könnte Axel seine Gedanken lesen, flüstert er: »Wenn ich einmal Kinder habe, lasse ich sie nicht so viel fernsehen, das ist allemal sicher.«

Peders Blick fällt auf den Rucksack, den er auf einem Stuhl abgestellt hat. Er hatte ihn völlig vergessen.

»Lindgren«, sagt er. »Der Rucksack gehört der Frau, die Sie festgenommen haben.«

Axel greift resolut nach dem Rucksack und öffnet ihn. Er zieht eine leere Eisschachtel aus Plastik heraus. Als er tiefer gräbt, erstarrt er. Mit beiden Händen hebt er etwas Großes, Schwarzes, Lebloses aus dem Rucksack und sieht Peder verzweifelt an.

»Burre«, flüstert Lotte und beginnt zu weinen. Sie wirft sich auf dem Sofa herum und vergräbt den Kopf in den Zierkissen. Die Großmutter streichelt ihren Rücken.

Peder nimmt Axel den Hund ab und legt ihn auf den Esstisch. Er tastet seinen Brustkorb ab und riecht an seinem Gesicht. Dann öffnet er die Schnauze des Tiers.

»Wasser«, sagt er zu Lindgren, der in der Küche verschwindet und mit einer Glasschüssel zurückkommt.

Peder bläst Luft in Burres Schnauze. Dann spritzt er ihm Wasser ins Gesicht.

»Äther«, sagt er. »Er ist mit Äther betäubt worden. Sehen Sie mal, ob Sie was im Rucksack finden.«

Axel Lindgren guckt nach und zieht eine kleine Flasche in einer Plastiktüte heraus.

Peder kümmert sich weiter um den Hund. Kneift ihm in die Wangen und massiert fest und kräftig seinen Körper. Bespritzt ihn mit Wasser und bläst Luft in seine Schnauze. Alle im Raum halten den Atem an. Der Esszimmertisch ist klitschnass, und es läuft Wasser auf den Teppich, doch das kümmert niemanden.

Ob fünf Minuten vergehen oder eine halbe Stunde, weiß niemand. Alle sehen nur, dass Burre die Augen aufschlägt. Er blinzelt und will aufstehen, sackt aber in sich zusammen. Peder nimmt ihn auf den Arm und setzt ihn vorsichtig auf den Boden.

Der Hund will sich schütteln, fällt jedoch hin. Er rappelt sich wieder auf und torkelt auf unsicheren Beinen zu Lotte.

Sie verabschieden sich draußen an der weißen Straße. Axel Lindgren wird bleiben, bis der Großvater kommt. Peder muss zurück zur Hütte. Der Brand ist gelöscht, aber es riecht noch immer nach verkohltem Holz. Erschöpfte Feuerwehrleute ruhen sich am Wegesrand aus und trinken Kaffee aus Thermoskannen. Das wird eine lange Nacht, bestimmt müssen sie noch mehrere Stunden nachlöschen.

»Sie nehmen ihr den Hund doch nicht weg?«, fragt Peder.

»Nein, ich nehme ihr den Hund nicht weg«, antwortet Axel. »Und danke für die Hilfe. Ohne Sie hätte ich das nicht geschafft.«

Dann fügt er hinzu: »Grüßen Sie Mette Minde. Wir werden mit ihr reden, wenn die Blasen in ihrem Mund weg sind.«

»Ja, ich frage mich nur, was sie gegessen hat«, sagt Peder.

»Gegessen? Sie hat doch von den vergifteten Äpfeln gegessen.«

»Jemand hat versucht, sie zu vergiften?«

Axel Lindgren wird klar, dass der Ehemann nicht wirklich informiert ist. Er erzählt, was am Morgen passiert ist, und dass das Labor davon ausgeht, dass jemand reinen Salmiak in die Äpfel gespritzt hat. Und dass ein Polizist sie zu ihrer Hütte in der Skotbucht gefahren hat. Hat er das auch nicht gewusst? Peder flucht und greift nach dem Handy in seiner Tasche. Drei unbeantwortete Anrufe. Das Telefon steht auf lautlos. Verdammt. Und eine SMS: »Mir geht es gut. Bin in der Hütte. Ruf an, wenn du das liest.« Er drückt ihre Nummer.

Dann ist er auf dem Weg zum Anleger. Er rennt.

Der Duft gebratener Pilze breitet sich in der Hütte aus.

»Ich hoffe, Sie mögen Pilze«, sagt Solveig Omland.

»Wenn sie ebenso gut schmecken, wie sie riechen«, antwortet Axel.

Die Pilze geben in der Pfanne Flüssigkeit ab.

Axel geht zu Lotte, die mit Burre auf dem Schoß auf einem Küchenstuhl sitzt. Er hockt sich vor sie hin und krault den Hund hinter dem Ohr.

»Alles wird gut, Lotte«, sagt er. »Du hast sehr gut auf Burre aufgepasst. Ich werde mit seiner neuen Besitzerin reden. Der Schwester der Toten, weißt du. Ich bin mir ganz sicher, dass sich das regelt.«

Lotte antwortet nicht. Sie drückt Burre nur noch fester an sich. Axel kennt ihre Mama nicht.

Solveig Omland deckt den Tisch für drei. Sie hat einen großen Klecks Butter in die Pfanne gegeben. Die Pilze werden langsam goldbraun. Sie streut ein wenig Salz und Pfeffer darüber, schneidet sechs Scheiben Brot ab und legt sie in einen Korb, den sie auf den Tisch stellt. Dann faltet sie drei Servietten und legt eine auf jeden Teller. Aus dem Kühlschrank holt sie einen Liter Magermilch. Milch schmeckt am besten zu Pilzen.

»Es ist serviert«, sagt sie, ganz die perfekte Gastgeberin.

Stühle scharren. Sie stellt die Bratpfanne mitten auf den Tisch. Es ist ein bisschen ungewohnt, dass ein fremder Mann mit am Tisch sitzt, denkt Lotte, aber sie ist froh, dass er da ist. Und ganz fremd ist er auch nicht. Sie hat ihn schließlich schon einmal getroffen. Ihn und Maiken.

»Ich verstehe das nicht«, sagt Solveig Omland mit dünner, zittriger Stimme. »Ich verstehe nicht, was Tove mit all dem zu tun hat.«

»Es ist normal, dass Sie verwirrt sind«, sagt Axel. »Lassen Sie uns essen. Dann schlafen Sie, und morgen ist alles klarer und leichter.«

Sie haben sich jeder eine Scheibe Brot auf den Teller gelegt und mit Butter bestrichen. Axel soll sich zuerst bedienen, er ist der Gast.

»Sie müssen sagen, wenn ich etwas falsch mache. So habe ich Pilze noch nie gegessen«, sagt er. »Ich kenne nur Champignons.«

Sein Mobiltelefon klingelt.

»Muss ich da rangehen«, sagt er und seufzt, aber natürlich geht er dran.

Er hört stumm zu. Seine Stirn legt sich in tiefe Falten. Lotte hat sich ihre Brotscheibe voller Pilze gehäuft und will gerade hineinbeißen.

»Nein!! Nicht!!«

Axel springt auf und schlägt ihr die Brotscheibe aus der Hand.

Der Wind hat sich gelegt. Das Meer liegt schimmernd und glatt im Mondschein. Er weiß nicht, ob er recht hat. Vielleicht wird er langsam paranoid. Sein Körper verhält sich wie trockenes Espenlaub in einer schwachen Brise. Er sieht das Licht von der Hütte. Das einzige Licht auf dem Landstreifen entlang der Skotbucht.

Aber er ist sich ganz sicher, dass er die festgenommene Frau durch das Küchenfenster gesehen hat, als sich die beiden Männer auf ihn gestürzt haben. Sie hat an der Anrichte gestanden und etwas gemischt. Die leere Plastikdose. Mette vergiftet.

Das Boot liegt ruhig da. Jetzt kann er nicht schnell genug nach Hause kommen.

Samstag, 15. Oktober

Es ist 10:03 Uhr.

»Hier sind die Nachrichten von NRK Telemark: Eine Frau wurde gestern Abend auf der Insel Bærøy in Kragerø festgenommen. Sie wird der Brandstiftung und der Mittäterschaft an dem Mord an Frid Erica Bengtsen beschuldigt, die vor einer Woche am Kverndamm erwürgt aufgefunden wurde. Am Montag wird die Festgenommene dem Haftrichter vorgeführt, erklärt Hauptkommissar Morgan Vollan von der Polizeiwache Grenland.

Weitere Informationen zu den schwerwiegenden Anklagen wird die Polizei auf einer Pressekonferenz am Nachmittag bekannt geben, teilt Vollan NRK Telemark mit.«

»Und zu der Pressekonferenz gehst du nicht?«

»Nein, zu der gehe ich nicht«, sagt Mette.

Das Reden geht inzwischen ganz gut. Die Blasen sind fast verschwunden.

Sie liegen noch immer im Bett. Mette stellt das Radio leiser, und Stine-Maries Stimme verstummt. Zu der Pressekonferenz geht sie nicht, nein. Eigentlich will sie nur schlafen. Es ist spät geworden gestern Abend. Doch dann klingelt ihr Mobiltelefon. Es ist Maiken Kvam. Sie erzählt ihr, dass Inger Susanne Bengtsen sich bei der Polizei gemeldet hat, um eine Aussage zu machen.

Sofort ist Mette hellwach. Tove kann Frid nicht ermordet haben. Jedenfalls nicht, wenn Turid die Wahrheit gesagt hat und sie beide an dem fraglichen Tag auf der Alternativmesse in Oslo waren, um ihrer geistigen Selbstverwirklichung nachzugehen. Sie kann natürlich mit jemandem gemeinsame Sache gemacht haben, aber nicht mit Tore Antonsen.

Und Inger Susanne, wo war sie, und was hat sie die letzte Woche getrieben? Kann sie doch ihre Schwester getötet haben? Aber wenn die Polizei Tove der Mittäterschaft beschuldigt, muss das bedeuten, dass etwas gegen sie vorliegt?

Sie müssen noch einmal nach Bærøy rüber. Das Mädchen hat den Mord nicht gesehen, sagt Peder, aber etwas muss sie gesehen haben. Irgendetwas. Was sie Axel Lindgren nicht hat sagen wollen. Mette kennt nur einen einzigen Menschen auf der ganzen Welt, der die meisten Leute dazu bringen kann, ihm alles zu erzählen, fast alles.

Es ist zwölf Uhr, und wieder ist es in den Nachrichten gekommen. Lotte hört Großmutter telefonieren. Dann tritt Großmutter zu ihr und Großvater ins Zimmer und sagt, dass Peder mit seinen Jungen kommen wird. Und mit ihrer Mama, die Mette heißt. Sie hat das Rätsel um Burre gelöst. Sie war zu Hause bei ihrer Mama und bei Emilies Mama. Großvater steht von seinem Stuhl auf. Er geht zu Großmutter und umarmt sie. Axel ist nicht mehr da. Er hat die restlichen Pilze mitgenommen.

Peder und Lotte kommen an einer rosa Hütte vorbei und gehen zum Fjord hinunter. Ein schwimmender Anleger dümpelt vor sich hin. Lotte setzt sich und schaut ins Wasser. Peder wischt ein paar tote Krabben weg und lässt sich neben ihr auf den Hintern fallen. Er streckt die Beine auf den Planken aus, die gut eine Behandlung mit Öl vertragen könnten.

Das Meer liegt glatt und ohne Kräuselungen vor ihnen. Ein kleines, gelbes Boot ist neben der spitzen Hütte unten am Wasser vertäut, wo er sich gestern Abend um die falsche Großmutter gekümmert hat. Auf der Insel, bei der es sich nur um Sauøya handeln und die man quer über den Sund sehen kann, steht ein weißes Haus, vor dem ein großes Boot, wahrscheinlich ein Fischkutter, am Anleger vertäut ist. Zwei Möwen fliegen mit ausgebreiteten Flügeln über ihre Köpfe. Eine Landzunge mit glatt gescheuerten, runden Steinen erstreckt sich rechts von der schwimmenden Anlegebrücke ins Meer. Ein Austernfischer trippelt auf seinen roten Beinen zwischen den Steinen umher, auf der Jagd nach etwas Essbarem. Peder legt sich auf den Rücken und schließt die Augen. Der Anleger wiegt ihn sanft, als wäre er ein kleines Kind, das einschlafen soll.

»Manchmal, wenn wir etwas ganz Furchtbares erlebt haben, ist es schwierig, darüber zu reden, Lotte, aber wir müssen es versuchen«, sagt Peder.

Lotte hat den Daumen im Mund. Vor ein paar Tagen hätte sie Peder beinahe alles erzählt. Als er zusammen mit den Zwillingen auf die Insel gekommen ist, um nach dem Teddy zu suchen.

»Niemand kann Kinder ins Gefängnis stecken«, sagt sie. »Auch nicht, wenn sie einen Hund gestohlen und die Polizei angelogen haben.«

Peder hievt sich auf die Ellenbogen hoch.

»Nein, niemand kann Kinder ins Gefängnis stecken, und du hast keinen Hund gestohlen. Du hast auf Fido aufgepasst, so gut du konntest, und ihm einen neuen Namen und ein neues Zuhause gegeben. Und wenn du die Polizei angelogen hast, dann nur, weil du das für das Beste gehalten hast«, sagt Peder.

»Aber ich finde, dass du mir jetzt alles erzählen solltest, was passiert ist, Lotte. Ich werde dir auch ganz bestimmt helfen. Das verspreche ich.«

Lotte hört, was er sagt. Peder hat Burre gerettet. Wenn Peder nicht gekommen wäre, wäre Burre jetzt vielleicht tot. Sie sieht ihn schräg von der Seite an.

»Warst du manchmal traurig, als du klein warst?«

»Ja, sicher, oft«, sagt Peder.

»Worüber warst du meistens traurig?«

»Ich war vor allem dann traurig, wenn mein Vater mich für einen Schwächling gehalten hat. Ich habe zwei Brüder, und die waren immer sehr viel draufgängerischer als ich und haben sehr viel besser Fußball gespielt und mehr so Sachen gemacht, die mein Vater für gut hielt. Er hat meine Brüder immer viel gelobt, und zu mir hat er nichts gesagt, obwohl ich schon fand, dass ich auch Sachen gemacht habe, die gar nicht so übel waren.«

»Was hast du getan, wenn du traurig warst?«

»Ich bin auf einen hohen Baum geklettert und viele Stunden dort geblieben. Zuerst habe ich etwas geweint und dann musste ich da oben abwarten, bis ich wieder normal aussah. Bis die Augen nicht mehr rot waren«, sagt er.

Lotte lächelt ihn an.

»Das ist ein bisschen wie bei mir«, meint sie. »Ich kann dir alles erzählen, was passiert ist, aber es stimmt, dass ich nicht gesehen habe, wie die Frau die dicke Dame ermordet hat. Ich hab das Gesicht auf den Boden gedrückt, weil ich Angst hatte, dass sie mich sieht. Aber ich hab gesehen, wie sie die Lichtung heruntergekommen ist. Sie hatte etwas Grünes mit einer Kapuze an und braunes Haar.«

Es ist ganz still. Peder hat Angst, etwas zu sagen, das Lotte verwirrt, aber schließlich muss er sie fragen: »War das die Frau, die gestern Burre eingefangen hat?«

»Nein«, sagt Lotte. »Das war sie nicht, aber die Frau, die Burre mitgenommen hat, ist hier im Wald gewesen. Und draußen auf dem Meer. In einem Boot. Sie hat für Fido gesungen und dann so getan, als wäre sie ein Gespenst.«

»Hast du da Angst bekommen?«

»Ja.«

Wieder wird es still. Die Frau aus der spitzen Hütte unten am Meer taucht an der Hüttenwand auf. Sie hat eine Plastikdose in der Hand und ist auf dem Weg zum Anleger. Als sie die beiden sieht, hält sie inne und bleibt kurz stehen, bevor sie den Arm zum Gruß hebt.

»Am Nachmittag beißen sie gut«, ruft sie und geht weiter zu dem gelben Boot.

Der Außenbordmotor wird angeworfen, und sie tuckert auf den Sund hinaus, beschleunigt und verschwindet in Richtung Korssund, wo die Fische immer beißen.

»Erzähl alles von Anfang an, Lotte, von dem Geburtstag an«, sagt Peder.

Lottes Stimme klingt wie eine Stimme aus dem Radio. Das ist Radiotheater. Oder ist es ein Märchen, das die Mutter ihm vorliest? Er legt sich auf dem Anleger zurück und schließt die Augen.

Lotte erzählt von dem Geburtstag bei Emilie. Wie sie sich hinter ein paar Mänteln versteckt und einen Streit zwischen Emilie und ihrer Mutter belauscht hat. Was danach passiert ist, als sie gegangen ist. Wie sie zwischen den Thujenbüschen gestanden und auf Emilies Haus hinuntergesehen hat. Wie sie durch das Badezimmerfenster beobachtet hat, was für einen Spaß die anderen Mädchen in ihren Pyjamas in der ersten Etage hatten. Wegen der Deckenstrahler waren sie gut zu sehen. Aber dann ist die Frau mit dem Hund gekommen. Sie sah so böse aus, und Lotte ist weggelaufen. Sie ist zum Kverndamm gelaufen, weil sie in Ruhe weinen wollte. Sie hat sich auf einen Holzstamm gesetzt, hinter ein paar Büsche, aber dann ist die Frau mit dem Hund auch gekommen. Und dann ist sie gefallen. Sie hat telefoniert und gerufen, dass jemand auf Fido aufpassen muss. Und dann ist die böse Dame in den grünen Kleidern gekommen. Die Dame, die eigentlich nicht böse ist. Die Dame, die will, dass alle Freunde sind.

Es wird still auf dem Anleger.

»Was bedeutet das, dass du endlich deine eigene Medizin zu schmecken bekommst?«, fragt Lotte schließlich und dreht sich zu Peder um.

Er hat sich aufgesetzt und die Beine übereinandergeschlagen.

»Das bedeutet, dass dem, der seine eigene Medizin zu schmecken bekommt, für irgendetwas die Rechnung präsentiert wird. Wenn du böse zu jemandem warst und dieser Jemand jetzt böse zu dir ist, kann man den Ausdruck verwenden. Das ist so eine Art Bild.«

Lotte bleibt nachdenklich sitzen.

»Dann bedeutet das, dass Emilie jetzt ihre eigene Medizin zu schmecken bekommt?«

»Ja, das könnte man sagen. Findest du das gut?«

»Nein, sie tut mir leid. Es ist nicht einfach, eine Mutter zu haben, die nicht richtig funktioniert«, sagt Lotte.

Jetzt ist sie wieder altklug, und Peder muss lächeln. Er steht auf, streckt die Hand aus und hilft ihr hoch. Sie lässt seine Hand nicht los.

»Das zeigt, dass du Empathie hast, Lotte. Und Empathie

ist das Wichtigste«, sagt er. »Empathie zu haben bedeutet, dass du in der Lage bist, mit anderen Menschen mitzufühlen. Dass du ihre Trauer und ihre Freude in deinem eigenen Herzen spüren kannst. Solange du zur Empathie fähig bist, kommst du auch zurecht. Empathie ist wichtiger als alles Geld und alle Pyjamapartys dieser Welt.«

»Glaubst du das?«, fragt sie und sieht zu ihm hoch.

»Das glaube ich nicht, das weiß ich«, sagt er und drückt ihre Hand. »Und noch etwas, Lotte, ich lasse dich nicht im Stich. Ich werde dafür sorgen, dass deine Mama ordentliche Hilfe bekommt. Kein Kind soll einer Mutter anvertraut sein, die nicht richtig funktioniert. Das verspreche ich.«

Dienstag, 18. Oktober

Das Geräusch der Stimmen steigt an die Decke der La Scala-Oper oder des Teatro alla Scala, wie es eigentlich heißt. Sie steht im Chor und probt für die Abendvorstellung. *Der Barbier von Sevilla* von Gioachino Rossini. Nie hätte sie das für möglich gehalten. Von dem kleinen Opernchor in Skien auf die Bühne der ehrwürdigen La Scala in Mailand. Und jetzt erlebt sie genau das. Sie sagt es sich immer wieder. *Der Barbier von Sevilla* ist eine komische Oper, doch tief in ihrer Brust, da, wo die Stimme sitzt, hat sich die Tragödie eingenistet. Das hört sich theatralisch an, aber sie sind ja auch im Theater. Und anders lässt es sich nicht ausdrücken. Die Tragödie hat sich eingenistet. Wie lange es wohl dauern wird? Wird es vorübergehen? Ist sie kaltblütig? Nein. Sie ist eine warmherzige Person. Sie will das Gute. Das Respektable. Das Zivilisierte. Das Hochwertige. Sie will das Richtige und Schöne, nicht nur als Fassade. Sie will es wirklich. Innen und außen. Im Umfeld und im Herzen. Sie hat es versucht. Sie hat hart und zielstrebig gearbeitet, um das Gute und Schöne zu erschaffen. Innen und außen. Sie hat an Emilie gearbeitet. Sie hat an Jonas gearbeitet. An dem Haus. An der Karriere. An den Träumen, die zu ihren gemeinsamen Träumen werden sollten.

Sie wollte aus Emilie ein großzügiges, fürsorgliches Mädchen machen, das für alle ein offenes Herz hat. Die schöne Emilie. Die Fassade so schön, aber so trotzig und eigensinnig der Kern. So kalt und kalkulierend, obwohl sie noch so klein ist. Wann hat es angefangen, schiefzulaufen? Ist es ihre Schuld? Hat sie nicht immer versucht, alle einzubeziehen? Hat sie jemals hässlich über jemanden geredet oder sich als besser als andere hingestellt? Sie weiß, dass sie schöner ist als die meisten Frauen. Sie weiß, dass sie bessergestellt ist. Sie weiß, dass sie Glück gehabt hat, aber hat sie das jemals gegen jemanden verwendet? Nein, das hat sie nicht. Trotzdem ist ihr Projekt missglückt.

Und Jonas? Er war so erfolgreich in dem, was er gemacht hat. Sie mag Autolux, aber sie hat nie verstanden, warum er sich an dieser Schrottverwertung beteiligen musste. Sie mag Tore Antonsen nicht, aber das hat sie nie laut gesagt. Es nie durchscheinen lassen. Eine Autoverschrottung ist etwas Schmutziges. Unästhetisches. Ganz anders als das stilvolle Geschäft mit den Luxusautos. Jonas passt am besten in so eine Umgebung. In einer Autoverschrottung hat er nichts verloren. Und was will er mit Autoexport? Er verdient nicht einmal an dem Unternehmen. Aber er hat sie jedes Mal ausgelacht, wenn sie ein seltenes Mal ihr Missfallen an dem Schrott oben in Rødmyr zum Ausdruck gebracht hat. Vor allem wenn er mit Öl und Schmutz an den Händen nach Hause gekommen ist. Er hat es doch bestimmt nicht nötig, da oben im Dreck herumzuwühlen.

Ab und zu hat sie auch die Leute, die dort arbeiten, treffen müssen. Wenn Jonas alle Angestellten der drei Firmen zum Jubiläumsfest eingeladen hat oder zum Weihnachtsessen. Sie hat es immer mit Fassung getragen, aber sich nie wohl mit ihnen gefühlt. Einmal hat er alle mitgebracht, als der Opernchor von Skien ein Konzert im Ibsen-Haus gegeben hat. Sie hat nichts davon gewusst. Er war so stolz auf sie, hat er gesagt. Sie war nicht so stolz auf ihn, aber das hat sie nicht gesagt.

Sie merkt, dass sie aufgehört hat zu singen. Dass sie ihre Umgebung nicht mehr wahrnimmt. Ihr Hals ist trocken. Sie sieht den Dirigenten nicht. Sie spürt, dass jemand sie in die Seite pufft, und blickt in die fragenden Augen der Frau neben ihr. Sie schluckt. Versucht, die Kehle mit Spucke zu befeuchten. Dann ist sie wieder dabei.

Frid hätte nicht da auf dem Boden liegen dürfen. Die Hundeleine hätte nicht unter ihrem Hals liegen dürfen. Sie selbst hätte nicht nach den beiden Enden fassen und daran ziehen dürfen, doch als sie die Leine erst einmal in der Hand hatte, konnte sie sie nicht mehr loslassen. Irreversibel war das. Nicht mehr zu ändern. Es war so leicht. Sie hatte das nicht geplant. Sie ist ihr nur nachgegangen, als sie gesehen hat, wie sie an ihrem Haus vorbeispaziert ist, nachdem die Mädchen hoch in die erste Etage gelaufen waren, um sich die Schlafanzüge anzuziehen. Sie hat am Küchenfenster gestanden, als sie Frid auf dem Bürgersteig hinter den Thujenbüschen gesehen hat. Sie hat eine Weile nachgedacht. Ihr Herz hat gehämmert. Sie hat ihre Wut gespürt. Ihre Angst.

Dann hat sie sich das Kleid bis zur Taille hochgeschoben und ist in Jonas' Jagdmantel und ein paar Stiefel geschlüpft. Aus der ersten Etage hat sie die Mädchen lachen und herumalbern hören. Sie ist durch den Garten in den Wald gelaufen, nicht auf dem Weg, sondern den Hang hinunter, durch das Gebüsch. Sie hat nur mit ihr reden wollen. Sonst nichts. Nur reden. Sich mit ihr einigen. Herausfinden, um was es eigentlich ging. Vielleicht eine Bedrohung abwenden wollen, aber nicht so. Nicht so, wie es dann gekommen ist. Frid hat dort auf dem Boden gelegen und ihre Beschuldigungen wiederholt. Sie wollte zur Polizei gehen. Das hat sie gesagt, während sie da hilflos lag, die Hundeleine unter dem Hals. Es war wie eine Explosion im Kopf. Die Wut. Der rote Nebel, der alles eingehüllt, alle Gedanken ausgelöscht hat. Alle Vernunft. Einfach alles.

Als sie wieder nach Hause gekommen ist, war aus der ersten Etage noch immer Lachen zu hören. Sie hat den Jagdmantel zurück an den Haken in der Diele gehängt, die Stiefel an ihren Platz gestellt und sich das Kleid über die Oberschenkel gezogen. Ist in die Küche gegangen und hat die Spülmaschine eingeräumt. In dem Moment ist die kleine Silje heruntergekommen, um eine Zitrone zu holen. Was sie wohl mit einer Zitrone gewollt haben? Sie hat Silje angelächelt und ihr eine Haarlocke aus der Stirn gestrichen. Mit denselben Händen. Dann hat sie ganz ruhig gesagt, dass sie sich amüsieren sollen. Silje hat gelächelt und ist wieder hochgelaufen. Alles war völlig normal.

Später ist dann das Zittern gekommen. Die Zähne haben geklappert, als hätte sie Fieber. Sie hat meditiert und ihre Yoga-Übungen gemacht. Als Jonas nach Hause gekommen ist, hat sie auf dem Sofa gesessen und sich eine Talkshow angesehen. Sie hat ihn angelächelt und nach ihrem Weißweinglas gegriffen.

Der Dirigent knallt den Taktstock auf den Notentisch vor sich. Jetzt muss sie sich aber konzentrieren. Sie holt Luft und öffnet den Mund. Töne kommen heraus. Fast automatisch.

Es war an einem Donnerstag. An dem Abend vor dem Freitag, als Frid an ihrem Haus vorbeigekommen ist. Sie war beim Training gewesen, war bei Autolux vorbeigefahren. Jonas' Auto hatte draußen vor dem Laden gestanden. Sein Auto und noch ein anderes Auto. Ein Auto, das sie nicht kannte. Die Deckenlampen im Geschäft waren ausgeschaltet gewesen. Es hatten nur die Spots gebrannt, die die ausgestellten

Autos anleuchten. Sie hatte hinter dem Geschäft geparkt, das Badezimmerinterieur verkauft. War durch die Eingangstür gegangen. Vorsichtig und fast lautlos. Irgendwie hatte sie geahnt, dass ihr Leben in wenigen Sekunden in Auflösung begriffen sein könnte. Sie hatte Jonas und eine fremde Frau da drinnen vor sich gesehen. Die Eifersucht hatte alle Zellen ihres Körpers durchdrungen. Aus dem Büro hinten im Raum hatte sie laute Stimmen gehört. Einen Streit. Jonas und eine Frau. Frid Erica Bengtsen.

Sie hatte sich zu einem Mercedes geschlichen, der direkt vor der Tür zum Büro stand. Einem großen Wagen mit Allradantrieb und reichlich Platz auf dem Boden darunter. Sie hatte sich auf den Rücken gelegt und mit den Beinen nachgeholfen, bis sie ganz unter dem Auto gelegen hatte.

Frids Stimme hatte laut und schneidend geklungen. Wie Glasscherben unter dem Gewicht der Stiefel eines marschierenden Heers. Wie das Jüngste Gericht. Wie Spott und Erniedrigung.

Tore Antonsen und Jonas haben den Staat um Millionen von Kronen betrogen. Sie hat die Beweise. Sie will nicht als die Schuldige dastehen. Darüber soll er sich im Klaren sein. Sicher, das Ganze war ursprünglich ihre Idee, doch als er sich vor fünf Jahren bei Autoexport eingekauft hat, ist Schluss mit lustig gewesen. Er hat dem Betrug, den sie und Tore angefangen hatten, ein Ende gemacht, doch nur um ihre Rolle in dem Spiel zu übernehmen. Sie hat ihn erst für so verdammt rechtschaffen gehalten, aber langsam hat sie begriffen, was da lief. Auch wenn Tore bereit ist, dich zu schützen, Jonas, vergiss nicht, dass ich die Beweise habe, hatte sie geschrien.

Jonas' Stimme war ruhig gewesen. Ich habe nicht vor, dir für irgendetwas die Schuld in die Schuhe zu schieben, Frid.

Jetzt bewahren wir erst einmal Ruhe und sehen, was die SFT gegen uns vorzubringen hat.

Frids Hund hatte zu winseln begonnen. Zu winseln und zu jaulen. Die beiden waren in den großen Ausstellungsraum gekommen. Ihr Kopf war ihren Füßen zugewandt gewesen. Sie hatte sie sehen können. Jonas' italienische Schuhe, aus braunem Leder und mit Ledersohlen, und Frids schwarze Turnschuhe. Und den Hund. Der Hund hatte Kurs auf den Mercedes genommen. Er hatte mit seinem kleinen Schwanz gewedelt. Sie hatte ihm direkt in die Augen sehen können. Dann hatte er angefangen zu bellen, der kleine Kerl. Frid hatte ihn an der blauen Leine zu sich gezogen. Dann hatte sie ihn auf den Arm genommen und war zum Ausgang gegangen. Das ist nicht das letzte Mal, dass du von mir hörst, Jonas, hatte sie ihm entgegengeschleudert, bevor sie durch die Tür verschwunden war.

Dann war es plötzlich mit Jonas' Beherrschung vorbei gewesen. Er hatte sich an den Mercedes gelehnt und Tore Antonsen angerufen. Während sie dort unter dem Auto lag, hat sie begriffen, dass Jonas wirklich den Staat um Millionen von Kronen betrogen hat, dass die SFT ihnen auf der Spur war, dass das Dezernat für Wirtschaftsdelikte eingeschaltet werden würde und Frid bereit war, gegen sie auszusagen. In dem Moment war ihre Welt zusammengebrochen. Die Scham brannte bereits in ihren Wangen.

Ihre Füße fühlen sich schwer an. Sie möchte sich hinsetzen, bleibt aber stehen. In den letzten Tagen ist sie durch Mailands Straßen gelaufen, ist in Dutzenden von Läden gewesen, ohne auch nur eine einzige Sache zu kaufen. Mit ihren Gedanken ist sie woanders gewesen. Sie hat in einem Straßenrestaurant auf dem Platz vor dem Duomo, der gotischen

Kathedrale, gesessen und SMS-Nachrichten geschrieben. Sie hat in der Hotelrezeption gesessen und ist die Online-Zeitungen durchgegangen. Der Mord zu Hause in Norwegen hat all ihre Gedanken mit Beschlag belegt. Ihre gesamte Konzentration. Als hätten die Gedanken ihre Stimme gefressen. Die Stimme ins Gehirn gesaugt und sie stumm gemacht.

Als Mette Minde unmittelbar vor ihrer Abreise aufgetaucht ist, hat sie keine Angst bekommen. Sie hat sich völlig normal verhalten. Gesagt, was sie auch unter normalen Umständen gesagt hätte. Im Nachhinein ist ihr der Gedanke gekommen, dass es vielleicht nicht so klug war zu sagen, dass sie Frid nicht gekannt hat. Aber irgendwie schien diese Frid aus ihrer Erinnerung getilgt. Sie hat nur an den Hund gedacht, aber den Hund hat sie auch nicht erwähnt. Der Hund war verschwunden. Jemand muss den Hund mitgenommen haben. Sie hat ihn nicht von der Leine genommen. Während sie immer fester gezogen hat, hat sie sich vorgestellt, dass es so aussehen würde, als hätte der Hund Frid umgebracht. Als hätte er so stark an der Leine gezogen, dass er Frid erwürgt hat. Sie hat nicht daran gedacht, dass er dazu viel zu klein ist. Erst als sie auf dem Badezimmerboden gesessen und gezittert hat, hat sie das gedacht.

Sie hat fast nichts gegessen. Hat jeden Tag das Frühstück im Hotel ausfallen lassen, nur einen Kaffee getrunken und ein halbes Croissant gegessen. Die Übelkeit sitzt ihr im Hals. Schon die ganze Zeit stimmt etwas nicht mit ihrem Hals, ihrer Kehle, ihrer Brust, aus der die Stimme kommt.

Und der Ballon. Der Ballon aus ihrer eigenen Küche. Zuerst ist ihr gar nicht der Gedanke gekommen, dass Charlotte Iselin ihn bei Frid verloren haben könnte. Dieser Gedanke war absurd. So etwas passiert nicht. Charlotte Iselin wohnt in den

Blocks auf der anderen Seite des Klyvevegs. Sie kann nicht am Kverndamm gewesen sein. An dem Türpfosten fehlte ein Ballon. Das stimmt. Sie hat gedacht, dass Frid ihn selbst mitgenommen, dass sie ihn sich abgerissen hat, als sie an ihrem Haus vorbeigegangen ist. Aber trotzdem, irgendetwas muss sich in ihrem Hinterkopf geregt haben, denn die Klassenliste, die der Polizist hätte bekommen sollen, hat sie ihm nicht in den Briefkasten geworfen. Als sie ihren Briefkasten geöffnet hat, lag eine CD darin, und sie hat die CD zusammen mit der Klassenliste in ihre Tasche gesteckt. Das hat sie.

Alle um sie herum haben aufgehört zu singen. Sie haben Pause. Sie sieht, dass der Dirigent sie anschaut. Er runzelt die Stirn. Er ist unzufrieden mit ihrem Einsatz. Er wird ihr das sagen. Wie gestern. Alles geht dem Ende zu. Sie setzt sich auf einen Stuhl etwas weiter hinten auf der Bühne. Sie blickt über den Saal, der sich heute Abend mit Gesichtern füllen wird.

Die Idee, sich als Wahrsagerin auszugeben, war genial. Christina hat sich in die Wahrsagerin Petula aus Öyebyn oben in Bottenviken verwandelt. Sie kann kaum glauben, dass sie selbst darauf gekommen ist. Als sie gepackt hat, hat sie das schwedische Handy, das Aufladegerät und die Prepaid-Karten in der Seitentasche ihres Koffers gefunden. Das Handy, das sie im Frühjahr in Stockholm gekauft hat, als sie bei einer Aufführung des Oriontheaters mitgewirkt hat. Das Handy, das sie gekauft hat, weil sie ihr eigenes in Norwegen vergessen hatte. Das Handy, das auf keinen Namen registriert ist. Das Handy, das nicht zugeordnet werden kann. Sie hat mit dem Handy in der Hand zu Hause im Schlafzimmer gestanden. Da ist ihr die Idee gekommen. Ferngesteuert, hat sie gedacht.

Es war natürlich von Vorteil, dass sie Tove von früher her kannte. Sie glaubt an die Macht der Wahrsagerei. Es ist nicht zu fassen, aber viele tun das. Tove hat es auf dem Jubiläumsfest im Sommer erzählt. Dass sie sich bei ihren Entscheidungen von einer Wahrsagerin beraten lässt.

Vorsichtig hat Christina begonnen, per SMS kleine Fühler auszustrecken. Schneller, als sie es für möglich gehalten hätte, hat Tove angebissen.

Christina hat sie davon überzeugen können, dass Tore in Gefahr ist. Dass Tore Frid ermordet hat und ihre Hilfe braucht, um der Strafe zu entgehen. Einer Strafe, die er nicht verdient hat, weil Frid ihn auffliegen lassen wollte. Ihre Absichten waren böse, und er hat sie alle vor Unglück und Erniedrigung gerettet.

Tove hat sich willig führen lassen. Sie hat sie dazu überreden können, sich als Polizistin auszugeben und der Mutter von Charlotte Iselin einen Besuch abzustatten. Tove hat die Aufgabe perfekt gemeistert. Sie denkt an den Rat, den sie ihr am Dienstag voriger Woche gegeben hat. Tove war auf einem Treffen ihres Diätclubs gewesen und hatte erzählt, dass sie Besuch von einer Journalistin mit Namen Mette Minde hatten. Bei Christina sind alle Warnlichter angegangen. Sie hat zurückgeschrieben, dass Tove sich vor Journalisten in Acht nehmen muss. Die Karten zeigen Gefahr an, sei auf der Hut, hat Christina geschrieben. Beobachte, wie sie reagiert. Christina trinkt einen Schluck aus der Wasserflasche.

Die Choristen stellen sich wieder auf. Die letzte Probe, dann haben sie ein paar Stunden frei, bevor sie sich treffen, um sich auf die Vorstellung vorzubereiten. Sie steht auf und nimmt ihren Platz ein. Fest entschlossen, ihr Bestes zu geben. Sie macht ihre Atemübungen. Versucht, sich auf den Atem zu konzentrieren. Der Dirigent hebt die Arme. Sein Blick ruht auf ihr.

Sie hat Tove auch dazu überreden können, Charlotte Iselin und Fido aufzuspüren, der plötzlich schwarz war und anders hieß. Doch Tove hat herausgefunden, dass er auf seinen Namen hört. Sie hat sie aufgefordert, für Fido zu singen. Schwarz bedeutet Bosheit und Gefahr, hat sie an Tove geschrieben. Du musst den Hund in deinen Besitz bringen, ohne dass sie es mitbekommen. Du musst sie außer Gefecht setzen, aber nicht umbringen. Du musst clever sein. Listig. Du musst sie überlisten, hat sie an Tove geschrieben. Wenn die Polizei den Hund nicht findet, bedeutet das für euch, für dich und Tore, mehr Sicherheit. Aber der Kampf ist noch nicht vorbei. Auch Mette Minde muss mundtot gemacht werden. Sie hat der Journalistin selbst ein paar SMS-Nachrichten geschrieben, auf Englisch, um ihr ein wenig Angst einzujagen. Durch Tove wusste sie ja von den Leuten aus Ägypten, die plötzlich aufgetaucht und wieder verschwunden waren.

Es ist zu einer Besessenheit geworden, Tove zu lenken. Sie diverse Aufträge ausführen zu lassen, während sie hier in Mailand in Sicherheit ist.

Wieder hat sie aufgehört zu singen. Ihr Mund will sich nicht öffnen. Sie hat schlecht geschlafen hier unten. Ihr ist schwindelig. Sie würde sich gerne hinsetzen. Sie sieht den Dirigenten an. Alle haben aufgehört zu singen. Der Dirigent dreht sich um und blickt über den Saal, in dem heute Abend mehrere Hundert festlich gekleidete Opernliebhaber die leeren Stühle einnehmen werden. Ihr Blick wandert in die Rotunde hoch, von Loge zu Loge. Vergoldete Wände, Säulen und rote Plüschvorhänge mit Goldbordüren. Hoch zu dem riesigen Kronleuchter an der Decke.

Zwei Männer, die nicht hierhergehören, kommen den Mittelgang zwischen den Stuhlreihen hinunter. Sie erkennt Axel Lindgren. Den Polizisten, der in einer Souterrainwohnung in ihrer Straße zu Hause in Nybergåsen wohnt.

Im selben Augenblick spürt sie ihr Mobiltelefon vibrieren. Es hängt an einer Kette um ihren Hals. Unter ihrem Pullover. Es steht auf lautlos, wie sie selbst. Es vibriert in ihrer Brust, wo die Stimme sitzt. Wo sich die Tragödie eingenistet hat.

Freitag, 21. Oktober

Es ist ein etwas anderer Morgen. Sie verabschieden sich draußen vor dem Haus am Ende der Sackgasse.

»Viel Glück«, flüstert sie und drückt fest seine Hände. Peder lächelt leicht und nickt.

»Das brauche ich«, flüstert er zurück und küsst sie auf die Stirn. Dann ist er fort.

Die Morgenbesprechung ist vorbei. Die Redaktion brummt und brodelt vor Leben und Stimmen. Die letzte Woche war geprägt von der Aufklärung des Kverndamm-Mords. Mette hat unzählige Beiträge gemacht und den positiven Stress in jeder Zelle ihres Körpers gespürt. Jetzt ist Ruhe eingekehrt. Heute steht ein Beitrag über die zur Verfügung stehenden Kindergartenplätze in der Provinz Telemark an. Die Regierung hat eine volle Abdeckung des Bedarfs versprochen, und sie wird nun überprüfen, wie die Realität aussieht. Das ist okay.

Trotzdem lässt sie *der Fall* nicht los.

Mette setzt sich an den PC und geht erneut ihre E-Mails durch, zum tausendsten Mal. Rashidi Aswany hat ihr versichert, dass Mudada und sein Vater sicher zurück in Ägypten sind und dass er ihr ein Lebenszeichen schicken wird, sobald er Gelegenheit dazu hat. Sie weiß nicht, ob sie ihm glauben kann, doch da ist eine E-Mail, auf Englisch. Das Herz hämmert in ihrer Brust, während sie sie liest. Die Nachricht ist vor zwei Minuten abgeschickt worden. Sie schickt eine Antwort mit ein paar Fragen und kurz darauf kommt eine neue E-Mail aus Ägypten.

Er hat auf ihrem Sofa geschlafen. Er hat eine neue Zahnbürste von ihr bekommen. Sie haben Pizza gegessen. Sie hat seine Kleider in der Waschmaschine gewaschen. In der Zwischenzeit hat er die Kleider getragen, die sie ihm hingelegt hat. Unter anderem ein Paar viel zu große Boxershorts. Er hat ein Mobiltelefon mitbekommen, das der Fahrer ihm abgenommen und nie mehr zurückgegeben hat. Deshalb konnte er sie nicht anrufen, wie er es versprochen hatte, schreibt er.

Sie lächelt, und zum ersten Mal seit mehreren Wochen ist sie wirklich froh. Mudada ist wieder zu Hause. Niemand hat sie hereingelegt.

Dann ruft sie Inger Susanne an.

Wie viel einfacher wäre es für die Polizei gewesen, wenn alle von Anfang an ehrlich gewesen wären. Wenn Inger Susanne die Wahrheit gesagt hätte, als ihr klargeworden war, dass sie das Mobiltelefon in Nybergåsen verloren hatte. Dass sie dort war, um sich etwas umzusehen. Sie hätte es einfach sagen können. Stattdessen hat sie Angst bekommen, verdächtigt zu werden. Wie bedeutungslos das alles im Nachhinein ist.

Und Terkel Andersen. Wenn er einfach erzählt hätte, welchen Verdacht er und Frid hatten. Stattdessen hat er Angst bekommen, weil er an ihrem Haus vorbeigefahren ist und sich in der Nähe des Tatorts aufgehalten hat. Warum bekommen alle immer solche Angst, selbst wenn sie völlig unschuldig sind?

Und Lotte. Die Arme. Es ist schon verständlicher, dass sie Panik bekommen und keine Möglichkeit gesehen hat, aus der Sache wieder herauszukommen. Sie ist schließlich noch ein Kind. Aber die anderen. Sie selbst inbegriffen. Warum ist sie nicht einfach mit ihrem Verdacht zur Polizei gegangen? Selbst sie hatte Angst, Probleme zu bekommen, nachdem sie Mudada kennengelernt hatte. Vielleicht nicht so viel Angst um sich, aber um ihn.

Schließlich hat Peder das Eitergeschwür aufgestochen. Lottes und auch ihr eigenes, denkt Mette. Sie schaudert, wenn sie an die vergifteten Pilze denkt, die Tove unter die von Solveig und Lotte gesammelten gemischt hat. Sie wären nicht daran gestorben, aber sie hätten bestimmt ein paar Stunden auf der Toilette verbracht. Grünblättriger Schwefelkopf verursacht nach ungefähr einer halben Stunde Magenprobleme. Vielleicht hat sie sie eine Zeit lang außer Gefecht setzen wollen, genau wie sie ihr den Mund mit den vergifteten Äpfeln schließen wollte. Arme Tove, denkt Mette. Sie tut ihr leid.

Inger Susanne meldet sich am anderen Ende. Sie wird heute aus der Psychiatrie entlassen. Nach ihrem Zusammenbruch ist ihr dort gut geholfen worden. Ja, sicher, Mette holt sie ab. Alles wird gut. Sie wird sie zu Frau Madsen bringen. Zu Margit Madsen in Klyve.

»Der Nächste bitte«, sagt die Krankenschwester.

Sie ist jung und nett.

»Er hat eine Erbse in der Nase stecken«, sagt sie grinsend. »Er heißt Morgan Vollan. Die Akte ist aufgerufen«, fügt sie etwas ernster hinzu und nickt zum Computer hin.

»Schicken Sie den Patienten in drei Minuten herein«, sagt er und sieht auf die Uhr.

Sie schließt die Tür hinter sich. Er bleibt auf dem Stuhl sitzen und sieht aus dem Fenster. Draußen hat es zu regnen begonnen. Ausgerechnet Morgan Vollan. Mit einer Erbse in der Nase. Einer Erbse. Irgendwo im Körper spürt er es blubbern.

Wie bei einem Vulkanausbruch drängen die Blasen nach oben. Er lacht. Sein Körper schüttelt sich, und die Tränen treten ihm in die Augen. Das Lachen ist wie eine Reinigung. Wie ein Peeling. Wie eine Darmspülung. Die Glieder fühlen sich geschmeidig und leicht an. Er hat Lust zu tanzen. Er versucht, durch den Bauch zu atmen, um die kleinen Hickser zu stoppen, die nicht aufhören wollen. Er trocknet sich die Augen mit einem Papiertuch aus dem Spender an der Wand.

So steht er noch da, als es an der Tür klopft. Der Patient wird hereingeführt, und die Krankenschwester zieht sich zurück.

Der Händedruck ist fest, beinahe hart. Als wollten sie miteinander konkurrieren, wer der Stärkere ist.

Peder geht zum Waschbecken und wäscht sich die Hände.

Zehn Minuten später liegt die Erbse in einer Stahlschale. Eine grüne, getrocknete Erbse, wie man sie für Erbsenpüree verwendet. Die Erbse ist in Morgan Vollans Nase angeschwollen. Hat Feuchtigkeit aufgesogen und ist gewachsen, als wollte sie keimen.

»Wollen Sie sie als Erinnerung mit nach Hause nehmen?«

Peder hält Morgan Vollan, der sich in eine sitzende Stellung aufgerichtet hat, die Stahlschale hin, und Vollan lässt sich wieder zurücksinken. Sein Gesicht ist weiß, die Nase rot. Er bleibt eine Weile liegen und atmet mit offenem Mund.

»Ich war nicht sonderlich freundlich zu Ihnen an dem Abend am Kverndamm«, sagt er. »Ich habe mich nie dafür entschuldigt.«

»Nein, aber dann sind wir vielleicht quitt.«

»Wie kommt es, dass Sie plötzlich Arzt sind?«

»Ich habe meine Zulassung zurück. Als ich als Notarzt in Oslo gearbeitet habe, ist mir ist eine schlimme Fehldiagnose passiert, durch die ein junges Mädchen gestorben ist. Die Sache kam nach einer Klage durch die Eltern vor Gericht, doch die Ärztekammer ist zu dem Schluss gekommen, dass kein Grund zur Entziehung der Approbation bestünde, obwohl meine fachliche Beurteilung so mangelhaft war, dass sie zum Tod des Mädchens geführt hat. Durch ein Blutgerinnsel in einem Lungenflügel. Sie hat geraucht und die Pille genommen. Ich habe die Diagnose Lungenentzündung gestellt, ohne sie zu fragen, ob sie raucht und die Pille nimmt.«

Peder macht eine Pause. Er hat das Gefühl, ein Verteidigungsplädoyer aus einem Manuskript vorzulesen. Vollan schweigt.

»Anschließend habe ich Depressionen bekommen und den zwanghaften Drang verspürt, mich zu bestrafen. Auf die eine oder andere Weise mit mir selbst abzurechnen. Schließlich habe ich meine Approbation für zwei Jahre abgegeben. In den zwei Jahren habe ich als ungelernte Arbeitskraft im Gesundheitswesen gearbeitet. In einem Pflegeheim und im Rettungsdienst.«

»Sind Sie nach dieser Bußübung jetzt ein besserer Arzt?«

»Ich weiß es nicht, aber ich hoffe es.«

»Wir alle machen Fehler. Solange wir leben, werden wir Fehler machen. Fehler machen und Unrecht tun«, seufzt Vollan.

»Und das sagen *Sie?*«

»Ja, das sage *ich*«, sagt er und setzt sich auf. »Und ich empfinde großen Respekt für das, was Sie getan haben. Das muss ich sagen.«

Sie bleiben eine Weile schweigend sitzen und starren die Wände an. Alles ist gesagt. Und eigentlich war es gar nicht so schwer.

Tomas Evensen kommt in die Redaktion. Er bleibt neben Kvisle, dem Chef vom Dienst, stehen.

»Ich fahre dann jetzt nach Oslo und mache das Interview mit dem Dezernat für Wirtschaftsdelikte«, sagt er laut und vernehmlich.

»Gut, Tomas, ich freue mich auf deinen Kommentar zu der Mango Oil-Affäre«, sagt Kvisle.

Tomas lächelt und hinkt aus der Redaktion, ohne Mette auch nur eines Blickes zu würdigen.

Sie dreht sich zu ihrem PC um und beginnt mit der Recherche für den Kindergartenbeitrag. Es gibt achtzehn Gemeinden in Telemark. Durch die Glaswand hinter Kvisle sieht sie Rita mit ihrer Computerbrille auf der Nase. Mette schiebt ihren Stuhl nach hinten und legt die Beine auf den Tisch. Dann faltet sie die Hände im Nacken, lehnt sich zurück und starrt auf die Kiefern hinaus. Ein Eichhörnchen setzt zum Sprung an und schwingt sich durch die Luft, von einem Stamm zum anderen.

Leseprobe

Liselotte Roll

Bittere Sünde

Kalo ermittelt

PROLOG

Rücklings auf den Küchentisch gefesselt erwachte Erik Berggren aus dem letzten Rausch seines Lebens. Verwirrt blinzelte er in die absolute Finsternis, die ihn umgab.

Es war so dunkel, dass er nicht mal die Hand vor Augen hätte sehen können, wäre es ihm denn überhaupt möglich gewesen, sie zu bewegen. Tatsächlich waren seine Hand- und Fußgelenke fest an die vier Tischbeine geknotet. Erik schrie laut auf und blickte wild um sich. Doch egal, wie sehr er sich auch anstrengte, er konnte nichts erkennen … Aber er hörte etwas. Jemand atmete ganz in seiner Nähe. Beobachtete ihn. Musterte ihn.

Da er vom Gin noch ganz benebelt war, dauerte es eine Weile, bis er die richtigen Worte fand. Als sie endlich aus ihm herausbrachen, klang seine Stimme krächzend und schrill. »Was soll das? Wer sind Sie?«

Keine Antwort, nur Schweigen.

Und dann wurde ihm grob ein Stück Klebeband auf den Mund gedrückt. Ein scharfer Plastikgeruch drang ihm in die

Nasenlöcher, und Panik überrollte ihn wie ein donnernder Güterzug.

Unbeholfen versuchte er, sich zu befreien, doch durch sein Zerren schnitten ihm die Fesseln nur noch tiefer in das vom Alkohol aufgedunsene Fleisch. Er wand sich. Keuchend rang er nach Atem, und seine blutunterlaufenen Augen füllten sich zum ersten Mal seit vielen Jahren mit salzigen, brennenden Tränen. Durch die Dunkelheit fühlte er sich wie in einem traumähnlichen Vakuum, wo nur der Schmerz real war. Es war mucksmäuschenstill, doch eine unbestimmte Gefahr schien im Raum zu schweben. Die Luft vibrierte geradezu.

Schüttelfrost ließ Eriks massigen Körper erzittern. Er wollte schreien, wollte damit bewirken, dass, wer auch immer bei ihm war, aufhörte, doch er konnte nicht. Kein Ton kam über seine Lippen, was nicht nur an dem Stück Klebeband lag.

Er war wie paralysiert vor Angst. Schweißtropfen perlten in seinen grauen Haaransatz. Der ganze Raum schien den Atem anzuhalten in Erwartung dessen, was als Nächstes geschehen würde.

Erik wollte nur noch, dass der schneidende Schmerz an den Gelenken nachließ. Nichts anderes zählte in diesem Moment, gar nichts. Er lauschte seinem eigenen Atem. Das schnelle, aufgeregte Pfeifen, das aus seiner Nase kam, glich einer lustigen Melodie. Irgendwie hatte dieses Geräusch sogar etwas Beruhigendes in dieser so stillen Finsternis.

Aber plötzlich kam noch etwas anderes dazu. Ein leises Knacken und ein … ein Rauschen? Er erstarrte. Das Geräusch wurde lauter, steigerte sich allmählich zu einem Heulen. Es klang, als würde jemand zu einem Wahnsinnschrei ansetzen, doch dann fing einfach nur etwas an zu kochen.

Irgendwo inmitten der Finsternis platzten Blasen wie kleine Knallerbsen. Es dauerte, bis er zuordnen konnte, was er da hörte. Als es ihm bewusst wurde, zog sich sein Herz zu einem steinharten Klumpen zusammen.

Er unternahm einen letzten, trostlosen Versuch, sich loszureißen, setzte seinen Körper so sehr unter Spannung, dass er sich bogenförmig vom Tisch hob. Die Schmerzen waren unvorstellbar. Seine Gelenke hielten dem Druck fast nicht stand. Die Haut riss ein, doch die Nylonseile lockerten sich keinen Millimeter. Mit einem schmerzvollen Stöhnen landete sein schwerer Körper wieder auf der Tischplatte. Er hatte aufgegeben. Die Zeit hatte aufgehört zu existieren, es gab nur noch den Schmerz.

Er wartete.

Und da kam es. Das Wasser.

Das Gefühl, wie sich die Hitze durch seine Haut fraß, war so extrem, dass sein ganzer Körper zu zucken begann. Das Klebeband dämpfte zwar seine qualvollen Schreie, trotzdem klang es so, als würde er weinen.

Erik schloss die Augen und versank. Gegen seinen Willen versank er, fiel, wirbelte wie in Blatt verloren im Herbstwind. Er fror, doch der Dämmerzustand verschaffte Linderung. Statt Schmerzen tauchten nun Erinnerungen auf, tanzten wie Glühwürmchen durch das Zimmer.

Er war wieder auf dem Hof, schon oft hatten seine Träume ihn wieder hergeführt. Er stand dort auf dem Kies und betrachtete das rote Wohnhaus. Die schwarze Katze strich ihm sanft um die Beine. Der Nebel hatte sich zu einem dunklen grauen Schleier verdichtet, eine raue Kälte herrschte an diesem Tag im Spätherbst. Der Himmel über dem Haus war schwefelgelb verfärbt. Bald würde die Sonne untergehen. Zu dieser Jahreszeit ging sie sehr früh unter, manchmal sogar, bevor er überhaupt aus der Schule heimkam.

Erik beugte sich zu der Katze hinab und streichelte ihr über den Rücken. Es war eine sehr schöne, kleine Katze mit rundem Gesicht und Augen, die Ruhe ausstrahlten. Ganz anders als er, mit seinem kantigen Aussehen und dem unsteten Blick. Wäre er eine Katze, wäre er vermutlich ein verlauster Streuner, dachte Erik, während seine Hand durch das Fell des Tieres strich. Er ließ sich die flauschigen Haare durch die Finger gleiten. Wie weich sie war, wie Seide.

Die Katze schnurrte zufrieden mit halb geschlossenen Augen. Gerade, als er das Gesicht in dem kuscheligen Pelz vergraben wollte, hörte er etwas. Jemand weinte, da war ein leises, jammerndes Weinen. Einen Augenblick lang hielt er inne, dann folgte er langsam und zögerlich dem Geräusch.

Der Kies knirschte unter den Schuhsohlen, während er sich der Scheune näherte. Doch das bemerkte er gar nicht, weil seine Gedanken zu beschäftigt waren mit dem Weinen und der Unruhe, die an ihm nagte wie eine tollwütige Ratte. Was erwartete ihn wohl dort drinnen?

Erik holte tief Luft und legte die Hand auf den Türgriff. Reglos verharrte er einen Moment, dann schob er die Scheunentür vorsichtig einen Spaltbreit auf. Sicher ahnte er bereits, was ihn erwartete, aber er konnte es trotzdem nicht lassen.

Er zog Schwierigkeiten an wie das Licht die Motten. Alles andere wäre ihm auch seltsam vorgekommen, er hatte sich daran gewöhnt, dass der Alltag die Hölle war. Jeder Tag ein neues Fegefeuer.

In der Scheune war es zwar dunkel, aber weil Tageslicht durch die Lücken zwischen den Holzlatten drang, konnte man Umrisse ausmachen. Er musste ein paar Mal blinzeln, bis ihm klar war, was er dort sah.

Ein Mädchen saß auf einem Stuhl, das Gesicht nass von Tränen und Rotz. Er wäre so gerne einfach weggelaufen, aber er konnte seinen Blick von ihrem entsetzten Gesicht einfach nicht lösen und stolperte ein paar Schritte in die Scheune.

Dann traf ihn auch schon der Schlag, sofort schmerzte der Kopf und die Beine gaben unter ihm nach, als wären sie aus Papier. Er stürzte vornüber auf den schmutzigen Stallboden und schürfte sich die Hände auf. Er wusste, dass er nicht entkommen konnte. Aus den Augenwinkeln bemerkte er die wohlbekannte Silhouette, und sie machte ihm mehr Angst als alles andere.

»Du bleibst!« Hart und scharf schnitten die Worte durch die Dunkelheit.

Es war zu spät.

Erik hatte nie gewusst, wieso er so geworden war, wie er war. Jetzt, an diesen Tisch gefesselt, verstand er es plötzlich, und es machte ihn traurig. Er blinzelte. Die Szene in der Scheune verschwand dahin, woher sie gekommen war, und ein starker Lichtstrahl traf auf seine geschlossenen Lider. In seinem Kopf hämmerte es wie wild, und er fürchtete, sich übergeben zu müssen. Wer hatte ihm gestern die Tüte mit dem Schnaps auf die Stufen gestellt? Zwei Flaschen Gin, Gordon's London Dry. Er hatte seinen Augen kaum getraut … aber wer machte denn so was? Er wusste es nicht.

Tief in ihm drin warnte ihn eine leise Stimme, die Augen besser nicht zu öffnen, sie lieber fest geschlossen zu halten. Aber sein benebelter Verstand wusste nicht, warum, und darum schlug er mühsam die Lider auf und blickte geradewegs in die Gartenlaube. Hinter ihm war eine Kerze angezündet worden, schwach zeichneten sich in ihrem Schein die Konturen des Mobiliars ab. Glücklich war er nie gewesen, doch nun, da sein Leben nur noch an einem seidenen Faden hing, spürte er den starken Wunsch, weiterzuleben.

Seine Augen füllten sich mit Tränen, während sich im flackernden Licht eine Gestalt näherte. Eine andere Gestalt, eine andere Zeit, und doch war es die gleiche Szene. Jetzt war es gleich vorbei, mehr würde nicht kommen. Er sah den Wasserfleck an der Decke, als sein Herz durchstochen wurde. Und dann nichts mehr.

DONNERSTAG, 16. OKTOBER

1

Magnus und Linn kamen erst nach Mitternacht ins Bett. Und dann lagen sie lange schweigend wach und wälzten sich unruhig hin und her. Ab und zu strömte kühle Nachtluft durch das geöffnete Fenster und streifte sie wie eine erfrischende Brise. Magnus drehte sich auf die Seite. Er konnte Linns Anspannung spüren, wie sie da neben ihm lag. Gerade rührte sie sich zwar nicht, aber er wusste, dass sie wach war, das verrieten ihr schneller Atem und der verkrampfte Körper.

Er streckte die Hand aus und berührte sie. Ihr Nachthemd war warm und seidenweich. Vorsichtig ließ er seine Hand auf ihrer Hüfte ruhen, bevor er sie langsam streichelnd auf Entdeckungsreise über Linns Körper schickte. Sie murmelte schlaftrunken. Der Duft ihrer Haare erregte ihn. Er küsste ihren Mund, ihre Wangen, ihren Hals, und kurz darauf lagen sie einander zugewandt unter der Decke. Jeden Augenblick konnte eins der Kinder hereingerannt kommen und sie unterbrechen, trotzdem konnten sie es nicht lassen. Obwohl sie in den vergangenen Jahren viel durchgemacht hatten, war ihnen die Leidenschaft nie abhandengekommen.

Bald lagen sie erschöpft nebeneinander. Linn küsste Magnus auf die Wange. Seine Bartstoppeln pikten leicht. Mondlicht fiel durch die Jalousie auf sein attraktives Gesicht. Die großen, grünen Augen, die so entschlossen aussehen konnten, das strubbelige, dunkle Haar, das allmählich feine graue Strähnen bekam. Nichts ließ erahnen, dass er mal ein schmächtiger, kleiner Junge mit dicken Brillengläsern gewesen war. Er hatte alle typisch männlichen Attribute. Linns Mutter hatte ihn einmal als richtiges Mannsbild bezeichnet, und so wirkte er wohl auf die meisten. Linn sah in ihm einfach den Menschen, den sie liebte. Sie hatte sich nie sonderlich für Kategorien wie männlich oder weiblich interessiert.

»Schlaf jetzt, wir werden sicher bald wieder geweckt«, flüsterte er sanft.

»Hmm …« Linn hatte schon die Augen geschlossen, durch die feinen Lachfalten sah sie sogar im Schlaf fröhlich aus.

Magnus stellte den Wecker. Morgen musste er wieder zur Arbeit. Er seufzte enttäuscht. Jedes Mal, wenn er ein paar Tage am Stück zu Hause gewesen war, fiel es ihm schwer, wieder arbeiten zu gehen. Manchmal fühlte es sich so an, als würde er sich damit selbst Gewalt antun. Da war diese komische Enge in der Magengegend, die sich allmählich verstärkte, bis er einen leichten Druck auf dem gesamten Brustkorb spürte. Wo war seine Motivation geblieben? Er war schließlich einmal stolz darauf gewesen, Polizist zu sein, und hatte Freude daran gehabt, Menschen zu helfen. Mittlerweile kam es ihm so vor, als würde er durch einen Sumpf aus Dreck paddeln und sich nur noch Mühe geben, selbst nicht allzu schmutzig zu werden.

Alle seine Gefühle mischten sich zu einem klebrigen Brei. Die Enttäuschung und Wut über die Selbstsucht der Menschen vermengte sich mit dem Kummer, den er für alle Opfer empfand. Wie war es mit ihm, diesem Durchschnittstyp aus dem Vorort, bloß so weit gekommen? Seine Vorstellungen mussten wirklich naiv gewesen sein. Das Einzige, was ihn die Zeit gelehrt hatte, war, dass es nie besser wurde. Dem Bösen konnte man das Handwerk nicht legen. Ein bisschen war das, wie einen Apfelbaum zu beschneiden. Im nächsten Frühjahr erwarteten einen nur noch mehr Triebe als im Vorjahr. Gestörte Eltern würden weiterhin gestörte Kinder aufziehen, und so würde es bis in alle Ewigkeit weitergehen. Die Kriminellen, die ihre Straftaten nicht auf eine schwere Kindheit schieben konnten, waren sogar noch schlimmer. Das waren in der Regel richtig kaputte Gestalten. Doch welche Alternative gab es für ihn, wenn er den Polizeiberuf hinschmiss? Er hatte keine Ahnung.

Er schlang die Decke fester um sich und drehte sich entmutigt zu Linn. Eine blonde Strähne war ihr ins Gesicht gefallen, vorsichtig strich er sie ihr hinters Ohr. Wie schön, dass es sie gab. Sie war der richtige Mensch für ihn. Sie war intelligenter als er, doch das machte ihm nichts aus. Ihre wilden Launen und ihre immer wieder neuen Blickwinkel auf alles machten sein Leben spannend. Und er gab ihr die Möglichkeit, zur Ruhe zu kommen. Es war eine unausgesprochene Übereinkunft zwischen ihnen, und sie funktionierte.

2

»Moa und Elin sind krank.« Magnus hob entschuldigend die Hände. Er war zwanzig Minuten zu spät, und sein Kollege Roger Ekman warf ihm einen grimmigen Seitenblick zu, während sie das Institut für Rechtsmedizin betraten.

Magnus' Haare standen in alle Richtungen ab, und er hatte dunkle Ringe unter den Augen. Irgendwie wurde er das Gefühl nicht los, dass Roger sich darüber amüsierte.

»Was uns erwartet, ist nicht gerade lustig«, sagte Roger.

»Etwa noch schlimmer als sonst?«

»Leider ja. Du weißt sicher schon, dass die Leiche in einer Gartenlaube gefunden wurde, nehme ich an. Aber noch nicht, wie, oder? Gefoltert, mit Seilen an den Küchentisch gefesselt.«

»Aha.« Magnus schaute finster drein.

Roger hatte den Blick auf seine schmutzigen Turnschuhe gesenkt. »Bist du denn jetzt zurück … oder nimmst du noch mehr frei wegen der Kinder?«

»Nein, nein, Linn bleibt den Rest der Woche zu Hause.«

Magnus wurde mal wieder bewusst, wie satt er Rogers Launen hatte. Sie arbeiteten seit fast zwölf Jahren zusammen, und in all den Jahren hatte ihr Verhältnis extrem geschwankt. Roger konnte zwar ein richtig guter Freund sein, meist empfand Magnus ihn jedoch als anstrengenden Mistkerl, dem er am liebsten aus dem Weg ging. Aber so war das wohl mit zwischenmenschlichen Beziehungen bei ihm. Im Rückblick betrachtet liefen die nie wie geschmiert. Wenn ihm jemand zu nahe kam, reagierte er oft abweisend und unsicher, außer bei Linn natürlich.

Roger räusperte sich. »Gut, dann bringe ich dich mal auf den neusten Stand. Das Opfer heißt Erik Berggren, war gerade mal vierzig, Frührentner, Alkoholiker mit einer leichten Entwicklungsstörung. Es sieht so aus, als hätte er das ganze Jahr über in der Schrebergartenanlage von Eriksdalslunden gewohnt. Die Laube gehört seiner Mutter.«

Magnus nickte. »Was hielten denn die anderen Schrebergärtner davon?«

»Na, wirklich gestört hat er eigentlich niemanden. Allerdings gab es wohl Versuche, ihn loszuwerden.«

»Ach, manche Leute sind so verdammt kleingeistig. Darüber muss sich jetzt dann wohl keiner mehr Sorgen machen.« Magnus lächelte schief und drückte die Klinke der Tür zum Obduktionssaal hinunter.

Das Neonlicht war ungemütlich kalt, doch die Rechtsmedizinerin Eva Zimmer schenkte ihnen ein sonnig warmes Lächeln, als sie ihren Blick von der vor ihr liegenden Leiche hob. Dabei entblößte sie zwei Reihen reizend schiefer Zähne.

»Einen wunderschönen guten Morgen.«

Sie nahm einen großen Bissen von einer Zimtschnecke.

»Möchtet ihr auch? Ich hab noch ein paar.«

Doch weder Magnus noch Roger stand gerade der Sinn nach süßem Gebäck.

»Na, wie ihr wollt. Aber nur, dass ihr Bescheid wisst: Das sind keine von diesen trockenen Supermarktdingern, die hier sind vom Bäcker.«

Die beiden Kommissare mussten lächeln.

Die Rechtsmedizinerin legte die Zimtschnecke beiseite, wandte sich dem hinteren Obduktionstisch zu und riss mit einem dramatischen Ruck das Laken herunter.

Magnus wurde es kurz flau. Auf dem Tisch lag ein nackter Mann, die Haut übersät mit Brandblasen. An manchen Stellen hatte sie sich komplett gelöst und gab den Blick auf das rohe Fleisch frei.

»Furchtbarer Anblick, oder?« Eva schüttelte bekümmert den Kopf. »Der Täter hat ihn mit kochendem Wasser übergossen, noch bevor er tot war. Er wurde einfach verbrüht.«

Magnus zwang sich, seine Sinne auf den Leichnam zu konzentrieren, der bleich war wie eine Wachsfigur.

»Aber nur unterhalb der Gürtellinie …«, warf Magnus mit angewiderter Miene ein.

»Was ist das?«, fragte Roger und deutete auf eine Stichwunde im Brustkorb.

»Das ist vermutlich die Todesursache«, schlug Magnus vor. »Ich meinte auch eher die Form der Wunde, die ist doch sehr ungewöhnlich.«

Eva legte den Kopf schief.

»Ich bin noch nicht dazu gekommen, sie mir näher anzusehen. Aber es stimmt schon, die Form ist ungewöhnlich. Ich melde mich bei euch, sobald ich mehr weiß. Auch zum Todeszeitpunkt. Bisher schätze ich, dass er ungefähr eine Woche tot war, bevor er gefunden wurde.«

Roger beugte sich über die Wunde und betrachtete sie genau. Seine Augen glitzerten interessiert hinter der breiten Brillenfassung.

Den Rest des Vormittags verbrachte Magnus mit Routineüberprüfungen. Er versuchte, Erik Berggrens Personalausweis und andere Papiere ausfindig zu machen. Unter normalen Umständen hätte er noch nachgeforscht, ob Kreditkarte oder Handy des Opfers benutzt worden waren, doch in Erik Berggrens Fall gab es weder das eine noch das andere. Erik schien ein Leben am äußersten Rand der Gesellschaft geführt zu haben.

Magnus hatte sich gerade wieder an den Schreibtisch gesetzt, als ihm bewusst wurde, dass das Kribbeln in seinen Beinen schlimmer war als sonst. Allmählich sollte er sich wirklich einen Termin beim Arzt holen und überprüfen lassen, was dahintersteckte. Aber obwohl ihn dieses unangenehme Gefühl bereits seit mehreren Monaten begleitete, konnte er sich noch immer nicht dazu aufraffen, zum Arzt zu gehen.

Er schielte zu seinem Handy, drei neue Nachrichten. Alle waren von Linn, ihre Stimme klang von Nachricht zu Nachricht angespannter. Am liebsten wäre er heimgefahren, um sie zu unterstützen, aber Roger würde vermutlich ausflippen, sollte er das nur andeuten, also riss er sich zusammen. Er war sich durchaus im Klaren darüber, dass er die Grenzen für angemessenes Verhalten bereits extrem strapazierte. Er kam fast immer zu spät, ging meist früh und machte noch dazu sehr lange Mittagspausen, um dem Büro zu entkommen. Es lag nicht daran, dass er ein schlechter Polizist war, er war einfach nur so unglaublich müde und erschöpft. Es grenzte an ein Wunder, dass Linn und er letzte Nacht überhaupt die Kraft für Sex hatten aufbringen können, dachte er. Ein wahres Wunder.

3

Um die Mittagszeit konnte man allmählich die Sonne hinter der dichten Wolkendecke erahnen. Magnus lief an ein paar voll besetzen Restaurants vorbei, bevor er sich für einen Inder in Kungsholmen entschied. Die farbigen Lichterketten an den Wänden versetzten ihn unmittelbar in eine Art Weihnachtsstimmung. Der Geruch starker Gewürze hing wie Nebel im Lokal, und das dumpfe Stimmengewirr war so dicht, dass man es fast hätte zerschneiden können. Magnus war zufrieden, selbst wenn er nach dem Essen wieder Magenschmerzen bekommen würde. Das lag am Chili, aber weil es so gut schmeckte, nahm er das in Kauf.

Obwohl er ständig alles Mögliche aß, hatte er immer Hunger. Das lag vermutlich an seinem Stoffwechsel. In der Schule war er bis zur Oberstufe der Kleinste und Dünnste gewesen. Die anderen hatten ihm deshalb den wenig schmeichelhaften Spitznamen »Skelett« gegeben. Wenngleich die Schulkrankenschwester ihm in Aussicht gestellt hatte, dass seine Wachstumskurve sich eher am unteren Ende der Skala orientieren würde, hatten Kakao und dick belegte Stullen ihre Wirkung nicht verfehlt, und so war er doch noch in die Höhe geschossen und letztendlich zwei Meter groß geworden. Einzig seine dünnen Waden verrieten, wie sein Körper ursprünglich einmal gebaut gewesen war.

Schon zitternd vor Hunger schob er seinen muskulösen Körper durch das gut gefüllte Restaurant und ließ sich an einem kleinen, runden Tisch im hinteren Bereich nieder.

Sein dampfendes Tikka Masala war gerade gebracht worden, als Roger anrief.

»Der Obduktionsbericht ist da. Wir haben jetzt sofort Lagebesprechung.«

»Aber … Mein Essen ist gerade gekommen.«

»Dann hau mal rein, die anderen sind nämlich schon da.«

Magnus massierte sich resigniert mit der freien Hand das Gesicht. »Gut, ich mache mich auf den Weg.«

Nach drei schnellen Bissen stand er auf und zahlte.

4

Magnus, Roger und die noch relativ frischgebackene Kriminalkommissarin Sofie Eriksson saßen zusammengezwängt in dem kleinen Besprechungszimmer, jeder eine dampfende Kaffeetasse vor sich, als Hauptkommissar Arne Norman hereinkam. Er sah zufrieden aus. Erst kürzlich war er aus dem Urlaub von den Kanarischen Inseln zurückgekehrt, und nun wirkten seine Haare fast weiß im Kontrast zu seiner tiefen Sonnenbräune.

»Herzlich willkommen. Der Konferenzraum war leider schon belegt, weshalb wir uns hier zusammenquetschen müssen, aber das wird schon gehen«, sagte Arne und lächelte.

Sofie warf ihm einen Blick voller Bewunderung zu, und Magnus fand, dass sie fast schon übertrieben viel Motivation an den Tag legte. Aber Arne stand auf Speichellecker, insofern hatte sie gute Chancen, seine Favoritin zu werden.

»Ich versuche mal, die Ausgangslage zusammenzufassen«, setzte Arne an. »Wenn ihr Fragen habt, dann stellt sie bitte im Anschluss. Mich bringt es immer total raus, wenn ich unterbrochen werde. Zunächst möchte ich lobend erwähnen, dass von den Kollegen gestern bereits vortreffliche Vorarbeit geleistet wurde. Wir übernehmen eine solide Basis. Leider müssen wir zu viert klarkommen, alle anderen befassen sich mit dem Mord an dem ehemaligen Neonazi, der vergangene Woche in Nacka tot aufgefunden wurde. Ich versuche aber, so schnell wie möglich weitere Ermittler dazuzugewinnen.«

Arne nahm einen Stift in die Hand und schrieb Einzelheiten an das große Whiteboard an der Wand.

»Also, das Opfer heißt Erik Berggren. Er wurde vor etwas über einem Tag tot in der Gartenlaube seiner Mutter in Eriksdalslunden aufgefunden, und zwar von Lennart Wingedahl, einem pensionierten Informatiker. Ihm gehört das Nachbargrundstück, und mehr als Nachbarn scheinen die beiden auch nicht gewesen zu sein.«

Magnus hob eine Augenbraue. »Wie hat er ihn gefunden?«

»Wingedahl hat ausgesagt, dass die Tür zu Berggrens Laube ein paar Tage lang offen gestanden und im Wind geschlagen hat, deshalb wollte er mal nach dem Rechten sehen.«

»Wann genau?«

»Gestern Morgen. Eigentlich war er zur Schrebergartensiedlung gefahren, um Äpfel zu ernten, aber dann kam ihm das alles doch irgendwie verdächtig vor. Er fand das Opfer dort an den Küchentisch gefesselt vor. So steht es jedenfalls in seiner Zeugenaussage von gestern. Heute Nachmittag kommt er her, und da verhören wir ihn natürlich noch einmal.«

Arne sah Roger auffordernd an, der widerwillig brummte. »Ja, klar. Das übernehme ich.«

»Gut. Wingedahl hat nur ein paar Schritte in die Laube gemacht, sagt er. Das heißt, der Tatort könnte noch mehr zu bieten haben. Das gesamte Grundstück und ein Teil des angrenzenden Kieswegs wurden abgesperrt, und die Spurensicherung war natürlich schon vor Ort.«

Magnus trank einen Schluck von seinem Kaffee und gab sich Mühe, interessierter auszusehen, als er war. Dass Säufer das Zeitliche segneten, war nicht wirklich ungewöhnlich. Selbst wenn er sich das nicht eingestehen wollte, funktionierte das mit dem Mitleid bei ihm nach einer gewissen Rangfolge. Am schlimmsten fand er es selbstverständlich, wenn Kinder betroffen waren. Um verstorbene Süchtige im fortgeschrittenen Alter weinte er selten.

Arne fuhr fort: »Die Leiche lag seit ungefähr einer Woche dort. Laut Obduktionsbericht sieht es so aus, als habe der Stich in die Brust zu Eriks Tod geführt. Zuvor wurde er jedoch mit kochendem Wasser misshandelt, das ihm auf das Geschlechtsteil gegossen wurde. Dort weist die Haut schwere Verbrennungen auf. Ob er bei Bewusstsein war bevor er starb, lässt sich nicht sagen.«

»Sonst noch was?« Roger lehnte sich vor.

»Ja, es wurde Verwesungsflüssigkeit aus dem Auge untersucht. Der Alkoholgehalt war wahnsinnig hoch. Zum Teil beruht das wohl auf der Bakterienaktivität, die produzieren ja postmortal eine ganze Menge Alkohol.«

Magnus sah angewidert aus. »Wieso holen die das Zeug denn bitte aus dem Auge? Diese Flüssigkeit müsste sich doch auch noch an anderen Stellen sammeln?«

Arne zuckte mit den Schultern. »Da ist sie wohl am wenigsten verunreinigt. Wie dem auch sei, wir können jedenfalls davon ausgehen, dass Erik zum Zeitpunkt seines Todes stark alkoholisiert, um nicht zu sagen: sternhagelvoll war. Und Lennart Wingedahl behauptet, das war auch sonst keine Seltenheit.«

Arne ließ den Blick über seine Zuhörerschaft schweifen. Zu seiner Enttäuschung knibbelte Magnus desinteressiert an der Schreibtischkante und Roger starrte sehnsüchtig Richtung Ausgang.

Er seufzte laut.